光明社科文库
GUANGMING DAILY PRESS:
A SOCIAL SCIENCE SERIES

·文学与艺术书系·

诗词格律写作举要

罗御伦 | 编著

光明日报出版社

图书在版编目（CIP）数据

诗词格律写作举要 / 罗御伦著 . -- 北京：光明日报出版社，2023.5
ISBN 978-7-5194-7276-4

Ⅰ.①诗… Ⅱ.①罗… Ⅲ.①诗词格律—诗歌创作—中国 Ⅳ.①I207.21

中国国家版本馆 CIP 数据核字（2023）第 096169 号

诗词格律写作举要

SHICI GELÜ XIEZUO JUYAO

著　　者：罗御伦

责任编辑：李　倩　　　　　　　　责任校对：李壬杰　贾　丹
封面设计：中联华文　　　　　　　责任印制：曹　净

出版发行：光明日报出版社
地　　址：北京市西城区永安路 106 号，100050
电　　话：010-63169890（咨询），010-63131930（邮购）
传　　真：010-63131930
网　　址：http：//book.gmw.cn
E - mail：gmrbcbs@gmw.cn
法律顾问：北京市兰台律师事务所龚柳方律师

印　　刷：三河市华东印刷有限公司
装　　订：三河市华东印刷有限公司
本书如有破损、缺页、装订错误，请与本社联系调换，电话：010-63131930

开　　本：170mm×240mm
字　　数：430 千字　　　　　　　印　　张：22.5
版　　次：2024 年 5 月第 1 版　　　印　　次：2024 年 5 月第 1 次印刷
书　　号：ISBN 978-7-5194-7276-4
定　　价：99.00 元

版权所有　　翻印必究

本书特色

一部以作者习作为点评对象的诗词写作类书籍
一部用自创口诀的方式把格律诗两大难点之一的平仄格式讲透
一部用自创口诀的方式把格律诗两大难点之一的拗救规则讲透
一部将古人对唐宋律诗点评编入的诗词写作类书籍

序

孔子曰："入其国，其教可知也。其为人也，温柔敦厚，诗教也。"其意思是进入一个国家，可以了解该国对民众的教化情况。如果民众为人处世温柔敦厚，那一定是诗歌教化的结果。孔子认为诗歌本身蕴含的道德、意志、情操、价值观等可以教化人心，提高民众的人文素养。"温柔敦厚"后来成为儒家关于诗歌创作的正统思想，要求诗歌创作委婉含蓄，以比兴等艺术手法传情达意，施行教化。我国有两千多年的诗教传统，留下的诗歌典籍可谓汗牛充栋、浩如烟海，被全世界公认为诗的国度。

历史上我国从来就不是政教合一的国家，宗教的地位从来没有凌驾于王权之上。儒释道三教如三峰峙立，自成体系。在历史长河中，三教相互排斥、斗争，乃至相互学习，共同推动中华文化的向前发展。不可否认，三教之中的"儒教"在中国历史中始终居于主流思想体系的地位，长期作为官方的意识形态而存在。儒教的强势在一定程度上弱化和阻碍了宗教的快速发展，以致宗教的社会教化功能在中华大地上未能得以彻底施行，而我国兴盛的诗教传统则在一定程度上弥补，甚至取代宗教的部分教化功能。

《诗经》是我国的第一部诗歌总集，收录了西周初年至春秋中叶的大约五百年的诗歌。《诗经》中的诗歌，是朝廷乐官从大量的诗歌中严格筛选出来的，体现了主流的政治意识形态，带有明显的社会教化的烙印。汉魏时期，有个名为乐府的专门音乐机构负责采集和演奏诗歌，诗歌和音乐自此存在不可分割的关系。南北朝音韵学兴起，引平仄入诗，诞生了格律诗的雏形，即齐梁体诗歌。隋唐时期的文人对齐梁体的不断改进和完善，乃至定型，最终促成了格律诗的形成和唐朝诗歌的繁荣昌盛。宋朝的文人把诗歌声调中的上平去入与音乐中宫、商、角、徵、羽相结合，创造了词这种文学体裁。词把格律诗的齐言句变成参差不齐的长短句，拓宽了诗歌的表现形式和极大地增强了其表现张力，获得了与格律诗分庭抗礼的资格和地位。明代诗词创作处于式微状态，明代文人提出"文必秦汉，诗必盛唐"的复古主张，其观点在当时盛极一时。在此思潮的影响下，研究前人诗歌创作方法和法则的作品层出不穷，如徐祯卿的《谈艺录》、王世贞的《艺苑卮言》、谢榛的《四溟诗话》等，均为该时期的代表作。清代运用诗话的形式探讨诗艺活动更是如火如荼，涌现了大批的诗词批评家，纪昀和金圣叹是其中的杰出代表。清末废除科举制度后，传统诗词逐渐失去主流文学的地位。

新文化运动兴起后，新文化运动的倡导者提倡新文学，反对旧文学；提倡现代诗，反对旧体诗。现代诗由此得以蓬勃发展，各种诗社如雨后春笋，不断涌现。现代诗不受任何规则的束缚，号称自由诗，放弃了传统的"温柔敦厚、哀而不怨"的古诗风格，有感而作，可以随心所欲地抒发感情、表现新思想、反映新生活。现代诗诞生至今已逾百年，其创作数量之多，可谓空前绝后，但佳作寥若晨星。现代诗在当代受到的非议也不少，如东南大学王步高教授认为现代诗不是"诗"，而是散文的分行排列而已。他认为诗歌自古而来就是韵文的一种，现代诗不押韵，不属于韵文，故不能称之为诗歌。现代诗毁誉参半，但不能否认，现代诗也在不断发展中。现代诗最大的特点是不受任何规则的束缚，其最大的弊端也在于此。没有规矩不成方圆，没有公认的创作规则，诗歌质量的高下评判自然失去了标准和法度，可以说现代诗发展至今难言成功，其前途漫漫，任重道远。

近年来，中央电视台推出"中国诗词大会"节目，社会反响良好，这充分证明了传统诗词本身具有经久不衰的魅力和强大的生命力。由于许多诗词爱好者缺乏对诗词格律的了解，对诗词的理解仅限于其字面意思，对诗词格律的规则望而却步，视为畏途。实际上，诗词格律规则并不难。试想，过去随便找一位私塾先生就可以给学童讲授诗词格律规则，任何一位科举出身的官员都有能力作诗填词，从上述两点足以证明掌握诗词格律规则的难度不高，那种认为"格律诗词是戴着镣铐在跳舞"的说法显得言过其实。

本书第九章列举的范例大多是咏史、咏山水的诗词，因为这类诗词相对而言比较好入手。如果选择情感类题材，则与作者的亲身经历密不可分。若没有经历刻骨铭心的爱情和生离死别的痛苦，陆游断然写不出令人肝肠寸断的《钗头凤》；若没有亡国之恨，李煜也写不出千古名句"问君能有几多愁，恰似一江春水向东流"。而以历史事件、山水草木为吟咏对象，则与个人经历丰富与否关联不大，每个人都可以针对目标对象抒发自己的情感。古人云：诗贵含蓄，意不浅露，这是古人作诗的经验之谈，这对抒写感情类的诗歌再合适不过，但对咏史类诗歌而言，上述说法未必合适。作者面对历史人物、历史事件，不发表自己的观点必似骨鲠在喉，不吐不快。就山水诗词而言，若作者没有将真情实感投射于景物之中，诗词必成物象之堆砌，而非意象之展现。

南朝谢灵运则被视为山水诗派的鼻祖。清代冒春荣在《葚原诗说》云："游山诗，永嘉山水主灵秀，谢康乐称之；蜀中山水主险隘，杜工部称之；永州山水主幽峭，柳仪曹称之。"古代诗人留下大量讴歌山水的律绝。朱庸斋在《分春馆词话》中云："然诗中所写景物，词未尽见，如山水田园诗派，词则无之。"唐宋以来，用填词的方式讴歌山水的词人相对较少，只有欧阳修、苏轼、辛弃疾、柳永、张效祥、张先、张炎等均留下为数不多的山水词，但用填词方式大量描写名山大川的词人则凤毛麟角。相对而言，咏史诗在中国文学史上源远流长，最早的咏史诗可追溯到东汉班固的五言诗。杜甫的咏史诗更是广为人们所熟知，如《咏怀古迹五首·其三》："群山万壑赴荆门，生长明妃尚有村。一去紫台连朔漠，独留青冢向黄昏。画图省识春风面，环珮空归夜月魂。千载琵琶作胡语，分明怨恨曲中论。"作者对王昭君的遭遇，表达了自己深切的同情，并讴歌了其爱国主义的精神。该诗被后人誉为"破空而来，文势如天骥下坡，明珠走盘，咏明妃者此为第一"。李清照的《夏日绝句》："生当为人杰，死亦为鬼雄。至今思项羽，不肯过江东。"作者借古讽今，以歌颂项羽之名来讽刺南宋当权者偏安一隅、不思进取的现状。咏史诗往往是作者通过对历史人物、历史事件的思考，抒发作者自己的个人主张或情怀，或赞颂英雄的丰功伟绩，或抨击奸臣的卖国行径，或借古讽今等，不一而足。

  俗话说，诗改而后工。我国历代文人都非常重视诗词的修改。明谢榛《四溟诗话》、清袁枚《随园诗话》、民国《卧雪诗话》等均记载了不少律绝修改的例子。相对而言，记载词修改的书籍可谓典籍难寻。王国维的《人间词话》、沈雄的《古今词话》等虽号称"词话"，但均不涉及词的写作、修改问题。在词的修改例子较为欠缺的情形下，本人把填词习作的初作及改作一并放入第九章。同时从《瀛奎律髓汇评》中节选五十四首历代名人点评古典诗歌的评语，供大家鉴赏。评语中的赞誉之词，正是我们写诗时需要学习的地方；评语中的批判之词，正是我们写诗时需要避免和警醒之处。

  是为序。

罗御伦
癸卯年成书于鹏城

目 录
CONTENTS

第一章　诗歌分类 ·· 1
　第一节　诗歌发展简述　1
　第二节　古体诗种类　4
　第三节　近体诗种类　11

第二章　诗韵基础 ·· 15
　第一节　韵的相关知识　15
　第二节　声律八病　22

第三章　古体诗规则 ·· 24
　第一节　古体诗　24
　第二节　柏梁体　25
　第三节　古体诗的平仄格式　26
　第四节　古体诗的对仗　29
　第五节　古体诗的押韵　33

第四章　近体诗 ·· 37
　第一节　四声辨识　37
　第二节　押　韵　39
　第三节　平仄规则　42
　第四节　平仄格式　46

1

第五节　拗救规则　61

　　第六节　对　仗　69

　　第七节　对仗避忌　79

　　第八节　变体诗　81

第五章　词的格律 ································· 86

　　第一节　词的起源和发展　86

　　第二节　词　调　87

　　第三节　词调的变格　91

　　第四节　词　韵　96

　　第五节　词牌与词情　104

　　第六节　平　仄　107

　　第七节　词的对仗　115

　　第八节　对仗的特殊形式　119

第六章　诗词语法 ································· 123

　　第一节　省略句　123

　　第二节　倒装句　131

　　第三节　名词句　139

　　第四节　词类的活用　142

第七章　诗词的修辞 ······························· 149

　　第一节　比　喻　149

　　第二节　夸　张　152

　　第三节　拟　人　154

　　第四节　互　文　155

　　第五节　双　关　157

　　第六节　借　代　159

　　第七节　通　感　162

第八章　诗词的写作 ································ 166

第一节　诗词的章法　166

第二节　诗词的立意　173

第三节　诗词的取材　176

第四节　诗词的炼字　184

第五节　诗词的修改　187

第六节　诗词的技法　194

第九章　诗词范例 ································ 204

附录　声律启蒙 ································ 330

参考文献 ································ 343

第一章

诗歌分类

第一节 诗歌发展简述

鲁迅先生在《中国小说的历史变迁》中说："我想，在文艺作品发生的次序中，恐怕是诗歌在先，小说在后的。诗歌起源于劳动和宗教。其一，因劳动时，一面工作，一面唱歌，可以忘却劳苦，所以从单纯的呼叫发展开去，直到发挥自己的心意和感情，并谐有自然的韵调；其二，是因为原始民族对于神明，渐因畏惧而生敬仰，于是歌颂其威灵，赞叹其功烈，也就成了诗歌的起源。"中国的诗歌先于小说而出现，早已成为学界公认的主流观点。

中国素来是诗歌盛行的国度，诗歌的发展源远流长，灿若群星的诗人创作了浩如烟海的诗歌作品，被誉为"诗的国度"。先秦时期的诗歌代表作《诗经》，合计三百零五篇。《诗经》是我国的第一部诗歌总集，记载了公元前十一世纪至公元前六世纪大约五百年的诗歌。《诗经》分为风、雅、颂三类。"颂"是关于祭祀的乐歌；"雅"是关于典礼、颂歌和讽喻等方面的诗歌；"风"是《诗经》中的精华部分，主要包括十五个地方的民歌。

朱熹认为《诗经》中的"风"多出自"里巷歌谣"之作。据此后世很多学者认为"风"采集于民间。但反对者认为，汉代成立乐府后，才有采诗的说法，之前的典籍并无采诗的记载，故认为《诗经》全部是士大夫的作品。

《诗经》采用赋、比、兴的艺术手法，对后世诗人影响深远。《诗经》成书三百年后，我国南方地区的楚地又诞生了《楚辞》。与《诗经》采用主要现实的艺术手法不同，《楚辞》开启了以咏怀抒情为主的创作基调，充满浪漫主义色彩。《离骚》是《楚辞》的代表作，所以后人又把以《楚辞》为代表的诗歌体裁称为"骚体"。《楚辞》打破《诗经》四言形式，三言、四言、五言、七言等句式并存，并吸收了神话中的浪漫主义元素，开辟了浪漫主义的创作道路。

汉代流行的是乐府诗，乐府诗在艺术上达到了很高的艺术水准。往往在叙事中以穿插人物对话的方式来增强艺术表现力。乐府诗的句式形式多样，没有什么限制。汉乐府中的代表作有《孔雀东南飞》《羽林郎》等。

五言诗是古典诗歌的主要形式，东汉末年，五言诗发展逐渐成熟。《古诗十九首》是由南朝文人萧统从汉末无名氏中选录十九首五言古诗编辑而成，该类诗歌继承了《诗经》以来"感于哀乐，缘事而发"的特点，追求心灵觉醒和抒发真情实感，被《文心雕龙》的作者称为"五言之冠冕"。《古诗十九首》是代表五言古诗走向成熟的扛鼎之作，在中国诗歌史上具有划时代的意义。

汉代以后的诗歌主要以曹操、曹丕、曹植和"建安七子"创作的诗歌为代表，史称"建安诗歌"。建安七子指王粲、孔融、陈琳、徐干、阮瑀、应场、刘桢七人。建安诗歌继承了乐府诗歌的现实主义表现手法，又有所创造和发展，风格遒劲刚健，开创了一代诗风，在中国诗歌史上留下浓墨重彩的一笔。由于建安时期已经是曹氏当政，其诗风与魏晋南北朝的诗风一脉相承，故建安诗歌习惯被归于魏晋南北朝诗歌之列。

曹氏父子三人是建安文学的代表人物，其中成就最高的是曹植，代表作为《洛神赋》《赠白马王彪》等。建安七子中成就最高的是王粲，其代表作为《七哀诗》。建安时代之后的代表诗人为阮籍和嵇康，他们的诗歌继承了"建安风骨"的优秀传统。

两晋时期的诗歌创作逐渐走向形式主义道路，诗歌内容空泛无物。直至东晋末年，诗坛上出现了一种新的诗歌体裁，史称陶渊明体。由于陶渊明厌恶朝廷的政治争斗，辞官归家。他把创作目光投向田园，以五言诗描绘田园风光，把田园作为自己的精神寄托和创作对象，开创了别具一格的田园诗歌，对后世影响深远。与陶渊明同时代的另一诗人谢灵运，他创作大量的诗篇讴歌山水，成为山水诗歌派的鼻祖。

南北朝时期，乐府民歌得到进一步发展，南朝乐府留下大量的情歌，大多为五言四句的小诗。北朝乐府的民歌数量不及南朝乐府，但在体裁上，北朝乐府除五言四句为主外，还创作出七言古诗和杂言诗。北朝乐府的代表作为《木兰诗》，它与《孔雀东南飞》被称为中国古代长篇叙事诗的"双璧"。

南朝梁的文坛领袖沈约精通音律，对声律很有研究，提出诗歌"四声八病"的声律理论，并将其研究成果用于诗歌创作实践中。在诗歌创作中有意识地将平声仄声交错使用，以构成抑扬顿挫的音律之美。其开创性的发现和诗歌实践，为隋唐近体诗的发展奠定了基础。他和谢朓、王融等人利用平上去入四声创作出来的诗歌，被后人称为"永明体"。

隋唐人在永明体的基础上，逐渐发展出讲究平仄、对仗、押韵等形式严谨的近体诗，近体诗又称今体诗。隋唐以后，人们把以前各式各样的诗歌统称为古体诗，以便与近体诗作区分。除此之外，通常人们把隋唐以后创作不受近体诗规则束缚且带有古体诗形式的诗歌称为古体诗，古体诗亦称为古风。

诗歌发展到唐代，进入中国诗歌创作的最辉煌时代，唐代为后世留下近五万首的诗歌。初唐四杰为王勃、卢照邻、杨炯、骆宾王。他们四人继承南朝齐、梁时期诗人的风格，在此基础上将其发扬光大，律诗八句在他们手中基本成型。之后陈子昂明确反对齐、梁诗风，倡导"汉魏风骨"。

盛唐时期出现中国历史上两位最伟大的诗人李白和杜甫。他们为后世留下大量脍炙人口的诗歌，他们的横空出世代表唐诗进入最繁荣的时期。除此之外，盛唐时期还出现过两类诗人：一类是山水田园诗人，以孟浩然、王维为代表；另一类是边塞诗人，以高适、岑参为代表。中唐诗歌延续盛唐诗歌的辉煌，白居易是其中最杰出的代表。他继承《诗经》和汉乐府的现实主义精神，掀起了一股现实主义诗歌创作的浪潮，史称"新乐府运动"。元稹和张籍也是这一时期的代表人物。新乐府运动时期，不得不提到另一位伟大的诗人韩愈，他以文为诗，把文章的技法带入诗歌，扩大和丰富了诗歌的表现领域。晚唐时期，诗歌整体风格呈现颇多的感伤氛围，其时诗坛的代表人物是杜牧和李商隐。晚唐后期，出现一批继承新乐府现实主义精神的诗人，代表人物是皮日休，他们的诗风锋芒毕露，剑指时弊。

诗歌发展到宋代，却未能延续唐诗的辉煌。宋代诗歌的抒情元素减少，议论和说理的元素增多。但宋诗在诗歌形式方面的技巧臻于成熟，很少出现唐诗那种经常出律的情形。宋初的梅尧臣、苏舜钦两人并称苏梅，他们为宋诗的发展奠定了基础。宋诗的代表人物是苏轼和黄庭坚。其中黄庭坚还和陈师道一起开创了"江西诗派"。此外，欧阳修、王安石、陆游、范成大、杨万里等均为宋诗的发展做出杰出的贡献。

宋诗相对唐诗而言趋于式微，但词在宋代却得到极大的发展。唐末温庭筠是第一个大规模填词的词人，他的词用语华丽，多写妇女相思离别之情。后蜀赵崇祚将温庭筠、韦庄等人的词作收录于《花间集》，因此，他们被后人称为"花间派"。五代李煜在填词方面取得很高的艺术成就，被后人称为"千古词帝"。宋初晏殊、晏几道父子在词方面颇有建树。自柳永开始，宋词的创作开始走向长调的发展道路。后来苏轼"以诗入词"，拓展了词的表现领域。与苏轼同时期的著名词人有欧阳修、王安石、秦观、周邦彦等人。其中周邦彦擅长音律，词风受到柳永的影响，字句精巧，注重音律，并且其制作了不少曲调，对词的发展做出杰出的贡献。南宋时期，辛弃疾是爱国词人的杰出代表，其"以文入词"，同样是拓展了词的表现领域，创作了不少爱国主义的作品。南宋后期的姜夔，其词风受周邦彦的影响较大，注重音律和修辞，创作了不少传世之作。此外，两宋词坛上也曾出现过一股清流，其代表人物为李清照，其用语朴素，甚至是接近口语的言语，创作出许多脍炙人口的作品。

由于外族的入侵，诗词到元代逐渐退出主流文学的地位，取而代之的是元曲的兴盛。诗词发展到明清两代，整体质量滑坡明显，明清两代没有出现过杰出的诗人，但清朝出现了一位伟大的词人纳兰性德，其词风清新隽秀，独具特色，在当时影响极大。

新文化运动兴起后，胡适等人反对旧体诗词，主张"诗体大解放"，倡导不受任何格律规则限制的自由诗。中国诗坛自此进入自由诗和旧体诗并存的时代。自由诗最大的好处是解放思想，不受任何规则的约束，但其最大的弊端也在此。没有规则，意味着诗歌质量的好坏没有统一的评判标准，这也导致自由诗受到的非议颇多。自由诗就像是大海中的一叶孤舟，似乎往哪个方向都可以行进，但似乎又永远无法到达彼岸。

第二节　古体诗种类

古体诗按诗句句数一般可分为三言、四言、五言、七言、杂言古诗等。按照体裁类型可分为骚体诗、乐府诗、行、歌行、古体绝句等。

一、三言古诗

三言诗在我国诗歌史上的存在感很低，但不意味着其历史不悠久。至少在春秋战国时期，三言诗已基本发展成熟。《诗经》的内容有风、雅、颂三类，其中风是指《国风》。《国风》中就有三言诗。如《国风·周南·螽斯》："螽斯羽，诜诜兮。宜尔子孙，振振兮。螽斯羽，薨薨兮。宜尔子孙，绳绳兮。螽斯羽，揖揖兮。宜尔子孙，蛰蛰兮。"该诗中的"螽斯"是个蝈蝈，是一种繁殖能力非常强的昆虫。从诗反映的内容看，该首诗明显用了许多赞誉的词语，直接赞美蝈蝈的多子多孙，但更多的是反映先民们重视生育和崇拜生殖的心理。

三言诗歌是一种古老的民间诗体，先秦时期的三言诗大多是口头创作，用语自然、简单，口语化痕迹明显。三言诗即是三言句，由于其字数少，导致表意能力较为欠缺，我国留存的三言诗并不多，如班固的三言诗《日出入》就有一定的代表性：

　　天马徕，从西极，涉流沙，九夷服。天马徕，出泉水，虎脊两，化若鬼。天马徕，历无草，径千里，循东道。天马徕，执徐时，将摇举，谁与期？天马徕，开远门，竦予身，逝昆仑。天马徕，龙之媒，游阊阖，观玉台。

二、四言古诗

《诗经》虽杂有三、五、七、八、九言之句，而基本体裁是四言体。如其第一篇《关雎》："关关雎鸠，在河之洲。窈窕淑女，君子好逑。"汉代以前，虽有五言诗开始兴起，但流行的主要体裁依然是四言诗；东汉以后，五言诗方逐渐盛行。四言诗同样因为字数较少，没有过多的艺术雕琢空间，因而其在表现力方面有一定的局限性。五言诗的盛行意味着四言诗在文人心目中的地位在下降，写四言诗的人数也逐渐减少。魏晋以后，嵇康、陶渊明等人的四言诗也相当不错。

曹操在复兴四言诗方面贡献最大，其成就也最高。曹操的四言诗超越了他之前的所有诗人，可以用前无古人，后无来者来形容。沈德潜曾评价说："曹公四言，于《三百篇》外，自开奇响。"曹操四言诗的代表作有《观沧海》《龟虽寿》《短歌行》等。曹操的四言诗节奏感强，意境雄浑开阔、语言质朴沉雄。曹操的四言诗代表作之一，如《短歌行》（其一）：

　　对酒当歌，人生几何！譬如朝露，去日苦多。
　　慨当以慷，忧思难忘。何以解忧？唯有杜康。
　　青青子衿，悠悠我心。但为君故，沉吟至今。
　　呦呦鹿鸣，食野之苹。我有嘉宾，鼓瑟吹笙。
　　明明如月，何时可掇？忧从中来，不可断绝。
　　越陌度阡，枉用相存。契阔谈䜩，心念旧恩。
　　月明星稀，乌鹊南飞。绕树三匝，何枝可依？
　　山不厌高，海不厌深。周公吐哺，天下归心。

三、五言古诗

五言诗顾名思义每句五个字，全篇句数不限，不讲平仄，用韵也自由，中间甚至可以换韵。它既不同于汉代的乐府诗，也不同于隋唐的近体诗，是汉魏时期形成的一种新诗体。五言诗可以容纳更多的词汇，主语、谓语和宾语均可同时出现在五言句中，扩展了诗歌的容量，可以更好地叙事和抒情，成为古典诗歌的主要表达方式。五言诗最早源于民间歌谣，如汉乐府民歌《江南》："江南可采莲，莲叶何田田，鱼戏莲叶间。鱼戏莲叶东，鱼戏莲叶西，鱼戏莲叶南，鱼戏莲叶北。"

现存最早的五言诗是班固的《咏史》：

> 三王德弥薄。惟后用肉刑。
> 太苍令有罪，就递长安城。
> 自恨身无子，困急独茕茕。
> 小女痛父言，死者不可生。
> 上书诣阙下，思古歌鸡鸣。
> 忧心摧折裂，晨风扬激声。
> 圣汉孝文帝，恻然感至情。
> 百男何愦愦，不如一缇萦。

钟嵘《诗品》评价该诗时说"质木无文"，这说明五言诗成文之初，基本上缘事而发，停留在叙事层面，诗艺技巧还不成熟。五言诗发展至东汉，诗艺技巧日趋成熟，逐渐摆脱了附属于乐府民歌的从属地位，走上言情述志的独立创作道路。五言诗便于单音词、双音词的灵活组合，可以反映更为复杂的社会生活，极大地增强了诗歌的容量和表现力。如阮籍的《咏怀》（其一）："步出上东门，北望首阳岑。下有采薇士，上有嘉树林。良辰在何许，凝霜沾衣襟。寒风振山冈，玄云起重阴。鸣雁飞南征，鹍鸠发哀音。素质由商声，凄怆伤我心。"其文辞畅达、直抒胸臆、节奏舒缓。

四、七言古诗

七言古诗与五言古诗一样，同样是全篇句数不限，不讲平仄，用韵也自由，中间可以换韵，平仄交替亦可穿插其间，无一定之规。七言古诗篇幅较长、可以容纳较多的词汇，是古代诗歌中最具表现力的一种诗歌体裁。如鲍照的《拟行路难十八首》，把之前七言诗句句用韵的"柏梁体"修正为隔句用韵，为近体诗的发展提供了初步思路和样式，同时该系列诗歌极富表现力、主题深刻、内容丰富、辞藻华丽。

曹丕的《燕歌行二首》是公认的今存最早的七言诗，如他的《燕歌行二首·其一》：

> 秋风萧瑟天气凉，草木摇落露为霜。
> 群燕辞归鹄南翔，念君客游思断肠。
> 慊慊思归恋故乡，君何淹留寄他方。
> 贱妾茕茕守空房，忧来思君不敢忘，
> 不觉泪下沾衣裳。援琴鸣弦发清商，
> 短歌微吟不能长。明月皎皎照我床，
> 星汉西流夜未央。牵牛织女遥相望，
> 尔独何辜限河梁。

五、杂言古诗

杂言诗是中国古代诗歌的最初形式，其句式不拘一格，形式自由，在平仄、对仗、押平韵或仄韵、句数等都不受限制。由于句数没有受到限制，一般杂言诗的篇幅偏长。字数不整齐，大多从一字至十字以上，杂言诗通常有五、七杂言，三、五、七杂言，五、四杂言，等小类。李白的《梦游天姥吟留别》《蜀道难》、杜甫的《兵车行》等都是杂言诗的代表作。以四言诗为主体的《诗经》也有不少杂言诗，如《将仲子》：

> 将仲子兮，无逾我里，无折我树杞。岂敢爱之？畏我父母。仲可怀也，父母之言，亦可畏也。将仲子兮，无逾我墙，无折我树桑。岂敢爱之？畏我诸兄。仲可怀也，诸兄之言，亦可畏也。将仲子兮，无逾我园，无折我树檀。岂敢爱之？畏人之多言。仲可怀也，人之多言，亦可畏也。

该杂言古诗字数从四言至八言不等。该诗把古代少女为阻止热恋对象欲翻墙而来私会的不安和担忧全部通过诗歌的形式表现出来。

六、骚体诗

骚体诗是在楚国民歌的基础上发展而来的，因《楚辞》中有屈原的名篇《离骚》而得名。屈原在受到政治压迫的情形下，创作了大量的诗歌，后人将其作品收集成书，取名《楚辞》。据班固《汉书·艺文志》载："屈原赋二十五篇。"《楚辞》中共收录了屈原25篇作品，与《汉书》载明的数量一致，可以说屈原的作品基本上被保存下来。《惜诵》是屈原突破四言体式而创造的第一首"骚体诗"。

"骚体诗"较以前的诗歌有两大突破：一是突破四言句式，出现五言、六言、七言，乃至八言的句式；二是在章法上突破《诗经》那种"重章叠唱"的形式，可以自由表达自己的思想感情，不受古诗章法的约束，但其诗文有开始、发展、照应、概括等笔法技巧，脉络清晰，自成章法。

骚体诗通常有激情澎湃的抒情，极具浪漫主义色彩。骚体诗在句式、句数、押韵等方面没有什么限制，创作自由度很高，其句多用语气词"兮"字结尾。两汉的辞赋是在骚体诗的基础上发展而来的，汉后的离歌、颂歌、哀歌等多采用骚体，其对后世的影响力不容忽视。

七、乐府诗

汉乐府，是指专门管理乐舞演唱教习的机构，乐府的职责是采集民间歌谣或文人的诗来配乐，以备朝廷祭祀或宴会时演奏之用。后世称这种官方搜集整理的诗歌为乐府，乐府从一开始的机构名称逐渐演变为诗歌的名称。乐府在中国诗歌史上具有举足轻重的地位，与《诗经》《楚辞》鼎足而立。

乐府诗分为旧乐府诗和新乐府诗。旧乐府诗主要指汉魏乐府诗，主要特点是常常采用比兴手法反映社会现实。旧乐府诗形式多种多样，有采用四言体、五言体、六言体和杂言体等，其中最重要的是五言体和杂言体。乐府诗中反映女性题材的诗歌非常多，《孔雀东南飞》与《木兰诗》是其中的代表，但其篇幅相对较长。兹以乐府诗中篇幅较短的《十五从军征》为例：

> 十五从军征，八十始得归。
> 道逢乡里人："家中有阿谁？"
> "遥望是君家，松柏冢累累。"
> 兔从狗窦入，雉从梁上飞。
> 中庭生旅谷，井上生旅葵。
> 舂谷持作饭，采葵持作羹。
> 羹饭一时熟，不知贻阿谁。
> 出门东向望，泪落沾我衣。

该诗是一篇叙事诗，描写其少年从军、暮年归家后看到家里的荒凉景象，旨在控诉残酷的兵役制度。

唐朝历经安史之乱后，社会动荡不安，政治腐败，有识之士冀望借助政治改良来改变日渐式微的国势，在这种背景下产生了新乐府运动。新乐府高举汉乐府的现实主义大棒，提出了"文章合为时而著，歌诗合为事而作"的一整套理论，创作了大量的新乐府诗歌，使新乐府运动取得了极大的成就。如白居易的《卖炭翁》：

卖炭翁，伐薪烧炭南山中。
满面尘灰烟火色，两鬓苍苍十指黑。
卖炭得钱何所营？身上衣裳口中食。
可怜身上衣正单，心忧炭贱愿天寒。
夜来城外一尺雪，晓驾炭车辗冰辙。
牛困人饥日已高，市南门外泥中歇。
翩翩两骑来是谁？黄衣使者白衫儿。
手把文书口称敕，回车叱牛牵向北。
一车炭，千余斤，宫使驱将惜不得。
半匹红纱一丈绫，系向牛头充炭直。

八、歌行

歌行是古代诗歌体裁之一，是在乐府诗的基础上创立的诗歌体裁。严羽的《沧浪诗话》云："风雅颂既亡，一变而为离骚，再变而为西汉五言，三变而为歌行杂体，四变而为沈宋律诗。"南朝宋的鲍照是歌行体的创作人。鲍照自幼学习乐府诗，深得其精髓，自创格调，发展了七言诗，创造了以七言体为主的歌行体。唐朝张若虚《春江花月夜》的出现，是歌行体正式形成的标志。

歌行体的篇幅长短不拘，句式比较灵活，声律与押韵比较自由。以"歌"命名的有：白居易的《长恨歌》、岑参的《白雪歌送武判官归京》、杜甫的《茅屋为秋风所破歌》等。以"行"命名的有：白居易的《琵琶行》、杜甫的《兵车行》、李白的《少年行》等。如杜甫的《兵车行》：

车辚辚，马萧萧，行人弓箭各在腰。
爷娘妻子走相送，尘埃不见咸阳桥。

牵衣顿足拦道哭，哭声直上干云霄。
道旁过者问行人，行人但云点行频。
或从十五北防河，便至四十西营田。
去时里正与裹头，归来头白还戍边。
边庭流血成海水，武皇开边意未已。
君不闻汉家山东二百州，千村万落生荆杞。
纵有健妇把锄犁，禾生陇亩无东西。
况复秦兵耐苦战，被驱不异犬与鸡。
长者虽有问，役夫敢申恨？
且如今年冬，未休关西卒。
县官急索租，租税从何出？
信知生男恶，反是生女好。
生女犹得嫁比邻，生男埋没随百草。
君不见，青海头，古来白骨无人收。
新鬼烦冤旧鬼哭，天阴雨湿声啾啾！

九、古体绝句

古体绝句又称古绝，主要指唐以前的绝句诗，也包括唐以后人们写的韵律相对自由的绝句。"绝句"这一名称大约起源于南朝。如《南史·宋宗室及诸王下·刘昶传》中"在道慷慨为断句"，又如《檀超传》载宋明帝说吴迈远"连绝之外，无所复有"。上述语句中的"绝"即绝句，绝的意思是"断绝"，古人常用四句二韵的绝句来表达其思想。

古绝的发展经历了曲折的道路，它从模拟乐府开始，经历了从模仿到成熟的过程。五言古绝作为独立的诗体在东晋末年后大量出现。鲍照、谢朓、庾信三位诗人为古绝的发展殚精竭虑，做出了巨大的贡献。他们三人的古绝句在意境、章法、艺术风格和声调等方面为唐人提供了可贵的经验和相对成熟的范式。古绝一般多见于五言体，七言体较少。古绝只有四句，且不受平仄、对仗的限制，多押仄韵，押平韵的相对较少。李白的《静夜思》和柳宗元的《江雪》均为五言古绝体。

第三节　近体诗种类

一、近体诗分类

近体诗系是相对于古体诗而言的称谓。近体诗对于诗的平仄、对仗、押韵、字数等均有严格的规定。古体诗又称古风，古风在上述方面则较为宽松，不讲求对仗、平仄规律，不限句数，押韵也较为自由。可以双句押韵，也可以对句与出句相互押韵，同时诗句还可以中间换韵。从形式上分，近体诗分为律诗、绝句和排律。

（一）律诗

律诗有五言和七言律诗两种，五言律诗和七言律诗均为八句，五言律诗合计四十字，七言律诗合计五十六字。如王勃的五言律诗《送杜少府之任蜀州》：

城阙辅三秦，风烟望五津。
与君离别意，同是宦游人。
海内存知己，天涯若比邻。
无为在歧路，儿女共沾巾。

该诗是送别诗中的不世经典。作者在送别友人时，劝勉和叮嘱友人不需要过度悲伤。全诗意境高阔，气脉流通。其中"海内存知己，天涯若比邻"成为千古名句，该句格调豪迈，情趣豁达，表达了友情不受时间、空间的影响，影响深远。

又如杜甫的《登高》：

风急天高猿啸哀，渚清沙白鸟飞回。
无边落木萧萧下，不尽长江滚滚来。
万里悲秋常作客，百年多病独登台。
艰难苦恨繁霜鬓，潦倒新停浊酒杯。

该诗是描写作者在秋天登高时的见闻，前四句描写景物，后四句表达自己年老多病、寄寓他乡的心酸和无奈。全篇语言精练，通篇对偶，风格沉郁顿挫。"无边落木萧萧下，不尽长江滚滚来"成为流传后世的经典名句，该诗完全不输崔颢的《黄鹤楼》和李白的《登金陵凤凰台》。

（二）绝句

绝句又称"截句"，顾名思义是截取律诗的一半而成。由于五言绝句仅有二十字，七言绝句也仅有二十八字。绝句语言非常简练，一首绝句仅有四句，一般不要求对仗。不论五言绝句还是七言绝句，首句不入韵的为正体，首句入韵的为变体。五言绝句简称五绝，七言绝句简称七绝。五绝如李白的《独坐敬亭山》：

众鸟高飞尽，孤云独自闲。
相看两不厌，只有敬亭山。

七绝如唐人刘禹锡《杨柳枝词九首》（其一）：

塞北梅花羌笛吹，淮南桂树小山词。
诸君莫奏前朝曲，听唱新翻《杨柳枝》。

（三）排律

排律就是五律或者七律的延长，不论是五言排律还是七言排律，均要求句数在十句以上，且不限句数。换言之，排律少则在十句，多则在百句以上。其平仄、押韵与律诗无异，排律要求除首联和尾联外，中间联全部要对仗，各句间也要遵守平仄相粘的格式。中间联要求全部对仗，这导致排律的写作难度极高，一般文人都很难利用排律写出好的作品来，排律诗给人留下"练习对仗"和提高"作诗技巧"之感，其现实意义和艺术价值有限，不宜提倡。杜甫倒是留下不少长律，如他的《上韦左相二十韵》：

凤历轩辕纪，龙飞四十春。
八荒开寿域，一气转洪钧。
霖雨思贤佐，丹青忆老臣。
应图求骏马，惊代得麒麟。
沙汰江河浊，调和鼎鼐新。

韦贤初相汉，范叔已归秦。
盛业今如此，传经固绝伦。
豫樟深出地，沧海阔无津。
北斗司喉舌，东方领搢绅。
持衡留藻鉴，听履上星辰。
独步才超古，余波德照邻。
聪明过管辂，尺牍倒陈遵。
岂是池中物，由来席上珍。
庙堂知至理，风俗尽还淳。
才杰俱登用，愚蒙但隐沦。
长卿多病久，子夏索居频。
回首驱流俗，生涯似众人。
巫咸不可问，邹鲁莫容身。
感激时将晚，苍茫兴有神。
为公歌此曲，涕泪在衣巾。

（四）六言律诗

六言律诗和七言律诗在句数、平仄规则方面完全相同，不过每句字数少一字。唐宋及以后诸代，六言律诗的数量不多，如刘长卿的《苕溪酬梁耿别后见寄》：

清川永路何极，落日孤舟解携。
鸟向平芜远近，人随流水东西。
白云千里万里，明月前溪后溪。
惆怅长沙谪去，江潭芳草萋萋。

又如卢纶的《送万臣》：

把酒留君听琴，谁堪岁暮离心？
霜叶无风自落，秋云不雨空阴。
人愁荒村路细，马怯寒溪水深。
望尽青山独立，更知何处相寻！

（五）三韵小律

三韵小律顾名思义，每首只有三韵，共六句，首尾两联不要求对仗，中间一联要求对仗，平仄规则与律诗相同。五言小律只有三十字，七言小律只有四十二字。如唐人杜牧的五言小律《池州废林泉寺》：

废寺林溪上，颓垣倚乱峰。
看栖归树鸟，犹想过山钟。
石路寻僧去，此生应不逢。

七言小律如李商隐的《赠荷花》：

世间花叶不相论，花入金盆叶作尘。
惟有绿荷红菡萏，卷舒开合任天真。
此花此叶常相映，翠减红衰愁杀人。

由于创作六言律诗和三韵小律的人数很少，存世的作品寥若晨星，这类"小众"诗歌在中国诗歌史上的影响力不大。

就近体诗的种类而言，各具特色，后人对其特点曾做出过总结，如明人陆时雍道："诗四言优而婉，五言直而倔，七言纵而畅，三言矫而掉，六言甘而媚，杂言芬葩，顿跌起伏。"

第二章

诗韵基础

第一节 韵的相关知识

一、韵书

三国时期魏国人李登编撰的《声类》，被后世公认为韵书鼻祖。南北朝时期，南齐人周颙编撰了《四声切韵》，南梁人沈约编撰了《四声韵谱》，这些韵书促进了诗歌创作的发展，为当时风靡一时的永明体的诞生奠定了基础。

隋朝人陆法言等人编撰了《切韵》。学界普遍认为《切韵》反映了当时汉语的语音，该语音系统被完整地保存在后来的《广韵》和《集韵》等书中。《切韵》对后世音韵学影响巨大，被公认为中国音韵学上划时代的巨著。《切韵》原本已消失在历史的长河中，但陆续有残本出土。唐人孙愐等人编撰的《唐韵》，北宋人陈彭年等人编撰的《广韵》，以及后来丁度等人编撰的《集韵》，都是以《切韵》为蓝本。《广韵》和《集韵》这两部韵书流传至今，按平、上、去、入四声分为206个韵部。

南宋的刘渊编撰了《壬子新刊礼部韵略》，将《广韵》中的206韵部合并为107个韵部。金人王文郁以《广韵》为基础，编撰了《平水新刊韵略》，将以前的韵目进行删并，合成106个韵部。在诗歌创作中，106个韵部比206个韵部在选择韵字方面宽泛许多。《平水新刊韵略》发行后逐渐取代之前的韵书，成为金元以后人们通用的韵书，被后世人称为"平水韵"。平水韵的韵书已佚，但其语音系统被完整地保存在《佩文诗韵》里而流传至今。

平水韵作为金元以后人们作诗的准则，其仍有106个韵部，而且有的韵部合并的并不合理。如把灰韵和咍韵合并十灰韵，这两个韵差异有点大，以致后来的词韵又把其分开。1965年中华书局把《佩文诗韵》的106个韵部简化为18

个韵部，简称中华新韵，韵部的简化，为诗歌创作带来了极大的便利。2010年，中华诗词学会按照"同身同韵"的原则把中华新韵十八韵部进一步简化为十四韵部。中华诗词学会提倡"倡古知今，双轨并行，今不妨古，宽不碍严"的原则，提倡现代人创作旧体诗使用新韵，但不反对使用旧韵。但一首诗中，不得新旧韵混用。为便于读者阅读，提倡在诗词中备注使用新韵或是旧韵。

韵书的流行和当时的科举制度密不可分。中国古代的学科门类较少，而且中国一向不重视自然科学，视之为"奇技淫巧"。科举考试科目自然以诗赋水平为"必考课"。科举考试在限定题目的情形下，要求考生现场创作诗歌，这样的诗歌被称为"试贴诗"。科举考试自隋朝开科取士以来，一直延续到清末。当时通过科举制度晋升而形成的士大夫阶层，作诗是其必须掌握的技能。人们在宴会中可以吟诗作对，送别友人时可以吟诗作对，在他们认为合适的场合均可赋诗作对，整个社会沉浸在诗歌的氛围中，诗歌成为整个社会的一道亮丽风景线，无怪乎中国会被外国人称为"诗的国度"。唐朝时的官话远没有今天的普通话那么流行，各地人们的发音差异较大。文人雅士作的诗是否符合诗歌平仄、押韵规则，不能以地方的发音为准，唯有到当时流行的韵书中寻找标准答案，于是韵书开始在当时的社会中逐渐流行开来。

二、韵和韵脚

韵是诗词的主要元素和特征之一。要了解韵，必须先了解汉字字音的基础知识。韵是指韵母与音节的收音。汉字的字音由声母、韵母、声调三部分组成。声母一般由辅音来充当。韵母常常由元音和辅音组成，有的韵母只有元音而没有辅音。诗词的押韵与声母没有关系，与韵母有关系。

韵母由单个元音组成称为单韵母，如：a、o、e、ê、i、u、ü、-i（前）、-i（后）、er。由两个或者多个元音组成称为复韵母。复韵母如：ai、ei、ui、ao、ou、iu、ie、üe。韵尾含鼻音的称为鼻韵母。前鼻音韵母是指拼音中以"n"结尾的，如：an、en、in、un、ün；后鼻音韵母是指拼音中以"ng"结尾的，如ang、eng、ing、ong。不论是单韵母还是复韵母，汉字的字音中都有元音。复韵母由韵头、韵腹、韵尾组成。例如 huang 的发音，h 为声母，u 为韵头，an 为韵腹，g 为韵尾。复韵母一定有韵腹，但不一定有韵头或者韵尾，如 hua 的发音，u 是韵头，a 是韵腹，没有韵尾；如 da 的发音，a 是韵腹，没有韵头和韵尾。

现代汉语的声调由阴平、阳平、上声、去声四声组成；古代汉语的声调由平声、上声、去声、入声四声组成。随着语音的发展，古代汉语的入声字已经消失，分别演变派入平声、上声、去声三个声调中去，即所谓的"入派三声"，但在粤语、客家话、闽语等地方语种中至今仍保留了大量的入声字。普通话中发音相似，但在平水韵中可能平仄归属不同。如在普通话中，"国"和"罗"的韵母相同，韵母为 uo，均为第二声，发音相似，但在平水韵中，"罗"为平声，而"国"则为仄声。

韵母的主要元音和韵尾相同或者相近的字，称为同韵字。诗词或韵文的句末使用了两个或者两个以上的同韵字，就叫押韵。由于押韵的字通常在句末，所以也叫韵脚。押韵可以使诗句产生回环往复的旋律，读来朗朗上口，颇具音乐美和艺术感染力，也便于人们吟诵和记忆。如李白的《静夜思》：

　　床前明月光，疑是地上霜。
　　举头望明月，低头思故乡。

又如骆宾王的《在军等城楼》：

　　城上风威冷，江中水气寒。
　　戎衣何日定，歌舞入长安。

再如柳宗元的《江雪》：

　　千山鸟飞绝，万径人踪灭。
　　孤舟蓑笠翁，独钓寒江雪。

第一首诗的"光""霜"和"乡"字，第二首诗的"寒"和"安"字，均押平声韵。第三首诗的"灭"和"雪"，押仄声韵。

三、邻韵

邻韵是中国古代诗词的一个术语。著名学者王力先生认为：所谓邻韵，是指韵音相近者。因大部分邻韵在韵书排列上相接相邻，故名邻韵。必须指出，邻韵是因为韵音相近而为邻韵，并非排列相近而为邻韵。如江、阳互为邻韵，但其位置在排列上却相对较远。

实际上唐朝中期的人们开始使用邻韵，但不是很流行。杜甫下列诗句均使用了邻韵：

1. 排律《奉赠鲜于京兆二十韵》（全诗押十一真）之"操持郢匠斤"句，"斤"为邻韵十二文。

2. 排律《赠王二十四侍御契四十韵》（全诗押十一真）之"稍稍息劳筋"句，"筋"为邻韵十二文。

3. 排律《夔府书怀四十韵》（全诗押四支）之"行人避蒺藜"句，"藜"属八齐。

4. 排律《赠比部萧郎中十兄》（全诗押十三元）之"风雅蔼孤骞"句，"骞"属一先。

5. 五律《独酌》（全诗押四支）之"行蚁上枯梨"句，"梨"属八齐。

6. 五律《军中醉饮寄沈八刘叟》（全诗押九青）之首句"酒渴爱江清"，"清"为邻韵八庚。

7. 五律《客旧馆》（全诗押九青）之"寒砧昨夜声"句，"声"为邻韵八庚。

8. 五律《雨晴》（全诗押一东）之"久雨不妨农"句，"农"为邻韵二冬。

9. 七律《崔氏东山草堂》（全诗押十一真）之"饭煮青泥坊底芹"句，"芹"为临韵十二文。

10. 七绝《投简梓州幕府兼简韦十郎官》（全诗押六鱼）之首句"幕下郎官安稳无"，"无"为临韵七虞。

以平水韵为例，以下几类均属邻韵：（1）东、冬；（2）江、阳；（3）支、微、齐；（4）鱼、虞；（5）佳、灰；（6）真、文、元、删、先、寒；（7）萧、肴、豪；（8）庚、青、蒸；（9）覃、盐、咸。

四、和韵

和韵是指依照别人诗作的原韵作诗。和旧体诗是古代诗人展示才华、交朋结友的"雅兴"之一，非常盛行。和韵大致有三种方式：次韵、依韵和用韵。次韵又称步韵，是指韵脚用其诗原韵原字，而且用字先后次序也必须相同。先以次韵举例，曹雪芹《红楼梦》第三十七回有四首用次韵的附和之作，如薛宝钗的《咏白海棠》：

珍重芳姿昼掩门，自携手瓮灌苔盆。
胭脂洗出秋阶影，冰雪招来露砌魂。
淡极始知花更艳，愁多焉得玉无痕。
欲偿白帝宜清洁，不语婷婷日又昏。

贾探春的《咏白海棠》：

斜阳寒草带重门，苔翠盈铺雨后盆。
玉是精神难比洁，雪为肌骨易销魂。
芳心一点娇无力，倩影三更月有痕。
莫谓缟仙能羽化，多情伴我咏黄昏。

贾宝玉的《咏白海棠》：

秋容浅淡映重门，七节攒成雪满盆。
出浴太真冰作影，捧心西子玉为魂。
晓风不散愁千点，宿雨还添泪一痕。
独倚画栏如有意，清砧怨笛送黄昏。

林黛玉的《咏白海棠》：

半卷湘帘半掩门，碾冰为土玉为盆。
偷来梨蕊三分白，借得梅花一缕魂。
月窟仙人缝缟袂，秋闺怨女拭啼痕。
娇羞默默同谁诉，倦倚西风夜已昏。

以上是四首唱和之作，它们的主题都是"咏白海棠"。韵脚为盆、魂、痕、昏，且四首诗韵脚次序完全一致，是典型的步韵诗。

用韵，是指韵脚用原诗的字而不必依照其先后次序押韵。以元稹附和白居易原诗的作品为例。白居易的原作《八月十五夜禁中独直对月亿元九》：

银台金阙夕沈沈，独宿相思在翰林。
三五夜中新月色，二千里外故人心。
渚宫东面烟波冷，浴殿西头钟漏深。
犹恐清光不同见，江陵卑湿足秋阴。

元稹的《酬乐天八月十五夜禁中独直对月亿元九》：

一年秋半月偏深，况就烟霄极赏心。
金凤台前波漾漾，玉钩帘下影沉沉。
宴移明处清兰路，歌待新词促翰林。
何意枚皋正承诏，瞥然尘念到江阴。

上述两首诗的韵字均为：林、心、深、阴，但其押韵的次序不同。

依韵，是指依照他人诗作韵脚所在的韵部押韵，不强求与原诗的韵脚一致即可。如杜牧的原诗《九日齐山登高》：

江涵秋影雁初飞，与客携壶上翠微。
尘世难逢开口笑，菊花须插满头归。
但将酩酊酬佳节，不用登临恨落晖。
古往今来只如此，牛山何必独沾衣。

张祜的《和杜牧之齐山登高》：

秋溪南岸菊霏霏，急管烦弦对落晖。
红叶树深山径断，碧云江静浦帆稀。
不堪孙盛嘲时笑，愿送王弘醉夜归。
流落正怜芳意在，砧声徒促授寒衣。

杜牧和张祜的附和诗部分韵字不同，但都是押五微韵部。

五、转韵

转韵指同一首诗中可以押两个以上的韵。除律诗、绝句必须一韵到底外，古体诗和赋以及其他诗歌可以一韵到底，也可以中途换韵。古体诗尤其是长篇古体诗，换韵较自由，既不限平声韵、仄声韵，也不限于邻韵。如王建的《荆南赠别李肇著作转韵诗》：

辉天复耀地，再为歌咏始。素传学道徒，清门有君子。
文涧泻潺潺，德峰来垒垒。两京二十年，投食公卿间。
封章既不下，故旧多惭颜。卖马市耕牛，却归湘浦山。
麦收蚕上簇，衣食应丰足。碧涧伴僧禅，秋山对雨宿。

且欢身体适，幸免缨组束。上宰镇荆州，敬重同岁游。
欢逢通世友，简授画戎筹。迟迟就公食，怆怆别野裘。
主人开宴席，礼数无形迹。醉笑或颠吟，发谈皆损益。
临甕理芳鲜，升堂引宾客。早岁慕嘉名，远思今始平。
孔门忝同辙，潘馆幸诸甥。自知再婚娶，岂望为亲情。
欣欣还切切，又二千里别。楚笔防寄书，蜀茶忧远热。
关山足重叠，会合何时节。莫叹各从军，且愁岐路分。
美人停玉指，离瑟不中闻。争向巴山夜，猿声满碧云。

六、韵部

平水韵共有106个韵部，其中上平声15部，下平声15部，上声29部，去声30部，入声17部。由于近体诗都是押平声韵，平水韵中上平声和下平声合计只有30个韵部。王力先生在《汉语诗律学》中把这30个韵部分成宽韵、中韵、窄韵及险韵四类。

宽韵：包括四支、一先、七阳、八庚、十一尤、一东、十一真、七虞等。

中韵：十三元、十四寒、六鱼、二萧、十二侵、二冬、十灰、八齐、五歌、六麻、四豪等。

窄韵：五微、十二文、十五删、九青、十蒸、十三覃、十四盐等。

险韵：三江、九佳、三肴、十五咸等。

宽韵和中韵的可供选择的韵字多，是作诗之首选。初学者应尽量避免选择窄韵和险韵。窄韵和险韵的字数本来就不多，除去使用不上的生僻字，剩下可供选择的韵字就更少，导致作诗的难度陡然增加。但我们也不能不承认一个事实，那就是用险韵写出好作品来，其文字功底铁定不差。唐人韩愈喜欢用窄韵，如其名作《赠张籍》：

吾老著读书，馀事不挂眼。有儿虽甚怜，教示不免简。
君来好呼出，踉跄越门限。惧其无所知，见则先愧赧。
昨因有缘事，上马插手版。留君住厅食，使立侍盘盏。
薄暮归见君，迎我笑而莞。指渠相贺言，此是万金产。
吾爱其风骨，粹美无可拣。试将诗义授，如以肉贯弗。
开祛露毫末，自得高蹇巉。我身蹈丘轲，爵位不早绾。
固宜长有人，文章绍编划。感荷君子德，恍若乘朽栈。

21

召令吐所记，解摘了瑟僴。顾视窗壁间，亲戚竞觇䫓。
喜气排寒冬，逼耳鸣睍睅。如今更谁恨，便可耕灞浐。

该诗"眼、简、限、䫓、版、盏"等押的是窄韵潸韵。

第二节　声律八病

声律八病，是南朝梁人沈约所提出的声律术语。沈约将四声的辨识同传统的音韵学说相结合，总结出了一套诗歌创作时应避免的八种声律毛病，后人称之为"八病"之说。即作诗要避免平头、上尾、蜂腰、鹤膝、大韵、小韵、旁纽、正纽八种声律毛病。"声律八病"的概念如下：

（一）平头：五言诗的两句中，上句第一、二字不能与下句第一、二字声调相同。不然就犯了平头的毛病。如"朝云晦初景，丹池晚飞雪。""朝云"与"丹池"均为平声字。沈约"八病"之说是针对五言诗的，七言诗也同样适用该学说，如高适的《送李少府贬峡中王少府贬长沙》：

嗟君此别意何如，驻马衔杯问谪居。
巫峡啼猿数行泪，衡阳归雁几封书。
青枫江上秋帆远，白帝城边古木疏。
圣代即今多雨露，暂时分手莫踌躇。

该诗颔联的"巫峡""衡阳"都是平声字。

（二）上尾：五言诗的第五字（出句最后一字）与第十字（对句最后一字）不能声调相同。不然就犯了上尾的毛病。如"荡子别倡楼，秋庭夜月华。""楼"与"华"均为平声字。

（三）蜂腰：五言诗中的同一句中，第二个字不能与第五字同声，否则会出现两头粗，两头细的情形，像蜂腰一样。如"闻君爱我甘，窃欲自修饰。"该句的"君"和"甘"为同音字。

（四）鹤膝：五字诗的两联中，第五字不得与第十五字同音。如第一联首句第五字为仄声，第二联第一句的末字不得为仄声。"拔棹金陵渚，遵流背城阙。浪蹙飞船影，山挂垂纶月。"该诗的"渚"与"影"同音。

（五）大韵：指五言诗两句中，除韵脚之外，其它任何一字不得与韵脚相同。如汉《乐府》："胡姬年十五，春日独当垆。""胡"与"垆"同韵部，则是犯了大韵的毛病。

（六）小韵：指五言诗两句中，除韵脚外，其他的任何一字不得出现同声相犯，即不得自相同韵。如"古树老连石，急泉清露沙。""树"与"露"，"连"与"泉"同韵部，则是犯了小韵的毛病。

（七）旁纽：五言诗两句中，不能有相同韵母（声调相同）的字出现，否则犯旁纽之病。如古诗"丈夫且安坐，梁尘将欲起。""丈"字在上声二十一养部，"梁"字在平声七阳部。"梁"、"长"同韵，而"长"字与"丈"字即犯旁纽的毛病。

（八）正纽：五言诗两句中，不能有相同的声母和韵母（声调不同的）字出现，否则犯正纽之病。如"轻霞落暮锦，流火散秋金。""锦"与"金"声母韵母相同，只调不同，这就是正纽的毛病。

"八病"之说为早期人们对格律诗创作时总结出来的经验之谈，有时代的局限性。其要求过于严苛，对创作诗歌的束缚过大，故唐以后的诗人不太重视其学说。宋人严羽认为"八病"之说弊端甚多，其在《沧浪诗话·诗体》说："作诗正不必拘此，弊法不足据也。"现在不少人在评论旧体诗时，常用"八病"之说作为评价诗词好坏之标准，并自恃为专业，实在有点作茧自缚，不合时宜。

第三章

古体诗规则

第一节 古体诗

一、古体诗规则

古体诗格律规则比较自由，没有严格的规定和限制。不拘对仗、平仄。押韵宽，除七言的柏梁体需要句句押韵外，其他的古体诗奇数句、偶数句均可押韵，不过习惯上以偶数句押韵的居多。古体诗既可押平声韵，也可以押仄声韵。诗句篇幅长短也没有限制。字数也不作限制，不过以五言和七言古体诗作居多，简称"五古""七古"。通常近体诗是没有押仄韵的。不过有少数诗人用押仄韵的方式写出完全符合近体诗规则的诗歌。但平声为清，仄声为浊。押仄韵的诗歌有顿挫凝滞之感，无法体现出平声韵诗歌那种悠扬典雅的风格，故把此类诗歌归类到古体诗中为宜。

杂言诗也是古体诗所独有的。四言、五言、六言、七言的古体诗，中间也可杂用长短句，这些含有杂句的诗歌被统称为杂言体。古体诗中杂用长短句，其创作自由度更大，更容易表达诗人的思想感情，如李白的《将进酒》：

> 君不见，黄河之水天上来，奔流到海不复回。
> 君不见，高堂明镜悲白发，朝如青丝暮成雪。
> 人生得意须尽欢，莫使金樽空对月。
> 天生我材必有用，千金散尽还复来。
> 烹羊宰牛且为乐，会须一饮三百杯。
> 岑夫子，丹丘生，将进酒，杯莫停。
> 与君歌一曲，请君为我倾耳听。

钟鼓馔玉不足贵，但愿长醉不复醒。
古来圣贤皆寂寞，惟有饮者留其名。
陈王昔时宴平乐，斗酒十千恣欢谑。
主人何为言少钱，径须沽取对君酌。
五花马，千金裘，呼儿将出换美酒，
与尔同销万古愁。

古体诗与近体诗不同，古体诗既可以一韵到底，也可以中间换韵。换韵的形式颇为自由，可以两句换韵，也可以四句换韵、六句换韵、八句换韵，不一而足。如孟浩然的《夜归鹿门歌》：

山寺钟鸣昼已昏，
渔梁渡头争渡喧。
人随沙岸向江村，
余亦乘舟归鹿门。
鹿门月照开烟树，
忽到庞公栖隐处。
岩扉松径长寂寥，
惟有幽人自来去。

该诗韵脚分别为昏、喧、门、树、处、去，从第五句开始由平声韵换压仄声韵。

第二节　柏梁体

什么是柏梁体？宋代程大昌《雍录》卷三《柏梁台》云："汉武作台，诏群臣二千石能为七言者，乃得上。七言者，诗也。句个七言，句末皆谐声。仍各述所职，如丞相则曰'总领天下诚难哉'。大司农则曰'陈粟万石扬以箕'，它皆类此。后世诗体句为一韵者，自此而始，名柏梁体。"又明代宋公传编《元诗体要》卷一云："柏梁体：柏梁，台名，汉武所筑。台成，诏群臣，能为诗者得上座。及各赋诗，不以对偶而每句用韵，后人遂名为柏梁体。"以及清代赵翼《陔余丛考·柏梁体》云："汉武宴柏梁台赋诗，人各一句，句皆用韵，后人遂以每句用韵者为柏梁体。"简单说柏梁体是指汉武帝在建柏梁台时,为考察手下大臣的才华,要求他们句句用韵写作诗歌,后世人们把句句用韵的这种诗歌体裁叫做柏梁体。柏梁体最初只有七言,没有五言,允许重韵,不限句数。如杜甫的《饮中八仙歌》:

> 知章骑马似乘船,眼花落井水底眠。
> 汝阳三斗始朝天,道逢麴车口流涎,
> 恨不移封向酒泉!左相日兴费万钱,
> 饮如长鲸吸百川,衔杯乐圣称避贤。
> 宗之潇洒美少年,举觞白眼望青天,
> 皎如玉树临风前。苏晋长斋绣佛前,
> 醉中往往爱逃禅。李白一斗诗百篇,
> 长安市上酒家眠,天子呼来不上船,
> 自称臣是酒中仙。张旭三杯草圣传,
> 脱帽露顶王公前,挥毫落纸如云烟。
> 焦遂五斗方卓然,高谈雄辩惊四筵。

第三节　古体诗的平仄格式

　　隋唐以后,由于近体诗的形式和规则等方面趋于成熟。古体诗的创作不可避免地受到近体诗的影响,很多古体诗开始使用律句、对仗,甚至相粘的规则,这类古体诗被称为"入律古风。"入律古风与律诗不同主要体现在句数不定、平仄韵交替、换韵等方面。白居易的《长恨歌》《琵琶行》,都是典型的入律古体诗。如王勃的《滕王阁序》:

> 滕王高阁临江渚,佩玉鸣鸾罢歌舞。
> 画栋朝飞南浦云,珠帘暮卷西山雨。
> 闲云潭影日悠悠,物换星移几度秋。
> 阁中帝子今何在?槛外长江空自流。

　　尾联"槛外长江空自流"的二、四、六字为仄平仄,平仄相间。

第三章　古体诗规则

一、古体诗以平声结尾的，称为平脚。结尾三字的句式为"平仄平"和"平平平"。三平调的七言古体诗如杜甫的《岁晏行》：

岁云暮矣多北风，潇湘洞庭白雪中。
渔父天寒网罟冻，莫徭射雁鸣桑弓。
去年米贵阙军食，今年米贱大伤农。
高马达官厌酒肉，此辈杼轴茅茨空。
楚人重鱼不重鸟，汝休枉杀南飞鸿。
况闻处处鬻男女，割慈忍爱还租庸。
往日用钱捉私铸，今许铅锡和青铜。
刻泥为之最易得，好恶不合长相蒙。
万国城头吹画角，此曲哀怨何时终。

该诗出现的"南飞鸿""和青铜""何时钟""长相蒙"等多个三平调结尾的韵句。五言古体诗如元稹的《周先生》：

寥寥空山岑，冷冷风松林。
流月垂鳞光，悬泉扬高音。
希夷周先生，烧香调琴心。
神力盈三千，谁能还黄金。

该诗的"空山岑""风松林""垂鳞光""扬高音""周先生""调琴心""盈三千""还黄金"等全为三平调结尾。全诗都是三平调结尾在古体诗中也是少见的。

"平仄平"结尾的七言古体诗，如韩愈的《山石》：

山石荦确行径微，黄昏到寺蝙蝠飞。
升堂坐阶新雨足，芭蕉叶大栀子肥。
僧言古壁佛画好，以火来照所见稀。
铺床拂席置羹饭，疏粝亦足饱我饥。
夜深静卧百虫绝，清月出岭光入扉。
天明独去无道路，出入高下穷烟霏。
山红涧碧纷烂漫，时见松枥皆十围。

该诗首句"山石荦确行径微"的"行径微",即是"平仄平"结尾。
"平仄平"结尾五言古体诗,如李白的《关山月》:

明月出天山,苍茫云海间。
长风几万里,吹度玉门关。
汉下白登道,胡窥青海湾。
由来征战地,不见有人还。
戍客望边色,思归多苦颜。
高楼当此夜,叹息未应闲。

该诗第六句"胡窥青海湾"的"青海湾",即是"平仄平"结尾。
二、以仄声结尾的称为仄脚,结尾三字的句式为"仄平仄"和"仄仄仄"。出现三仄尾的七言古体诗如杜甫的《南邻》:

锦里先生乌角巾,园收芋栗未全贫。
惯看宾客儿童喜,得食阶除鸟雀驯。
秋水才深四五尺,野航恰受两三人。
白沙翠竹江村暮,相对柴门月色新。

该诗第五句"秋水才深四五尺"的"四五尺",即是三仄尾结尾。三仄尾结尾的五言古体诗如孟浩然的《白云先生王迥见访》:

闲归日无事,云卧昼不起。
有客款柴扉,自云巢居子。
居闲好芝术,采药来城市。
家在鹿门山,常游涧泽水。
手持白羽扇,脚步青芒履。
闻道鹤书征,临流还洗耳。

该诗第九句"手持白羽扇"的"白羽扇",即是三仄尾结尾。
七言古体诗以"仄平仄"结尾的,如黄庭坚的《次韵王炳之惠玉版纸》:

王侯须若缘坡竹,哦诗清风起空谷。

古田小纸惠我百，信知溪翁能解玉。
鸣碓千杵动秋山，裹粮万里来辇毂。
儒林丈人有苏公，相如子云再生蜀。
往时翰墨颇横流，此公归来有边幅。
小楷多传乐毅论，高词欲奏云问曲。
不持去扫苏公门，乃令小人今拜辱。
去骚甚远文气卑，画虎不成书势俗。
董狐南史一笔无，误掌杀青司记录。
虽然此中有公议，或辱五鼎荣半菽。
愿公进德使见书，不敢求公米千斛。

该诗第八句"相如子云再生蜀"的"再生蜀"，即是"仄平仄"结尾。五言古体诗"仄平仄"结尾的如孟浩然的《岁暮海上作》：

仲尼既云殁，余亦浮于海。
昏见斗柄回，方知岁星改。
虚舟任所适，垂钓非有待。
为问乘槎人，沧洲复谁在。

该诗"方知岁星改"的"岁星改"，即是"仄平仄"结尾。

第四节　古体诗的对仗

古体诗不要求对仗，这是其与近体诗的不同之处。但这并不意味着古体诗没有对仗，我国最早的诗歌总集《诗经》里就有对仗，如《诗经》中"昔我往矣，杨柳依依；今我来思，雨雪霏霏"（《小雅·采薇》）。古体诗的对仗不是其规则的要求，而是修辞的需要，是为寻求对仗带来铿锵节奏的音韵之美。隋唐以后，古体诗受近体诗的影响颇大，使用对仗创作古体诗的诗人日渐增多。

一、古体诗的任何一联均可使用对仗，没有任何限制。如杜甫的《前出塞（其六）》：

> 挽弓当挽强，用箭当用长。
> 射人先射马，擒贼先擒王。
> 杀人亦有限，立国自有疆。
> 苟能制侵陵，岂在多杀伤。

该诗首联"挽弓当挽强，用箭当用长"和颔联"射人先射马，擒贼先擒王"均是对仗联。

又如李白的《宣州谢朓楼饯别校书叔云》：

> 弃我去者，昨日之日不可留；
> 乱我心者，今日之日多烦忧。
> 长风万里送秋雁，对此可以酣高楼。
> 蓬莱文章建安骨，中间小谢又清发。
> 俱怀逸兴壮思飞，欲上青天揽明月。
> 抽刀断水水更流，举杯销愁愁更愁。
> 人生在世不称意，明朝散发弄扁舟。

该诗中第一联"弃我去者，昨日之日不可留；乱我心者，今日之日多烦忧"对仗，第五联"抽刀断水水更流，举杯销愁愁更愁"对仗。

如欧阳修的《寄圣俞·凌晨有客至自西》：

> 凌晨有客至自西，为问诗老来何稽。
> 京师车马曜朝日，何用扰扰随轮蹄。
> 面颜憔悴暗尘土，文字光彩垂虹霓。
> 空肠时如秋蚓叫，苦调或作寒蝉嘶。
> 语言虽巧身事拙，捷径趾蹈行非迷。
> 我今俸禄饱余剩，念子朝夕勤盐齑。
> 舟行每欲载米送，汴水六月乾无泥。
> 乃知此事尚难必，何况仕路如天梯。
> 朝廷乐善得贤众，台阁俊彦联簪犀。
> 朝阳鸣凤为时出，一枝岂惜容其栖。
> 古来磊落材与知，穷达有命理莫齐。
> 悠悠百年一瞬息，俯仰天地身醯鸡。

其间得失何足校，况与凫鹥争稗稊。
忆在洛阳年各少，对花把酒倾玻璃。
二十年间几人在，在者忧患多乖睽。
我今三载病不饮，眼眵不辨騧与骊。
壮心销尽忆闲处，生计易足才蔬畦。
优游琴酒逐渔钓，上下林壑相攀跻。
及身强健始为乐，莫待衰病须扶携。
行当买田清颍上，与子相伴把锄犁。

该诗第三联"面颜憔悴暗尘土，文字光彩垂虹霓"和第四联"空肠时如秋蚓叫，苦调或作寒蝉嘶"对仗。

二、在近体诗中，同字不相对；古体诗则同字可以相对。如杜甫的《无家别》：

寂寞天宝后，园庐但蒿藜。
我里百馀家，世乱各东西。
存者无消息，死者为尘泥。
贱子因阵败，归来寻旧蹊。
久行见空巷，日瘦气惨凄。
但对狐与狸，竖毛怒我啼。
四邻何所有，一二老寡妻。
宿鸟恋本枝，安辞且穷栖。
方春独荷锄，日暮还灌畦。
县吏知我至，召令习鼓鞞。
虽从本州役，内顾无所携。
近行止一身，远去终转迷。
家乡既荡尽，远近理亦齐。
永痛长病母，五年委沟溪。
生我不得力，终身两酸嘶。
人生无家别，何以为烝黎。

该诗第三联"存者无消息,死者为尘泥",为同一"者"字相对。
又如刘长卿的《宿双峰寺》:

> 寥寥禅诵处,满室虫丝结。
> 独与山中人,无心生复灭。
> 徘徊双峰下,惆怅双峰月。
> 杳杳暮猿深,苍苍古松列。
> 玩奇不可尽,渐远更幽绝。
> 林暗僧独归,石寒泉且咽。
> 竹房响轻吹,萝径阴馀雪。
> 卧涧晓何迟,背岩春未发。
> 此游诚多趣,独往共谁阅。
> 得意空自归,非君岂能说。

该诗第三联"徘徊双峰下,惆怅双峰月",为相同的"双峰"两字相对。
三个字相同的字作为对仗也不少,如杜甫的《去秋行》:

> 去秋涪江木落时,臂枪走马谁家儿。
> 到今不知白骨处,部曲有去皆无归。
> 遂州城中汉节在,遂州城外巴人稀。
> 战场冤魂每夜哭,空令野营猛士悲。

该诗颈联"遂州城"即为相同的三个字作为对仗,相同的四个字作为对仗则比较罕见。
三、在近体诗中,对仗要求平仄相对;古体诗则不要求平仄相对。如白居易的《伤宅》:

> 谁家起甲第,朱门大道边?
> 丰屋中栉比,高墙外回环。
> 累累六七堂,栋宇相连延。
> 一堂费百万,郁郁起青烟。
> 洞房温且清,寒暑不能干。
> 高堂虚且迥,坐卧见南山。

绕廊紫藤架，夹砌红药栏。
攀枝摘樱桃，带花移牡丹。
主人此中坐，十载为大官。
厨有臭败肉，库有贯朽钱。
谁能将我语，问尔骨肉间：
岂无穷贱者，忍不救饥寒？
如何奉一身，直欲保千年？
不见马家宅，今作奉诚园。

该诗第八联"攀枝摘樱桃，带花移牡丹"，出句的"枝""桃"和对句的"花""丹"都是平声字，没有平仄相对。

第五节 古体诗的押韵

古体诗既可以押平声韵，又可以押仄声韵。在仄声韵当中，还要区别上声韵、去声韵、入声韵。一般地说，偶数句押韵，也有奇数句押韵的，通常不同声调不可以通押。古体诗的用韵情况如下：

一、押平声韵。如柳宗元的《读书》：

幽沉谢世事，俯默窥唐虞。
上下观古今，起伏千万途。
遇欣或自笑，感戚亦以吁。
缥帙各舒散，前后互相逾。
瘴疠扰灵府，日与往昔殊。
临文乍了了，彻卷兀若无。
竟夕谁与言，但与竹素俱。
倦极便倒卧，熟寐乃一苏。
欠伸展肢体，吟咏心自愉。
得意适其适，非愿为世儒。
道尽即闭口，萧散捐囚拘。
巧者为我拙，智者为我愚。
书史足自悦，安用勤与劬。

33

贵尔六尺躯，勿为名所驱。

　　该古体诗的"虞""途""吁""逾""殊""无""俱""苏""愉""儒""拘""愚""劬""驱"等都是平声字。
　　二、押上声韵。如孟浩然的《夏日南亭怀辛大》：

　　　　山光忽西落，池月渐东上。
　　　　散发乘夕凉，开轩卧闲敞。
　　　　荷风送香气，竹露滴清响。
　　　　欲取鸣琴弹，恨无知音赏。
　　　　感此怀故人，中宵劳梦想。

　　该古体诗的"上""敞""响""赏""想"等均为上声字。
　　三、押去声韵。如杜甫的《梦李白二首》（其二）：

　　　　浮云终日行，游子久不至。
　　　　三夜频梦君，情亲见君意。
　　　　告归常局促，苦道来不易。
　　　　江湖多风波，舟楫恐失坠。
　　　　出门搔白首，若负平生志。
　　　　冠盖满京华，斯人独憔悴。
　　　　孰云网恢恢，将老身反累。
　　　　千秋万岁名，寂寞身后事。

　　该古体诗的"至""意""易""坠""志""悴""累""事"等均为去声字。
　　四、押入声韵。如唐人贯休的《上杜使君》：

　　　　为鱼须处海，为木须在岳。
　　　　一登君子堂，顿觉心寥廓。
　　　　右听青女镜，左听宣尼铎。
　　　　政术似蒲卢，诗情出冲漠。
　　　　从来苦清苦，近更加澹薄。

讼庭何所有，一只两只鹤。
烟霞色拥墙，禾黍香侵郭。
严霜与美雨，皆从二天落。
苍生苦疮痍，如何尽消削。
圣君新雨露，更作谁恩渥。
即捉五色笔，密勿金銮角。
即同房杜手，把乾坤橐籥。
休说卜圭峰，开门对林壑。

该古体诗的"岳""廓""铎""漠""薄""鹤""郭""落""削""渥""角""籥""壑"等字均为入声字。

五、邻韵通押。如李商隐的《茂陵》：

汉家天马出蒲梢，苜蓿榴花遍近郊。
内苑只知含凤觜，属车无复插鸡翘。
玉桃偷得怜方朔，金屋修成贮阿娇。
谁料苏卿老归国，茂陵松柏雨萧萧。

该诗的"郊"属肴韵，"翘""娇""萧"等属萧韵，肴韵和萧韵为邻韵。

六、换韵。换韵也叫转韵。古体诗押韵比较自由，中途可以换韵，既不受平声韵、仄声韵限制，也不限于邻韵，可以根据表达的需要连续换韵。如韦应物的《温泉行》：

出身天宝今年几，顽钝如锤命如纸。
作官不了却来归，还是杜陵一男子。（韵一）
北风惨惨投温泉，忽忆先皇游幸年。
身骑厩马引天仗，直入华清列御前。
玉林瑶雪满寒山，上升玄阁游绛烟。
平明羽卫朝万国，车马合沓溢四廛。
蒙恩每浴华池水，畋猎不蹂渭北田。
朝廷无事共欢燕，美人丝管从九天。（韵二）
一朝铸鼎降龙驭，小臣髯绝不得去。
今来萧瑟万井空，唯见苍山起烟雾。（韵三）

35

可怜蹭蹬失风波,仰天大叫无奈何。
弊裘羸马冻欲死,赖遇主人杯酒多。(韵四)

该诗中途换韵,连续换韵三次。长短句交错的杂言古体诗中,连续换韵的更多。如李白的《梦游天姥吟留别》,该古体诗连续换韵多达十一次。

第四章

近体诗

第一节 四声辨识

四声，指古代汉语的四种声调：平声、上声、去声、入声。平声、上声、去声统称舒声，入声则为促声。舒声韵尾是元音或者鼻音，促声韵尾是塞音。入声除了是一个声调，还是一系列以塞音收尾的韵母的统称。

四声发音有什么特点？日本《悉昙藏》卷五记载："平声直低、有轻有重。上声直昂、有轻无重。去声稍引、无轻无重。入声径止、无内无外。平中怒声、与重无别。"唐代的《元和韵谱》记载"平声哀而安，上声厉而举，去声清而远，入声直而粗。"《康熙字典》卷首所载《分四声法》总结出一首"四声歌诀"：

> 平声平道莫低昂，
> 上声高呼猛烈强，
> 去声分明哀远道，
> 入声短促急收藏。

简言之，平声代表声调起伏变化较小，舒缓从容，而仄声则相反。

最早提出四声概念的是南朝梁人沈约，他本人精通音律，著有《四声谱》一书。他率先将其四声的研究成果用于诗歌创作实践中，促成并诞生了当时风靡一时的新诗歌体裁：永明体。永明体的诞生与发展为隋唐的近体诗的形成提供了范式基础和蓝本。

现在的普通话是以北京语音为标准，以北方话为基础方言，以典范的现代白话文为语法规范而通行全国。在语音的历史演化进程中入声逐渐消失，古代汉语的入声已经演变派入现代汉语的平声（阴平、阳平）、上声、去声中。

入声，就是带有塞音韵尾，以［p］、［t］、［k］结尾，具有短而急促、不能延长的特点。在现代汉语中的很多方言诸如闽南话、广东话、客家话、赣方言等地方方言中，仍不同程度地保留着入声。这些地方方言被语言学家誉为是研究古代汉语的"活化石"。

如何辨识入声成了诗词爱好者的难题，除查韵书外，似乎别无他法。事实上辨别入声并非无迹可寻，研究汉语语音的专家总结出部分规则，认为现代汉语拼音中可从下列规则中辨识部分入声字：

1. 声母 b、d、g、j、z、zh 与全部韵母相拼的阳平声字，如白、达、得、国、古、绩、集、质、杂、植等。

2. 读音为 fa、fo 全声调字，均为入声字，如罚、伐、发、佛等字。

3. d、t、n、l、z、c、s 拼韵母 e 的全声调字，均为古入声字，如德、特、讷、乐、泽、恻、色等。

4. 声母 k、zh、ch、sh、r 与韵母 uo 相拼全声调字，如阔、卓、绰、说、硕、弱等。

5. b、p、d、t、n、l、m 拼韵母 ie 全声调字，均为入声字。如别、瞥、碟、涅、列、灭等。

6. 声母 n、l、j、q、x 拼韵母 ue 的全声调字，除"瘸"和"嗟"字外，均为入声字，如雪、学、月、虐、略、厥、削等。

7、g、h、z 与拼韵母 ei 的全声调字，均为入声字，如给、黑、贼等。

另外，汉字的形声字占大部分，从形声字的偏旁可以辨识入声字。如白字旁、失字旁、友字旁、辟字旁、卜字旁、末字旁、木字旁、卖字旁、目字旁、荅字旁、节字旁、足字旁等，上述偏旁做形旁是入声字，这种方法辨识的正确率极高。

古代汉语中，上声、去声、入声为仄声。现代汉语中，阴平、阳平为平声，上声、去声为仄声。入声派入上声、去声，仍为仄声，对辨识平仄没有影响。入声派入阴平、阳平，则需要弄清楚。

另外，也可从反面来否定什么不是入声字，来进一步提高入声字的辨识率。

1. 凡拼音中带 n、ng 韵尾的字，都不是入声字。

2. z、c、s 与韵母 i 相拼的字，都不是入声字。

3. 凡拼音中有 er 为韵母的字，都不是入声字。

4. 凡拼音中有 uei 为韵母的字，都不是入声字。

5. 凡拼音中有 m、n、l、r 声母的阴平、阳平和上声字，都不是入声字。

第二节　押　韵

　　古代汉语的平声相当于现代汉语的阴平和阳平，即第一声和第二声。上声相当现代汉语中的第三声。去声相当于现代汉语的第四声。如前所述，入声在现代汉语中已经消失，被派入其他三声去。

　　现代汉语四声的特点是：阴平属于高平调，读音高而长，没有升降变化；阳平属于中升调，只升无降；上声属于降升调，读音由中到低，再由低到高，有升降的变化；去声属于降调，由高到低，只降不升。

　　汉字是单音节字，一字一音，再辅以音调的变化，形成"平声平道莫低昂，上声高呼猛收藏，去声分明哀远道，入声短促急收藏"的语音升降高低变化。从永明体开始，人们开始利用字调平仄有规律的交错，追求诗文的节奏感。即平扬仄抑，平清仄浊，平长仄降，平悠长仄短促，平和缓仄急剧，平仄相替、节奏交错，由此形成了汉语独特的音韵美。

一、押韵规则

　　（一）近体诗必须一韵通押。首句可以押韵，也可以不押韵。首句不押韵的叫正体；首句押韵叫变体。从传统的角度讲，近体诗首句用韵，可以通押邻韵，这叫借韵。如东韵和冬韵通押。但必须指出通押邻韵仅限首句，而不包括后面的二、四、六、八句。如苏轼的《题西林壁》：

　　　　横看成岭侧成峰，
　　　　远近高低各不同。
　　　　不识庐山真面目，
　　　　只缘身在此山中。

　　"峰"属于二东韵，"同"和"中"属于一东韵。二冬韵、一东韵互为邻韵。

　　近体诗首句用韵式，如末句押邻韵。如宋人范成大的七绝《呼沱河》：

　　　　闻道河神解造冰，
　　　　曾扶阳九见中兴。

如今烂被胡膻浼，
不似沧浪可濯缨。

"冰"和"兴"属于十蒸韵，而"缨"属于八庚韵。"十蒸""八庚韵"为邻韵。末句押邻韵应该说是出韵的。

（二）近体诗中间不能换韵，且必须用平声韵。如果中间换韵，就视为出韵，属于近体诗的大忌。通常古人宁可使用险韵或首句用邻韵，也不愿换韵。如当代诗人博文的《丁亥九日袁山登高用小杜齐山登高韵》：

登高引兴壮思飞，一笑浑忘力已微。
不向名山谋地隐，只如小杜插花归。
素耽景美搜佳句，红掩颜衰戴夕晖。
落帽风来无帽落，任他栉发与飘衣。

飞、微、归、晖、衣等属于五微韵。

（三）近体诗偶数句押韵，奇数句除首句外都是不押韵的。如李商隐的《锦瑟》：

锦瑟无端五十弦，一弦一柱思华年。
庄生晓梦迷蝴蝶，望帝春心托杜鹃。
沧海月明珠有泪，蓝田日暖玉生烟。
此情可待成追忆？只是当时已惘然。

年、鹃、烟、然属于一先韵，韵脚都是在偶数句。弦仍属于一先韵，但因其在句首，属于可押可不押的范畴。

又如李白的《赠孟浩然》：

吾爱孟夫子，风流天下闻。
红颜弃轩冕，白首卧松云。
醉月频中圣，迷花不事君。
高山安可仰，徒此揖清芬。

闻、云、君、芬属于十二文韵，首句不押韵。

（四）近体诗有"押韵八戒"之规，即一戒落韵、二戒凑韵、三戒重韵、四戒倒韵、五戒哑韵、六戒僻韵、七戒挤韵、八戒复韵。

1. 落韵是出韵的别称，近体诗的韵脚使用不同韵部的字，出韵会造成声韵的不和谐，是作诗的大忌，它违反近体诗一韵到底、中间不换韵的规则，故出韵的诗不能叫作近体诗。如作者曾写过《晨曦》：

> 红日出云海，江山万里亮。
> 大风林涛响，飞鸟闪金光。

其中"亮"字属漾部，而"光"属阳部，该诗出韵。

古体诗可以邻韵通押，但近体诗却不允许。

2. 凑韵，是指为押韵而勉强使用一些意思不符合、不相关的同韵字放在韵脚处，导致所选之字与全句意思不能自然贯通。柳宗元的《别舍弟宗一》："零落残魂倍黯然，双垂别泪越江边。一身去国六千里，万死投荒十二年。桂岭瘴来云似墨，洞庭春尽水如天。欲知此后相思梦，长在荆门郢树烟。"纪昀在《瀛奎律髓刊误》中点评该诗最后一句的"烟"字为趁韵。明李东阳在《怀麓堂诗话》云："诗韵贵稳，韵不稳则不成句。"凑韵之句必然绵软无力，与全句意思不能贯通。

3. 重韵，是指同一个韵字在同一首诗中出现两次以上，这种情形属于近体诗禁止之列。如果一个字有两个意思，放在排律中倒是被允许的。但有时一个字虽然出现两次，但这个字是由字体简化所致，在繁体字中却属于两个字，这种情形显然不算重韵。在近体诗中鲜见这样的例子，但宋词中有这种情形，如苏轼的《念奴娇·赤壁怀古》：

> 大江东去，浪淘尽，千古风流人物。故垒西边，人道是，三国周郎赤壁。乱石穿空，惊涛拍岸，卷起千堆雪。江山如画，一时多少豪杰。
>
> 遥想公瑾当年，小乔初嫁了，雄姿英发。羽扇纶巾，谈笑间，樯橹灰飞烟灭。故国神游，多情应笑我，早生华发。人生如梦，一樽还酹江月。

上例中的"雄姿英发"和"早生华发"的"发"字，在繁体字中属于两个字。

4. 倒韵，是指为了押韵，把正常字的次序颠倒过来。如慷慨两字是正常的顺序，为了押韵，硬把它写成"慨慷"。但有的词语的次序是可以颠倒的，如"韶华""华韶"的意思相同，均是指美好光阴的意思。

5. 哑韵，是指使用意义不明显，声韵哑滞的字来押韵，导致诗的格调阴沉，读后易让人消极萎靡。清袁枚在《随园诗话》中曰："凡音涉哑滞者，便宜弃舍，'葩'即花也，而'葩'字不响。'芳'即香也，而'芳'字不响。以此类推，不一而足。"作诗时应该尽力避免使用这类的字。

6. 僻韵，使用生僻的字来押韵，导致读者不知道诗句要表达什么意思。袁枚《随园诗话》云："李杜大家，不用僻韵，非不能用，乃不屑用也。"像著名女词人李清照，不论是作诗还是填词，从不使用生僻字。

7. 挤韵指诗文中用了与韵脚同韵母的字，一定程度的上影响声韵的效果。如王安石的《泊船瓜洲》：

京口瓜洲一水间，钟山只隔数重山。
春风又绿江南岸，明月何时照我还？

该诗"山、间、岸、还"等字，属于同删韵，"岸"处于非韵句位置，即白脚，属于挤韵。

8、复韵，指诗句使用意思一样或意思相近的字，反复押韵。比如押了"忧"字，再押"愁"字；押了"香"字，再押"芳"字，这些字或为同义词或者是近义词，这类的押韵也是要尽力避免的。

第三节　平仄规则

近体诗两句为一联，上句叫出句，下句叫对句。一首绝句是四句，共两联。第一联叫首联，第二联叫尾联。一首律诗是八句，共四联。第一联叫首联，第二联叫颔联，第三联叫颈联，第四联叫尾联。五言律诗有三个音节：头两字叫头节，中间两字叫腹节，最后一字叫脚节。七言律诗比五言多两字，也就是多一个音节。这个音节是在最前头的，叫顶节。

（一）一句之中要平仄相间

近体诗的押韵规则非常简单，其首句可以押韵，也可以不押韵。绝句的二、四句、律诗的二、四、六句韵脚位置要求要押韵，排律也一样，偶数句韵脚位置均要求押韵。

近体诗的平仄规则稍微复杂些。除韵脚外，一句之中平仄交替如马蹄前进。马之行步，后蹄总是踏着前蹄的蹄印走，每个蹄印都要踏两次。假如把马的左蹄当作平，右边的马蹄则为仄，左右轮流行进，那么"平平"之后便是"仄仄"，"仄仄"之后又是"平平"。由于近体诗有"一三五不论，二四六分明"之说，通常平平后面跟着仄仄或者平仄，仄仄后面跟着平平或者仄平。如唐人黄巢的诗："他年（平平）我若（仄仄）为青（平平）帝（仄），报与（仄仄）桃花（平平）一处（仄仄）开（平）。"

如果一首诗没有平仄的变化，吟咏起来会让人觉得淡而无味，缺乏音律变化之美。如陆龟蒙的《夏日闲居作四声诗寄袭美》：

荒池菰蒲深，闲阶莓苔平。
江边松篁多，人家帘栊清。
为书凌遗编，调弦夸新声。
求欢虽殊途，探幽聊怡情。

该诗全部使用平声字，吟咏起来完全没有抑扬顿挫之节奏感。

（二）一联之中平仄要相对

近体诗任何一联中，出句和对句相同位置的音节要对立，即是平仄相反的。如出句头节是平平，对句头节必是仄仄；出句头节是仄仄，对句头节必是平平，依次类推。如出句为"平平仄仄平"，对句则为"仄仄平平仄"。出句为"仄仄平平仄仄平"，对句则为"平平仄仄平平仄"。以平起不入韵式为例：

平平仄仄平平仄
仄仄平平仄仄平（首联）
仄仄平平平仄仄
平平仄仄仄平平（颔联）
平平仄仄平平仄
仄仄平平仄仄平（颈联）
仄仄平平平仄仄
平平仄仄仄平平（尾联）

从上述四联中看，每一联的出句和对句都是平仄相反的。如白居易的《春题湖上》：

湖上（仄）春来（平）似画（仄）图，
乱峰（平）围绕（仄）水平（平）铺。
松排（平）山面（仄）千重（平）翠，
月点（仄）波心（平）一颗（仄）珠。
碧毯（仄）线头（平）抽早（仄）稻，
青罗（平）裙带（仄）展新（平）蒲。
未能（平）抛得（仄）杭州（平）去，
一半（仄）勾留（平）是此（仄）湖。

该诗每句的二、四、六字都是平仄交替。

（三）两联之间要平仄相粘

所谓相粘，即近体诗下一联出句的平仄必须和上一联对句的平仄相同，即平粘平，仄粘仄。如五律和七律的首联对句（诗的第二句）的二、四、六字为"平仄平"，那么颔联出句（诗的第三句）的二、四、六字也必须为"平仄平"。同理，颔联的对句与颈联的出句，颈联的对句与尾联的出句也一样。五绝和七绝只有第二句和第三句相粘。以平仄格式为例说明如下：

首联对句：

　　×平×仄×平×

　　颔联出句

　　×平×仄×平×

　　颔联对句

　　×仄×平×仄×

　　颈联的出句

　　×仄×平×仄×

　　颈联对句

　　×平×仄×平×

　　尾联的出句

　　×平×仄×平×

如李商隐的《马嵬》（其二）：

海外徒闻更九州，
他生（平）未卜（仄）此生（平）休。
空闻（平）虎旅（仄）传宵（平）柝，
无复（仄）鸡人（平）报晓（仄）筹。
此日（仄）六军（平）同驻（仄）马，
当时（平）七夕（仄）笑牵（平）牛。
如何（平）四纪（仄）为天（平）子，
不及卢家有莫愁

从上例可以看出，近体诗的第二句与第三句，第四句和第五句，第六句和第七句都是平仄相粘的。

近体诗规定相粘规则，目的是使近体诗富有变化和节奏感，不至于呆板和单调。若无相粘规则，平仄格式就会变成首联两句的不断重复，如：

平平仄仄平平仄（第一句）
仄仄平平仄仄平（第二句）
平平仄仄平平仄（第三句）
仄仄平平仄仄平（第四句）
平平仄仄平平仄（第五句）
仄仄平平仄仄平（第六句）
平平仄仄平平仄（第七句）
仄仄平平仄仄平（第八句）

如果违反近体诗中平仄相替的规则，叫作失对；而违反相粘的规则，叫作失粘。失对和失粘都容易造成上下句的平仄雷同。相对来说，失对的近体诗不多，失粘的较多，如唐人陈子昂的《送别崔著作东征》：

金天方肃杀，白露始专征。
王师非乐战，之子慎佳兵。
海气侵南部，边风扫北平。
莫卖卢龙塞，归邀麟阁名。

该诗的首联对句和颔联出句失粘,颈联对句与尾联出句失粘。又如杜甫的《奉寄章十侍御》:

淮海维扬一俊人,金章紫绶照青春。
指麾能事回天地,训练强兵动鬼神。
湘西不得归关羽,河内犹宜借寇恂。
朝觐从容问幽仄,勿云江汉有垂纶。

该诗的第四句第二字"练"为仄声,而第五句第二个字"西"为平声,颔联与颈联失粘。绝句方面如李白的《自遣》:

对酒不觉暝,落花盈我衣。
醉起步溪月,鸟还人亦稀。

该绝句的第二句第二个字"花"为平声,第三句第二个字"起"为仄声,此处失粘。

简言之,近体诗的平仄规则为"一句之内,平仄相间,同联相对,邻联相粘。"唐朝诗人出现失粘和失对的现象比较多,主要是因为格律诗在唐朝时期处在逐渐成熟乃至定型的发展过程之中,出现该种现象难以避免,亦在情理之中。

第四节 平仄格式

一、五言律诗

五言律诗的平仄格式有四种:平起入韵式、平起不入韵式、仄起入韵式、仄起不入韵式。但这四种平仄格式均由平仄的基本格式演化而来,基本格式为:

仄仄平平仄
平平仄仄平
平平平仄仄
仄仄仄平平

(一) 平起不入韵式

平平平仄仄
仄仄仄平平
仄仄平平仄
平平仄仄平
平平平仄仄
仄仄仄平平
仄仄平平仄
平平仄仄平

如李商隐的《赠柳》：

章台从掩映，（平平平仄仄）
郢路更参差。（仄仄仄平平）
见说风流极，（仄仄平平仄）
来当婀娜时。（平平平仄平）
桥回行欲断，（平平平仄仄）
堤远意相随。（平仄仄平平）
忍放花如雪，（仄仄平平仄）
青楼扑酒旗。（平平仄仄平）

该诗首句"章台从掩映"中的"台"为平声字，首句不押韵。该诗写于宣宗大中元年即847年，作者赴外地公干期间而作。该诗名为赠柳，实为咏柳。作者运用拟人法，将"柳'"当作人来描写。也有研究者认为该诗作者为洛阳歌妓而作。作者特别钟情于"柳"，其写与"柳"有关的诗多达十余首。

(二) 平起入韵式

平平仄仄平
仄仄仄平平
仄仄平平仄

47

平平仄仄平
平平平仄仄
仄仄仄平平
仄仄平平仄
平平仄仄平

如李商隐的《风雨》：

凄凉宝剑篇，（平平仄仄平）
羁泊欲穷年。（仄仄仄平平）
黄叶仍风雨，（平仄平平仄）
青楼自管弦。（平平仄仄平）
新知遭薄俗，（平平平仄仄）
旧好隔良缘。（仄仄仄平平）
心断新丰酒，（平仄平平仄）
销愁斗几千。（平平仄仄平）

该诗首句第二个"凉"字为平声字，首句的尾字"篇"与该诗其他韵字同属一先部。作者由于受唐朝"牛李党争"的影响，漂泊一生寄迹幕府，生活清贫。这首诗抒写作者平生的生活际遇，作者以"风雨"表明自己的状况，百般无奈，唯有饮酒消愁。全诗意境悲凉，作者的凄苦、心酸跃然纸上。

（三）仄起不入韵

仄仄平平仄
平平仄仄平
平平平仄仄
仄仄仄平平
仄仄平平仄
平平仄仄平
平平平仄仄
仄仄仄平平

如杜甫的《春望》：

国破山河在，（仄仄平平仄）
城春草木深。（平平仄仄平）
感时花溅泪，（仄平平仄仄）
恨别鸟惊心。（仄仄仄平平）
烽火连三月，（平仄平平仄）
家书抵万金。（平平仄仄平）
白头搔更短，（仄平平仄仄）
浑欲不胜簪。（平仄仄平平）

该诗首句第二个字"破"仄声字，首句不入韵。唐朝安史之乱时，作者北赴灵武途中被叛军俘虏，押送至长安时所作。"城春草木深"交代了写该诗时的季节。前两联写的是长安城由于战乱而导致四周一片破败之象，后两联写的是作者怀念家人，心系国家的情怀。

（四）仄起入韵式

仄仄仄平平
平平仄仄平
平平平仄仄
仄仄仄平平
仄仄平平仄
平平仄仄平
平平平仄仄
仄仄仄平平

如李白的《塞下曲六首》（其三）：

骏马似风飙，（仄仄仄平平）
鸣鞭出渭桥。（平平仄仄平）
弯弓辞汉月，（平平平仄仄）
插羽破天骄。（仄仄仄平平）

49

阵解星芒尽，（仄仄平平仄）
营空海雾消。（平平仄仄平）
功成画麟阁，（平平仄平仄）
独有霍嫖姚。（仄仄仄平平）

该诗首联第二个字为仄声字，首句入韵。李白《塞下曲》共六首。元人萧士赟云："此《从军乐》体也。"该诗以气势雄浑的基调和激越壮美的意境反映了盛唐边塞之景象。"功成画麟阁，独有霍嫖姚"，其中"霍嫖姚"指的是汉代名将霍去病，曾任"嫖姚校尉"。麟阁，即麒麟阁，汉代阁名，在未央宫中。汉宣帝时曾绘十一位功臣像于其上，后即以此代表卓越的功勋和最高荣誉。

二、七言律诗

七言律诗与五言律诗一样，平仄格式有四种。即平起入韵式、平起不入韵式、仄起入韵式、仄起不入韵式。

（一）平起入韵式：

平平仄仄仄平平
仄仄平平仄仄平
仄仄平平平仄仄
平平仄仄仄平平
平平仄仄平平仄
仄仄平平仄仄平
仄仄平平平仄仄
平平仄仄仄平平

如白居易的《放言五首》（其三）：

赠君一法决狐疑，（仄平仄仄仄平平）
不用钻龟与祝蓍。（仄仄平平仄仄平）
试玉要烧三日满，（仄仄仄平平仄仄）
辨材须待七年期。（仄平仄仄仄平平）
周公恐惧流言日，（平平仄仄平平仄）

王莽谦恭未篡时。（平仄平平仄仄平）
向使当初身便死，（仄仄平平平仄仄）
一生真伪复谁知？（仄平平仄仄平平）

该诗首句第二字"君"为平声字，首句不入韵。该诗是作者写的说理诗，相对宋诗而言，唐诗的说理诗很少。其中"试玉要烧三日满，辨材须待七年期"非常具有哲理性，表明任何事情都需要经受时间的沉淀和考验。该诗是作者被贬为江州司马时所作。

（二）平起不入韵式：

平平仄仄平平仄
仄仄平平仄仄平
仄仄平平平仄仄
平平仄仄仄平平
平平仄仄平平仄
仄仄平平仄仄平
仄仄平平平仄仄
平平仄仄仄平平

如杜甫的《将赴荆南寄别李剑州》：

使君高义驱今古，（仄平平仄平平仄）
寥落三年坐剑州。（平仄平平仄仄平）
但见文翁能化俗，（仄仄平平平仄仄）
焉知李广未封侯。（平平仄仄仄平平）
路经滟滪双蓬鬓，（仄平仄仄平平仄）
天入沧浪一钓舟。（平仄平平仄仄平）
戎马相逢更何日？（平仄平平仄平仄）
春风回首仲宣楼。（平平平仄仄平平）

该诗首句第二个字为平声字，首句不入韵。该诗首句"使君高义驱今古"的"使君"是指李剑州，当年任剑州刺史。作者准备离蜀东行，写了这首诗寄给他。

（三）仄起入韵式：

仄仄平平仄仄平
平平仄仄仄平平
平平仄仄平平仄
仄仄平平仄仄平
仄仄平平平仄仄
平平仄仄仄平平
平平仄仄平平仄
仄仄平平仄仄平

如杜甫的《蜀相》：

丞相祠堂何处寻，（平仄平平平仄平）
锦官城外柏森森。（仄平平仄仄平平）
映阶碧草自春色，（仄平仄仄仄平仄）
隔叶黄鹂空好音。（仄仄平平平仄平）
三顾频烦天下计，（平仄平平平仄仄）
两朝开济老臣心。（仄平平仄仄平平）
出师未捷身先死，（仄平仄仄平平仄）
长使英雄泪满襟。（平仄平平仄仄平）

该诗的首句第二字为仄声字，首句入韵。作者非常崇拜诸葛亮的才智和人品，同时对诸葛亮功业未遂颇感惋惜。全诗情景交融，在咏史的基础兼有议论，在历代歌咏诸葛亮的诗篇中，该诗堪称千古绝唱。

（四）仄起不入韵式：

仄仄平平平仄仄
平平仄仄仄平平
平平仄仄平平仄
仄仄平平仄仄平

52

仄仄平平平仄仄
　　平平仄仄仄平平
　　平平仄仄平平仄
　　仄仄平平仄仄平

如元稹的《遣悲怀三首》（其二）：

　　昔日戏言身后意，（仄仄仄平平仄仄）
　　今朝都到眼前来。（平平仄仄仄平平）
　　衣裳已施行看尽，（平平仄平平平仄）
　　针线犹存未忍开。（平仄平平仄仄平）
　　尚想旧情怜婢仆，（仄仄仄平平仄仄）
　　也曾因梦送钱财。（仄平平仄仄平平）
　　诚知此恨人人有，（平平仄仄平平仄）
　　贫贱夫妻百事哀。（平仄平平仄仄平）

该诗首句第二个字为仄声字，首句不入韵。该诗是作者为纪念逝世的妻子而作，颇为感人。其中"贫贱夫妻百事哀"成为人们耳熟能详的名句。

四、五言绝句

五言绝句的平仄格式有四种：平起入韵式、平起不入韵式、仄起入韵式、仄起不入韵式。

（一）平起入韵式：

　　平平仄仄平
　　仄仄仄平平
　　仄仄平平仄
　　平平仄仄平

如李白的《静夜思》：

　　床前明月光，（平平平仄平）

53

疑是地上霜。（平仄仄仄平）
举头望明月，（仄平仄平仄）
低头思故乡。（平平平仄平）

　　该诗可以说是流传最广的千古名诗，写的是作者在寂静的夜晚思念家乡时有感而作。有的学者把该诗的"床"说成是"井栏"。说作者在井栏前看到月光而产生思乡之念，这种说法多少有点剑走偏锋，标新立异。不论是说在井台还是井栏看到月光，还不如说"大地明月光"，其场面岂非更加开阔？古代的"床"字有"井台、井栏、为'窗'字的通假字、坐卧的器具"等意思。但在这里"床前明月光"的"床"应解释为坐卧的器具本义最为恰当。作者临睡未睡之际，看到从窗户透进的月光而产生思乡之情，床前的一缕月光是该诗的触发点，作者看到的是具象，由点到面、由近及远而发思乡之幽情，使整首诗充满幽邃的意境。

　　（二）平起不入韵式：

平平平仄仄
仄仄仄平平
仄仄平平仄
平平仄仄平

如王勃的《山中》：

长江悲已滞，（平平平仄仄）
万里念将归。（仄仄仄平平）
况属高风晚，（仄仄平平仄）
山山黄叶飞。（平平平仄平）

　　该诗平起首句不入韵。该诗写的是作者久居他乡而渴望早日回乡的情愫。该诗情景交融，寥寥数言，刻画出天涯游子思乡的迫切心情。

　　（三）仄起入韵式：

仄仄仄平平

平平仄仄平
平平平仄仄
仄仄仄平平

如上官仪的《入朝洛堤步月》：

脉脉广川流，（仄仄仄平平）
驱马历长洲。（平仄仄平平）
鹊飞山月曙，（仄平平仄仄）
蝉噪野风秋。（平仄仄平平）

该诗仄起首句入韵，是作者任唐朝宰相时所作。该诗写的是唐朝百官在洛阳皇城外等候入朝时的情景。唐朝规定百官必须在破晓前在皇城外等候入朝。唐朝皇宫临洛水，洛水上有座天津桥。由于唐代宫禁森严，该桥入夜后关闭大门，到天明才开门放行。因此上早朝的百官都在桥下洛堤上隔岸等候放行入宫。

（四）仄起不入韵式：

仄仄平平仄
平平仄仄平
平平平仄仄
仄仄仄平平

如宋之问的《渡汉江》：

岭外音书绝，（仄仄平平仄）
经冬复历春。（平平仄仄平）
近乡情更怯，（仄平平仄仄）
不敢问来人。（仄仄仄平平）

该诗仄起首句不入韵。该诗写的是作者久居他乡，思乡情切，临近家乡时却产生不安、畏惧的心理，这种心理到底是在他乡郁郁不得志还是其他因素所致不得而知。该诗用浅白的语言，把作者复杂的心情表露出来。

五、七言绝句：

七言绝句的平仄格式有四种：平起入韵式、平起不入韵式、仄起入韵式、仄起不入韵式。

（一）平起入韵式：

平平仄仄仄平平
仄仄平平仄仄平
仄仄平平平仄仄
平平仄仄仄平平

如戴叔伦的《塞上曲二首》（其二）：

汉家旌帜满阴山，（仄平平仄仄平平）
不遣胡儿匹马还。（仄仄平平仄仄平）
愿得此身长报国，（仄仄仄平平仄仄）
何须生入玉门关。（平平平仄仄平平）

该诗平起首句入韵，写的是作者一心报国的壮志。该诗化用前人的诗句，汉朝班固出使西域三十多年，年老时上书朝廷，声称"臣不敢望到酒泉郡，但愿生入玉门关。"玉门关是西汉通往西域的门户。作者借此典故，表达誓死保家卫国不回乡的决心，这多少有点偏离中国人"落叶归根"思想。

（二）平起不入韵式：

平平仄仄平平仄
仄仄平平仄仄平
仄仄平平平仄仄
平平仄仄仄平平

如杜甫的《江南逢李龟年》：

岐王宅里寻常见，（平平仄仄平平仄）

崔九堂前几度闻。（平仄平平仄仄平）
正是江南好风景，（仄仄平平仄平仄）
落花时节又逢君。（仄平平仄仄平平）

该诗平起首句不入韵。作者在安史之乱后，在江南恰逢宫廷歌唱家李龟年而作。李龟年是唐玄宗时期的著名歌唱家，才华横溢。李龟年和作者当年在岐王府上相逢，大有英雄相见恨晚之意。如今大家又在江南落花时节相聚一起，两人在安史之乱后，漂泊的生涯如此相似，作者发出沧桑巨变之感慨。

（三）仄起入韵式：

仄仄平平仄仄平
平平仄仄仄平平
平平仄仄平平仄
仄仄平平仄仄平

如杜牧的《江南春》：

千里莺啼绿映红，（平仄平平仄仄平）
水村山郭酒旗风。（仄平平仄仄平平）
南朝四百八十寺，（平平仄仄仄仄仄）
多少楼台烟雨中。（平仄平平平仄平）

该诗描写江南到处是莺歌燕舞，春景如画。实际是作者讽喻唐朝统治者在外患不断的情形下，借南朝梁武帝大肆建设寺庙的旧事来讽刺统治者同类的举动。

（四）仄起不入韵式：

仄仄平平平仄仄
平平仄仄仄平平
平平仄仄平平仄
仄仄平平仄仄平

如王维的《九月九日忆山东兄弟》：

独在异乡为异客，（仄仄仄平平仄仄）
每逢佳节倍思亲。（仄平平仄仄平平）
遥知兄弟登高处，（平平平仄平平仄）
遍插茱萸少一人。（仄仄平平仄仄平）

该诗是写作者在他乡时的孤独、落寞，每到节日就会思念家乡的亲人。第三句猜想家乡的兄弟们同样会在重阳节登高时思念自己。

从内容上看，要死记硬背上述各种平仄格式难度确实较大，但只要我们掌握其中的规律，就可以用推导的方式推理出各种平仄格式。五绝、七绝平仄的格式为：

仄仄平平仄
平平仄仄平
平平平仄仄
仄仄仄平平

平平仄仄平平仄
仄仄平平仄仄平
仄仄平平平仄仄
平平仄仄仄平平

暂且将上述格式定义为五绝、七绝的基本格式，通过分析，我们发现上述七绝的基本格式无非在五绝基本格式的基础上加上"平平"或"仄仄"。即五绝基本格式是"平平"开头的，在其前面加上"仄仄"；而"仄仄"开头的则须加上"平平"两字。现以五绝的平仄格式为例来说明平仄推导方式。

将上述五绝基本格式定义为A格式。该A格式首句为仄声收尾，由于仄声收尾的格式只有两种，剩下仄声收尾的是：平平平仄仄。如果把"平平平仄仄"放在第首句，由于"平平平仄仄"为出句，其对句"仄仄仄平平"自然成为第二句。根据相粘关系，第三句的开头为"仄仄"，"仄仄"开头且仄声收尾的只有A格式的第一句"仄仄平平仄"，因其为出句，其相应的对句自然成为第四句，于是这样就形成B格式，即：

平平平仄仄
仄仄仄平平
仄仄平平仄
平平仄仄平

　　五绝的基本格式中，平声收尾的格式也只有两种。如"平平仄仄平"放在首句，因第二句规定为押韵句，故只能选择"仄仄仄平平"。基于相粘关系，第三句为"仄仄"开头，"仄仄"开头且仄声收尾的只有"仄仄平平仄"。由于其为出句，其相应的对句自然成为第四句，于是这样形成 C 格式。剩下平声收尾的只有"仄仄仄平平"，第二句为押韵句，只有选择"平平仄仄平"。第三句为"平平"开头且仄声收尾的只有"平平平仄仄"，第三句为出句，其相应的对句自然成为第四句，于是这样形成 D 格式。七绝的几种格式同理可以推导出来。
　　五律的四种基本格式是在五绝的基础上推导出来的，以五绝 A 格式为例：

仄仄平平仄
平平仄仄平
平平平仄仄
仄仄仄平平

　　五律的第五句与第四句"仄仄仄平平"存在相粘关系，故第五句开头为"仄仄"开头且为仄声收尾，故第五句为"仄仄平平仄"，其为出句，其相应的对句成为第六句，即"平平仄仄平"。第七句的开头为"平平"开头且为仄声收尾，故该句的平仄为"平平平仄仄"，同样其对应的出句即为第八句。以五律的 A 格式为例：

仄仄平平仄
平平仄仄平
平平平仄仄
仄仄仄平平
仄仄平平仄
平平仄仄平
平平平仄仄

59

仄仄仄平平

推导出来的结果是：五律 A 格式是在五绝 A 格式的平仄基础上重复一次，四句变为八句。我们不妨再看以平声收尾首句押韵的七律推导，以五绝的 C 格式为例：

平平仄仄平
仄仄仄平平
仄仄平平仄
平平仄仄平

五律的第五句与第四句存在相粘关系，为"平平"开头且仄声收尾。符合该条件的只有五绝基本格式的"平平平仄仄"，且其为出句，其对应的对句"仄仄仄平平"自然成为五律的第六句。第七句与第六句同样存在相粘关系，故第七句开头为"仄仄"开头且为仄声收尾，故基本格式中的只有"仄仄平平仄"符合条件，其对应对句也自然成为第八句。七绝的 C 格式的基本格式为：

平平仄仄平
仄仄仄平平
仄仄平平仄
平平仄仄平
平平平仄仄
仄仄仄平平
仄仄平平仄
平平仄仄平

通过推导出来的七律 C 格式，我们发现它并不是在五绝 C 格式平仄基础上简单重复一次。

通过上述推导，我们发现五绝基本格式的任何一句均可以成为首句，只要掌握五绝的四句基本格式，其他的如七绝的四种格式、五律的四种格式、七律的四种格式，都可以通过它们之间存在的平仄相对、相粘的相互关系中顺利推导出来。为方便记忆，总结出以下推导口诀：

五绝格式要熟知，
任何一句可为首。
平起仄起各两句，
奇句为首对句随，
偶句为首平尾随。
相粘之句仄声收，
平起仄起一句选。
相粘之句三五七，
知道首句可推导。
五绝五律格式出，
七绝七律自然晓。
平平开头加仄仄，
仄仄开头加平平。
五绝自此变七绝，
五律自此变七律。

该口诀的"偶句为首平尾随"，意思是指偶数句当作格律诗的首句时，另一平声收尾的偶数句成为对句。"相粘之句仄声收，平起仄起一句选"意思是指相粘之句均为仄声句，符合仄声收尾的平起句或仄起句，只有一种选择，即要么是"仄仄平平仄"，要么是"平平平仄仄"。"相粘之句三五七"是指相粘之句必定出现在第三、五、七句中。

第五节　拗救规则

拗救是指近体诗中的平仄违反平仄规则，即诗句中该用平声的位置用了仄声，该用仄声的位置用了平声，导致吟诵起来拗口，这样的句子叫作拗句。句中不符合平仄规则的字，叫作拗字。如果律诗或者绝句中出现拗句，人们把这种诗歌叫作"拗体诗"。近体诗中出现拗句，采取一定的方式予以补救，称作"拗救"。近体诗中出现拗句是正常现象，若为求声律的和谐，就需要补救。一般来说，拗救的方法有三种：本句自救、对句拗救和混合拗救。

一、本句自救。五言律诗的第一个字拗，用第三字来救。如李商隐的《蝉》：

本以高难饱，徒劳恨费声。
五更疏欲断，一树碧无情。
薄宦梗犹泛，故园芜已平。
烦君最相警，我亦举家清。

该诗颈联的对句"故园芜已平"，正体的格式为"平平仄仄平"。但该句第一字"故"为仄声字，是拗字。正体第三字本应为仄声字，但"芜"为平声字。即该句第一字为拗字，第三字补回一个平声字，即一拗三救，格式变为仄平平仄平，这样就避免犯"孤平"。

七言的同理，正体格式为"仄仄平平仄仄平"，而第三字应平而用仄，则在第五字补回一个平声字，变成：仄仄仄平平仄平。如许浑的《咸阳城东楼》：

一上高城万里愁，蒹葭杨柳似汀洲。
溪云初起日沉阁，山雨欲来风满楼。
鸟下绿芜秦苑夕，蝉鸣黄叶汉宫秋。
行人莫问当年事，故国东来渭水流。

该诗的"山雨欲来风满楼"的第三字应平而仄，第五个字补回一个平声"风"字，变为：平仄仄平平仄平。

又如王维的《辋川闲居赠裴秀才迪》：

寒山转苍翠，秋水日潺湲。
倚杖柴门外，临风听暮蝉。
渡头馀落日，墟里上孤烟。
复值接舆醉，狂歌五柳前。

该诗首联出句"寒山转苍翠"，正体格式为"平平平仄仄"。但该句第三字"转"为仄声字，正体该位置应为平声字。该句第四句改为平声"苍"字，即三拗四救，变为平平仄平仄。

五律的三拗四救，在七律中即为五拗六救。如杜甫的《咏怀古迹》（其五）：

诸葛大名垂宇宙，宗臣遗像肃清高。

三分割据纡筹策，万古云霄一羽毛。
伯仲之间见伊吕，指挥若定失萧曹。
运移汉祚终难复，志决身歼军务劳。

该联颈联出句：伯仲之间见伊吕。正体格式为：仄仄平平平仄仄。但该句第五字"见"为仄声字，应平而仄。该句第六字"伊"为平声字，该位置本应用仄声字而改为平声字，即五拗六救，变为仄仄平平仄平仄。又如杜甫的《秋兴八首》："西望瑶池降王母，东来紫气满函关。"上句第六字应用仄声而用了平声"王"字，便在第五字补回一个仄声"降"字。

二、对句相救是指上联的句子用了拗字，在下联适当位置改变正体格式的平仄来补救。如果出句是"仄仄平平仄"，第四字当平而仄，变成"仄仄平仄仄"。对句"平平仄仄平"的第三个字位置变成平声字以相补救，成了"平平平仄平"对句救出句。如白居易的《草》：

离离原上草，一岁一枯荣。
野火烧不尽，春风吹又生。

该绝句第三句第四字应用平声而用了仄声"不"字，而在"春风吹又生"的第三字用了平声字进行补救。

又如李白的《赠孟浩然》：

吾爱孟夫子，风流天下闻。
红颜弃轩冕，白首卧松云。
醉月频中圣，迷花不事君。
高山安可仰，徒此揖清芬。

该诗首联"吾爱孟夫子，风流天下闻"中，"孟"字拗，下句"天"来救。正体格式为"仄仄平平仄，平平仄仄平"，变成"仄仄仄平仄，平平平仄平"。

再如王维的《辋川别业》：

不到东山向一年，归来才及种春田。
雨中草色绿堪染，水上桃花红欲燃。
优娄比丘经论学，伛偻丈人乡里贤。

63

披衣倒屣且相见，相欢语笑衡门前。

该诗颔联的出句"雨中草色绿堪染"，第五字"绿"本应用平声而用了仄声，对句"水上桃花红欲燃"，第五字"红"的位置本应用仄声而用了平声来救上句。于是正体格式"平平仄仄平平仄，仄仄平平仄仄平"变为"平平仄仄仄平仄，仄仄平平平仄平"。

三、混合拗救。是指一联对句平仄的改变，既救了本句的拗句，又救了本联出句的拗句。混合拗救也称一字两救。如李白的《宿五松山下荀媪家》：

　　我宿五松下，寂寥无所欢。
　　田家秋作苦，邻女夜舂寒。
　　跪进雕胡饭，月光明素盘。
　　令人惭漂母，三谢不能餐。

首联出句第三字"五"字和对句第一字"寂"字都是该平而用仄，对句"寂寥无所欢"的平仄为"仄平平仄平"。其的第三字"无"字既补救了"寂"字，也救了出句的"五"字，属于一字两救。

如苏轼的《新城道中二首》：

　　东风知我欲山行，吹断檐间积雨声。
　　岭上晴云披絮帽，树头初日挂铜钲。
　　野桃含笑竹篱短，溪柳自摇沙水清。
　　西崦人家应最乐，煮芹烧笋饷春耕。
　　身世悠悠我此行，溪边委辔听溪声。
　　散材畏见搜林斧，疲马思闻卷旆钲。
　　细雨足时茶户喜，乱山深处长官清。
　　人间岐路知多少，试向桑田问耦耕。

出句"野桃含笑竹篱短"的平仄为"仄平平仄仄平仄"，该句第五字"竹"字拗。对句"溪柳自摇沙水清"为平仄为"平仄仄平平仄平"，该句第三字"自"字拗，同时在对句第五字本该用仄声字而用了平声"沙"字。一个"沙"字，既救了出句的"竹"字拗，又救了本句的"自"字拗，属于一字两救。

又如陆游的《夜泊水村》：

腰间羽箭久凋零，太息燕然未勒铭。
老子犹堪绝大漠，诸君何至泣新亭。
一身报国有万死，双鬓向人无再青。
记取江湖泊船处，卧闻新雁落寒汀。

　　颈联"一身报国有万死"的"有"和"万"都是仄声字，其平仄为"仄平仄仄仄仄仄"，对句"双鬓向人无再青"的平仄为"平仄仄平平仄平"。颈联出句"有"和"万"都是拗字，该句"无"的位置本应用仄声字而用了平声字，对句"无"字救了出句的"有"和"万"字，属于一字两救。同时对句第一字"双"的位置本应用仄声而用了平声字，对句第三字本应用平声字而用了仄声"向"字，属于本句自救。

　　近体诗中出现拗句，虽有拗救规则予以补救，但不意味着诗句的"二、四、六"句均可拗字。不论是五言诗句还是七言诗句，其第二字是不能使用拗字，因其第二个字决定全诗的平仄格局和节奏。另外，诗句韵脚位置也不能使用拗字，否则就是出律。

　　近体诗有"一三五不论，二四六分明"之说。为了避免犯"孤平"，有些平仄格式并不能"一三五不论"。如"平平仄仄平"格式中，第一个平声字就不能"不论"。此处若第一个字用仄声字，就会犯"孤平"。王力先生认为所谓"孤平"是指韵句除韵脚字外，全句只有一个平声字。在七言句中，如在"仄仄平平仄仄平"的句式中，第三个字也不能使用仄声，否则犯孤平。如"雁叫千里万古流"，这句除去韵脚"流"字，全句就"千"字一个平声字，其余全是仄声字，这就是犯"孤平"。犯"孤平"虽是近体诗大忌，但唐朝诗人却很少犯这类毛病。在《全唐诗》中，王力先生发动学生共找出两句犯"孤平"的诗句：

（1）醉多适不愁（高适的《淇上送韦司仓》）。
（2）百岁老翁不种田（李颀的《野老曝背》）。

　　古人没有给"孤平"下过定义，准确说至少是在清代乾隆之前是没有人给"孤平"下过定义。目前给"孤平"下定义的主要有两派，一派是以王力先生为代表；另一派是启功为代表。启功先生认为在格律诗的任何位置，只要出现"两仄夹一平"就是犯"孤平"。如果按照启功先生的观点，那么"仄平仄仄平平仄""平平仄仄仄平仄"句式就算是犯"孤平"。前句的第一字本身处于"可平可仄"的位置，同理后句第五字也一样。显然启功先生的观点和"一三五不论"的传统说法相冲突。如果启功先生观点成立的话，那《全唐诗》中大量的诗句都存在犯"孤平"现象。就客观而论，唐朝诗人不可能这么多人犯"低级错误"，显而易见，启功先生的观点很难成立。但王力先生给"孤平"下的定义是不够严谨的，因五言诗中第四句正体格式为：仄仄仄平平，也是除韵脚外只有一个平声字，故应在王力先生的"孤平"定义前加上一句限制语方为合适。即除"仄仄仄平平"格式外，其他韵句除韵脚外，仅剩一个平声字。

为什么要强调作诗不能犯"孤平"？其原理是近体诗是押平声韵的，如果全句除韵脚外，只有一个平声字，那全句的声律会失去平衡，导致诵读起来音律起伏过大而变得不协调。

另外，在近体诗中应避免出现"三平调"，因为"三平调"是古体诗的典型特征。在"仄仄仄平平"句式中，由于第三字受"一三五不论"的影响，很容易在此处使用平声字，如果如此，就会出现"三平调"，这也是近体诗的大忌。

在近体诗中，五言句的第四字和七言的第六字可以拗，但必须救。如在五言句"仄仄平平仄"或七言句"平平仄仄平平仄"格式中，其第四字或第六字可以拗，但必须在对句的第三字或第五字予以补救。"平仄"脚结尾的句子出现拗字属于"大拗"，如黄庭坚的《次韵王稚川客舍二首》（其一）：

五更归梦常苦短，一寸客愁无奈多。
慈母每占乌鹊喜，家人应赋鶺鸰歌。

该诗首联正体格式为"平平仄仄平平仄，仄仄平平仄仄平"。"五更归梦常苦短，一寸客愁无奈多"中的"苦"的位置本应用平声而用了仄声，故对句第五字本应用仄声而用了平声"无"字，救了上句。

如杜甫的《奉济驿重送严公四韵》：

远送从此别，青山空复情。
几时杯重把？昨夜月同行。
列郡讴歌惜，三朝出入荣。
江村独归去，寂寞养残生。

该诗首联正体格式为"仄仄平平仄，平平仄仄平"。"远送从此别"中"此"的位置本应用平声而用了仄声，故"青山空复情"的第三字应用仄声，但此处用平声"空"字，救了上句。

在五言句"平平平仄仄"或七言句"仄仄平平平仄仄"句型中，其第四字或第六字出现拗字，五言句第三、四两字的平仄互换位置，七言句第五、六两字的平仄互换位置。这样的句式就变为"平平仄平仄"和"仄仄平平仄平仄"。这种句式叫作"特拗"，多出现在五言句的第三句和七言句的第七句。如杜甫的《月夜》：

今夜鄜州月，闺中只独看。
遥怜小儿女，未解忆长安。
香雾云鬟湿，清辉玉臂寒。
何时倚虚幌，双照泪痕干。

该诗颔联"遥怜小儿女"的第三、四字平仄互换位置，其平仄格式变为"平平仄平仄"。又如王勃的《送杜少府之任蜀州》：

城阙辅三秦，风烟望五津。
与君离别意，同是宦游人。
海内存知己，天涯若比邻。
无为在歧路，儿女共沾巾。

该诗尾联"无为在歧路"，第三、四字的平仄互换位置，其平仄格式变为"平平仄平仄"。

又如杜荀鹤的《山中寡妇》：

夫因兵死守蓬茅，麻苎衣衫鬓发焦。
桑柘废来犹纳税，田园荒后尚征苗。
时挑野菜和根煮，旋斫生柴带叶烧。
任是深山更深处，也应无计避征徭。

该诗尾联"任是深山更深处"，其第五、六字互换了位置，其平仄格式变为"仄仄平平仄平仄"。

总结起来说,"平平仄仄平"是平字收尾,本身为对句,不可能再有"对句"给予补救,决定该格式只能是"本句自救",而且该格式易犯"孤平"。不论是五言诗的"一拗三救"还是七言诗的"三拗五救",都是为避免犯"孤平"问题。"平平平仄仄"格式同样是"本句自救",把前例王维《辋川闲居赠裴秀才迪》和杜甫的《咏怀古迹》(其五)的"三拗四救""五拗六救"说成"四拗三救""六拗五救"亦未尝不可,本质上是一回事,即五言诗的三、四字、七言诗的五、六字的平仄"互换",大家互救。

而在"仄仄平平仄"格式中,存在"小拗""大拗"之分。五言诗出句的"三拗"、七言诗出句的"五拗",则在对句相同的位置补回个平声字即可,这种"拗字"因其在"一三五不论"的位置,不做补救亦可。而"大拗"则必须"错位"救,即五言诗的第四字"拗",则在对句的第三字"救",七言诗的第六字"拗",则在对句的第五字"救"。而且这种"错位"必须是往前"错位"而不能往后"错位",因往后"错位"必然会影响到固定平声收尾的韵脚。

在"仄仄仄平平"格式中,极少数诗人曾把"仄仄仄平平"变成"仄仄平仄平"格式,如孟浩然《岁暮归南山》:"北阙休上书"。七言诗的"平平仄仄仄平平"变成"平平仄仄平仄平"格式,如李白的《登黄鹤楼》"一拳打碎黄鹤楼"的平仄格式为"仄平仄仄平仄平"。通说认为该格式没有拗救规则。

由于拗救规则是格律诗中的难点,让很多人学得如坠云雾中,把拗救规则总结为口诀,则易学易记:

  单平收尾本句救,
  易犯孤平认真究。
  单仄收尾大小拗,
  大小拗在对句救。
  小拗可在同位救,
  大拗则在错位救。
  仄仄收尾本句救,
  平仄互换当作救。
  混合拗救平尾收,
  救了本句救上句。
  平平收尾正体来,
  因其规则无拗救。

第六节 对　仗

对仗一词来源于旧时皇宫的仪仗队，通常仪仗队是纵列排队，两队人数相同且平行相对，故称对仗。诗词中的对仗是指意义相关、字数相等、平仄相反的词语放在上下两句相对应的位置，使之相互映衬，读起来声律和谐，增强词语的表现力。

一、对仗的位置

律诗一般首联、尾联部不要求对仗，颔联和颈联要求对仗。如杜甫的《客至》：

舍南舍北皆春水，但见群鸥日日来。
花径不曾缘客扫，蓬门今始为君开。
盘飧市远无兼味，樽酒家贫只旧醅。
肯与邻翁相对饮，隔篱呼取尽余杯。

律诗颔联和颈联要求对仗是普遍原则，若律诗中仅有一联是对仗也是允许的，如李白的《塞下曲六首》（其一）：

五月天山雪，无花只有寒。
笛中闻折柳，春色未曾看。
晓战随金鼓，宵眠抱玉鞍。
愿将腰下剑，直为斩楼兰。

该诗只有颈联一联对仗。若颔联不对仗而只有颈联一联对仗，通常这种律诗被称为"蜂腰格"。

有的律诗首联对仗而颔联不对仗，通常这种近体诗被称为"偷春体"，好像梅花偷春色而先于百花开放一样。如李白的《送友人》：

青山横北郭，白水绕东城。
此地一为别，孤蓬万里征。

浮云游子意，落日故人情。
挥手自兹去，萧萧班马鸣。

该诗首联"青山横北郭，白水绕东城"为工对，而颔联"此地一为别，孤蓬万里征"却不对仗。又如王勃的《送杜少府之任蜀州》：

城阙辅三秦，风烟望五津。
与君离别意，同是宦游人。
海内存知己，天涯若比邻。
无为在歧路，儿女共沾巾。

该诗也是首联对仗，而颔联不对仗。与李白《送友人》一样，属于偷春体。有的律诗首联、颔联、颔联三联对仗，如杜甫的《恨别》：

洛城一别四千里，胡骑长驱五六年。
草木变衰行剑外，兵戈阻绝老江边。
思家步月清宵立，忆弟看云白日眠。
闻道河阳近乘胜，司徒急为破幽燕。

律诗尾联对仗，容易给人留下诗人意思尚未表达完毕的印象，所以，尾联不主张使用对仗句式。但有的诗人全诗都用了对仗句式，如韦承庆的《凌朝浮江旅思》：

天晴上初日，春水送孤舟。
山远疑无树，潮平似不流。
岸花开且落，江鸟没还浮。
羁望伤千里，长歌遣四愁。

排律规定除首联和尾联可以不用对仗外，其他联要求全部对仗。如韩愈的《学诸进士作精卫衔石填海》：

鸟有偿冤者，终年抱寸诚。
口衔山石细，心望海波平。

渺渺功难见，区区命已轻。
人皆讥造次，我独赏专精。
岂计休无日，惟应尽此生。
何惭刺客传，不著报雠名！

绝句总共只有四句，不要求对仗。但有的绝句一样使用了对仗的句式。如杜甫的《绝句》：

两个黄鹂鸣翠柳，一行白鹭上青天。
窗含西岭千秋雪，门泊东吴万里船。

二、对仗的种类

（一）工对是指工整的对仗，出句与对句在结构句式、相对位置的词性相同，且其义类相同、平仄相反等方面严格相对。如名词可以分为天文气象类、岁月时令类、疆域地理类、建筑类、器物用具类、衣服饰物类、饮食茶酒类、文学类、文房四宝类、草木华果类、禽兽虫鱼类、人体容貌类、行为类、人伦类、方位类、干支类、人名类、地名类等。其中地理类与地名类有明确区分，如疆域地理类是指：土地、山川、江河、湖海、水、泉、关塞、城市、郡邑、乡道、道路等，而地名类如：北京、上海、广州、深圳、太湖、洞庭湖、鄱阳湖、洪泽湖、巢湖等。其他的词如形容词、数量词、联绵词、叠音词等，都可分出数量不等的独立小类。

如云对雨，雪对风，属于天文气象类；来鸿对去燕，宿鸟对鸣虫，属于禽兽虫鱼类；三尺剑对六钧弓，属于器物用具类；等等。

诗歌中的工对为数不少，如：

浮云游子意，落日故人情。（李白《送友人》）
野火烧岗草，断烟生石松。（贾岛《雪晴晚望》）
绿树村边合，青山郭外斜。（孟浩然《过故人庄》）
山随平野尽，江入大荒流。（李白《渡荆门送别》）
秦地重关一百二，汉家离宫三十六。（骆宾王《帝京篇》）
无边落木萧萧下，不尽长江滚滚来。（杜甫《登高》）

"浮云"与"落日"，"野火"与"断烟"，"绿树"与"青山"，"山"与

71

"江","一百二"与"三十六","萧萧"与"滚滚"等对得非常工整。

（二）邻对，邻对比工对要求宽些，在对仗中可以使用邻类词语。邻类词语是指词性中意义范畴比较接近的类别。王力先生在《汉语诗律学》中将邻对分为以下二十类：

1. 天文与时令；
2. 天文与地理；
3. 地理与宫室；
4. 宫室与器物；
5. 器物与衣饰；
6. 器物与文具；
7. 衣饰与饮食；
8. 文具与文学；
9. 草木花卉与鸟兽虫鱼；
10. 形体与人事；
11. 人伦与代名；
12. 疑问代词与副词；
13. 方位与数目；
14. 数目与颜色；
15. 人名与地名；
16. 同义与反义；
17. 同义与连绵；
18. 反义与连绵；
19. 副词与连词、介词；
20. 连词、介词与助词。

邻对可以使用的词语更加宽广，使用邻对的诗歌可谓比比皆是：

> 白日依山尽，黄河入海流。（王之涣《登鹳雀楼》）
> 天边树若荠，江畔洲如月。（孟浩然《秋登兰山寄张五》）
> 荷风送香气，竹露滴清响。（孟浩然《夏日南亭怀辛大》）
> 桃花细逐杨花落，黄鸟时兼白鸟飞。（杜甫《曲法对酒》）
> 映阶碧草自春色，隔叶黄鹂空好音。（杜甫《蜀相》）
> 高江急峡雷霆斗，古木苍藤日月昏。（杜甫《白帝》）
> 涛声夜入伍员庙，柳色春藏苏小家。（白居易《杭州春望》）

草青临水地，头白见花人。（白居易《感春》）
敏捷诗千首，飘零酒一杯。（杜甫《不见》）

邻对的工整程度很接近工对，有的学者把邻对也视为工对，这种看法不无道理。

（三）宽对。相对于工对而言，宽对是一种很不工整的对仗，一般只要句型相同、词性相同，即可构成对仗。如：

三山半落青天外，二水中分白鹭洲。（李白《登金陵凤凰台》）
三顾频频天下计，两朝开济老臣心。（杜甫《蜀相》）
忽逢青鸟使，邀入赤松家。（孟浩然《宴梅道士山房》）
有弟皆分散，无家问死生。（杜甫《月夜忆舍弟》）
岭树重遮千里目，江流曲似九回肠。（柳宗元《登柳州城楼寄漳汀封连四州》）
草草杯盘共笑语，昏昏灯火话平生。（王安石《示长安君》）

"青天外"与"白鹭洲"，"频频"与"开济"，"忽"与"邀"，"皆"与"问"，"重遮"与"曲似"，"杯盘"与"灯火"等对得不太工整，但上下句句型相同，仍属宽对。

（四）流水对是指出句与对句在意义上和语法结构上不是相对，而是存在上下相承、递进、假设、因果、条件、转折等关系，两句相辅相成，次序不能颠倒，在语言结构上有一定的时间逻辑秩序。诗歌中有的流水对上下句用连词串接，如：

欲穷千里目，更上一层楼。（王之涣《登鹳雀楼》）
不堪玄鬓影，来对白头吟。（骆宾王《在狱咏蝉》）
请看石上藤萝月，已映洲前芦荻花。（杜甫《秋兴八首·其二》）
惟将终夜长开眼，报答平生未展眉。（元稹《遣悲怀三首·其三》）

诗歌中有的流水对上下句分别是两个连贯的动作，如：

行到水穷处，坐看云起时。（王维《终南别业》）

忽逢青鸟使，邀入赤松家。（孟浩然《宴梅道士山房》）
欲寻芳草去，惜与故人违。（孟浩然《留别王侍御维》）
即从巴峡穿巫峡，便下襄阳向洛阳。（杜甫《闻官军收河南河北》）

诗歌中有的流水对前一句为后一句的条件从句。又如：

大都秋雁少，只是夜猿多。（高适《送郑侍御谪闽中》）
还家万里梦，为客五更愁。（张谓《同王征君洞庭有怀》）

古人云："古人律诗中之流水对，常为难得之佳联，即因其一气呵成，畅而不隔，如行云流水，妙韵天成也。"胡震亨《唐音癸签·法微三》："严羽卿以刘眘虚'沧浪千万里，日夜一孤舟'为十字格，刘长卿：'江客不堪频北望，塞鸿何事又南飞'为十四字格。谓两句只一意也，盖流水对耳。"

（五）扇面对，简单说就是隔句对，即第一句是出句，第三句才是对句，第二句是出句，第四句才是对句，前联与后联隔句形成对仗。如白居易的《夜闻筝中弹潇湘送神曲感旧》：

缥缈巫山女，归来七八年。
殷勤湘水曲，留在十三弦。
苦调吟还出，深情咽不传。
万重云水思，今夜月明前。

该诗的首联第一句"缥缈巫山女"与颔联第一句"殷勤湘水曲"形成对仗。又如苏轼的《用前韵再和许朝奉》：

高门元世旧，客路晚追游。
清绝闻诗语，疏通岂法流。
传家有衣钵，断狱尽春秋。
邂逅陪车马，寻芳谢朓洲。
凄凉望乡国，得句仲宣楼。
恨赋投湘水，悲歌祀柳州。
何如五字律，相与一樽留。

更约登尘外,归时月满舟。

该诗的第七句"邂逅陪车马"和第九句"凄凉望乡国",第八句"寻芳谢朓洲"和第十句"得句仲宣楼"形成对仗。

(六)借对,是指通过借义或借音等手段来达到对仗工整的目的。一个词有两种以上的意义,诗人在诗中用的是甲义,但是同时借用它的乙义或丙义,来与另一词相对。借对又分两种情形:一种是借音,另一种是借义。借音多见于颜色类对、方位类对,也有其他的借音对,如:

白水渔竿客,清秋鹤发翁。(杜甫《遣闷奉呈严公二十韵》)

"清"谐音"青",与"白"相对,形成颜色类对仗。"渔"与"鱼"谐音,与"鹤"相对,形成禽兽虫鱼类对仗。

清江无限好,白鸟不胜闲。(王安石《江亭晚眺》)

"清"谐音"青",与"白"相对,形成颜色类对仗。

骥子春犹隔,莺歌暖正繁。(杜甫《忆幼子》)

"歌"谐音"哥",与"子"形成人伦类对仗。

樽开柏叶酒,灯发九枝花。(张子容《除夜乐城逢孟浩然》)

"柏"谐音"百",与"九"相对,形成数目类对仗。

生理何颜面,忧端且岁时。(杜甫《得弟消息二首·其二》)

"理"谐音"里",与"端"相对,形成方位类对仗。

枸杞因吾有,鸡栖奈汝何。(杜甫《恶树》)

"枸"谐音"狗",与鸡相对,形成禽兽虫鱼类对仗。

75

借义对是利用词的多义性,通过一个词的某一种意义与相应的词构成对仗,但诗里所用的并不是此种意义,而是彼种意义,如:

东边日出西边雨,道是无晴却有晴。(刘禹锡《竹枝词》)

该诗的"晴",用的是晴天的晴,但该"晴"字与爱情的"情"双关,这里抒写男女的爱情。

非寻戴安道,似向习家池。(杜甫《从驿次草堂复至东屯二首·其一》)

该诗的"道"是指人名,但这里却借用其"道路"之本义,与"池"形成地理类对仗。

坐开桑落酒,来把菊花枝。(杜甫《九日杨奉先会白水崔明府》)

该诗"桑落"原本是指酒的名称,但这里却借用其植物"桑"之本义,与"菊"形成植物类对仗。

蚁浮仍腊味,鸥泛已春声。(杜甫《正月三日归溪上有作简院内诸公》)

该诗"蚁浮"本义是指飘浮在酒上面的泡沫,可以理解为酒的代称。但这里借用"蚁"字有蚂蚁的本义,与"鸥"形成动物类对仗。

竹叶於人既无分,菊花从此不须开。(杜甫《九日五首·其一》)

该诗"竹叶"是指酒的名称,但这里借用其植物的本义,与"菊花"形成植物类对仗。

行李淹吾舅,诛茅问老翁。(杜甫《巫峡敝庐奉赠侍御四舅别之澧朗》)

该诗"行李"是指本义,但"行"字本身为动词,这里借用其动词之本义,与"诛"字形成动词类对仗。

> 少年曾任侠,晚节更为儒。(王维《济上四贤咏·崔录事》)

该诗的"节"是指其节操之本义,但这里借用其"时节"之义,与"年"形成时令类对仗。

(七)本句对,也叫当句对,一句之中某些词语自成对仗。宋人洪迈对此有过点评,其在《容斋续笔·诗文当句对》说:"唐人诗文,或于一句中自成对偶,谓之当句对。盖起于《楚辞》'蕙烝'、'兰藉'、'桂酒'、'椒浆'、'桂櫂'、'兰枻'、'斲冰'、'积雪'。自齐梁以来,江文通、庾子山诸人亦如此。"如黄庭坚的《自巴陵略平江临湘入通城无日不雨至黄龙奉谒》:

> 山行十日雨沾衣,幕阜峰前对落晖。
> 野水自添田水满,晴鸠却唤雨鸠归。
> 灵源大士人天眼,双塔老师诸佛机。
> 白发苍颜重到此,问君还是昔人非。

该诗颔联的"野水"与"田水"形成互对,"晴鸠"与"雨鸠"形成互对。又如杜甫的《涪城县香积寺官阁》:

> 寺下春江深不流,山腰官阁迥添愁。
> 含风翠壁孤云细,背日丹枫万木稠。
> 小院回廊春寂寂,浴凫飞鹭晚悠悠。
> 诸天合在藤萝外,昏黑应须到上头。

该诗颈联"小院"与"回廊"形成互对,"浴凫"与"飞鹭"形成互对。再如杜甫的《白帝》:

> 白帝城中云出门,白帝城下雨翻盆。
> 高江急峡雷霆斗,古木苍藤日月昏。
> 戎马不如归马逸,千家今有百家存。
> 哀哀寡妇诛求尽,恸哭秋原何处村?

该诗颈联的"戎马"与"归马"形成互对,"千家"与"百家"形成互对。

（八）交错对又称错综对,是指出句的词语与对句的词语本可形成对仗,但为迎合近体的原因,不是在同一个位置而是故意错开词语的位置,称为"交错对"或"错落对",过去则称为"蹉对"。交错对一般都是在词语对仗安排与近体发生矛盾的时候,才采用这种形式以作补救的。如王维的《辋川闲居赠裴秀才迪》：

> 寒山转苍翠,秋水日潺湲。
> 倚杖柴门外,临风听暮蝉。
> 渡头馀落日,墟里上孤烟。
> 复值接舆醉,狂歌五柳前。

该诗颔联"倚杖"与"临风"形成对仗,"柴门外"应该与"暮蝉听"形成对仗,但因平仄原因,"暮蝉听"变成"听暮蝉",其动词前移,利用交错对的形式达到合乎近体的要求。又如李群玉的《同郑相并歌姬小饮戏赠/杜丞相悰筵中赠美人》：

> 裙拖六幅湘江水,鬓耸巫山一段云。
> 风格只应天上有,歌声岂合世间闻。
> 胸前瑞雪灯斜照,眼底桃花酒半醺。
> 不是相如怜赋客,争教容易见文君。

该诗首联的"六幅"并非与相对应位置"巫山"对仗,而是与"一段"对仗。

（九）正对又称真对,指近体诗中出句和对句表达的意义相同或相近的对仗,它是律诗里用得最普遍的对仗形式。如杜甫的《咏怀古迹·其五》：

> 诸葛大名垂宇宙,宗臣遗像肃清高。
> 三分割据纡筹策,万古云霄一羽毛。
> 伯仲之间见伊吕,指挥若定失萧曹。
> 运移汉祚终难复,志决身歼军务劳。

该诗颈联"伯仲之间见伊吕,指挥若定失萧曹"是赞扬诸葛亮卓越的政治军事才能,本联两句表达的意思相近。

(十)反对,是指近体诗中出句和对句表达的意思相反的对仗。如南宋诗人卢梅坡的《雪梅·其一》:

> 梅雪争春未肯降,
> 骚人搁笔费评章。
> 梅须逊雪三分白,
> 雪却输梅一段香。

该诗"梅须逊雪三分白,雪却输梅一段香"表达的意思相反。又如刘长卿的《长沙过贾谊宅》:

> 三年谪宦此栖迟,万古惟留楚客悲。
> 秋草独寻人去后,寒林空见日斜时。
> 汉文有道恩犹薄,湘水无情吊岂知?
> 寂寂江山摇落处,怜君何事到天涯!

该诗颈联"汉文有道恩犹薄,湘水无情吊岂知"表达的意思相反,构成反对。

第七节　对仗避忌

合掌是指对仗的上下两句意思相同或者基本相同的现象。由于五言律诗合计四十字,七言律诗合计五十六字,律诗字数本来就不多,合掌意味诗句缺凝练,结构臃肿,浪费笔墨,是近体诗的大忌。

宋代沈括《梦溪笔谈》及《蔡宽夫诗话》均指出,对仗要避免"上下句一意"之病。南宋魏庆之《诗人玉屑》亦云"两句不可一意。"可见,古人很早就注意到这个问题。如刘琨的《重答卢谌》:"宣尼悲获麟,西狩涕孔丘","宣尼"和"孔丘"均是指孔子;"悲"和"涕"是同义词;"西狩"和"获麟"也是表达同一个意思,属于合掌。宋之问的《初到黄梅》有句云:"马上逢寒食,途中属暮春。"纪昀在《瀛奎律髓刊误》评论说:"途中、马上、暮春、寒食，未免合掌。"纪昀的评论是中肯的，该联是合掌。又如唐皮日休的《牡丹》中"竞夸天下无双艳，独立人间第一香"，"天下"和"人间"，"无双"和"第一"等都是同义词，该联属于合掌。再比如元萨都剌的《送浚天渊入朝》"地湿厌闻天笁雨，月明来听景阳钟。""闻"和"听"都是听觉的动词，是同一个意思。如把"闻"字修改为"瞻"，因"瞻"与"听"不是一个意思，"瞻"是视觉动词，这就可避免合掌之弊。

　　当代的诗人中，也有不少诗句犯合掌的毛病，如流传广泛的名句"独有英雄驱虎豹，更无豪杰怕熊罴。""英雄"和"豪杰"是同义词；"虎豹"和"熊罴"亦是同义词，该联属于合掌。又如"四海翻腾云水怒，五洲震荡风雷激"中的"四海"和"五洲"、"云水"和"风雷"、"翻腾"和"震荡"等都是同义相对，该联亦属合掌。

　　除同义词语容易形成合掌外，律诗对仗两联词性相同、句式结构相同，古人称之"四言一法"，这种结构通常也被视为是合掌，如司空曙的《贼平后送人北归》：

　　　　世乱同南去，时清独北还。
　　　　他乡生白发，旧国见青山。
　　　　晓月过残垒，繁星宿故关。
　　　　寒禽与衰草，处处伴愁颜。

　　该诗的"他乡"和"旧国""白发"和"青山"，"晓月"和"繁星"，"残垒"和"旧关"全是名词对名词，且句式结构完全一样，属于合掌。

　　一般来说作诗应避免犯合掌的毛病，以增强诗歌的表达效果。不过话说回来，合掌运用得恰到好处往往能起到过剑走偏锋、出人意料的效果，如南朝梁王籍《入若耶溪》：

　　　　艅艎何泛泛，空水共悠悠。
　　　　阴霞生远岫，阳景逐回流。
　　　　蝉噪林逾静，鸟鸣山更幽。
　　　　此地动归念，长年悲倦游。

　　该诗"蝉噪林逾静，鸟鸣山更幽"，"蝉"和"鸟"，"林"和"山"都是同义词，该联无疑属于合掌。古人对该句的断语为："造语虽秀拔，然上下文多出一义。"王安石认为"蝉噪林逾静"可以修改为"风定花犹落"。"风定花犹落，鸟鸣山更幽"对仗工整，但却破坏了该诗的意境之美。

该诗描写诗人泛舟出游时，见到蔚蓝的天空倒映水中，水天相和，晚霞溪流陪伴，蝉鸣鸟叫，山水之美让诗人动了归隐之心，厌倦仕途而悲伤自己为何不早点归隐。"蝉噪林逾静"是说明山林之幽静，"鸟鸣山更幽"是进一步强调这种"幽静"。"风定花犹落，鸟鸣山更幽"不过是湖水微澜；而"蝉噪林逾静，鸟鸣山更幽"却像是波澜壮阔，层次和境界更上一台阶，加之是对仗句，读起来朗朗上口，遂使该句成为千古名句。话说回来，王籍《入若耶溪》不过是合掌中的特例，写格律诗还是要尽量避免出现合掌现象。

第八节　变体诗

变体诗大体属于游戏诗或趣味诗，是文人玩文字游戏的杰作。主要有以下种类：

一、回文诗，顾名思义，就是能够回还往复，正读、倒读均可成为诗歌，这是中华文化独有的奇葩诗。如李禺的《思妻诗》：

枯眼望遥山隔水，往来曾见几心知？
壶空怕酌一杯酒，笔下难成和韵诗。
途路阻人离别久，讯音无雁寄回迟。
孤灯夜守长寥寂，夫忆妻兮父忆儿。

该诗倒过来读，成了《思夫诗》：

儿忆父兮妻忆夫，寂寥长守夜灯孤。
迟回寄雁无音讯，久别离人阻路途。
诗韵和成难下笔，酒杯一酌怕空壶。
知心几见曾来往，水隔山遥望眼枯。

回文诗需要极强的文字功底，属于"阳春白雪"高端人士的"玩具"，不适合绝大多数的人。

二、顶针诗，是指在一首诗歌里面，用前一句的最后一个词语，作为下一

81

句诗词的开头,使前后两句头尾蝉联。如汉朝无名氏的《平陵东》:"平陵东,松柏桐,不知何人劫义公。劫义公,高堂下,交钱百万两走马。两走马,亦诚难,顾见追吏心中恻。心中恻,血出漉,归告我家卖黄犊。"顶针本来是古诗的一种修辞手法,目的是加强语气,后面被诗人改造成别具一格的诗体,如韦庄的《杂体连绵》:

> 携手重携手,夹江金线柳。
> 江上柳能长,行人恋尊酒。
> 尊酒意何深,为郎歌玉簪。
> 玉簪声断续,钿轴鸣双毂。
> 双毂去何方,隔江春树绿。
> 树绿酒旗高,泪痕沾绣袍。
> 袍缝紫鹅湿,重持金错刀。
> 错刀何灿烂,使我肠千断。
> 肠断欲何言,帘动真珠繁。
> 真珠缀秋露,秋露沾金盘。
> 金盘湛琼液,仙子无归迹。
> 无迹又无言,海烟空寂寂。
> 寂寂古城道,马嘶芳岸草。
> 岸草接长堤,长堤人解携。
> 解携忽已久,缅邈空回首。
> 回首隔天河,恨唱莲塘歌。
> 莲塘在何许,日暮西山雨。

该每两句或一句用顶针,首尾相连,是比较典型的顶针诗。

三、嵌字诗,把特定的字嵌于诗篇的句首或句中而不失其完整的意义。如《水浒传》军师吴用为诱骗卢俊义上梁山,在其墙上题了一首诗:"芦花丛里一扁舟,俊杰俄从此地游。义士若能知此理,反躬逃难可无忧。"这首诗每句第一字连在一起读即为:"卢俊义反"。其管家据此前往官府密告卢俊义造反。结果如吴用设想的那样,卢俊义被逼上梁山。又如唐伯虎的《西江月》:"我闻西方大士,为人了却凡心。秋来明月照蓬门,香满禅房幽径。屈指灵山会后,居然紫竹成林。童男童女拜观音,仆仆何嫌荣顿。"该词第一字连在一起即为"我为秋香屈居童仆。"

四、叠韵诗是指一首诗中用韵母相同的字。唐时期遍照金刚的《文镜秘府论》云:"叠韵者,诗曰:'看河水漠沥,望野草苍黄,露停君子树,霜宿女姓姜。'此为美矣。"这里,"苍黄"叠韵。明徐师曾《文体明辨序说》:"叠韵者,同音而又同韵也。磝碻同为牙音,而又同韵,故谓之叠韵。如侏儒、童蒙、崆峒、螳螂、滴沥之类皆是也。"如陆龟蒙的《新沙》:

渤澥声中涨小堤,
官家知后海鸥知。
蓬莱有路教人到,
应亦年年税紫芝。

该诗第四句"紫芝"为叠韵。又如皮日休的《馆娃宫怀古五绝》(其一):

绮阁飘香下太湖,
乱兵侵晓上姑苏。
越王大有堪羞处,
只把西施赚得吴。

该诗第二句的"姑苏"为叠韵。

五、同头诗是指每首诗开头一字相同,如南北朝鲍泉的《奉和湘东王春日》:

新莺始新归,新蝶复新飞。
新花满新树,新月丽新辉。
新光新气早,新望新盈抱。
新水新绿浮,新禽新听好。
新景自新还,新叶复新攀。
新枝虽可结,新愁讵解颜。
新思独氤氲,新知不可闻。
新扇如新月,新盖学新云。
新落连珠泪,新点石榴裙。

六、翻韵诗是指将词语的顺序颠倒过来,使诗句押韵。如钱济鄂的《颠倒诗》:

网鱼脱鱼网,笼鸟辞鸟笼。

83

水车车水绿，花剪剪花红。
导引期引导，功成竟成功。
头枕枕头上，帐钩钩帐中。
回数已数回，统一须一统。
休欢欣欣欢，尽痛苦苦痛。
安心求心安，送客兼客送。
真为难难为，况重任任重。
式样翻样式，成形遂形成。
马鞭鞭马去，书架架书盈。
貌美惊美貌，情深邂深情。
莫唱歌歌唱，且行道道行。
齐家忘家齐，敬卿邀卿敬。
又狂风风狂，任映雪雪映。
心粗说粗心，命薄怜薄命。
灵机机灵肠，伤感感伤性。

该诗的"网鱼"倒过来说成"鱼网"，"笼鸟"说成"鸟笼"，等等。

七、集句诗是指在现有的诗中，择取四句或者八句，形成一首新的诗歌，新的诗歌要求主体明确，意思表达清楚，符合起承转合的章法。集句诗是我国诗词中的特有现象，成功集句成诗后，往往句句精美，浑然天成。如少年时期的文天祥集杜甫诗句于《第一百八十四》一诗，以表达投笔从戎的志向：

读书破万卷，（《赠韦右丞》）
许身一何愚。（《自京赴奉先县咏怀五百字》）
赤骥顿长缨，（《述古》）
健儿胜腐儒。（《草堂》）

有人将多个诗人的诗句集成一首诗，如：

此身飘泊苦西东，（杜甫《清明二首》之一）
笑指生涯树树红。（陆龟蒙《阖闾城北有卖花翁讨春之士往往造焉因招袭美》）
欲尽出游那可得，（武元衡《春题龙门香山寺》）

秋风还不及春风。(王建《未央风》)

八、拆字诗是根据汉字的特点，将合体字拆成独体字，从而形成诗句。如苏东坡的小妾王朝云，有次外出河边淘米，遇到无赖秀才的言语调戏。无赖秀才见到王朝云便说：

有木便为桥，无木也念娇。去木添个女，添女便为娇。阿娇休避我，我最爱阿娇。

王朝云回敬道：

有米便为粮，无米也念良。去米添个女，添女便为娘。老娘虽爱子，子不爱老娘。

文人在喝酒行令时，拆字诗往往可以派上用场。话说三个文人在行酒令，张三首先说：

有水也是溪，无水也是奚。去了溪边水，添鸟便成鸡（鸡的繁体字为奚加鸟）。得势猫儿雄似虎，褪毛鸾凤不如鸡。

李四回应道：

有木也是棋，无木也是其。去了棋边木，添欠便成欺。鱼游浅水遭虾欺，虎落平阳被犬欺。

王五接着回应：

有水也是湘，无水也是相。去了湘边水，添雨便成霜。各家各管门前雪，莫管他人瓦上霜。

中国的变体诗非常多，或多或少带有点文字游戏的味道，如：连珠诗、离合诗、连环诗、促句诗、宝塔诗等，在这里不做过多介绍。

第五章

词的格律

第一节 词的起源和发展

什么是词？宋翔凤在《乐府余论》中云："以文写之则为词，以声度之则为曲。"刘熙载云："词即曲之词，曲即词之曲。"通俗地说，词是配合音乐可以演唱并有格律化特征的歌词，所以词在唐宋年间被称为曲子词。词又被称为"诗余"，大意是文人墨客写诗后尚有余力可以为之。词的外在形式多为长句、短句交替，形式多样，故词又被称为"长短句"。

词有自身的格律和定式，和近体诗有很大的不同。诗在历朝历代被文人视为文学正宗，叙事言志之"正途"；词则被视为人们茶余饭后，调笑寄情的"兴趣"之作。由于词的内容涉及很多卿卿我我的私人感情和民间生活。词在发轫之初一度被文人所轻视，被视为难登"大雅之堂"的民间俗作，但其在民间却广受欢迎，蓬勃发展，势不可挡，最终发展成为和诗并驾齐驱的文学体裁。

关于词的起源，目前有三种观点：一是认为词起源于隋唐；二是认为词起源于中唐；三是认为词起源于盛唐。这三种观点都有不少支持者，但没有哪种观点能成为学界公认的通说。现代学者普遍认为，词的起源和发展与燕乐密不可分，词的发展有赖于乐曲的流行。隋唐时期的音乐有两类：一类是皇家祭祀用的雅乐；一类是与词相配合的燕乐。雅乐主要用于祭祀，与词的发展没有太大关系。燕乐主要是隋唐时期各种宴会中演奏的主流音乐。它是由西域传来的胡乐和当时中原的民间音乐相结合而形成的新音乐体系。《旧唐书·音乐志》云："自开元以来，歌者杂用胡夷、里巷之曲。"燕乐的乐器以琵琶为主，琵琶有四弦二十八调，其音域宽广，用它可以创作出优美动听的乐曲。

乐曲的风靡必须有相应的歌词来配合，于是词就伴随着燕乐的兴盛而发展起来。词不仅有抒情达意、叙事言志的诗歌功能，而且具有强大的社会娱乐功能。隋唐时期的人们在接待客人、歌舞宴会、祝寿、应景等社会娱乐活动时，需要歌妓来演唱助兴，词的娱乐功能由此得以充分展现。

唐朝社会风气开放，经济繁荣昌盛。当时歌妓行业为合法行业，下至普通百姓，上至官员，狎妓之风盛行。据《中国娼妓史》载："唐代吏狎妓，上自宰相节度使，下至幕僚牧守，几无人不从事于此。并且任意而行，奇怪现象百出。"各地州郡有官府设置"乐营"等机构管辖官伎，达官贵人家里蓄养家伎，青楼里也存在大量的歌伎。崇尚伎乐之风的唐朝为词的发展营造了良好的社会环境和音乐环境。唐朝官方设置了"教坊"等音乐机构，专门教习音乐和歌舞。安史之乱发生后，不少宫廷艺人流落民间，同时他们把教坊传习的歌舞乐曲带到民间，促使民间乐曲茁壮成长，使新乐曲不断涌现，层出不穷。

新乐曲的增多，意味着需要更多的曲辞。唐朝流行的曲辞一般由诗歌和词来充当。充当曲辞的诗歌被称为"声诗"，是由乐工和歌妓们从诗歌中挑选出来，与乐曲相配，这种方法叫"选词以配乐"。但由于后来乐曲变得越来越复杂，声诗都是齐言句，曲辞与乐曲在节奏方面不可避免地产生了矛盾。为解决这种矛盾，逐渐产生一种"以乐定词"的配乐方式。即乐工和歌妓备好所需乐曲，词人根据乐曲的旋律和节拍填上歌词。词人倚声填词，把近体诗中的平仄、对仗、押韵等格律规则逐渐融入填词中去，使填词有了格律化的特征并发展成为一种新的文学体裁。

第二节 词 调

填词所依据的乐曲叫词调。词牌是词调的名称。后人把不同词调的句式、字数、平仄、押韵等加以总结和定型，从而建立各种词调的固定平仄格式。把这些固定的平仄格式，附上作品，汇编成册，就叫词谱。如清代王奕清受命编撰过《钦定词谱》；清代梦舒兰编撰过《白香词谱》。

就一般情形而论，一个词调对应一个词牌，但由于历史原因，不少词调除本名外，尚有别名，如《沁园春》又名《寿星明》；《采桑子》又名《丑奴儿令》；《满庭芳》又名《锁阳台》；等等。词在发轫之初，词牌名称大多与词的内容相关。词牌名称往往选择能代表词内容的核心词语或者直接从词的首句中选某个词语来命名词牌，如《忆秦娥》《渔歌子》《浪淘沙》等，该词牌就是词的题目。但后来词人仅把词牌当作该词调的固定平仄格式而已，与词本身所表达的内容没有关系，如《卜算子·咏梅》，"卜算子"是词牌名，"咏梅"才是词人想表达的主题。

不同词调都属于不同的宫调，词调的创制必须依据宫调来定律。宫调就是律调，它是用来限定乐器声调高低的。隋唐燕乐是用琵琶来定律，而琵琶只有四弦，每弦七调，共二十八调。所以在唐宋时期的人就用这二十八调来定律。

宋人词集有些是依照宫调编排的，如柳永的《乐章集》和张先的《张子野词》。在每个宫调下编入属于这个宫调的词调。有些词集虽不依照宫调编排，但在词调下皆注明所属的宫调，如周邦彦的《片玉集》。弄懂宫调，需要精通音律，所以唐宋时期的很多词人都是精通音律的。欠缺音律常识的词人，只需选择合适的词调，同样可以写出好作品。

根据万树《词律》和王奕清《钦定词谱》记载，我国现存的词调有一千多个。这些词调的来源主要有以下方面：（1）来自西域。唐宋时期国际贸易发达，西域音乐大量传入中原，其中部分曲调在中原颇为流行，故而被词人采用。（2）来自民间。数量庞大的民间曲调是词调的活水源头。词在发轫期，它的许多曲调来自民间。（3）摘自大曲、法曲。大曲、法曲是唐宋时期大型的歌舞曲，其由若干曲子构成，许多法曲、大曲结构超过50遍，即超过50支曲子，其内部结构非常复杂，演奏时间也非常长。人们从大曲、法曲中选取相对独立的某遍形成词调。这叫"摘遍"。（4）来源于乐工歌妓的创作。（5）来源于官方音乐机构的创作。（6）来源于词人的自制或自度。精通音律的词人可以谱曲和创制词调，他们自制的词调叫"自度曲"。

词调一般分为令、引、近、慢四种调式。

一、"令"是词牌的通称，本意是短词调的意思。很多词牌后面可以加个"令"字，如《浪淘沙》，又称《浪淘沙令》；《鹊桥仙》，又称《鹊桥仙令》等。一般认为令来自唐代的酒令，与祝酒有关。因唐朝文人喜欢行酒令，他们把当时流行的抒情小曲制成酒令，遂称为令曲，又称小令。后来人们把字数较少、节拍短促的词称为"令词"。如元人周晴川的《十六字令》："眠，月影穿窗白玉钱。无人弄，移过枕函边。"又如李清照的《如梦令·昨夜雨疏风骤》："昨夜雨疏风骤，浓睡不消残酒，试问卷帘人，却道海棠依旧。知否，知否，应是绿肥红瘦。"

二、"引"本是琴曲名词，如古代的琴曲有名为《箜篌引》《走马引》的。词中的"引"大多来自大曲，一般是裁截大曲中前段部分的某遍制成，如《清波引》《柘枝引》等。有的"引"是在原来的词牌上增字而形成，如词牌《千秋岁》，增字后形成《千秋岁引》。《婆罗门引》也在《婆罗门》的基础上增字形成。杜文澜《词律》云："凡题有引字者乃引《千秋岁》申之义，字数必多于前。"试举《千秋岁》和《千秋岁引》为例，如秦观的《千秋岁》：

　　水边沙外。城郭春寒退。花影乱，莺声碎。飘零疏酒盏，离别宽衣带。人不见，碧云暮合空相对。
　　忆昔西池会。鹓鹭同飞盖。携手处，今谁在。日边清梦断，镜里朱颜改。春去也，飞红万点愁如海。

王安石的《千秋岁引·秋景》：

　　别馆寒砧，孤城画角，一派秋声入寥廓。东归燕从海上去，南来雁向沙头落。楚台风，庾楼月，宛如昨。
　　无奈被些名利缚，无奈被他情担阁。可惜风流总闲却。当初谩留华表语，而今误我秦楼约。梦阑时，酒醒后，思量著。

《千秋岁引》为八十二字，比《千秋岁》多十字。
三、"近"，又称为近拍。现存以"近"为名的曲牌，集歌体与诗体于一身，多数比慢曲短，节奏偏慢。"近"和"引"的篇幅大多长于令而短于慢，介于它们中间。如吕渭老的《扑蝴蝶近》：

　　分钗绾髻，洞府难分手。离觞短阕，啼痕冰舞袖。马嘶霜滑，桥横路转，人依古柳。晓色渐分星斗。
　　怎分剖。心儿一似，倾入离愁万千斗。垂鞭伫立，伤心还病酒。十年梦里婵娟，二月花中豆蔻。春风为谁依旧。

又如辛弃疾的《祝英台近·晚春》：

　　宝钗分，桃叶渡。烟柳暗南浦。怕上层楼，十日九风雨。断肠片片飞红，都无人管，倩谁唤、流莺声住。
　　鬓边觑。试把花卜心期，才簪又重数。罗帐灯昏，呜咽梦中语。是他春带愁来，春归何处。却不解、将愁归去。

四、"慢"是慢曲子简称，与急曲子相对而言。它有篇幅较长、语言节奏舒缓悠长、韵脚间隔较大等特点。慢词一部分是从大曲、法曲里截取出来的，另一部分则来自民间。慢词的字数普遍比"近"和"引"多。如柳永的《浪淘沙慢·梦觉透窗风一线》：

梦觉透窗风一线，寒灯吹息。那堪酒醒，又闻空阶，夜雨频滴。嗟因循、久作天涯客。负佳人、几许盟言，便忍把、从前欢会，陡顿翻成忧戚。愁极，再三追思，洞房深处，几度饮散歌阑，香暖鸳鸯被。岂暂时疏散，费伊心力。殢云尤雨，有万般千种，相怜相惜。恰到如今，天长漏永，无端自家疏隔。知何时、却拥秦云态？原低帏昵枕，轻轻细说与，江乡夜夜，数寒更思忆。

从比较的角度看，慢词比原词的字数明显增多，如《江城子》为七十字，《江城子慢》为一百零九字；《浣溪沙》为四十二字，《浣溪沙慢》为九十三字；《西江月》为五十字，《西江月慢》为一百零三字；《木兰花》为五十二字，《木兰花慢》为一百零一字；等等。以《卜算子·我住长江头》与《卜算子慢·江枫渐老》做比较，李之仪的《卜算子·我住长江头》：

我住长江头，君住长江尾。
日日思君不见君，共饮长江水。
此水几时休，此恨何时已。
只愿君心似我心，定不负相思意。

柳永的《卜算子慢·江枫渐老》：

江枫渐老，汀蕙半凋，满目败红衰翠。楚客登临，正是暮秋天气。引疏砧、断续残阳里。对晚景、伤怀念远，新愁旧恨相继。
脉脉人千里。念两处风情，万重烟水。雨歇天高，望断翠峰十二。侭无言、谁会凭高意。纵写得、离肠万种，奈归云谁寄。

《卜算子》合计四十四字，《卜算子慢》合计八十九字，慢词比原词字数多出一倍。《卜算子慢》是慢词中字数最少的，字数最多的慢词为《莺啼序》，合计二百四十字。

按词牌字数划分，词可分为小令、中调、长调。毛先舒在《填词名解》中云："五十八字以内为小令，五十九字至九十字为中调，九十一字以外为长调。"

上述划分不可作绝对化理解，但可以作为参考。按照上述标准，"令"大多属于小令范畴；"近"和"引"大多属于中调范畴；"慢"大多属于长调范畴。

第三节 词调的变格

隋唐时期的词人为表达思想感情的需要，需要根据乐曲的旋律、节奏的变化而增减字数，突破原词调的篇幅、字数、平仄等，从而形成新的词调谱式。为和原来的词调有所区别，人们就在原词牌的基础上，添加"摊破、添字、减字、偷声"等字眼，因此形成别体。

一、摊破是指在原词调的基础上增加字数或者将一句破为两句，相应地在原乐曲上增加乐句或适当改变其节奏，从而形成新的词调。如程垓的《摊破江城子·乙卯正月二十日夜记梦》：

娟娟霜月又侵门。对黄昏。怯黄昏。愁把梅花，独自泛清尊。酒又难禁花又恼，漏声远，一更更，总断魂。

断魂。断魂。不堪闻。被半温。香半温。睡也睡也，睡不稳、谁与温存。只有床前、红独伴啼痕。一夜无眠连晓角，人瘦也，比梅花，瘦几分。

再以苏轼的《江城子·乙卯正月二十日夜记梦》为例：

十年生死两茫茫，不思量，自难忘。千里孤坟，无处话凄凉。纵使相逢应不识，尘满面，鬓如霜。

夜来幽梦忽还乡，小轩窗，正梳妆。相顾无言，惟有泪千行。料得年年肠断处，明月夜，短松冈。

《江城子》合计七十字，《摊破江城子》合计八十七字。《摊破江城子》上下两片均增加了字数。

二、添字是指在原词调的基础上增加字数，但不破句，导致其字数、平仄、押韵等发生明显的变化，乐曲也随之做出相应变化，形成新的词调。如李清照的《添字丑奴儿·窗前谁种芭蕉树》：

窗前谁种芭蕉树，阴满中庭。阴满中庭。叶叶心心，舒卷有余情。
伤心枕上三更雨，点滴霖霪。点滴霖霪。愁损北人，不惯起来听。

再看辛弃疾的《丑奴儿·书博山道中壁》：

少年不识愁滋味，爱上层楼。爱上层楼。为赋新词强说愁。
而今识尽愁滋味，欲说还休。欲说还休。却道天凉好个秋。

通过对比发现，《添字丑奴儿》是在《丑奴儿》的基础上增加字数而形成，即在原调上下两片的第四句增加字数。

摊破与添字相同点都是在原词调的基础上增加字数，有所区别的只不过摊破的范围更广些，包含了破句。

三、偷声和减字、摊破、添字刚好相反，它们是在原词调的基础上减少字数，从而改变原词调的字数、平仄、押韵、句式等而形成新的词调。少了字数，乐曲变短，唱得时候必然少唱几声，这叫偷声。偷声顾名思义是从音乐的角度来取名，而减字是从词句的角度来命名。如朱敦儒的《减字木兰花·有何不可》：

有何不可。依旧一枚闲底我。饭饱茶香。瞌睡之时便上床。
百般经过。且喜青鞋蹋不破。小院低窗。桃李花开春昼长。

秦观的《木兰花·秋容老尽芙蓉院》：

秋容老尽芙蓉院。草上霜花匀似剪。西楼促坐酒杯深，风压绣帘香不卷。
玉纤慵整银筝雁。红袖时笼金鸭暖。岁华一任委西风，独有春红留醉脸。

《木兰花》合计五十六字，《减字木兰花》合计四十四字，《减字木兰花》比原调减少十二字。再看谢薖的《偷声木兰花·梅》：

景阳楼上钟声晓。半面啼妆匀未了。斜月纷纷。斜影幽香暗断魂。
玉颜应在昭阳殿。却向前村深夜见。冰雪肌肤。还有斑斑雪点无。

《偷声木兰花》合计五十字，也比原调字数少。

四、促拍，和摊破、添字相同之处都是增加字数，促拍一般会因字数增加导致唱腔变得急促，属于急曲子。如元好问的《促拍丑奴儿》：

无物慰蹉跎。占一丘、一壑婆娑。闲来点检平生事，天南地北，几多尘土，何限风波。花坞与松坡。尽先生、少小经过。老来诗酒犹堪任。

五、转调又叫转声，是指乐曲由原来所属的宫调转入一个新的宫调。宫调变了，唱词也可能发生变化，故词人习惯在原来的词牌名称前加上"转调"二字，以示与原来宫调的区别。如《转调定风波》《转调蝶恋花》《转调踏莎行》等。以沈蔚的《转调蝶恋花》为例：

溪上清明初过雨。春色无多，叶底花如许。轻暖时闻燕双语。等闲飞入谁家去。

短墙东畔新朱户。前日花前，把酒人何处。仿佛桥边船上路。绿杨风里黄昏鼓。

再比较一下的它的原调，以苏轼的《蝶恋花》为例：

昨夜秋风来万里。月上屏帏，冷透人衣袂。有客抱衾愁不寐。那堪玉漏长如岁。

羁舍留连归计未。梦断魂销，一枕相思泪。衣带渐宽无别意。新书报我添憔悴。

《转调蝶恋花》与《蝶恋花》的字数完全一样，但其宫调发生变化。由于曲谱的失传，现在的人们无法从音乐的角度去体会转调带来的些许不同。现再以与原调字数发生变化的词牌为例，说明转调与原调的差异，如赵彦端的《转调踏莎行》：

宿雨才收，馀寒尚力。牡丹将绽也、近寒食。人间好景，算仙家也惜。因循尽扫断、蓬莱迹。

旧日天涯，如今咫尺。一月五番价、共欢集。些儿寿酒，且莫留

93

半滴。一百二十个、好生日。

比较一下秦观的《踏莎行·郴州旅舍》：

雾失楼台，月迷津渡。桃源望断无寻处。可堪孤馆闭春寒，杜鹃声里斜阳暮。
驿寄梅花，鱼传尺素。砌成此恨无重数。郴江幸自绕郴山，为谁流下潇湘去。

通过比较发现，原调《踏莎行》有六个七字句，转调后七字句消失，变成四个八字句、两个九字句，且韵脚多了两处。这两首词不但宫调发生变化，且其字数不同、用韵也发生变化。

六、犯调是指宫调相犯，在演奏乐曲时，中途改变其宫调，使用新的宫调，即一首乐曲用两种以上的宫调来演唱，其演奏难度通常较大。宫调相犯，目的是增加乐曲的变化，有三犯、四犯、八犯之称。姜夔在《凄凉犯》中云："凡曲言犯者，谓以宫犯商、商犯宫之类。"宋词中有两调相犯的，如吴文英的自度曲《玉京谣》《古香慢》《瑞龙吟》，周邦彦的自度曲《兰陵王》、姜夔的自度曲《凄凉犯》等；有三调相犯的，如吴文英的《琐窗寒》等。

词牌名中含有"犯"字的为数不少，如《花犯》《倒犯》《玲珑四犯》《四犯剪梅花》《八犯玉交枝》等，这些带有"犯"字的词牌，表明其曲调是犯调。如史达祖的《玲珑四犯》：

雨入愁边，翠树晚，无人风叶如翦。竹尾通凉，却怕小帘低卷。孤坐便怯诗悭，念后赏、旧曾题遍。更暗尘、偷锁鸾影，心事屡羞团扇。
卖花门馆生秋草，怅弓弯、几时重见。前欢尽属风流梦，天共朱楼远。闻道秀骨病多，难自任、从来恩怨。料也和、前度金笼鹦鹉，说人情浅。

七、联章词是指两首或两首以上的词，并列的方式扩张词内容的一种体式，用以歌咏同一主题或相关的题材。联章词突破了词的篇幅、字数的限制，增加表达的容量、丰富主题的内涵，可以在更加广阔的空间里去拓展文学艺术技巧。苏轼的《浣溪沙徐门石潭谢雨道上作五首》是联章词的典型代表：

其一

照日深红暖见鱼，连溪绿暗晚藏乌。黄童白叟聚睢盱。
麋鹿逢人虽未惯，猿猱闻鼓不须呼。归家说与采桑姑。

其二

旋抹红妆看使君，三三五五棘篱门。相挨踏破茜罗裙。
老幼扶携收麦社，乌鸢翔舞赛神村。道逢醉叟卧黄昏。

其三

麻叶层层檾叶光，谁家煮茧一村香。隔篱娇语络丝娘。
垂白杖藜抬醉眼，捋青捣䴵软饥肠。问言豆叶几时黄。

其四

簌簌衣巾落枣花，村南村北响缫车。牛衣古柳卖黄瓜。
酒困路长惟欲睡，日高人渴漫思茶。敲门试问野人家。

其五

软草平莎过雨新，轻沙走马路无尘。何时收拾耦耕身。
日暖桑麻光似泼，风来蒿艾气如薰。使君元是此中人。

这首联章词是词人苏轼任徐州太守时求雨后到石潭谢雨途中所作，主要描写词人在沿途中的所见所闻。词人用形象生动的笔触描写农村风光和反映农村的具体生活。以白描手法描绘乡村一系列景色，如潭鱼、绿柳、麋鹿、猿猱、乌鸢、轻沙、桑麻、蒿艾、麻叶、枣花、莎草、蒿艾、黄瓜、黄童、白叟、采桑姑、村姑、醉叟、络丝娘、菜农等，表明词人对田园风光的热爱和向往。

八、词调别体

唐宋时期的人们往往把词人最早使用或者使用最多的某种词调格式定义为

正体，后人使用该格式，若与正体存在些许不同，便把其视为别体。唐宋词人很多都是精通音律的，为演唱的需要，经常在词调正体的基础上做些许的变动，以期与音律更加协和。这种些许不同尚不至于导致词调的乐曲产生大的变化，只需在唱词中加快或略微降低其演唱速度即可。

一个词牌，可能有几个别体，甚至有的多达十余个别体。别体不论有多少个，它们都用同一个曲调，若曲调不同，就属于上面提及的摊破、添字、偷声、减字等不同词牌。一种词调有几种别体，这种情况比较多，如《江城子》有单调的也有双调的，如韦庄的单调《江城子》：

鬓鬟狼藉黛眉长，出兰房，别檀郎。角声呜咽，星斗渐微茫。露冷月残人未起，留不住，泪千行。

如苏轼的双调《江城子·江景》：

凤凰山下雨初晴，水风清，晚霞明。一朵芙蕖，开过尚盈盈。何处飞来双白鹭，如有意，慕娉婷。

忽闻江上弄哀筝，苦含情，遣谁听！烟敛云收，依约是湘灵。欲待曲终寻问取，人不见，数峰青。

第四节　词　韵

一、韵部

诗和词都是韵文，押韵是它们的共同特征。从《诗经》开始，我国的诗歌就讲究押韵。但唐宋时期没有专门供词人填词的韵书，唐宋词人的押韵一般是参考诗韵的，也有的词人利用当地方言的发音来押韵。目前影响最大的词韵书是清朝人戈载的《词林正韵》，他把诗韵的韵部进行合并，平上去三声分为十四部，入声分为五部，共十九部。

（一）平上去声合计十四部

第一部平声东、冬、钟

上声董、肿

去声送、宋

第二部平声江、阳

上声讲、养

去声绛、漾

第三部平声支、微、齐、灰

上声纸、尾、荠、贿

去声寘、未、霁、泰、队

第四部平声鱼、虞

上声语、麌

去声御、遇

第五部平声佳、皆

上声蟹、海

去声泰、卦、怪

第六部平声真、文、欣

上声轸、吻、隐

去声震、问、恨

第七部平声寒、删、山

上声旱、潸、铣

去声翰、谏、霰、愿

第八部平声萧、肴、豪

上声筱、巧、皓

去声啸、效、号

第九部平声歌、戈

上声哿、果

去声个、过

第十部平声麻、佳

上声马

去声卦

第十一部平声庚、青、蒸

上声梗、迥

去声敬、径

第十二部平声尤、侯

上声有、厚

去声宥、幼

第十三部平声侵

上声寝

去声沁。

第十四部平声覃、盐、咸

上声感、俭、豏

去声勘、艳、陷

（二）入声五部

第一部屋、沃

第二部觉、药

第三部质、物、锡、职、缉

第四部物、月、曷、黠、屑、叶

第五部合、洽、盍、狎

二、选韵

写诗填词，首选宽韵，避免险韵为基本原则。选韵除考虑韵部宽窄外，也要考虑哪些韵部适合抒发感情。叶圣陶先生说"先说用韵，韵与词的情绪有关系。'萧''骚'的韵宜于逍遥、豪爽的情绪。'尤'、'侯'的韵宜于幽深、颈峭等意境。'阳''王'的韵使人感到庄重、唐皇。'张''昌'的韵部使人感到兴奋、飞扬。再说仄声韵。我看李清照的《声声慢》用个入声韵非常恰当，就凭这韵脚，既有助于表达烦闷孤寂意境。李白的《忆秦娥》也用入声韵，再加上下都有一处重叠同一字押韵，更令人起促迫沉郁之感。我的简单意思是，作者能根据内容而选韵，当能增加词的效果。"

王骥德在《曲律·杂论》云："如东、钟之洪，江、阳、皆、来、萧、豪之响，额、戈、家、麻之和，韵之最美听者。寒、山、恒、欢、先、天之雅，庚、青之清，尤、侯之幽次之。齐、微之韵，鱼、模之混，真、文之缓，东、遮之用，杂入声又次之。支、思之萎而不振，读之令人不爽。"

李渔在《窥词管见》中云："用韵贵纯，如东、江、真、庚、天、萧、歌、麻、尤、侵等韵，本来原纯，不虑其杂。惟支、鱼二韵之字，驳杂不伦，词家定宜选择。支、微、齐、灰四韵合而为一，是已。以予观之，齐、微、灰可合，而支与齐、微、灰究竟难合。鱼虞二韵，合之诚是。但一韵中先有二韵，鱼中有诸，虞中有夫是也。盖以二韵中各分一半，使互相配合，与鱼虞二字同者为一韵，与诸夫二字同者为一韵，如是则纯之又纯，无众音嘈杂之患矣。……音连者何，一句之中连用音同之数字，如先烟、人文、呼胡、高豪之属，使读者粘牙带齿，读不分明，此二忌也。字涩之说，已见前后诸则中，无庸太絮。审韵之后，再能去此二患，则读者如故瑟琴，锵然有余韵矣。"①

上述学者从不同的角度论述选韵与词所要表达效果的关系，对后学必有所裨益。对不懂音律的初学者来说，对上述学者的论述未必能完全理解。初学者唯有反复吟诵同调的作品，细加揣摩，慢慢体会。以名家的作品为学习对象，如苏轼的《念奴娇·赤壁怀古》：

大江东去，浪淘尽，千古风流人物。故垒西边，人道是，三国周郎赤壁。乱石穿空，惊涛拍岸，卷起千堆雪。江山如画，一时多少豪杰。

遥想公瑾当年，小乔初嫁了，雄姿英发。羽扇纶巾，谈笑间，樯橹灰飞烟灭。故国神游，多情应笑我，早生华发。人生如梦，一尊还酹江月。

该词韵字为"物、壁、雪、杰、发、灭、发、月"，上述韵字都是入声字，在词韵的入声部物韵、月韵，故初学者填《念奴娇》可以选择该部的韵字，熟悉后再考虑选择其他合适的韵部。

有人将韵字所表达的情绪或特点做出总结，有相当的参考价值，摘录如下：

一东之韵宽洪，二冬之韵稳重，
三江示爽朗，四支显缜密，
五微蕴藉，六鱼幽咽，
七虞细贴，八齐整洁，
九佳舒展，十灰潇洒，
十一真严肃，十二文含蓄，
十三元清新，十四寒挺拔，
十五删隽妙，
一先雅秀，二萧飘逸，
三肴灵俏，四豪超脱，

---

① 载李渔撰、杜书瀛校注《闲情偶寄·窥词管见》第一章，中国社会出版社2009年版。

五歌端庄，六麻豪放，
七阳宏亮，八庚清厉，
九青深远，十蒸清淡，
十一尤回旋，十二侵沉静，
十三覃萧瑟，十四盐谦恬，
十五咸通变。

龙榆生在《填词与选调》中曾以词牌《六州歌头》为例来说明选韵的重要性，如贺铸的《六州歌头》：

少年侠气，交结五都雄。肝胆洞，毛发耸。立谈中，死生同。一诺千金重。推翘勇，矜豪纵，轻盖拥，联飞鞚，斗城东。轰饮酒垆，春色浮寒瓮，吸海垂虹。闲呼鹰嗾犬，白羽摘雕弓，狡穴俄空，乐匆匆。

似黄梁梦，辞丹凤；明月共，漾孤篷。官冗从，怀倥偬，落尘笼，薄书丛。鹖弁如云众，供粗用，忽奇功。笳鼓动，渔阳弄，思悲翁。不请长缨，系取天骄种，剑吼西风。恨登山临水，手寄七弦桐，目送归鸿。

如张孝祥的《六州歌头》：

长淮望断，关塞莽然平。征尘暗，霜风劲，悄边声。黯销凝。追想当年事，殆天数，非人力。洙泗上，弦歌地，亦膻腥。隔水毡乡，落日牛羊下，区脱纵横。看名王宵猎，骑火一川明。笳鼓悲鸣，遣人惊。

念腰间箭，匣中剑，空埃蠹，竟何成！时易失，心徒壮，岁将零。渺神京。干羽方怀远，静烽燧，且休兵。冠盖使，纷驰骛，若为情？闻道中原遗老，常南望，翠葆霓旌。使行人到此，忠愤气填膺，有泪如倾。

如韩元吉的《六州歌头》：

东风着意，先上小桃枝。红粉腻，娇如醉，倚朱扉。记年时，隐映新妆面，临水岸，春将半，云日暖，斜桥转，夹城西。草软沙平，跛马垂杨渡，玉勒争嘶。认蛾眉凝笑，脸薄拂燕支。绣户曾窥，恨依依。

共携手处，香如雾，红随步，怨春迟，销瘦损，凭谁问？只花知，泪空垂。旧日堂前燕，和烟雨，又双飞。人自老，春长好，梦佳期。前度刘郎，几许风流地，花也应悲。但茫茫暮霭，目断武陵溪，往事难追。

龙榆生先生认为"贺词以东部之洪音韵配合之，词情遂与声情相称，而推为此调之杰作""张孝祥改用庚青部韵，虽仍踔厉骏发，不失为悲壮激烈之音。然较之贺词，已稍有不逮""迨乎韩元吉填此曲，改用支、微、齐韵，则转为凄调，萎而不振，非复激壮之音。"龙先生认为韩元吉选用支、微、齐韵，但该韵却属于"萎而不振"之声情，与词情不相称，属于选韵失败的作品；而贺铸选用东、冬韵，与词情相吻合，故成上乘作品；张孝祥改用庚青部韵，也算可以，但与贺铸的作品相比，稍有逊色。

三、押韵

诗韵中的《平水韵》有一百零六部，其平声韵就有三十部，而词韵把诗韵的很多邻韵合并，如《词林正韵》包含入声韵在内仅十九部。词的押韵比诗韵宽，押韵方式也比较多。近体诗押平声韵，而词的押韵方式则复杂得多。词的用韵方式主要有以下几种：

（一）押平声韵，整首词全部韵脚押平声韵，不能押仄声韵，也不能转韵，如苏轼的《水调歌头》：

明月几时有？把酒问青天。不知天上宫阙，今夕是何年。我欲乘风归去，又恐琼楼玉宇，高处不胜寒。起舞弄清影，何似在人间。

转朱阁，低绮户，照无眠。不应有恨，何事长向别时圆？人有悲欢离合，月有阴晴圆缺，此事古难全。但愿人长久，千里共婵娟。

该词的"天""年""寒""间""圆""全""娟"等韵字全部押平声韵。

（二）押仄声韵，整首词全部韵脚押仄声韵，不能押平声韵，也不能转韵，如秦观的《鹊桥仙》：

纤云弄巧，飞星传恨，银汉迢迢暗度。金风玉露一相逢，便胜却人间无数。

柔情似水，佳期如梦，忍顾鹊桥归路。两情若是久长时，又岂在朝朝暮暮。

该词的"度""数""路""暮"等韵字全部押仄声韵。

（三）平仄韵通叶格是指整首词可以押平声韵，也可以押仄生韵，但平声和仄声都属于同一韵部。如辛弃疾的《西江月·夜行黄沙道中》：

明月别枝惊鹊，清风半夜鸣蝉。稻花香里说丰年，听取蛙声一片。

七八个星天外，两三点雨山前。旧时茅店社林边，路转溪桥忽见。

这首词上片的"蝉""年"，下片"前""边"，都属一先韵；上片的"片"、下片的"见"都属十七霰韵；一先韵和十七霰韵都属词韵第七部。

（四）转韵是指一首词中使用了两种或者两种以上的韵，通常是平声韵转仄声韵，仄声韵转平声韵，且平仄韵不属于同一韵部。如李白《菩萨蛮》：

平林漠漠烟如织，寒山一带伤心碧。暝色入高楼，有人楼上愁。

玉阶空伫立，宿鸟归飞急。何处是归程？长亭更短亭。

该词上片"织""碧"为仄声韵，上片的"楼""愁"为平声韵。下片的"立""急"又是仄声韵，下片的"程""停"又是平声韵。一首小令上下片各两仄韵，两平韵，平仄递进，平仄互转。

（五）平仄错叶格是指一首词或以平声韵为主，在其间错叶仄声韵，或者以仄声韵为主，其间错叶平声韵。如《定风波》：

上片三平韵，错叶两仄韵，下片两平韵，错叶四仄韵。

如苏轼的《定风波》：

莫听穿林打叶声，何妨吟啸且徐行。竹杖芒鞋轻胜马，谁怕？一蓑烟雨任平生。

料峭春风吹酒醒，微冷，山头斜照却相迎。回首向来萧瑟处，归去,也无风雨也无晴。

上片的"声""行""生"为三个平声韵,中间错叶"马""怕"两个仄声韵。下片的"迎""晴"为两个平声韵,错叶"醒""冷""处""去"四个仄声韵。

(六)改韵是指不改变原词声律的情况下,将原定格为平声韵的词牌,改为仄声韵,或者将原定格为仄声韵的词牌改为平声韵。如大家熟知的《满江红》是押仄声韵,姜夔认为其不协律,遂将其改为平声《满江红》:

仙姥来时,正一望、千顷翠澜。旌旗共、乱云俱下,依约前山。命驾群龙金作轭,相从诸娣玉为冠。向夜深、风定悄无人,闻佩环。
神奇处,君试看。奠淮右,阻江南。遣六丁雷电,别守东关。却笑英雄无好手,一篙春水走曹瞒。又怎知、人在小红楼,帘影间。

(七)交韵是指在一首词中,单句与单句押韵,双句与双句押韵,同韵部的字交叉押韵。如毛文夕的《纱窗恨》:

新春燕子还来至,一双飞。垒巢泥湿时时坠,浣人衣,后园里、看百花发,香风拂、绣户金扉。月照纱窗,恨依依。
双双蝶翅涂铅粉,唼花心。绮窗绣户飞来稳,画堂阴,二三月、爱随风絮,伴落花、来拂衣襟。更剪轻罗片,傅黄金。

该词下片的第一句的"粉"和第三句的"稳"押韵,"粉"在十二吻韵,"稳"在十三阮韵,十二吻韵和十三阮韵同属词韵第六部。第二句的"心"和第四句的"阴"押韵。"心"和"阴"同在十二侵韵。

(八)抱韵是指一首词中,第二句和第三句押韵,第一句和第四句押韵,二三句的韵被一四句的韵包围着。如苏轼的《西江月·重九》:

点点楼头细雨,重重江外平湖。当年戏马会东徐,今日凄凉南浦。
莫恨黄花未吐,且教红粉相扶。酒阑不必看茱萸,俯仰人间今古。

该词第二句的"湖"和第三句的"徐"押韵,"湖"在七虞韵,"徐"在六鱼韵,七虞韵和六鱼韵同属词韵第六部上声。第一句的"雨"和第四句的

"浦"同在七虞韵,七虞韵在词韵第六部仄声。这样第二、三句的韵就被第一、四句的韵包围着。

第五节 词牌与词情

词是配合乐曲来演唱的歌词,但由于曲谱的失传,后人已无法知晓唐宋词原先的唱调,但词牌本身就规定了词的音乐腔调。不同的词牌表现不同的情感和主题,有的词牌适合表达激越、高亢的主题,如《满江红》;有的词牌适合表达感情细腻、委婉的主题,如《一剪梅》。另外,词牌的名称与词的主题没有太大关系,不能望文生义,如《千秋岁》,不能误认为是祝寿的词牌,《贺新郎》是庆祝婚宴喜庆的词牌,《齐天乐》是表达欢快的词牌,《南浦》是表达送别的词牌。其实《千秋岁》是用来表达凄凉幽怨的主题,押仄声韵,读来有幽咽之感。如秦观的《千秋岁》:

水边沙外。城郭春寒退。花影乱,莺声碎。飘零疏酒盏,离别宽衣带。人不见,碧云暮合空相对。
忆昔西池会。鹓鹭同飞盖。携手处,今谁在。日边清梦断,镜里朱颜改。春去也,飞红万点愁如海。

《贺新郎》适合表达慷慨激昂的主题,不适合用于祝贺新人之用。如辛弃疾的《贺新郎·绿树听鹈鴂》:

绿树听鹈鴂,更那堪、鹧鸪声住,杜鹃声切。啼到春归无寻处,苦恨芳菲都歇。算未抵、人间离别。马上琵琶关塞黑。更长门、翠辇辞金阙。看燕燕,送归妾。
将军百战身名裂。向河梁、回头万里,故人长绝。易水萧萧西风冷,满座衣冠似雪。正壮士、悲歌未彻。啼鸟还知如许恨,料不啼清泪长啼血。谁共我,醉明月。

《南浦》曲调高亢欢乐,不适合表达送别的悲伤之情。如周邦彦的《南浦》:

浅带一帆风,向晚来、扁舟稳下南浦。迢递阻潇湘,衡皋迥,斜叙蕙兰汀渚。危樯影里,断云点点遥天暮。菡萏里风,偷送清香,时时微度。吾家旧有簪缨,甚顿作天涯,经岁羁旅。羌管怎知情,烟波上,黄昏万斛愁绪。无言对月,皓彩千里人何处。恨无凤翼身,只待而今,飞将归去。

《齐天乐》适合表达怨情、苍凉的主题,如姜夔有《齐天乐·庾郎先自吟愁赋》:

庾郎先自吟愁赋,凄凄更闻私语。露湿铜铺,苔侵石井,都是曾听伊处。哀音似诉,正思妇无眠,起寻机杼。曲曲屏山,夜凉独自甚情绪。

西窗又吹暗雨,为谁频断续,相和砧杵。候馆迎秋,离宫吊月,别有伤心无数。豳诗漫与,笑篱落呼灯,世间儿女。写入琴丝,一声声更苦。

词牌在音节上可以区分出舒缓和短促,在声情上可以区分出激越高亢和委婉细腻。懂音律的人很容易区分出来,但对不懂音律的人来说,上述区分无疑像根难啃的骨头。下面将常见词牌曲调分别归类:

一、激越高亢类词牌:
《沁园春》《破阵子》《满江红》《念奴娇》《兰陵王》《贺新郎》《扬州慢》《八声甘州》《六州歌头》《浪淘沙》《水调歌头》《渔家傲》《永遇乐》《好事近》《水龙吟》等。

二、委婉细腻类词牌
《点绛唇》《浣溪沙》《鹧鸪天》《桃园忆故人》《踏莎行》《临江仙》《长相思》《满庭芳》《凤凰台忆吹箫》《少年游》《鹊桥仙》《一剪梅》《暗香》《疏影》《木兰花慢》《小重山》《醉花阴》等。

三、舒缓轻快类词牌
《行香子》《采桑子》《捣练子》《渔歌子》《最高楼》《解语花》《春光好》《忆江南》等。

四、苍凉郁勃类词牌

《诉衷情》《烛影摇红》《青玉案》《花犯》《菩萨蛮》《蝶恋花》《天仙子》《南乡子》《莺啼序》《一斛珠》《风入松》《忆旧游》《千秋岁》《凄凉犯》《调笑令》《齐天乐》等。

五、压抑凄凉类词牌

《河傅》《金人捧露盘》《钗头凤》《祝英台近》《剑器近》《西吴曲》《雨霖铃》《摸鱼儿》《天仙子》《曲玉管》《卜算子》《阮郎归》《生查子》《何满子》《寿楼春》《惜分飞》等。

现存的词牌非常多，单《钦定词谱》就记载八百多个词调，二千三百多体。上面列举部分词牌的归类，供参考。但也不能否认，用豪放高亢类词牌填写婉约风格的词，也有人在尝试。先看岳飞的《满江红》，该词写得慷慨激昂，爱国情怀跃然纸上：

怒发冲冠，凭栏处、潇潇雨歇。抬望眼、仰天长啸，壮怀激烈。三十功名尘与土，八千里路云和月。莫等闲、白了少年头，空悲切。

靖康耻，犹未雪。臣子恨，何时灭。驾长车，踏破贺兰山缺。壮志饥餐胡虏肉，笑谈渴饮匈奴血。待从头、收拾旧山河，朝天阙。

再看周邦彦的《满江红》：

昼日移阴，揽衣起、春帷睡足。临宝鉴，绿云撩乱，未忺妆束。蝶粉蜂黄都褪了，枕痕一线红生肉。背画栏、脉脉悄无言，寻棋局。

重会面，犹未卜。无限事，萦心曲。想秦筝依旧，尚鸣金屋。芳草连天迷远望，宝香薰被成孤宿。最苦是、蝴蝶满园飞，无人扑。

该词写的是闺中少女伤春怀人的主题，辞藻华丽、叙事跌宕且层次分明。"芳草连天迷远望，宝香薰被成孤宿。"把少女相思的心情刻画得非常到位。周邦彦的《满江红》也写得不错，对后世影响也比较大。但不论怎么说，用激越高亢类词牌的曲调填委婉细腻的词，写出好作品的概率还是比较低。

民国刘坡公在《学词百法》中云："词之题意，不外乎言情、写景、纪事、咏物四种。题意与音调相辅以成，故作者拈得题目最宜选择调名。盖选调得当，则其音节之抑扬高下，处处可以助发其意趣。其法须将各调音节烂熟胸中，而后始有临时选择之能力。"其强调填词首要是选择适合表达思想感情的词牌。词牌选择得当，方才有可能写出佳作。

填词除词牌的选择外，不得不考虑词的篇幅长短问题。吴梅在《词学通论》中云："凡题意宽大，宜抒写胸襟者，当用长调；若题意纤仄，模山范水者，当用小令或中调。"蔡嵩如在《柯亭词论》中云："慢词如构建大厦，其中层次曲折甚多；而小令如布置亭园一角，无多结构，奇花异草，些小点缀，即有佳致。"上述论述均是名家填词的经验之谈，值得我们借鉴和学习。

第六节 平 仄

词的平仄比近体诗更加严格，除按照规定可平可仄的位置外，其他位置的平仄必须严格按照词谱填。近体诗有拗救规则，而词没有相应的规则，故词谱规定的平仄位置不得随便更改。具体说，词的一字句到十一字句，都有规定的平仄。

一、一字句。如宋张孝祥的《十六字令》："归！猎猎西风卷绣旗。拦教住，重举送行杯。"又如毛泽东的《十六字令》："山，快马加鞭未下鞍。惊回首，离天三尺三。"上述两首小令的"归""山"为一字句，都是平声字。有的一字句是仄声字，如宋陆游的《钗头凤》：

红酥手，黄縢酒，满城春色宫墙柳。东风恶，欢情薄，一怀愁绪，几年离索。错、错、错！

春如旧，人空瘦，泪痕红浥鲛绡透。桃花落，闲池阁，山盟虽在，锦书难托。莫、莫、莫！

该词的"错"和"莫"为一字句。通常一字句大多是韵字。

一字豆是指领起本句后面的字。如"望长城内外，唯余莽莽"的"望"字，"看万山红遍，层林尽染"的"看"字，都是一字豆。一字豆很多是虚词，如"但、正、又、渐、更、甚、乍、尚、况、且、方、纵"等；有些是动词，如"对、望、看、念、叹、算、料、想、怅、恨、怕、问"等。

二、二字句。通常有平平、仄仄和平仄。如宋曹勋的《凤凰台上忆吹箫》：

碧玉烟塘，绛罗艳卉，朱清炎驭升旸。正应运、真人诞节，宝绪灵光。海宇均颁湛露，环佩拱、北极称觞。欢声浃，三十六宫，齐奉披香。

芬芳。宝薰如霭，仙仗捧椒扉，秀绕嫔嫱。上万寿、双鬟妙舞，一部丝簧。花满蓬莱殿里，光照坐、尊俎生凉。南山祝，常对化日舒长。

该词下片第一句"芬芳"为平平。
又如唐韦应物的《调笑令·河汉》：

河汉，河汉，晓挂秋城漫漫。愁人起望相思，塞北江南别离。离别，离别，河汉虽同路绝。

该词上下片第一句"河汉"和"离别"为平仄。
再如姜夔的《翠楼吟·月冷龙沙》：

月冷龙沙，尘清虎落，今年汉酺初赐。
新翻胡部曲，听毡幕元戎歌吹。
层楼高峙。看栏曲萦红，檐牙飞翠。
人姝丽，粉香吹下，夜寒风细。
此地，宜有词仙，拥素云黄鹤，与君游戏。
玉梯凝望久，叹芳草萋萋千里。
天涯情味，仗酒祓清愁，花销英气。
西山外，晚来还卷、一帘秋霁。

该词下片第一句"此地"为仄仄。

古人常把整句叫作句，而半句叫作读。"读"字音和"豆"相同，按字数的多少称为一字豆、二字豆、三字豆。常见的二字豆有：试问、莫问、莫是、好是、可是、正是、更是、又是、不是、却是、却喜、却忆、却又、恰又、恰似、绝似、又还、忘却、纵把、拚把、那知、那番、那堪、堪羡、何处、何奈、谁料、漫道、怎禁、遥想、记曾、闻道、况值、无端、独有、回念、乍向、只今、不须、多少。

三、三字句。三字句的组合多，其中以平平仄、平仄仄、仄平平居多。三字句相当于五言律诗和七言律诗的三字尾。

如纳兰性德的《梦江南·昏鸦尽》："昏鸦尽，小立恨因谁？急雪乍翻香阁絮，轻风吹到胆瓶梅，心字已成灰。"其中"昏鸦尽"为平平仄。

又如纳兰性德的《相见欢·落花如梦凄迷》："落花如梦凄迷，麝烟微，又是夕阳潜下小楼西。愁无限，消瘦尽，有谁知？闲教玉笼鹦鹉念郎诗。"其中"消瘦尽"为平仄仄。

再如宋范仲淹的《苏幕遮》：

> 碧云天，黄叶地，秋色连波，波上寒烟翠。
> 山映斜阳天接水，芳草无情，更在斜阳外。
> 黯乡魂，追旅思。夜夜除非，好梦留人睡。
> 明月楼高休独倚，酒入愁肠，化作相思泪。

该词的"碧云天"为仄平平。

三字句其他的组合如仄仄仄、仄平仄、仄仄平等使用的频率较低。

三字豆常用的词语：莫不是、都应是、又早是、又况是、又何妨、又匆匆、最无端、最难禁、更何堪、更不堪、更那堪、那更知、谁知道、君知否、君不见、君莫问、再休提、到而今、况而今、记当时、忆前番、当此际、问何事、倩何人、似怎般、怎禁得、且消受、都付与、待行到、便有人、拚负却、空负了、要安排、嗟多少。

四、四字句。四字句相当于七言律诗的前四字，具体由以下几种：

（一）平平仄仄，如周邦彦的《解花语》："风消绛蜡，露浥红莲，灯市光相射。桂华流瓦。纤云散，耿耿素娥欲下。衣裳淡雅。看楚女纤腰一把。箫鼓喧，人影参差，满路飘香麝。"其中"风消绛蜡"为平平仄仄。

（二）仄仄平平，如欧阳修的《诉衷情·眉意》："清晨帘幕卷轻霜。呵手试梅妆。都缘自有离恨，故画作远山长。思往事，惜流芳。易成伤。拟歌先敛，欲笑还颦，最断人肠。"其中"最断人肠"为仄仄平平。

（三）平仄平平，如吴文英《八声甘州·灵岩陪庾幕诸公游》："渺空烟、四远是何年，青天坠长星？幻苍崖云树，名娃金屋，残霸宫城。箭径酸风射眼，腻水染花腥。时靸双鸳响，廊叶秋声。"其中"残霸宫城"为平仄平平。

（四）平仄仄平，如宋徽宗的《声声慢》："长记行歌声断，犹堪恨，无情塞管频吹。寄远丁宁，折赠陇首相思。前村夜来雪里，殢东君、须索饶伊。烂漫也，算百花、犹自未知。"其中"犹自未知"为平仄仄平。

109

（五）仄仄仄平：朱淑真《绛都春》："轻渺。盈盈笑靥，称娇面、爱学宫妆新巧。几度醉吟，独倚阑干黄昏后，月笼疏影横斜照。更莫待、笛声吹老。便须折取归来，胆瓶插了。"其中"几度醉吟"为仄仄仄平。

（六）仄平平仄，如苏轼的《水龙吟·黄州梦过栖霞楼》："小舟横截春江，卧看翠壁红楼起。云间笑语，使君高会，佳人半醉。危柱哀弦，艳歌余响，绕云萦水。念故人老大，风流未减，独回首、烟波里。"其中"艳歌余响"为仄平平仄。

（七）平平平仄，如周邦彦《六丑·落花》"正单衣试酒，恨客里、光阴虚掷。愿春暂留，春归如过翼。一去无迹。为问花何在，夜来风雨，葬楚宫倾国。钗钿堕处遗香泽。乱点桃蹊，轻翻柳陌。多情为谁追惜。但蜂媒蝶使，时叩窗隔。"其中"光阴虚掷"为平平平仄。

（八）仄平仄仄，如柳永《望远行·仙吕调》："幽雅。乘兴最宜访戴，泛小棹、越溪潇洒。皓鹤夺鲜，白鹇失素，千里广铺寒野。须信幽兰歌断，彤云收尽，别有瑶台琼榭。放一轮明月，交光清夜。"其中"白鹇失素"为仄平仄仄。

四字句的主要句式上二下二式、一二一式、上一下三式、上三下一式等，上二下二式如"故国/神游"（宋苏轼《念奴娇·赤壁怀古》）；一二一式，如"作/霜天/晓"（苏轼的《水龙吟·赠赵晦之吹笛侍儿》）；上一下三式，如"渐/天如水"（柳永《迎新春》）；上三下一式，如"倚阑干/处"（柳永《八声甘州》）等。

五、五字句。词的五字句和五言律诗一样，主要有以下几种格式：

（一）平平仄仄平，如苏轼的《南歌子·游赏》："山与歌眉敛，波同醉眼流。游人都上十三楼。不羡竹西歌吹、古扬州。菰黍连昌歜，琼彝倒玉舟。谁家水调唱歌头。声绕碧山飞去、晚云留。"其中"波同醉眼流"为平平仄仄平。

（二）仄仄平平仄，如辛弃疾的《青玉案·元夕》："东风夜放花千树，更吹落，星如雨。宝马雕车香满路。凤箫声动，玉壶光转，一夜鱼龙舞。蛾儿雪柳黄金缕，笑语盈盈暗香去。众里寻他千百度，蓦然回首，那人却在，灯火阑珊处。"其中"一夜鱼龙舞"为仄仄平平仄。

（三）平平平仄仄，如苏轼的《念奴娇·赤壁怀古》："遥想公瑾当年，小乔初嫁了，雄姿英发。羽扇纶巾，谈笑间，樯橹灰飞烟灭。故国神游，多情应笑我，早生华发。人生如梦，一樽还酹江月。"其中"小乔初嫁了"为平平平仄仄。

（四）仄仄仄平平，如李清照的《醉花阴》："薄雾浓云愁永昼，瑞脑销金兽。佳节又重阳，玉枕纱厨，半夜凉初透。东篱把酒黄昏后，有暗香盈袖。莫道不销魂，帘卷西风，人比黄花瘦。"其中"莫道不销魂"为仄仄仄平平。

除上述四种基本格式外，还有其他的如平仄平平仄、仄平平仄仄、平仄仄平仄、平平仄平仄等。

五字句的主要句式有上二下三式、上三下二式、二一二式、二二一式等。上二下三式，如"柴门/一老树"（杜甫《忆游子》）；上三下二式，如"冥冥花/正开"（韦应物《长安遇冯著》）；二一二式，如"曲项/向/天歌"（骆宾王《咏鹅》）；二二一式，如"江月/钓鱼/歌"（刘长卿《同姜濬题裴式微馀干东斋》）等。

六、六字句。六字句基本格式有以下几种：

（一）平平仄仄平平，如晏几道的《清平乐·春云绿处》："春云绿处。又见归鸿去。侧帽风前花满路。冶叶倡条情绪。红楼桂酒新开。曾携翠袖同来。醉弄影娥池水，短箫吹落残梅。"其中"红楼桂酒新开"为平平仄仄平平。

（二）仄仄平平仄仄，如毛滂的《清平乐·重芳叠秀》："重芳叠秀。风约仙云皱。椿不争年松与寿。共出皇家忠孝。仁深枯冷皆蒙。托根不倚东风。日照恩光万里，暖生塞草丛中。"其中"日照恩光万里"为仄仄平平仄仄。

（三）仄仄仄平平仄，如李清照的《如梦令》："昨夜雨疏风骤，浓睡不消残酒。试问卷帘人，却道海棠依旧。知否，知否？应是绿肥红瘦。"其中"昨夜雨疏风骤"为仄仄仄平平仄。

（四）仄平平仄平平，如赵长卿的《满庭芳》："雨洗长空，风清云路，又还准备佳期。夜凉如水，一似去秋时。渺渺银河浪静，星桥外、香霭霏霏。"其中"又还准备佳期"为仄平平仄平平。

（五）平平仄平平仄，如吴文英的《齐天乐·余香才润鸾绡汗》："余香才润鸾绡汗，秋风夜来先起。雾锁林深，蓝浮野阔，一笛渔蓑鸥外。红尘万里。就中决银河，冷涵空翠。岸蒨沙平，水杨阴下晚初舣。"其中"秋风夜来先起"为平平仄平平仄。

（六）平平平仄仄仄，如吴文英的《齐天乐·齐云楼》："西山横黛瞰碧，眼明应不到，烟际沉鹭。卧笛长吟，层霾乍裂，寒月溟濛千里。凭虚醉舞。梦凝白阑干，化为飞雾。净洗青红，骤飞沧海雨。"其中"西山横黛瞰碧"为平平平仄仄仄。

六字句除以上格式外，还有平平平平仄仄、平平平仄平仄等多种格式。

六字句的主要句式有上三下三式、二二二式、上二下四式、上四下二式等。如"且莫扫/阶前雪"（林逋《霜天晓角》）；二二二式，如"黄叶/无风/自落"

（孙洙《何满子》）；上二下四式，如"目送/连天衰草"（孙洙《何满子》）；上四下二式，如"都门十二/清晓"（柳永《佳人醉》）等。

七、七字句。七字句就是律诗的四种基本格式：

（一）平平仄仄平平仄，如王安石的《桂枝香·金陵怀古》："登临送目，正故国晚秋，天气初肃。千里澄江似练，翠峰如簇。归帆去棹残阳里，背西风，酒旗斜矗。彩舟云淡，星河鹭起，画图难足。"其中"归帆去棹残阳里"为平平仄仄平平仄。

（二）仄仄平平仄仄平，如李清照的《鹧鸪天·桂花》："暗淡轻黄体性柔，情疏迹远只香留。何须浅碧深红色，自是花中第一流。梅定妒，菊应羞，画阑开处冠中秋。骚人可煞无情思，何事当年不见收。"其中"暗淡轻黄体性柔"为仄仄平平仄仄平。

（三）仄仄平平平仄仄，如范仲淹的《渔家傲·秋思》："塞下秋来风景异，衡阳雁去无留意。四面边声连角起，千嶂里，长烟落日孤城闭。浊酒一杯家万里，燕然未勒归无计。羌管悠悠霜满地，人不寐，将军白发征夫泪。"其中"塞下秋来风景异"为仄仄平平平仄仄。

（四）平平仄仄仄平平，如李煜的《浪淘沙令·帘外雨潺潺》："帘外雨潺潺，春意阑珊。罗衾不耐五更寒。梦里不知身是客，一晌贪欢。独自莫凭栏，无限江山，别时容易见时难。流水落花春去也，天上人间。"其中"罗衾不耐五更寒"为平平仄仄仄平平。

除以上四种基本格式外，还有仄平平仄平平仄、仄平平仄仄平平等多种格式。

七字句的句式主要有上四下三式、上三下四式、上二下五式、上五下二式等。上四下三式，如"晴川历历/汉阳树"（崔颢《黄鹤楼》）；上三下四式，如"杨柳岸/晓风残月"（柳永《雨霖铃》）；上二下五式，如"辩材/须待七年期"（白居易《放言五首》）；上五下二式，如"永夜角声悲/自语"（杜甫《宿府》）等。

八、八字句。八字句大多被认为是两句合成，如上二下六合成八字句，或者上三下五亦合成八字句。八字句也有上四下四、上一下七等句式合成。其基本格式如下：

（一）仄仄平平仄仄平平，如张炎的《洞仙歌·寄茅峰梁中砥》："只今谁最老，种玉人间，消得梅花共清浅。问我入山期，但恐山深，松风把红尘吹断。望蓬莱、知隔几重云，料只隔中间，白云一片。"其中"望蓬莱、知隔几重云"为仄仄平平仄仄平平。

(二)仄仄平平仄仄平平,如苏轼的《满江红·江汉西来》:"江表传,君休读。狂处士,真堪惜。空洲对鹦鹉,苇花萧瑟。不独笑书生争底事,曹公黄祖俱飘忽。愿使君、还赋谪仙诗,追黄鹤。"其中"愿使君、还赋谪仙诗"为仄仄平仄仄仄平平。

(三)仄仄仄平平仄平平,如苏轼的《洞仙歌·咏柳》:"江南腊尽,早梅花开后,分付新春与垂柳。细腰肢自有入格风流,仍更是、骨体清英雅秀。永丰坊那畔,尽日无人,谁见金丝弄晴昼?断肠是飞絮时,绿叶成阴,无个事、一成消瘦。又莫是东风逐君来,便吹散眉间一点春皱。"其中"又莫是东风逐君来"为仄仄仄平平仄平平。

(四)平仄平平仄仄平仄,如柳永的《雨霖铃·寒蝉凄切》:"多情自古伤离别,更那堪、冷落清秋节!今宵酒醒何处?杨柳岸,晓风残月。此去经年,应是良辰好景虚设。便纵有千种风情,更与何人说?"其中"应是良辰好景虚设"为平仄平平仄仄平仄。

(五)仄平平仄仄仄平平,如柳永的《八声甘州》:"对潇潇暮雨洒江天,一番洗清秋。渐霜风凄紧,关河冷落,残照当楼。是处红衰翠减,苒苒物华休。惟有长江水,无语东流。"其中"对潇潇暮雨洒江天"为仄平平仄仄仄平平。

(六)仄平仄平平平仄仄,如史达祖的《换巢鸾凤·梅意花庵作春情》:"人若梅娇。正愁横断坞,梦绕溪桥。倚风融汉粉,坐月怨秦箫。相思因甚到纤腰。定知我今,无魂可销。佳期晚,谩几度、泪痕相照。"其中"定知我今,无魂可销"为仄平仄平平平仄仄。

八字句的格式也比较多,除以上格式外,其他格式使用得不多。

九、九字句。八字句以上都是超长句,九字句有以下基本句式:

(一)上三下六式,如苏轼的《念奴娇·赤壁怀古》:"大江东去,浪淘尽、千古风流人物。故垒西边,人道是,三国周郎赤壁。乱石穿空,惊涛拍岸,卷起千堆雪。江山如画,一时多少豪杰。"其中"浪淘尽、千古风流人物"为上三下六式,前三字为领字句。

(二)上六下三式,如苏轼的《虞美人》:"波声拍枕长淮晓,隙月窥人小。无情汴水自东流,只载一船离恨、向西州。竹溪花浦曾同醉,酒味多于泪。谁教风鉴在尘埃?酝造一场烦恼、送人来。"其中"只载一船离恨向西州"为上六下三式。

(三)上四下五式,如辛弃疾的《青玉案·元夕》:"东风夜放花千树。更吹落、星如雨。宝马雕车香满路。凤箫声动,玉壶光转,一夜鱼龙舞。蛾儿雪柳黄金缕。笑语盈盈暗香去。众里寻他千百度。蓦然回首,那人却在,灯火阑

113

珊处。"其中"那人却在，灯火阑珊处"为上四下五式。

（四）上五下四式，如赵长卿《瑞鹤仙·西风苹末起》："西风苹末起。动院落清秋，新凉如水。纤歌遏云际。正美人翻曲，阳春轻丽。兰衣玉佩。拥南斗、光中一醉。"其中"动院落清秋，新凉如水"为上五下四式。

（五）上二下七式，如李煜的《虞美人》："春花秋月何时了？往事知多少。小楼昨夜又东风，故国不堪回首月明中。雕栏玉砌应犹在，只是朱颜改。问君能有几多愁？恰似一江春水向东流。"其中"恰似一江春水向东流"为上二下七式。

十、十字句。十字句采用"上七下三式"和"上三下七式"两种格式居多。

（一）上三下七式，如辛弃疾的《摸鱼儿·更能消几番风雨》："长门事，准拟佳期又误。蛾眉曾有人妒。千金纵买相如赋，脉脉此情谁诉？君莫舞？君不见、玉环飞燕皆尘土！闲愁最苦。休去倚危栏；斜阳正在、烟柳断肠处。"其中"君不见、玉环飞燕皆尘土"为上三下七式。

（二）上七下三式，如李璟的《摊破浣溪沙》："菡萏香销翠叶残，西风愁起绿波间。还与韶光共憔悴，不堪看。细雨梦回鸡塞远，小楼吹彻玉笙寒。多少泪珠无限恨，倚阑干。"其中"多少泪珠无限恨，倚阑干"为上七下三式。

十一、十一字句。十一字句主要有上六下五式、上四下七式、上三下八式等。

（一）上六下五式，如赵长卿的《水调歌头·元日客宁都》："离愁晚如织，托酒与消磨。奈何酒薄愁重，越醉越愁多。忍对碧天好夜，皓月流光无际，光影转庭柯。有恨空垂泪，无语但悲歌。"其中"奈何酒薄愁重，越醉越愁多"为上六下五式。

（二）上四下七式，如苏轼的《水调歌头》："我欲乘风归去，又恐琼楼玉宇，高处不胜寒。起舞弄清影，何似在人间。转朱阁，低绮户，照无眠。不应有恨，何事长向别时圆？人有悲欢离合，月有阴晴圆缺，此事古难全。但愿人长久，千里共婵娟。"其中"不应有恨，何事长向别时圆"为上四下七式。

（三）上三下八式，如辛弃疾的《木兰花慢·席上送张仲固帅兴元》："小试去征西。更草草离筵，匆匆去路，愁满旌旗。君思我、回首处，正江涵秋影雁初飞。安得车轮四角，不堪带减腰围。"其中"回首处，正江涵秋影雁初飞"为上三下八式。

第七节　词的对仗

一、须使用对仗的词牌

对仗是可使词的语句更具音韵美和节奏感，大大增强词语的表现力。但由于词是长短句，字数不一，只有上下两句字数相等，才有可能形成对仗。上下两句即便字数相等，也不一定非要使用对仗不可。只有词谱对此有规定才必须使用对仗。需要使用对仗的词牌并不多，主要有以下词牌：

1. 《水调歌头》后片六、七句对仗（六字句）。
2. 《兰陵王》后片：第二、三句；第五、六句；第十一、十二句；第十四、十五句。
3. 《沁园春》前片第四、五、六、七句，后片第三、四、五、六句。
4. 《西江月》前后片第一、二两句。
5. 《浣溪沙》后片第一、二句（七言句）。
6. 《唐多令》前、后片首二句（五言句）。
7. 《行香子》前片首二句（四言句）。
8. 《诉衷情》后片第四、五句（四言句）。
9. 《眼儿媚》前片首二句（五言），后片尾二句（四言）。
10. 《人月圆》后片第二、三句。（四言句）
11. 《更漏子》前、后片第一、二句（三言）；第四、五句（三言）。
12. 《临江仙》前、后片尾二句（五言句）。
13. 《风入松》前、后片尾二句（六言句）。
14. 《声声慢》前片首二句（四言句）。
15. 《琐窗寒》前片首二句（四言句）。
16. 《念奴娇》前片第六、七句。（四言句）
17. 《满江红》前片第五、六句（七言）；后片第七、八句（七言）。
18. 《破阵子》前、后片首二句（六言）；前后片第三、四句（七言句）。
19. 《齐天乐》第七、八句（四言句）。
20. 《东风第一枝》第四、五句（六言句）。
21. 《河满子》前、后片尾二句（六言句）。
22. 《南歌子》第一、二句（五言句）。

115

23.《渔歌子》第三、四句（三言句）。
24.《忆江南》中间两个七言句。
25.《摊破浣溪沙》后片第一二句（七言句）。
26.《鹧鸪天》前片尾二句必须对仗（七言句）。
27.《踏莎行》前、后片首二句（四言句）。
28.《鹊桥仙》前、后片首二句（四言句）。
29.《雪梅香》第五、六句（七言句）。
30.《天香》首二句（四言）；第四、五句（四言）。
31.《玉蝴蝶》第三、四句（四言句）。
33.《高阳台》前片首二句（四言）。
34.《翠楼吟》第七、八句（一字领四言）。
35.《瑞龙吟》前片第二、三句；后片第八、九句。
36.《江南春》第一、二句（三言）；第三、四句（五言）；第五、六句（七言）。
37.《拜星月慢》首二句（四言句）。
38.《苏幕遮》首二句（三言句）。
39.《鹊桥仙》前、后片首二句（四言）。
40.《解花语》前片第一、二句（四言）。
41.《庆春宫》首二句（四言）。
42.《夜合花》后片第二、三句（一字领四言）。
43.《雨中花慢》首二句（四言）。
44.《绮罗香》前片首二句（四言）。
45.《法曲献仙音》首二句，第四、五句（四言）。
46.《鱼游春水》第五、六句，尾二句（六言）。
47.《一七令》第二句至第七句对仗。
48.《阮郎归》后片第一、二句（三言）。
49.《醉太平》第一、二句（三言）。

二、对仗的规则

最早的词是不要求对仗的，由于词在发展过程中受到近体诗的影响，一些词人开始在一些字数相等的上下两句中使用对仗，以便增强了词的艺术效果。后来的词人纷纷效仿，一些词牌便约定俗成地固定在某些位置使用对仗。总的说来，词的对仗比近体诗宽松得多，它有以下特点：

（一）词的对仗位置不固定。近体诗是齐言诗，可以规定固定的位置对仗，如规定在中间两联对仗；而词是长短句，没有可能做出类似概括的规定。只能针对特定的词牌做出规定，如张志和的《渔歌子》：

西塞山前白鹭飞，桃花流水鳜鱼肥。青箬笠，绿蓑衣，斜风细雨不须归。

该词第三、四句"青箬笠，绿蓑衣"对仗。
又如秦观的《踏莎行·晓树啼莺》：

晓树啼莺，晴洲落雁。酒旗风飐村烟淡。山田过雨正宜耕，畦塍处处春泉漫。
踏翠郊原，寻芳野涧。风流旧事嗟云散。楚山谁遣送愁来，夕阳回首青无限。

该词前后两片的首二句"晓树啼莺，晴洲落雁""踏翠郊原，寻芳野涧"均为对仗。

（二）近体诗要求对仗联出句和对句的平仄相反，而词对此没有强制性规定。换言之，除平仄相反外，前后两句对应位置平仄相同亦可构成对仗。如何铸的《青玉案》：

凌波不过横塘路。但目送、芳尘去。锦瑟华年谁与度。月桥花院，琐窗朱户。只有春知处。飞云冉冉蘅皋暮。彩笔新题断肠句。若问闲情都几许。一川烟草，满城风絮。梅子黄时雨。

该词的"一川烟草，满城风絮"对仗。"一"和"满"均为仄声；"川"和"城"均为平声；"风"和"烟"均为平声；"草"和"絮"均为仄声。
又如辛弃疾的《破阵子·为陈同甫赋壮词以寄之》：

醉里挑灯看剑，梦回吹角连营。八百里分麾下炙，五十弦翻塞外声，沙场秋点兵。
马作的卢飞快，弓如霹雳弦惊。了却君王天下事，赢得生前身后名。可怜白发生！

该词的"八百里分麾下炙,五十弦翻塞外声"和"了却君王天下事,赢得生前身后名"均不属于平仄相反的对仗。

(三)相同的字亦可形成对仗。如李清照的《一剪梅》:

红藕香残玉簟秋,轻解罗裳,独上兰舟。云中谁寄锦书来?雁字回时,月满西楼。花自飘零水自流,一种相思,两处闲愁。此情无计可消除,才下眉头,却上心头。

该词的"才下眉头,却上心头"为对仗,用了同字对。
又如白居易《长相思·汴水流》:

汴水流,泗水流,流到瓜洲古渡头。吴山点点愁。思悠悠,恨悠悠,恨到归时方始休。明月人倚楼。

该词的"汴水流,泗水流","思悠悠,恨悠悠"都属于同字对仗。
再如毛泽东的《沁园春·雪》:

北国风光,千里冰封,万里雪飘。望长城内外,惟余莽莽;大河上下,顿失滔滔。山舞银蛇,原驰蜡象,欲与天公试比高。须晴日,看红装素裹,分外妖娆。
江山如此多娇,引无数英雄竞折腰。惜秦皇汉武,略输文采;唐宗宋祖,稍逊风骚。一代天骄,成吉思汗,只识弯弓射大雕。俱往矣,数风流人物,还看今朝。

该词的"千里冰封,万里雪飘"为同字对。
(四)近体诗的对仗限于五言和七言句,词对仗的句式则相对复杂些。词除了五言和七言句的对仗外,还有如有三字句、四字句、六字句等对仗形式。三字句如范仲淹的《苏幕遮》:

碧云天,黄叶地。秋色连波,波上寒烟翠。山映斜阳天接水。芳草无情,更在斜阳外。
黯乡魂,追旅思。夜夜除非,好梦留人睡。明月楼高休独倚。酒入愁肠,化作相思泪。

该词的首二句"碧云天，黄叶地"为三言对。
四字句如赵长卿的《潇湘夜雨·灯词》：

斜点银缸，高擎莲炬，夜寒不耐微风。重重帘幕掩堂中。香渐远、长烟袅穟，光不定、寒影摇红。偏奇处，当庭月暗，吐焰如虹。

红裳呈艳，丽娥一见，无奈狂踪。试烦他纤手，卷上纱笼。开正好、银花照夜，堆不尽、金粟凝空。丁宁语，频将好事，来报主人公。

该词的上片尾二句"当庭月暗，吐焰如虹"为四言对。
六字句如俞国宝的《风入松》：

一春长费买花钱。日日醉花边。玉骢惯识西湖路，骄嘶过、沽酒垆前。红杏香中箫鼓，绿杨影里秋千。

暖风十里丽人天。花压鬓云偏。画船载取春归去，馀情寄、湖水湖烟。明日重扶残醉，来寻陌上花钿。

该词上片尾二句"红杏香中箫鼓，绿杨影里秋千"为六言对仗。

第八节　对仗的特殊形式

一、扇面对是指词的第一句与第三句相对，第二句与第四句相对，因隔一句而形成对仗，故又称为隔句对。如辛弃疾的《沁园春·一水西来》：

一水西来，千丈晴虹，十里翠屏。喜草堂经岁，重来杜老，斜川好景，不负渊明。老鹤高飞，一枝投宿，长笑蜗牛戴屋行。

该词"喜草堂经岁，重来杜老，斜川好景，不负渊明"中，除去一字领"喜"字，"草堂经岁"与"斜川好景"相对，"重来杜老"与"不负渊明"相对，形成扇面对。
又如该词人的另一首《沁园春·将止酒、戒酒杯使勿近》：

更凭歌舞为媒。算合作人间鸩毒猜。况怨无小大，生于所爱；物无美恶，过则为灾。与汝成言，勿留巫退，吾力犹能肆汝杯。杯再拜，道麾之即去，招则须来。

该词"况怨无小大，生于所爱；物无美恶，过则为灾"中，除去一字领"况"字，"怨无小大"与"物无美恶"相对，"生于所爱"与"过则为灾"相对，形成扇面对。

二、鼎足对。是指三句结构、词性相同而形成的对仗，因三句形成一联，并互为对仗，如鼎足而立。通常由一上联和两下联组成，两下联同对一上联，一上联仄声结尾，两下联平声结尾。如贺铸的《眼儿媚·萧萧江上荻花秋》：

萧萧江上荻花秋，做弄许多愁。半竿落日，两行新雁，一叶扁舟。
惜分长怕君先去，直待醉时休。今宵眼底，明朝心上，后日眉头。

该词的"今宵眼底，明朝心上，后日眉头"为鼎足对。
又如秦观的《行香子·树绕村庄》：

树绕村庄，水满陂塘；倚东风，豪兴徜徉；小园几许，收尽春光。有桃花红，李花白，菜花黄。
远远围墙，隐隐茅堂；飏青旗，流水桥旁。偶然乘兴，步过东冈。正莺儿啼，燕儿舞，蝶儿忙。

该词的"有桃花红，李花白，菜花黄"为典型的鼎足对，该首句"有"字为一字领。

三、并头对是指前句的一个字或部分字与后句的一个字或部分句相同。如李清照的《行香子·七夕》：

草际鸣蛩，惊落梧桐，正人间、天上愁浓。云阶月地，关锁千重。纵浮槎来，浮槎去，不相逢。
星桥鹊驾，经年才见，想离情、别恨难穷。牵牛织女，莫是离中。甚霎儿晴，霎儿雨，霎儿风。

该词的"甚霎儿晴，霎儿雨，霎儿风。"中，去掉一字领"甚"字为并头对。

又如苏轼的《行香子·述怀》：

> 清夜无尘，月色如银。酒斟时、须满十分。浮名浮利，虚苦劳神。叹隙中驹，石中火，梦中身。
> 虽抱文章，开口谁亲。且陶陶、乐尽天真。几时归去，作个闲人。对一张琴，一壶酒，一溪云。

该词的"对一张琴，一壶酒，一溪云"中，去掉一字领"对"字为并头对。

（四）句中对在近体诗中比较多，如杜甫的"两个黄鹂鸣翠柳，一行白鹭上青天"。该联上下句构成对仗，上句中"黄鹂"和"翠柳"，下句的"白鹭"和"青天"又形成句中对。词中的句中对不是很多，如宋刘过的《醉太平·情高意真》：

> 情高意真，眉长鬓青。小楼明月调筝，写春风数声。
> 思君忆君，魂牵梦萦。翠销香暖云屏，更那堪酒醒。

该词的首二句"情高意真，眉长鬓青"对仗，其中"情高"和"意真"，"眉长"和"鬓青"又形成句中对。

又如司马光的《西江月》：

> 宝髻松松挽就，铅华淡淡妆成。青烟翠雾罩轻盈，飞絮游丝无定。
> 相见争如不见，多情何似无情。笙歌散后酒初醒，深院月斜人静。

该词的第五、六句"相见争如不见，多情何似无情"对仗，其中"相见"和"不见"，"多情"和"无情"又形成句中对。

（五）领字对仗即有领字领起后面的对仗。近体诗的对仗必须上下两句字数相同，词因有领字用法会导致前后两句字数不同。如姜夔的《翠楼吟·月冷龙沙》：

> 月冷龙沙，尘清虎落，今年汉酺初赐。新翻胡部曲，听毡幕元戎歌吹。层楼高峙。看栏曲萦红，檐牙飞翠。
> 人姝丽，粉香吹下，夜寒风细。此地，宜有词仙，拥素云黄鹤，

121

与君游戏。玉梯凝望久，叹芳草萋萋千里。天涯情味，仗酒祓清愁，花销英气。西山外，晚来还卷、一帘秋霁。

该词前片的"看栏曲萦红，檐牙飞翠"，该"看"为一字领，去掉"看"字，为四言句对仗。下片的"仗酒祓清愁，花销英气"，该"仗"字为一字领，去掉"仗"字，亦是四言句对仗。

又如吴文英的《夜合花·自鹤江入京泊葑门外有感》：

柳暝河桥，莺清台苑，短策频惹春香。当时夜泊，温柔便入深乡。词韵窄，酒杯长。剪蜡花、壶箭催忙。共追游处，凌波翠陌，连棹横塘。

十年一梦凄凉。似西湖燕去，吴馆巢荒。重来万感，依前唤酒银罂。溪雨急，岸花狂。趁残鸦、飞过苍茫。故人楼上，凭谁指与，芳草斜阳。

该词的"似西湖燕去，吴馆巢荒"，去掉一字领"似"字，为四言对仗。

第六章

诗词语法

第一节　省略句

律诗和词由于句数固定、平仄、押韵等方面的要求,常常需要打破常规的语法结构,形成特殊的句式,其句法主要有倒装句、省略句、名词句等。

一、省略主语
李清照的《如梦令》:

　　昨夜雨疏风骤,浓睡不消残酒。试问卷帘人,却道海棠依旧。知否,知否?应是绿肥红瘦。

该词的"浓睡不消残酒"和"试问卷帘人"的主语显然是指作者。
李煜的《虞美人》:

　　春花秋月何时了?往事知多少。小楼昨夜又东风,故国不堪回首月明中。雕栏玉砌应犹在,只是朱颜改。问君能有几多愁?恰似一江春水向东流。

该词"故国不堪回首月明中"的主语系指词人李煜。"问君能有几多愁?"这句显然是自问。
辛弃疾的《破阵子·为陈同甫赋壮词以寄之》:

　　醉里挑灯看剑,梦回吹角连营。八百里分麾下炙,五十弦翻塞外声，沙场秋点兵。

马作的卢飞快，弓如霹雳弦惊。了却君王天下事，赢得生前身后名。可怜白发生！

该词的"醉里挑灯看剑"和"了却君王天下事"的主语均指作者。
又如该词人的另一首《菩萨蛮·书江西造口壁》：

郁孤台下清江水，中间多少行人泪。西北望长安，可怜无数山。青山遮不住，毕竟东流去。江晚正愁予，山深闻鹧鸪。

该词"西北望长安"，是谁在望长安？显然是作者自己。
杜甫的《闻官军收河南河北》：

剑外忽传收蓟北，初闻涕泪满衣裳。
却看妻子愁何在，漫卷诗书喜欲狂。
白日放歌须纵酒，青春作伴好还乡。
即从巴峡穿巫峡，便下襄阳向洛阳。

该诗的"初闻涕泪满衣裳"和"却看妻子愁何在"均省略主语作者。
李白的《黄鹤楼送孟浩然之广陵》：

故人西辞黄鹤楼，烟花三月下扬州。
孤帆远影碧空尽，唯见长江天际流。

该诗的"烟花三月下扬州"承接上一句，该句的主语是"友人"。而"唯见长江天际流"的主语为作者，上述两句的主语均省略。
该诗人的另一首《早发白帝城》：

朝辞白帝彩云间，千里江陵一日还。
两岸猿声啼不住，轻舟已过万重山。

该诗首句离开白帝城的是指作者本人，省略主语。
贺知章的《回乡偶书》：

少小离家老大回，乡音无改鬓毛衰。
儿童相见不相识，笑问客从何处来。

该诗"少小离家老大回"的主语为作者。"笑问客从何处来"承接上一句，省略主语"儿童"。

二、省略谓语

晏殊的《浣溪沙》：

一曲新词酒一杯，去年天气旧亭台。夕阳西下几时回？
无可奈何花落去，似曾相识燕归来。小园香径独徘徊。

该词的"一曲新词酒一杯"，省略"吟"和"饮"字，意即吟一首新词饮一杯酒。"去年天气旧亭台"，意即去年这时节的天气和旧停台依旧存在，省略"存在"或其同义词。

张炎的《清平乐·采芳人杳》：

采芳人杳，顿觉游情少。客里看春多草草，总被诗愁分了。
去年燕子天涯，今年燕子谁家？三月休听夜雨，如今不是催花。

该词的"去年燕子天涯，今年燕子谁家"，省略谓语"飞"字或"飞"的同义词。

苏轼的《西江月·送别》

昨夜扁舟京口，今朝马首长安。旧官何物与新官。只有湖山公案。
此景百年几变，个中下语千难。使君才气卷波澜。与把新诗判断。

该词的"昨夜扁舟京口，今朝马首长安"，前一句省略谓语"离开"或其同义词；后一句省略"望"或其同义词。

岳飞的《满江红》：

怒发冲冠，凭栏处、潇潇雨歇。抬望眼、仰天长啸，壮怀激烈。

125

三十功名尘与土，八千里路云和月。莫等闲、白了少年头，空悲切。

靖康耻，犹未雪。臣子恨，何时灭。驾长车，踏破贺兰山缺。壮志饥餐胡虏肉，笑谈渴饮匈奴血。待从头、收拾旧山河，朝天阙。

该词的"三十功名尘与土，八千里路云和月"，前一句省略比喻词"恰似"或其同义词，意即三十年建立的功名恰似尘土般不值一提；后一句省略"转战"或其同义词，意即南北转战八千里，并经历诸多风云人生。

杜甫的《送舍弟颖赴齐州》（其三）：

诸姑今海畔，两弟亦山东。
去傍干戈觅，来看道路通。
短衣防战地，匹马逐秋风。
莫作俱流落，长瞻碣石鸿。

该诗"诸姑今海畔，两弟亦山东"应为"诸姑今在海畔，两弟亦在山东"，省略谓语"在"或其同义词。

杜甫的另一首《九日登梓州城》：

伊昔黄花酒，如今白发翁。
追欢筋力异，望远岁时同。
弟妹悲歌里，朝廷醉眼中。
兵戈与关塞，此日意无穷。

该诗的"伊昔黄花酒，如今白发翁"省略谓语。后一句应为"如今为白发翁"。

李白的《劳劳亭》：

天下伤心处，劳劳送客亭。
春风知别苦，不遣柳条青。

该诗的"天下伤心处，劳劳送客亭"，这两句之间省略谓语，意即最伤心的地方就是这送客的劳劳亭。

林升的《题临安邸》：

山外青山楼外楼，西湖歌舞几时休？
暖风熏得游人醉，直把杭州作汴州。

该诗的"山外青山楼外楼"，省略谓语"有"字，意即山外有山，楼外有楼。

三、省略宾语

王维的《相思》：

红豆生南国，春来发几枝。
愿君多采撷，此物最相思。

该诗的"愿君多采撷"，采撷的对象是"红豆"，省略宾语。
李商隐的《落花》：

高阁客竟去，小园花乱飞。
参差连曲陌，迢递送斜晖。
肠断未忍扫，眼穿仍欲归。
芳心向春尽，所得是沾衣。

该诗的"肠断未忍扫，眼穿仍欲归"，作者不忍心打扫的对象是"落花"，省略宾语。
白居易的《赋得古原草送别》：

离离原上草，一岁一枯荣。
野火烧不尽，春风吹又生。
远芳侵古道，晴翠接荒城。
又送王孙去，萋萋满别情。

该诗作者讴歌野草旺盛的生命力，抒发送别友人的惜别之情。"野火烧不尽"的对象是野草，"春风吹又生"的对象仍旧是野草，这两句均省略宾语"野草"。

杜甫的《江南逢李龟年》：

岐王宅里寻常见，崔九堂前几度闻。
正是江南好风景，落花时节又逢君。

李龟年是唐朝开元年间的著名乐师，擅长唱歌。因为受到皇帝唐玄宗的宠幸而红极一时。"安史之乱"后，李龟年流落江南，卖艺为生。该诗的"崔九堂前几度闻"，"闻"的对象是"歌"，省略宾语。

杜甫的另一首诗《赴青城县出成都，寄陶、王二少尹》：

老耻妻孥笑，贫嗟出入劳。
客情投异县，诗态忆吾曹。
东郭沧江合，西山白雪高。
文章差底病，回首兴滔滔。

该诗的"老耻妻孥笑，贫嗟出入劳"，应为"老耻妻孥笑我"，省略宾语"我"。

杜甫的《赠花卿》：

锦城丝管日纷纷，半入江风半入云。
此曲只应天上有，人间能得几回闻。

该诗的"此曲只应天上有，人间能得几回闻"，"闻"的对象是"曲"，省略宾语。

四、省略介词

杜甫的《客亭》：

秋窗犹曙色，落木更天风。
日出寒山外，江流宿雾中。
圣朝无弃物，老病已成翁。
多少残生事，飘零任转蓬。

该诗的"日出寒山外，江流宿雾中"，省略介词"于"，应为"日出于寒山外，江流于宿雾中"。

王维的《山居秋暝》：

空山新雨后，天气晚来秋。
明月松间照，清泉石上流。
竹喧归浣女，莲动下渔舟。
随意春芳歇，王孙自可留。

该诗"明月松间照，清泉石上流"，省略介词"于"，应为"明月于松间照，清泉于石上流"。

苏轼的《临江仙》：

夜饮东坡醒复醉，归来仿佛三更。家童鼻息已雷鸣，敲门都不应，倚杖听江声。
长恨此身非我有，何时忘却营营？夜阑风静縠纹平，小舟从此逝，江海寄余生。

该词的"小舟从此逝，江海寄余生"，省略介词"于"，应为"小舟从此逝，于江海寄余生"。

陈子昂的《感遇》：

本为贵公子，平生实爱才。
感时思报国，拔剑起蒿莱。
西驰丁零塞，北上单于台。
登山见千里，怀古心悠哉。
谁言未忘祸，磨灭成尘埃。

该诗的"感时思报国，拔剑起蒿莱"，省略介词"于"，应为"感时思报国，拔剑起于蒿莱"。

辛弃疾的《摸鱼儿》：

更能消、几番风雨、匆匆春又归去。惜春长怕花开早，何况落红

129

无数。春且住。见说道、天涯芳草无归路。怨春不语。算只有殷勤,画檐蛛网,尽日惹飞絮。

长门事,准拟佳期又误。蛾眉曾有人妒。千金纵买相如赋,脉脉此情谁诉?君莫舞,君不见、玉环飞燕皆尘土!闲愁最苦。休去倚危栏,斜阳正在、烟柳断肠处。

该词的"千金纵买相如赋,脉脉此情谁诉?",省略"向",应为"千金纵买相如赋,脉脉此情向谁诉?"。

辛弃疾的《菩萨蛮·书江西造口壁》:

郁孤台下清江水,中间多少行人泪。西北望长安,可怜无数山。青山遮不住,毕竟东流去。江晚正愁予,山深闻鹧鸪。

该词的"西北望长安",省略介词"向",应为"向西北望长安"。

陆游的《谢池春·壮岁从戎》:

壮岁从戎,曾是气吞残虏。阵云高、狼烟夜举。朱颜青鬓,拥雕戈西戍。笑儒冠、自来多误。

功名梦断,却泛扁舟吴楚。漫悲歌、伤怀吊古。烟波无际,望秦关何处。叹流年、又成虚度。

该词的"功名梦断,却泛扁舟吴楚",省略介词"向",应为"功名梦断,却泛扁舟向吴楚"。

李白的《望天门山》:

天门中断楚江开,碧水东流至此回。
两岸青山相对出,孤帆一片日边来。

该诗的"孤帆一片日边来",省略介词"从",应为"孤帆一片从日边来"。

王勃的《送杜少府之任蜀州》:

城阙辅三秦,风烟望五津。
与君离别意,同是宦游人。

海内存知己，天涯若比邻。
无为在歧路，儿女共沾巾。

该诗的"城阙辅三秦，风烟望五津"，省略介词"以"，应为"城阙辅以三秦"。

第二节　倒装句

在唐诗宋词中出现很多打破传统语序的倒装句。有的倒装是为迎合平仄或押韵的规则，有的是为了突出作者的强烈情感，有的是为追求标新立异，独具匠心，冀望达到意想不到的艺术效果。

一、主语后置

叶梦得的《水调歌头·秋色渐将晚》：

秋色渐将晚，霜信报黄花。小窗低户深映，微路绕欹斜。为问山翁何事，坐看流年轻度，拚却鬓双华。徙倚望沧海，天净水明霞。
念平昔，空飘荡，遍天涯。归来三径重扫，松竹本吾家。却恨悲风时起，冉冉云间新雁，边马怨胡笳。谁似东山老，谈笑净胡沙。

该词的"秋色渐将晚，霜信报黄花"，意思是秋色日渐变浓，金黄的菊花传报霜降的信息。
其正常语序为"秋色渐将晚，黄花报霜信"。
辛弃疾的《西江月·夜行黄沙道中》：

明月别枝惊鹊，清风半夜鸣蝉。稻花香里说丰年。听取蛙声一片。
七八个星天外，两三点雨山前。旧时茅店社林边。路转溪桥忽见。

该词的"七八个星天外，两三点雨山前"，正常语序为"天外七八个星，山前两三点雨"，正常的语序就是大白话，艺术效果大打折扣，语序的颠倒使该词的意境上了一个台阶。
刘过的《沁园春·古岂无人》：

古岂无人，可以似吾，稼轩者谁。拥七州都督，虽然陶侃，机明神鉴，未必能诗。常衮何如，羊公聊尔，千骑东方侯会稽。中原事，纵匈奴未灭，毕竟男儿。

　　平生出处天知。算整顿乾坤终有时。问湖南宾客，侵寻老矣，江西户口，流落何之。尽日楼台，四边屏幛，目断江山魂欲飞。长安道，奈世无刘表，王粲畴依。

该词的"拥七州都督，虽然陶侃"，其正常语序为"虽然陶侃，拥七州都督"，但为声律的需要而使用倒装句。

李颀的《望秦川》：

　　秦川朝望迥，日出正东峰。
　　远近山河净，逶迤城阙重。
　　秋声万户竹，寒色五陵松。
　　客有归欤叹，凄其霜露浓。

该诗"秋声万户竹，寒色五陵松"，意思是秋风吹起，家家户户的竹林发出阵阵响声，秋风吹动五陵松柏，增添了几分寒意。其正常语序为"万户秋声竹，五陵松色寒"。

王维的《山居秋暝》：

　　空山新雨后，天气晚来秋。
　　明月松间照，清泉石上流。
　　竹喧归浣女，莲动下渔舟。
　　随意春芳歇，王孙自可留。

该诗的"竹喧归浣女，莲动下渔舟"，意思是竹林中传来喧闹笑声，少女洗衣归来，渔船穿过颤动的荷花丛，顺流而下。其正常语序为"竹喧浣女归，莲动渔舟下"。

王维的《积雨辋川庄作》：

　　积雨空林烟火迟，蒸藜炊黍饷东菑。

> 漠漠水田飞白鹭，阴阴夏木啭黄鹂。
> 山中习静观朝槿，松下清斋折露葵。
> 野老与人争席罢，海鸥何事更相疑。

该诗的"漠漠水田飞白鹭，阴阴夏木啭黄鹂"，意思是广漠水田，一行白鹭在空中飞翔；夏日浓荫，传来婉转的鸟鸣声。其正常语序为"漠漠水田白鹭飞，阴阴夏木黄鹂啭"。

刘长卿的《送孙逸归庐山》：

> 炉峰绝顶楚云衔，楚客东归栖此岩。
> 彭蠡湖边香橘柚，浔阳郭外暗枫杉。
> 青山不断三湘道，飞鸟空随万里帆。
> 常爱此中多胜事，新诗他日仗开缄。

该诗的"彭蠡湖边香橘柚，浔阳郭外暗枫杉"，其正常语序为"彭蠡湖边橘柚香，浔阳郭外枫杉暗"。

二、宾语前置

宾语通常位于谓语之后，受谓语的支配。其和主语后置的原因基本相同，都是为平仄、押韵、作品的主题、内容等服务，都是为增强其语言艺术效果和表现张力。

孟浩然的《岁暮归南山》：

> 北阙休上书，南山归敝庐。
> 不才明主弃，多病故人疏。
> 白发催年老，青阳逼岁除。
> 永怀愁不寐，松月夜窗虚。

该诗的"不才明主弃，多病故人疏"，表达作者怀才不遇之感慨。其正常语序为"明主弃不才，古人疏多病"。"不才"前置于主语、谓语前。

杜甫的《月夜》：

> 今夜鄜州月，闺中只独看。

133

遥怜小儿女，未解忆长安。
香雾云鬟湿，清辉玉臂寒。
何时倚虚幌，双照泪痕干。

该诗的"香雾云鬟湿，清辉玉臂寒"，把"云鬟"和"玉臂"置于谓语前，其正常语序为"香雾湿云鬟，清辉寒玉臂"，"湿"和"寒"都是使动用法。意思是蒙蒙雾气好像沾湿了她的鬟发；清冷的月光似乎又使她的玉臂生寒。

杜甫的另一首《秋兴八首》（其八）：

昆吾御宿自逶迤，紫阁峰阴入渼陂。
香稻啄馀鹦鹉粒，碧梧栖老凤凰枝。
佳人拾翠春相问，仙侣同舟晚更移。
彩笔昔曾干气象，白头吟望苦低垂。

该诗的"香稻啄馀鹦鹉粒，碧梧栖老凤凰枝"，初读之令人搔首。仔细分析后，发现作者把"香稻"和"碧梧"前置，突出了"香稻"和"碧梧"，描摹了鹦鹉啄食和凤凰栖树的风姿，句法独特，构思新颖，语序的调换使之成为千古名句。其正常语序为"鹦鹉啄余香稻粒，凤凰栖老碧梧枝"。

杜牧的《清明》：

清明时节雨纷纷，路上行人欲断魂。
借问酒家何处有？牧童遥指杏花村。

该诗的"借问酒家何处有？牧童遥指杏花村"，"酒家"前置于谓语前，其正常的语序为"借问何处有酒家"。

王维的《汉江临眺》：

楚塞三湘接，荆门九派通。
江流天地外，山色有无中。
郡邑浮前浦，波澜动远空。
襄阳好风日，留醉与山翁。

该诗的"楚塞三湘接，荆门九派通"，意思是汉水流经楚塞，又接连折入三湘，荆门汇合九条支流，与长江相通。其正常语序为"三湘接楚塞，九派通荆门"，宾语"楚塞"和"荆门"前置于主语前。

苏轼的《蝶恋花·春景》：

花褪残红青杏小。燕子飞时，绿水人家绕。枝上柳绵吹又少，天涯何处无芳草。

墙里秋千墙外道。墙外行人，墙里佳人笑。笑渐不闻声渐悄，多情却被无情恼。

该词的"燕子飞时，绿水人家绕"，其正常语序为"绿水绕人家"，把宾语"人家"置于谓语前。

李清照的《声声慢》：

寻寻觅觅，冷冷清清，凄凄惨惨戚戚。乍暖还寒时候，最难将息。三杯两盏淡酒，怎敌他晚来风急！雁过也，正伤心，却是旧时相识。

满地黄花堆积，憔悴损，如今有谁堪摘？守着窗儿独自，怎生得黑！梧桐更兼细雨，到黄昏点点滴滴。这次第，怎一个愁字了得！

该词的"这次第，怎一个愁字了得"，其正常语序为"怎了得一个愁字"。把"一个愁字"前置。

三、定语后置

定语是用来修饰或者限制中心词的，正常情况下放在中心词的前面。有时候作者为了突出定语的作用或者基于声律考虑，往往把定语后置。如李白的"两岸青山相对出，孤帆一片日边来"，"一片"是用来修饰"孤帆"的，作者却把它放在中心词的后面。

杜牧的《山行》：

远上寒山石径斜，白云生处有人家。
停车坐爱枫林晚，霜叶红于二月花。

该诗的"停车坐爱枫林晚"，定语"晚"置于"枫林"之后，其正常语序为"停车坐爱晚枫林"。

李白的《哭晁卿衡》：

> 日本晁卿辞帝都，征帆一片绕蓬壶。
> 明月不归沉碧海，白云愁色满苍梧。

该诗的"征帆一片绕蓬壶"，其正常语序为"一片征帆绕蓬壶"。
刘克庄的《冬景》：

> 晴窗早觉爱朝曦，竹外秋声渐作威。
> 命仆安排新暖阁，呼童熨帖旧寒衣。
> 叶浮嫩绿酒初熟，橙切香黄蟹正肥。
> 蓉菊满园皆可羡，赏心从此莫相违。

该诗的"叶浮嫩绿酒初熟，橙切香黄蟹正肥"，其正常语序为"嫩绿叶浮酒初熟，香黄橙切蟹正肥"。
晏殊的《踏莎行》：

> 细草愁烟，幽花怯露，凭阑总是销魂处。日高深院静无人，时时海燕双飞去。
> 带缓罗衣，香残蕙炷，天长不禁迢迢路。垂杨只解惹春风，何曾系得行人住？

该词的"带缓罗衣，香残蕙炷"，意思是轻轻挪动罗衣上的锦带，发现人已消瘦，用蕙草制成的香炷仍有残留的香味。其正常语序为"罗衣带缓，蕙炷香残"。

四、状语后置

通说认为，状语是动词或形容词前面的连带成分，位于主语、谓语之间，起修饰、限制谓语中心词的作用。状语可以从情况、时间、处所、方式、条件、对象、肯定、否定、范围和程度等方面对谓语中心词进行修饰或限制。在古典诗词中，为了强调状语，状语常常后置。
贾岛的《题李凝幽居》：

> 第六章 诗词语法

闲居少邻并,草径入荒园。
鸟宿池边树,僧敲月下门。
过桥分野色,移石动云根。
暂去还来此,幽期不负言。

该诗的"僧敲月下门","月下"是"敲"的修饰词,作者把"月下"后置,其正常语序为"僧月下敲门"。

陈抟的《归隐》:

十年踪迹走红尘,回首青山入梦频。
紫陌纵荣争及睡,朱门虽贵不如贫。
愁闻剑戟扶危主,闷见笙歌聒醉人。
携取旧书归旧隐,野花啼鸟一般春。

该诗的"回首青山入梦频","频"修饰"入梦",其正常语序为"回首青山频入梦"。

欧阳修的《采桑子·群芳过后西湖好》:

群芳过后西湖好,狼籍残红。飞絮濛濛。垂柳阑干尽日风。
笙歌散尽游人去,始觉春空。垂下帘栊。双燕归来细雨中。

该词的"双燕归来细雨中",作者把状语"细雨中"后置,其正常语序为"双燕细雨中归来"。

林逋的《山园小梅》(其一):

众芳摇落独暄妍,占尽风情向小园。
疏影横斜水清浅,暗香浮动月黄昏。
霜禽欲下先偷眼,粉蝶如知合断魂。
幸有微吟可相狎,不须檀板共金樽。

该诗的"占尽风情向小园","向小园"被后置,其正常语序为"向小园占尽风情"。

诗词中除状语后置外,状语前置也不少。如苏轼的《浣溪沙》中"簌簌衣

137

巾落枣花","簌簌"是修饰"落"这个状态的,其正常语序为"衣巾簌簌落枣花"。又如,李煜的《虞美人》中"依旧竹声新月似当年",状语"依旧"前置,其正常语序为"竹声新月依旧似当年"。再如,白居易的《长恨歌》中"宛转蛾眉马前死","宛转"前置,其正常语序为"蛾眉宛转马前死"。

五、主宾置换

在主语、谓语和宾语的句式中,句子的主语和宾语可以相互变换位置,变成宾语、谓语和主语的句式。如前面提及叶梦得的《水调歌头·秋色渐将晚》中"霜信报黄花",变成"黄花报霜信"的句式。又如,白居易的《长恨歌》中"可怜光彩生门户",变成"可怜门户生光彩"句式。再如,作者的《咏岳飞》中"武圣悼瀛寰",同样是主宾置换。

卢纶的《塞下曲》(其二):

林暗草惊风,将军夜引弓。
平明寻白羽,没在石棱中。

该诗的"林暗草惊风","风"和"草"可以互换,其正常语序为"林暗风惊草"。

欧阳修的《被牒行县因书所见呈寮友》:

周礼恤凶荒,轺车出四方。
土龙朝祀雨,田火夜驱蝗。
木落孤村迥,原高百草黄。
乱鸱鸣古堞,寒雀聚空仓。
桑野人行馌,鱼陂鸟下梁。
晚烟茅店月,初日枣林霜。
堇户催寒候,丛祠祷岁穰。
不妨行览物,山水正苍茫。

该诗的"堇户催寒候","堇户"和"寒候"可以互换,其正常语序为"寒候催堇户"。

王维的《叹白发》:

宿昔朱颜成暮齿，须臾白发变垂髫。
一生几许伤心事，不向空门何处销。

该诗的"须臾白发变垂髫"，"垂髫"代指儿童，其正常语序为"须臾垂髫变白发"。

白居易的《答苏庶子月夜闻家僮奏乐见赠》：

墙西明月水东亭，一曲霓裳按小伶。
不敢邀君无别意，弦生管涩未堪听。

该诗的"一曲霓裳按小伶"，"一曲霓裳"和"小伶"可以互换，其正常语序为"小伶按一曲霓裳"。

上述举例说明主语和宾语可以互换是从结构句式的角度而言，由于诗词要受平仄、押韵的限制，有时不得不采用倒装句。

第三节　名词句

谓语在语法中的作用是表明主语怎么样、有什么性质、处在什么状态等，是用来陈述和说明主语的，常用动词、动词性短语、形容词、形容词性短语、名词、名词性短语等来充当谓语。谓语在句子中通常是不可或缺的，在散文中缺乏谓语的句子很难把意思表达清楚。在诗词中，如果句中没有作为谓语的动词或者形容词，全部由名词性词组组成句子，就叫名词句，名词句是诗词的一大特色。

马致远的《天净沙·秋思》："枯藤老树昏鸦，小桥流水人家，古道西风瘦马。夕阳西下，断肠人在天涯。"意思是黄昏来临之际，一群乌鸦栖息在枯藤缠绕的老树上，发出阵阵的哀鸣声。小桥下流水淙淙，小桥旁的农家炊烟袅袅。古道上的那匹瘦马，顶着西风踯躅前行。夕阳渐渐地从西边落下。在茫茫的夜色中，孤独的羁旅漂泊在远方。这首元曲没有一个动词，全部由一系列的名词构成。作者通过名词的叠加构筑了密集的意象群，描绘出优美的田园风光，并通过"枯、瘦、夕阳、断肠"等字眼表达了悲秋之恨，一句"断肠人在天涯"更是衬托出羁旅之苦和抒发了惆怅悲凉的心情。此曲以景托情，寓情于景，情景融合，是一首流芳千古的佳作。

温庭筠的《商山早行》：

> 晨起动征铎，客行悲故乡。
> 鸡声茅店月，人迹板桥霜。
> 槲叶落山路，枳花明驿墙。
> 因思杜陵梦，凫雁满回塘。

该诗的颔联"鸡声茅店月，人迹板桥霜"，意思是清晨雄鸡高唱，荒村野外的茅店上空仍挂着一钩残月，破木板桥上覆盖了早春的寒霜，上面有路人留下的凌乱足迹。该诗颔联通过名词的叠加构筑了一幅早春清晨的郊外乡村图画，该图画不但优美，而且透出刺骨的寒意。

黄庭坚的《寄黄几复》：

> 我居北海君南海，寄雁传书谢不能。
> 桃李春风一杯酒，江湖夜雨十年灯。
> 持家但有四立壁，治病不蕲三折肱。
> 想见读书头已白，隔溪猿哭瘴溪藤。

该诗的颔联"桃李春风一杯酒，江湖夜雨十年灯"，意思是春风拂面，诗人观赏桃树李树共饮美酒，和朋友惜别已逾十年，常常听着窗外沥沥的秋雨，面对孤灯思念对方。诗人用"江湖""夜雨""灯"等字眼来表达思念朋友之情，"江湖"本有漂泊之意，"夜雨"指夜里又下着秋雨，面对孤灯，这多个意象群烘托出诗人思念朋友的殷殷之情，使得诗意隽永，余音绕梁。

陆游的《书愤》（其一）：

> 早岁那知世事艰，中原北望气如山。
> 楼船夜雪瓜洲渡，铁马秋风大散关。
> 塞上长城空自许，镜中衰鬓已先斑。
> 出师一表真名世，千载谁堪伯仲间。

该诗的"楼船夜雪瓜洲渡，铁马秋风大散关"，意思是宋军在雪夜里乘着战船在瓜洲渡大败金兵，在秋风中骑着战马披着军甲的宋军在大散关击败金兵。诗人回忆宋军胜利的场景，希冀收复河山的爱国主义豪情壮志跃然纸上。用一系列的名词来勾勒胜利的画面，确实别出心裁。

陆游的《钗头凤·红酥手》：

红酥手，黄滕酒，满城春色宫墙柳。东风恶，欢情薄，一怀愁绪，几年离索。错！错！错！

春如旧，人空瘦。泪痕红浥鲛绡透。桃花落，闲池阁，山盟虽在，锦书难托。莫！莫！莫！

该词的"红酥手，黄滕酒，满城春色宫墙柳"意思是你那红润酥腻的纤纤素手，捧着盛满黄滕酒的酒杯。虽然春色满城，你却像宫墙中的绿柳那样被那堵墙隔开。"满城春色"说明与爱人相逢在春天，"宫墙柳"是说明相逢的地点，这个相逢的地点实际是指绍兴沈园。诗人用柳暗喻前妻唐琬，用"红、黄、柳（绿色）"等色彩鲜明的字眼来说明与前妻相逢时的激动心情，同时用"宫墙柳"表达其不愿与爱人分离的惆怅情怀。用带色彩的词语入诗，意象非常鲜明，其与爱人分离的悲痛、凄凉相映衬，读起来让人感受到那种寒冰彻骨的切肤之痛和体会到诗人那种哀伤欲绝的深情，情感对比强烈，该词已成为描写爱情悲剧的千古绝唱。

名词叠加构成的系列意象群，可谓独具匠心，别具一格，读起来让人回味无穷，印象深刻。名词句在古诗词中并不少见，如：

1. 三十功名尘与土，八千里路云和月。（岳飞《满江红》）
2. 雨中黄叶树，灯下白头人。（司空曙《喜外弟卢纶见宿》）
3. 渭北春天树，江东日暮云。（杜甫《春日忆李白》）
4. 细草微风岸，危樯独夜舟。（杜甫《旅夜书怀》）
5. 西山白雪三城戍，南浦清江万里桥。（杜甫《野望》）
6. 云里帝城双凤阙，雨中春树万人家。（王维《奉和圣制》）
7. 故国三千里，深宫二十年。（张祜的《宫词二首》）
8. 星河秋一雁，砧杵夜千家。（韩翃《酬程近秋夜即事见赠》）
9. 深秋帘幕千家雨，落日楼台一笛风。（杜牧《题宣州开元寺》）
10. 西风天际雁，落日渡头人。（孟宾于《晚眺》）
11. 霜风红叶寺，夜雨白苹洲。（马戴《将别寄友人》）
12. 渭水故都秦二世，咸阳秋草汉诸陵。（刘沧《咸阳怀古》）
13. 野花芳草，寂寞关山道。（韦庄《清平乐》）
14. 一川烟草，满城风絮，梅子黄时雨。（贺铸《青玉案》）

第四节　词类的活用

汉语句子结构一般是"主语+谓语+宾语",定语在主语前修饰主语,谓语前面是状语,谓语后面是补语。通常名词充当句子的主语、宾语或定语,副词充当状语,形容词充当定语,等等。由于诗词受到平仄、押韵的限制,诗人在表达其主题时,往往不能使用正常的语序,造成了部分词类活用的现象。如杜甫的《寄李白二十韵》中"笔落惊风雨,诗成泣鬼神",意思是他洋洋洒洒的落笔,使风雨为之惊骇;他浑然天成的诗,使鬼神为之感动哭泣。这里的"惊""泣"属于使动用法,该动词支配的行为不是主语发出的,而是"使得宾语处于什么状态中"。诗词中词类活用主要有以下几类:

一、名词活用为动词

陆游的《临安春雨初霁》:

世味年来薄似纱,谁令骑马客京华。
小楼一夜听春雨,深巷明朝卖杏花。
矮纸斜行闲作草,晴窗细乳戏分茶。
素衣莫起风尘叹,犹及清明可到家。

该诗首联"世味年来薄似纱,谁令骑马客京华"的意思是这些年来世态人情薄得像透明的纱,谁让我还要骑着马来客居京城呢?"客"本意为客人,这里做动词用,是客居的意思。

刘禹锡的《酬乐天扬州初逢席上见赠》:

巴山楚水凄凉地,二十三年弃置身。
怀旧空吟闻笛赋,到乡翻似烂柯人。
沉舟侧畔千帆过,病树前头万木春。
今日听君歌一曲,暂凭杯酒长精神。

该诗的"沉舟侧畔千帆过,病树前头万木春",意思是沉船的旁边有千帆竞渡,急速前行,病树前头呈现万木争春、生机盎然的景象。"春"本意是名词,这里做动词用，为呈现勃勃生机的意思。

苏轼的《浣溪沙·游蕲水清泉寺》：

游蕲水清泉寺，寺临兰溪，溪水西流。山下兰芽短浸溪，松间沙路净无泥，萧萧暮雨子规啼。

谁道人生无再少？门前流水尚能西，休将白发唱黄鸡。

该词"门前流水尚能西，休将白发唱黄鸡"的意思是门前流水还能执着地向西边流去！人生不必因年纪变老而烦恼，感慨韶华易逝。"西"是方位名词，这里做动词用，是向西边流去的意思。

李煜的《虞美人》：

春花秋月何时了？往事知多少。小楼昨夜又东风，故国不堪回首月明中。

雕栏玉砌应犹在，只是朱颜改。问君能有几多愁？恰似一江春水向东流。

该词"小楼昨夜又东风，故国不堪回首月明中"的意思是昨夜小楼上又吹来了春风，在这明月皎洁的夜晚怎堪忍受回忆故国的伤痛。在诗词中"东风"是指春风，"西风"是指秋风，"南风"是指夏风，"北风"是指冬风。"东"是方位名词，这里做动词用，是指吹来春风的意思。

李商隐的《无题》：

相见时难别亦难，东风无力百花残。
春蚕到死丝方尽，蜡炬成灰泪始干。
晓镜但愁云鬓改，夜吟应觉月光寒。
蓬山此去无多路，青鸟殷勤为探看。

该诗颈联"晓镜但愁云鬓改，夜吟应觉月光寒"的意思是早晨起来梳妆照镜，非常担忧自己的鬓发悄然改变，容颜渐老。长夜吟诗不寐，应该感受到月光泻地的寒意。"镜"与"吟"是对仗，"吟"为动词，这里"镜"也做动词用，是"照镜子"的意思。

有的名词活用为动词，表意动用法。意动用法是指名词或者形容词充当谓语动词，其动作属于主观上的感受、看待或评价等。名词的意动用法很少出现在诗词中，多出现在文言文中，如王安石的《伤仲永》："邑人奇之，稍稍宾客其父。"意思是以宾客之礼待其父。

二、形容词活用为动词

通常形容词当定语使用，用来修饰、限定、说明名词或代词的特征。如果形容词处于谓语中心位置，且其后带宾语，则其可以与宾语构成动宾关系；如果其后带补语，则其可以与补语构成动补关系；形容词亦可以与主语形成主谓关系。在上述情形中，该形容词一般可以活用为动词。

岑参的《登总持阁》：

> 高阁逼诸天，登临近日边。
> 晴开万井树，愁看五陵烟。
> 槛外低秦岭，窗中小渭川。
> 早知清净理，常愿奉金仙。

该诗的"槛外低秦岭，窗中小渭川"，意思是凭靠栏杆，看外面的秦岭是那么低矮；站在窗边，看那渭河显得那么细小。"低"和"小"为形容词，与其后的宾语构成动宾关系，在这里活用为动词，为意动用法。意动用法是指主语认为宾语怎样或主语把宾语当作什么。该句是作者认为秦川（宾语）低矮；认为渭河（宾语）细小。

苏轼的《水调歌头·明月几时有》：

> 明月几时有，把酒问青天。不知天上宫阙，今夕是何年。我欲乘风归去，又恐琼楼玉宇，高处不胜寒。起舞弄清影，何似在人间？
> 转朱阁，低绮户，照无眠。不应有恨，何事长向别时圆？人有悲欢离合，月有阴晴圆缺，此事古难全。但愿人长久，千里共婵娟。

该词的"人有悲欢离合，月有阴晴圆缺，此事古难全"，意思是人生本来就有悲欢离合，月亮亦有阴晴圆缺，若想人团圆时，月亮也恰好圆满无缺，这样的好事自古就难以两全。"全"为形容词，其与前面的主语"此事"构成主谓关系，在这里活用为动词，为"成全"或"两全"的意思。

黄庭坚的《清明》：

佳节清明桃李笑，野田荒冢只生愁。
雷惊天地龙蛇蛰，雨足郊原草木柔。
人乞祭余骄妾妇，士甘焚死不公侯。
贤愚千载知谁是，满眼蓬蒿共一丘。

该诗的"人乞祭余骄妾妇，士甘焚死不公侯"，这两句是典故入诗，指古有齐人出入坟墓间乞讨祭食以向妻妾夸耀自己富贵，也有介子推宁可被大火烧死也不愿做官。"骄"为形容词，在这里活用为动词，为意动用法。

陆游的《诉衷情》：

当年万里觅封侯，匹马戍梁州。关河梦断何处？尘暗旧貂裘。
胡未灭，鬓先秋，泪空流。此生谁料，心在天山，身老沧洲。

该词的"尘暗旧貂裘"，意思是貂皮裘上落满灰尘，颜色为之暗淡。这里借用苏秦的典故，暗喻自己不受重用，未能施展抱负。"暗"为形容词，在这里活用为动词，是暗淡的意思。

王安石的《泊船瓜洲》：

京口瓜洲一水间，钟山只隔数重山。
春风又绿江南岸，明月何时照我还？

该诗的"春风又绿江南岸，明月何时照我还"，意思是春风又吹绿了江南岸边景色，皎洁的明月什么时候才能照着我回到家乡呢？"绿"为形容词，在这里活用为动词，为吹绿的意思。

三、形容词活用为名词

形容词常用作定语，也可做表语、补语或状语。在特定的情形下可代替名词使用，以期达到作者所希望的表达效果。例如，杜甫《望岳》中"岱宗夫如何？齐鲁青未了"的"青"字，就是形容词活用为名词，指青翠的山色。

柳永的《八声甘州》：

对潇潇暮雨洒江天，一番洗清秋。渐霜风凄紧，关河冷落，残照当楼。是处红衰翠减，苒苒物华休。唯有长江水，无语东流。

　　不忍登高临远，望故乡渺邈，归思难收。叹年来踪迹，何事苦淹留。想佳人妆楼颙望，误几回、天际识归舟。争知我，倚阑杆处，正恁凝愁！

该词的"不忍登高临远，望故乡渺邈，归思难收"，意思是不忍心登高遥望远方，眺望渺茫遥远的故乡，归家的心思难以收拢。"高"和"远"都是形容词，这里活用为名词，分别是处在高处和远处的意思。

苏轼的《江城子·密州出猎》：

　　老夫聊发少年狂，左牵黄，右擎苍，锦帽貂裘，千骑卷平冈。为报倾城随太守，亲射虎，看孙郎。
　　酒酣胸胆尚开张，鬓微霜，又何妨！持节云中，何日遣冯唐？会挽雕弓如满月，西北望，射天狼。

该词的"老夫聊发少年狂，左牵黄，右擎苍"，意思是我姑且抒发一下少年的豪情壮志，左手牵着黄犬，右臂托起苍鹰。"黄"和"苍"都是形容词，在这里活用为名词，分别指黄犬和苍鹰。

龚自珍的《己亥杂诗》：

　　浩荡离愁白日斜，吟鞭东指即天涯。
　　落红不是无情物，化作春泥更护花。

该诗的"落红不是无情物，化作春泥更护花"，意思是飘落的花儿并非无情无义的东西，残花在地化作春泥以后，会更加滋养和呵护花儿。"红"为形容词，在这里化用为名词，为红花的意思。

四、动词的活用

动词表示事物或人的动作、行为、心理活动等发生动态变化或其处在某种状态中。通常及物动词带宾语，不及物动词不带宾语。如果不及物动词后面带宾语，且句子主语有"使宾语如何"的意思，此情形下，该不及物动词就活用为及物动词，即语法中的使动用法。使动用法是指谓语动词"使宾语怎么样"的意思。

杜甫的《春望》：

> 国破山河在，城春草木深。
> 感时花溅泪，恨别鸟惊心。
> 烽火连三月，家书抵万金。
> 白头搔更短，浑欲不胜簪。

该诗的"感时花溅泪，恨别鸟惊心"，意思是感伤国事，百花绽放使人落泪不已，亲人离散，鸟鸣使人心惊。"溅"和"惊"都是使动用法。

秦观的《踏莎行·郴州旅舍》：

> 雾失楼台，月迷津渡。桃源望断无寻处。可堪孤馆闭春寒，杜鹃声里斜阳暮。
> 驿寄梅花，鱼传尺素。砌成此恨无重数。郴江幸自绕郴山，为谁流下潇湘去。

该词的"雾失楼台，月迷津渡"，意思是浓雾弥漫，楼台消失在浓雾中；月色朦胧，渡口也隐隐约约，让人看不清楚。"失"和"迷"都是使动用法。

辛弃疾的《西江月·夜行黄沙道中》：

> 明月别枝惊鹊，清风半夜鸣蝉。稻花香里说丰年，听取蛙声一片。
> 七八个星天外，两三点雨山前。旧时茅店社林边，路转溪桥忽见。

该词的"明月别枝惊鹊，清风半夜鸣蝉"，意思是明亮的月光使正在栖息的鸟鹊受到惊动，它们飞走了；在清风拂面的深夜，蝉儿不停地鸣叫。"惊"和"鸣"都是使动用法。

岑参的《白雪歌送武判官归京》：

> 北风卷地白草折，胡天八月即飞雪。
> 忽如一夜春风来，千树万树梨花开。
> 散入珠帘湿罗幕，狐裘不暖锦衾薄。
> 将军角弓不得控，都护铁衣冷难着。
> 瀚海阑干百丈冰，愁云惨淡万里凝。

中军置酒饮归客，胡琴琵琶与羌笛。
纷纷暮雪下辕门，风掣红旗冻不翻。
轮台东门送君去，去时雪满天山路。
山回路转不见君，雪上空留马行处。

该诗的"中军置酒饮归客，胡琴琵琶与羌笛"，意思是主帅在帐中摆酒为武判官归京饯行，胡琴、琵琶、羌笛一起合奏来助兴。"饮"通常与酒组词，是及物动词。在这里"饮"字后面带的是"归客"，而不是通常的"酒"字，是"使归客饮酒"的意思，属于使动用法。

岑参的另一首诗《奉和中书舍人贾至早朝大明宫》：

鸡鸣紫陌曙光寒，莺啭皇州春色阑。
金阙晓钟开万户，玉阶仙仗拥千官。
花迎剑珮星初落，柳拂旌旗露未干。
独有凤凰池上客，阳春一曲和皆难。

该诗的"金阙晓钟开万户，玉阶仙仗拥千官"，意思是宫里的晓钟刚刚敲过，宫殿里千门万户一齐打开，天子的仪仗排列在白玉台阶的两边，簇拥着进入朝堂的百官。"开"是使千门万户打开的意思，属于使动用法。

杜甫的《咏怀古迹五首》（其五）：

诸葛大名垂宇宙，宗臣遗像肃清高。
三分割据纡筹策，万古云霄一羽毛。
伯仲之间见伊吕，指挥若定失萧曹。
运移汉祚终难复，志决身歼军务劳。

该诗的"伯仲之间见伊吕，指挥若定失萧曹"，意思是诸葛亮的才华与伊尹、吕尚相比，难分高下，其指挥千军万马的军事才能，远胜萧何、曹参。"失"不是失去的意思，而是"使萧曹逊色"的意思，属于使动用法。

第七章

诗词的修辞

第一节　比　喻

　　修辞是指运用一切语言技巧和手段，来提升语言表达效果，抒发诗人的思想感情，去感染并影响读者。诗词不像散文，它受到字数的严格限制，故其不得不采用高度凝练的词句、回复往还的旋律及一切可能的修辞手段去增强其表达效果。修辞的手段多种多样，通常有比喻、夸张、拟人、互文、双关、借代、通感等。

　　比喻是一种常用的修辞手法，南宋朱熹云"以彼物比此物"谓之比，俗称"打比方"。简言之，由于甲事物与乙事物有某方面的相似之处，故用乙事物来描写或说明甲事物。比喻的结构由本体（被比喻的事物）、喻体（做比方的事物）和比喻词三部分组成。比喻主要有明喻、隐喻和借喻三种。

　　一、明喻，就是用甲事物比拟乙事物，喻词连接本体和喻体。喻词有"如""若""似"等。如李贺的《马诗二十三首》（其五）：

　　　　大漠沙如雪，燕山月似钩。
　　　　何当金络脑，快走踏清秋。

　　该诗的"大漠沙如雪，燕山月似钩"，意思是在连绵不断的燕山上，明月当空；茫茫大漠，在月光下像是白雪铺地。弯弯的月亮像一把弯刀悬挂在空中。在月亮的映衬下，诗人把大漠的沙比喻成"雪"，把燕山的月比喻成"弯刀"。"钩"是一种弯刀，是古代的一种武器。

　　李白《北风行》中的"燕山雪花大如席，片片吹落轩辕台"，意思是燕山的雪花特别大，宛如一张张竹席，片片雪花从空中飘落，覆盖在轩辕台上。诗人把"雪"比喻成竹席。

白居易的《暮江吟》：

一道残阳铺水中，半江瑟瑟半江红。
可怜九月初三夜，露似真珠月似弓。

该诗的"可怜九月初三夜，露似真珠月似弓"，意思是可爱的是那九月初三的晚上，露珠似美丽的珍珠，新月形如弯弯的弓箭一样。这里诗人把露珠比喻为珍珠，把月亮比喻为弓箭。

二、隐喻，又称暗喻，是指不用喻词，直接将甲事物说成是乙事物。五代牛希济的《生查子·新月曲如眉》：

新月曲如眉，未有团圆意。红豆不堪看，满眼相思泪。
终日劈桃穰，仁在心儿里。两朵隔墙花，早晚成连理。

该词的"新月曲如眉，未有团圆意。红豆不堪看，满眼相思泪"，意思是月亮弯弯如眉毛，不知道什么时候亲人才能团圆？不忍心看红豆，看到红豆，就忍不住流下相思泪。此处"新月曲如眉"是明喻，而诗人把红豆比喻为相思则属隐喻。在传统文人的笔下，习惯把红豆视为相思的代名词。

杨万里《插秧歌》中的"笠是兜鍪蓑是甲，雨从头上湿到胛"，意思是斗笠做头盔，蓑衣做盔甲，雨水从头流入脖颈沾湿肩膀。"兜鍪"原是战士的头盔；"甲"是战士的盔甲。这里诗人把"兜鍪"隐喻为斗笠，把"甲"隐喻为蓑衣。

刘禹锡的《望洞庭》：

湖光秋月两相和，潭面无风镜未磨。
遥望洞庭山水翠，白银盘里一青螺。

该诗的"遥望洞庭山水翠，白银盘里一青螺"，意思是远远眺望洞庭湖山水苍翠，好似白银盘里托着一枚青螺。这里的"白银盘"隐喻洞庭湖泛光的水面，"青螺"隐喻洞庭湖中凸起的山。

王安石《寄王逢原》中的"申韩百家爇火起，孔子大道寒于灰"，意思是申不害、韩非子等法家学说如火如荼时，孔子的儒家学说已经门庭冷落，比冷灰更冷。这里把儒家学说隐喻为冷灰。

三、借喻，是以喻体来代替本体，本体和喻词都不出现，直接把甲（本体）说成乙（喻体）。借喻中由于只有喻体出现，所以能产生更加深厚、含蓄的表达效果，同时也使语言更加简洁。

如岑参《白雪歌送武判官归京》中的"忽如一夜春风来，千树万树梨花开"，意思是仿佛一夜之间春风吹来，树枝上挂满的冰雪如梨花争相开放。这里用"梨花"代指白雪。

欧阳修《蝶恋花》中的"泪眼问花花不语，乱红飞过秋千去"，意思是泪眼汪汪问落花可知道我的心意？但落花沉默不语，落花随风飞到秋千外。这里的"乱红"代指飞花。

周邦彦《兰陵王》中的"柳阴直，烟里丝丝弄碧"，意思是中午柳树的阴影垂直落下，在雾霭中，丝丝柳枝随风摆动。这里用"弄碧"来代指柳枝。

元好问《骤雨打新荷·绿叶阴浓》中的"骤雨过，似琼珠乱撒，打遍新荷"，意思是骤雨来临，雨滴像乱撒的珍珠，噼噼啪啪地落在荷叶上。这里用"琼珠"代指雨珠。

陶渊明《归园田居》中的"久在樊笼里，复得返自然"，意思是我久困于官场中毫无自由，今日总算又归返田园隐居。这里的"樊笼"代指官场生活。

如果从喻体的数量来划分，又可分为单喻和博喻。前面所举的例子都是单喻。博喻是使用多个喻体对本体的不同侧面进行描写和说明。博喻可以增强表达的气势和艺术感染力，从不同的角度来表现和说明本体的多个特征。由于喻词的不同，博喻可以是明喻、隐喻或者借喻等。

贺铸的《青玉案》：

> 凌波不过横塘路。但目送、芳尘去。锦瑟华年谁与度。月桥花院，琐窗朱户。只有春知处。
>
> 飞云冉冉蘅皋暮。彩笔新题断肠句。若问闲情都几许。一川烟草，满城风絮。梅子黄时雨。

该词的"一川烟草，满城风絮。梅子黄时雨"，这三句承接上一句"若问闲情都几许"。意思是我满腹的闲愁就像遍地如烟的春草，就像那随风飘转的柳絮，就像那梅子黄熟时的雨水连绵不断。作者接连用"烟草""风絮""梅雨"三个喻体对"闲愁"进行形容。罗大经曾评论该词："盖以三者比愁之多，尤为神奇。兼兴中有比，意味深长。"贺铸因这首词而获得"贺梅子"的雅称。

苏轼的《百步洪二首》（其一）：

长洪斗落生跳波，轻舟南下如投梭。
水师绝叫凫雁起，乱石一线争磋磨。
有如兔走鹰隼落，骏马下注千丈坡。
断弦离柱箭脱手，飞电过隙珠翻荷。
四山眩转风掠耳，但见流沫生千涡。
崄中得乐虽一快，何意水伯夸秋河。
我生乘化日夜逝，坐觉一念逾新罗。
纷纷争夺醉梦里，岂信荆棘埋铜驼。
觉来俯仰失千劫，回视此水殊委蛇。
君看岩边苍石上，古来篙眼如蜂窠。
但应此心无所住，造物虽驶如吾何。
回船上马各归去，多言譊譊师所呵。

该诗的"长洪斗落生跳波，轻舟南下如投梭。水师绝叫凫雁起，乱石一线争磋磨"是描写湍急的长洪，浪涛翻滚，惊涛拍岸。舟行其间，就像投掷梭子一样，就连驾船的水手，也会不停地惊叫，水边的野鸭因此受惊而飞向天空。汹涌的急流，和乱石互相撞击，发出轰鸣的声响。该诗的"有如兔走鹰隼落，骏马下注千丈坡。断弦离柱箭脱手，飞电过隙珠翻荷"描写这飞舟有如狡兔的疾跑，如鹰隼的俯冲，如骏马奔腾下险坡，如断弦离柱，如飞箭脱手，如闪电从缝隙中划过，如荷叶上的水珠翻落。诗人接连用"投梭""凫雁""兔走""鹰隼落""骏马下坡""断弦""箭脱手""飞电""珠翻荷"等多个喻体来形容"轻舟南下"的壮观景象，把被描写的对象形容得淋漓尽致。

第二节 夸 张

夸张俗话说就是言过其实，就是作者运用想象力，抒发某种强烈的思想感情，对事物的形象、特征、程度等方面有意夸大或缩小的修辞方式。夸张需要运用丰富的想象力，李白就是这方面的行家里手，他非常擅长使用夸张的艺术手法。如其在《蜀道难》"蜀道难，难于上青天"，用"难于上青天"来说明蜀道崎岖难行。

李白的《望庐山瀑布》：

> 日照香炉生紫烟，遥看瀑布挂前川。
> 飞流直下三千尺，疑是银河落九天。

该诗的"飞流直下三千尺，疑是银河落九天"，是对瀑布的长度、气势做了大胆的夸大，瀑布像是银河从九天飞流而下，气势磅礴，给人留下深刻的印象。

李白的《秋浦歌十七首》（其十五）：

> 白发三千丈，缘愁似个长。
> 不知明镜里，何处得秋霜。

该诗的"白发三千丈，缘愁似个长"，意思是因为愁思才使得白发长达三千丈。把白发形容得这么长，确实有点匪夷所思，但是和愁字联系在一起，又让人觉得合情合理，没有荒唐之感，反而充满了艺术气息。这句和李煜的"问君能有几多愁？恰似一江春水向东流"有异曲同工之妙。

李白《将进酒》中的"烹羊宰牛且为乐，会须一饮三百杯"，意思是我们烹羊宰牛姑且作乐，一次痛饮三百杯也不为多！痛饮三百杯无疑是夸张的手法。

岳飞《满江红》中的"怒发冲冠，凭栏处、潇潇雨歇"，意思是我的愤怒使得头发直竖起来，冠帽也被头发顶飞。独自登高，凭栏远眺，狂风暴雨刚刚停歇。因金兵入侵，使得宋徽宗、宋钦宗皇帝父子被金兵俘获，作者对此异常愤怒，用夸张的艺术手法来表达其心中的怒火和仇恨。

夸张除了夸大的说辞外，亦有对事物的形象、特征刻意缩小的，如苏轼《念奴娇》中的"羽扇纶巾，谈笑间，樯橹灰飞烟灭"，意思是周瑜手摇羽扇，头戴纶巾，谈笑之间，就把曹操的战船烧得灰飞烟灭。一场战役少说也要耗时数月，在词人眼中"谈笑之间"就把战役解决掉了。

毛泽东《十六字令》中的"惊回首，离天三尺三"，意思是回头一看，山的高度与天的距离竟然只有三尺三寸。这两句可以从两方面理解，从形容山的高度而言，夸大了山的高度；另一方面从山与天的实际距离看，却是大大拉近了它们之间的距离，夸大和缩小的成分皆包含在内。

第三节　拟　人

拟人就是把具体事物人格化，使对象物体具有人的行为特征或思想感情的一种修辞手法。拟人赋予事物生命力，让人觉得文章亲切、生动、活泼。拟人的手法多见于咏物诗词。

杜甫的《绝句漫兴九首》（其二）：

　　手种桃李非无主，野老墙低还似家。
　　恰似春风相欺得，夜来吹折数枝花。

该诗的"恰似春风相欺得，夜来吹折数枝花"，意思是现在春风又来欺凌，一夜之间居然吹折数枝鲜花。诗人用"欺"字来形容春风，把春风人格化。

杜甫的《绝句漫兴九首》（其五）：

　　肠断春江欲尽头，杖藜徐步立芳洲。
　　颠狂柳絮随风去，轻薄桃花逐水流。

该诗的"癫狂柳絮随风去，轻薄桃花逐水流"，诗人把柳絮和桃花人格化，柳絮随着春风到处飞舞，桃花也变得非常轻佻，跟随着流水四处奔流。

陶渊明《归园田居》中的"羁鸟恋旧林，池鱼思故渊"，意思是樊笼里的鸟怀念以前在树林中自由自在的日子，池子里的鱼思念以前自由生活的深潭。诗人赋予了笔下的鸟和鱼以思维能力。

苏轼《新城道中二首》中的"东风知我欲山行，吹断檐间积雨声"，意思是东风知道我要到山里去，吹断了屋檐间数日不停的积雨。"野桃含笑竹篱短，溪柳自摇沙水清"意思是低矮竹篱旁的野桃花含笑绽放，清澈沙溪边的柳条随风飘摇起舞。诗人笔下的"东风""野桃""溪柳"等均人格化。

辛弃疾《贺新郎·甚矣吾衰矣》中的"我见青山多妩媚，料青山见我应如是。情与貌，略相似"，意思是我看那青山妩媚多姿，想必青山看我也是一样。不论性情还是相貌，大抵非常相似。词人笔下的青山已人格化。

李商隐的《无题·相见时难别亦难》：

相见时难别亦难，东风无力百花残。
春蚕到死丝方尽，蜡炬成灰泪始干。
晓镜但愁云鬓改，夜吟应觉月光寒。
蓬山此去无多路，青鸟殷勤为探看。

该诗的"春蚕到死丝方尽，蜡炬成灰泪始干"，意思是春蚕到死才会停止吐丝，蜡烛烧尽时才停止流泪。把蜡炬说成会流泪，属于拟人的修辞手法。

第四节 互 文

互文的意思是上文表面上交代一件事，而与下文交代的事件在意义上彼此互相呼应，相互说明，参互成文，合而见义。换言之，就是完整的一句话，用两句话来说明，上下文文意渗透，互相阐发，互相补充来表达一个完整句子意思的修辞方法。

一、本句互文，是指在一个句子内出现互文，该句中的某些词语文意彼此互见。如白居易的《琵琶行》"主人下马客在船，举杯欲饮无管弦"，这里不是说主人已经下马，客人仍在船上，而是说主人下了马来到船上，客人也下了马一起来到船上。只有主人、客人在一起才能举杯共饮。

如王昌龄的《出塞》：

秦时明月汉时关，万里长征人未还。
但使龙城飞将在，不教胡马度阴山。

"秦时明月汉时关"这句话并不是说秦时的明月汉时的边关，而是"秦汉"要放在一起来翻译，是指秦汉时的明月，秦汉时的山关。该句使用互文的手法，目的是衬托"万里长征人未还"。在遥远边关征战的将士仍未归家，诗人感叹不知有多少将士战死疆场。

杜牧的《泊秦淮》：

烟笼寒水月笼沙，夜泊秦淮近酒家。
商女不知亡国恨，隔江犹唱后庭花。

"烟笼寒水月笼沙"不是说烟雾笼罩着秦淮河水,月色笼罩着秦淮河的沙地。而是烟雾和月色笼罩着秦淮河的水和沙地。

二、邻句互文,是指相邻两句出现互文,上下两句文义交错,相互补充。如刘禹锡的《陋室铭》:

  山不在高,有仙则名。水不在深,有龙则灵。斯是陋室,惟吾德馨。苔痕上阶绿,草色入帘青。谈笑有鸿儒,往来无白丁。可以调素琴,阅金经。无丝竹之乱耳,无案牍之劳形。南阳诸葛庐,西蜀子云亭。孔子云:何陋之有?

该文的"谈笑有鸿儒,往来无白丁",从字面理解为与我谈笑的都是博学之士,与我来往的都不是无知的人。因这两句使用互文的手法,应该理解为与我"谈笑往来"的都是博学之士,没有浅薄无知的人。

曹操的《观沧海》:

  东临碣石,以观沧海。
  水何澹澹,山岛竦峙。
  树木丛生,百草丰茂。
  秋风萧瑟,洪波涌起。
  日月之行,若出其中;
  星汉灿烂,若出其里。
  幸甚至哉!歌以咏志。

该诗的"日月之行,若出其中;星汉灿烂,若出其里",从字面理解为日月的运行仿佛产生于大海中,灿烂的星汉,仿佛产生于大海中。因互文的缘由,应该理解为日、月、星汉皆周天运行,且光辉灿烂,仿佛产生于大海之中。

杜甫的《暮归》:

  霜黄碧梧白鹤栖,城上击柝复乌啼。
  客子入门月皎皎,谁家捣练风凄凄。
  南渡桂水阙舟楫,北归秦川多鼓鼙。
  年过半百不称意,明日看云还杖藜。

该诗的"客子入门月皎皎,谁家捣练风凄凄",从字面理解为我踏着明亮的月色进家门,寒凉的风中传来不知谁家的捣洗熟绢的声音。因互文的缘由,应该理解为在寒凉的风中,在月色皎洁之时,我踏进家门,听见了不知谁家捣洗熟绢的声音。

杜甫的另一首诗《东屯北崦》:

盗贼浮生困,诛求异俗贫。
空村惟见鸟,落日未逢人。
步壑风吹面,看松露滴身。
远山回白首,战地有黄尘。

该诗的"空村惟见鸟,落日未逢人",从字面理解为空荡荡的村子里只看见飞鸟,夕阳西下空无一人。因互文的缘由,应该理解为夕阳西下的空荡荡的村子里,只看到飞鸟,没有看到一个人。

第五节 双 关

双关是指在特定的语言环境下,充分利用文义本身所具有的多种意思或谐音的特点,字面上的意思是说甲事物,背地里的意思却指向乙事物,这种修辞手法叫作双关。

刘禹锡的《竹枝词二首》(其一):

杨柳青青江水平,闻郎江上踏歌声。
东边日出西边雨,道是无晴却有晴。

该诗的"东边日出西边雨,道是无晴却有晴",意思为东边出太阳,西边又刚好下雨,你说这是晴天还是非晴天呢?晴字与"情"谐音,后一句又可以说:这到底有情还是无情呢?

南朝乐府民歌《子夜四时歌》之一:

自从别欢后,叹音不绝响。
黄檗向春生,苦心随日长。

该诗的"黄檗向春生，苦心随日长"，意思是黄檗树在春天里蓬勃生长，树心也每天增长。这里的"苦心"表面看是指树心，诗人用双关的手法，表达其一片苦心，相思成为其绵绵的伤痛和无尽的苦楚。

孟浩然的《裴司士员司户见寻》：

府僚能枉驾，家酝复新开。
落日池上酌，清风松下来。
厨人具鸡黍，稚子摘杨梅。
谁道山公醉，犹能骑马回。

该诗的"厨人具鸡黍，稚子摘杨梅"中，"鸡"是动物，而"杨"是植物，无法形成对仗，但这里的"杨"一语双关，"杨"和"羊"谐音，与"鸡"可以形成动物类对仗。

张九龄的《和黄门卢侍御咏竹》：

清切紫庭垂，葳蕤防露枝。
色无玄月变，声有惠风吹。
高节人相重，虚心世所知。
凤凰佳可食，一去一来仪。

该诗颈联的"高节人相重，虚心世所知"，表面意思是竹子生而有节，节高而外露，竹子的里面是空心的，这是人所尽知。诗人用双关的手法阐明一个道理：人要有高风亮节才能得到尊重，人要虚心才能获得世间的知识。

孟郊的《游子吟》：

慈母手中线，游子身上衣。
临行密密缝，意恐迟迟归。
谁言寸草心，报得三春晖。

该诗通过回忆母亲在儿子临行前缝衣的场景，讴歌母爱的伟大与无私，表达了诗人对母爱的感恩以及对母亲的深情。该诗情感真挚，用朴素的语言，白描的手法，表达母爱的高尚与伟大。千百年来该诗广为传诵，成为讴歌母爱的经典之作。该诗的"谁言寸草心，报得三春晖"，意思是谁说像小草的那点孝心，能报答像春晖普照的慈母恩情？这里"心"表面指小草的根茎，同时又指游子的孝心，一语双关。

韩愈的《游城南十六首·赠同游》：

> 唤起窗全曙，催归日未西。
> 无心花里鸟，更与尽情啼。

该诗的"唤起窗全曙，催归日未西"，意思是早上叫他起床的时候，天色已经完全大亮；下午又急忙催促着他返回，此时夕阳都还没有落向西山。这里的"唤起"和"催归"分别是报春鸟和子规鸟的别称。同时该两动词又保有其本义，指唤起和催归两件事。

第六节 借 代

借代是指不把事物直接说出来，而是寻找与之有密切关系的另一事物来称呼或代替它。陈望道在《修辞学发凡》中说："所说事物纵然同其他事物没有类似点，假使中间还有不可分离的关系时，作者也可借那关系事物的名称，来代替所说的事物。"如前例白居易的《琵琶行》"主人下马客在船，举酒欲饮无管弦"，其中"管弦"原指乐器，这里代指音乐。

辛弃疾的《永遇乐·京口北固亭怀古》：

> 千古江山，英雄无觅，孙仲谋处。舞榭歌台，风流总被，雨打风吹去。斜阳草树，寻常巷陌，人道寄奴曾住。想当年，金戈铁马，气吞万里如虎。
>
> 元嘉草草，封狼居胥，赢得仓皇北顾。四十三年，望中犹记，烽火扬州路。可堪回首，佛狸祠下，一片神鸦社鼓。凭谁问：廉颇老矣，尚能饭否？

该词"想当年，金戈铁马，气吞万里如虎"，赞扬了在京口建立霸业的孙权和率军北伐气吞胡虏的刘裕，表示要像他们一样金戈铁马为国立功。"金戈铁马"代指精锐部队。

文天祥的《过零丁洋》：

> 辛苦遭逢起一经，干戈寥落四周星。
> 山河破碎风飘絮，身世浮沉雨打萍。
> 惶恐滩头说惶恐，零丁洋里叹零丁。
> 人生自古谁无死？留取丹心照汗青。

该诗是宋代大臣文天祥在1279年经过零丁洋时所作的诗作。诗人回顾由科举入仕的艰难困苦，表达了诗人对国家危在旦夕的惶恐心情及坚决抵抗外敌入侵的决心。全诗表现了慷慨激昂的爱国热情和视死如归的高风亮节。"留取丹心照汗青"的"汗青"，本指古代用竹简写字，先用火烤干竹中的水分，干后易写而且不受虫蛀。这里的"汗青"代指史册。

孟浩然的《过故人庄》：

> 故人具鸡黍，邀我至田家。
> 绿树村边合，青山郭外斜。
> 开轩面场圃，把酒话桑麻。
> 待到重阳日，还来就菊花。

该诗描绘山村风光和田园生活，用语朴实无华，叙事简洁流畅，没有刻意渲染的痕迹，诗人感情真挚，诗意隽永，颇有"清水出芙蓉，天然去雕饰"之风格，从而成为自唐代以来田园诗中的佳作。"把酒话桑麻"中的桑麻，本指桑树和麻，这里代指农事。

李白的《古风·羽檄如流星》：

> 羽檄如流星，虎符合专城。
> 喧呼救边急，群鸟皆夜鸣。
> 白日曜紫微，三公运权衡。
> 天地皆得一，澹然四海清。
> 借问此何为，答言楚征兵。
> 渡泸及五月，将赴云南征。
> 怯卒非战士，炎方难远行。
> 长号别严亲，日月惨光晶。
> 泣尽继以血，心摧两无声。

困兽当猛虎，穷鱼饵奔鲸。
千去不一还，投躯岂全身。
如何舞干戚，一使有苗乎。

此诗的开篇即直接了描写当时的战事状况，全国各地被战争前的恐慌气氛所笼罩，民众惊慌不安。"羽檄"像夜空里的流星一样快速地飞来，形容当时军情紧急，战前形势异常紧张。诗人虽没有直接描写血腥的战斗场面，通过一句"羽檄如流星"渲染了战前紧张的氛围，诗人用词绮丽、大气，扣人心弦。"羽檄"指上插羽毛的征调军队的文书，这里代指军情。

贺铸的《减字浣溪沙·楼角初销一缕霞》：

楼角初销一缕霞，淡黄杨柳暗栖鸦。玉人和月摘梅花。
笑捻粉香归洞户，更垂帘幕护窗纱。东风寒似夜来些。

该词在景物描写中，由红楼、金霞、淡黄杨柳、黑鸦、皎洁的月光、绚丽的梅花等多个意象织成了一幅美丽的图画。接下来由外院写至内室，佳人由院子回到了室内。她采罢梅花，面含微笑，轻轻拈动花枝回房去了。"笑捻粉香归洞户"，这句承接上一句"玉人和月摘梅花"。这里的"粉香"代指梅花。

古诗词中，使用借代手法的例子还有很多，如：

1. 今夜还先醉，应烦红袖扶。（白居易《对酒吟》）

红袖代指美人。

2. 冀马燕犀动地来，自埋红粉白成灰。（李商隐《马嵬》）

红粉代指美人。

3. 痛哭六军俱缟素，冲冠一怒为红颜。（吴伟业《圆圆曲》）

红颜代指美人。

4. 荡子从军事征战，蛾眉婵娟守空闺。（高适《塞下曲》）

161

蛾眉代指美人。

5. 回眸一笑百媚生，六宫粉黛无颜色。（白居易《长恨歌》）

粉黛代指美人。

6. 我堂堂须眉，诚不若彼裙钗。（曹雪芹《红楼梦》）

须眉代指男子。

7. 一日声名遍天下，满城桃李属春官。（刘禹锡《宣上人远寄和礼部王侍郎放榜后诗因而继和》）

桃李代指学生。

8. 朱门酒肉臭，路有冻死骨。（杜甫《自京赴奉先咏怀五百字》）

朱门代指权贵豪门。

9. 何以解忧，唯有杜康！（曹操《短歌行》）

杜康代指酒。

第七节　通　感

通感是对客观事物的各种体验进行"乾坤大转移"，如视觉、嗅觉、味觉、触觉、听觉等相互挪移，彼此融会贯通，将原本形容甲感觉的词语挪移用来表示乙的感觉，各种感觉交相为用，突破人们惯常的思维习惯，同时又让人觉得该新意象具有某种程度的合理性，从而获得一种具有新奇体验的修辞方法。钱锺书的《通感》中说："在日常经验里，视觉、嗅觉、味觉、触觉、听觉往往可以彼此打通或交通，眼、耳、鼻、舌、身各个官能的领域可以不分界线。颜色似乎会有温度，声音似乎会有形象，冷暖似乎会有重量，气味似乎会有体质。"通感可以使读者调动各种感官参与审美对象的体验和感悟，提升审美情趣。

李白的《与史郎中钦听黄鹤楼上吹笛》：

  一为迁客去长沙，西望长安不见家。
  黄鹤楼中吹玉笛，江城五月落梅花。

诗人在黄鹤楼上听到优美的笛声，仿佛在五月的江城中看到纷纷飘落的梅花。梅花是寒冬开放的，江城五月，当然看不到梅花。诗人由优美的笛声联想到冷傲的梅花，由现实中的听觉挪移到想象中的视觉。虽说梅花在文人笔下象征着品行高洁，但毕竟给人一种凛然生寒的感觉。诗人在其被贬期间作此诗，他用梅花来映衬自己的冷落心情，借梅花渲染愁思和悲凉，恰到好处。诗人用通感的手法，烘托出诗的意境之美，神韵悠扬，让人回味无穷。

李贺的《天上谣》：

  天河夜转漂回星，银浦流云学水声。
  玉宫桂树花未落，仙妾采香垂珮缨。
  秦妃卷帘北窗晓，窗前植桐青凤小。
  王子吹笙鹅管长，呼龙耕烟种瑶草。
  粉霞红绶藕丝裙，青洲步拾兰苕春。
  东指羲和能走马，海尘新生石山下。

该诗的"天河夜转漂回星，银浦流云学水声"，意思是夜里天上银河群星闪耀并在不停地运转中，银河上的流云，模仿着叮咚作响的水声。诗人想象力丰富，具有很强的浪漫主义气息。诗人被璀璨的群星所吸引，对神话小说进行再加工、创作，想象出各种美妙的仙境。诗中所提及的很多情节，都源自神话传说中的内容。其中"银浦流云学水声"使用了通感的手法，流云是视觉，水声是听觉。视觉和听觉在这里交通挪移，使得诗风清新瑰丽。

林逋的《山园小梅二首》（其一）：

  众芳摇落独暄妍，占尽风情向小园。
  疏影横斜水清浅，暗香浮动月黄昏。
  霜禽欲下先偷眼，粉蝶如知合断魂。

幸有微吟可相狎,不须檀板共金樽。

诗人用饱蘸深情的笔触来描写梅花冰清玉洁的品性和凌寒傲霜不畏艰难的特性,以梅花暗喻自己品性高洁和特立独行。"众芳摇落独暄妍,占尽风情向小园"意思是百花凋零的寒冬,梅花却迎着凛冽的寒风独自盛开,它那妩媚绚丽的风姿把小园的风光占尽。"疏影横斜水清浅,暗香浮动月黄昏"意思是稀稀落落的梅枝影儿,横斜在浅浅的清水中,那清幽的芳香在黄昏的月光之下不停地飘向远方。其中"暗"是视觉,"香"是嗅觉,"浮动"是视觉,诗人运用通感的手法,把三种感觉进行交通挪移,达到意想不到的艺术效果。

杜甫的《严郑公宅同咏竹》:

绿竹半含箨,新梢才出墙。
色侵书帙晚,阴过酒樽凉。
雨洗娟娟净,风吹细细香。
但令无剪伐,会见拂云长。

松竹梅,被人们称为"岁寒三友"。三者寓意都是高风亮节和孤傲清高,因历来文人墨客或多或少都有点清高,故大多喜欢以松竹梅自喻。历来留下咏竹之作,可谓汗牛充栋。杜甫的《严郑公宅同咏竹》,以"竹"为吟咏对象,托物言志,耐人寻味。诗的首联即写出竹子的勃勃生机。新竹的一半穿破笋壳,枝梢刚刚伸出墙头,写出了新竹的娇嫩,写出了新竹的风采。尾联和首联互相映衬,指出竹子若不遭遇砍伐,必定能直上云霄。诗人托物言志,呼吁统治者呵护人才,让人才有良好的成长环境,不要干摧残人才的事情。颈联的"雨洗娟娟净,风吹细细香",意思是竹子经雨水洗过后显得纤尘不染,微风吹来,可以闻到阵阵的清香。其中"雨洗"是视觉,"细细香"是嗅觉。这两种感觉实现了交通挪移,读起来让人感到兴趣盎然、身心愉悦。

白居易的《琵琶行》:

大弦嘈嘈如急雨,小弦切切如私语。
嘈嘈切切错杂弹,大珠小珠落玉盘。
间关莺语花底滑,幽咽泉流冰下难。
冰泉冷涩弦凝绝,凝绝不通声暂歇。
别有幽愁暗恨生,此时无声胜有声。

> 第七章 诗词的修辞

> 银瓶乍破水浆迸,铁骑突出刀枪鸣。
> 曲终收拨当心画,四弦一声如裂帛。
> 东船西舫悄无言,唯见江心秋月白。

白居易在被贬官期间,在浔阳江码头送别友人,偶遇一位技艺超群的歌姬,这位歌姬年轻时曾红极一时,年纪大时又被抛弃。诗人非常同情歌姬的遭遇,结合自己的经历,创作出这首千古流芳的《琵琶行》。诗人在这里用了一系列的生动比喻来形容琵琶声音,大弦声音沉重抑扬仿佛狂风骤雨,小弦急切轻幽如人窃窃私语。"嘈嘈声""切切声"相互交错地弹奏,就像大小的珍珠纷纷掉落玉盘发出的声音。时而像黄鹂鸟在花下婉转悠扬地歌唱,时而又像泉水在冰下流动那样滞涩不顺畅。时而好像冰泉冷涩琵琶声开始变得凝结,凝结后声音渐渐地中断。像有一种愁思幽恨从心中升腾,此时场景变得悄无声息,却比有声音时更加吸引人。倏然琵琶的声音又似银瓶砸破,水浆溅地。又像杀出一队铁骑,刀枪猛烈撞击发出震耳欲聋的声响。诗人用了"大珠小珠""间关莺语""幽咽泉流""银瓶乍破""水浆迸""铁骑刀枪"等比喻,把抽象的音乐变成听觉和视觉的交通挪移,提升了作品的形象,增强了表达的深度,诱发了读者的联想和想象空间,使得诗意隽永。

唐珙的《题龙阳县青草湖》:

> 西风吹老洞庭波,一夜湘君白发多。
> 醉后不知天在水,满船清梦压星河。

该诗的"醉后不知天在水,满船清梦压星河",字面意思是秋风不停地吹,让洞庭湖水衰老得很快。一夜愁思,湘君增加了许多白发。醉后我忘却了水中的星辰只是倒影。在清朗的梦中,我徜徉在星河上。传说中的湘君是指舜帝。屈原的《九歌·湘夫人》大意是湘君按照约定与湘夫人会面,但他没有等到湘夫人的到来,故他愁思满腹。湘君已经成为神仙,神仙当然不会老,这里作者用借喻的手法,暗喻自己愁苦,自己的白发增多。"醉后"视觉,作者醉得已分不清天在水上还是船在天上。"压"是触觉,"星河"又是视觉,作者在这里使用通感的手法,让视觉与触觉交错,构思奇特,尤其是"满船清梦压星河"这一句,已成为千古名句,读后让人浮想联翩,乐趣弥永,余音绕梁。

165

第八章

诗词的写作

第一节 诗词的章法

　　章法亦称结构。诗词的章法是指诗词篇章结构的方法，是诗词谋篇布局所要遵守的技法和规则。沈德潜在《说诗晬话》中云："诗贵性情，亦须论法，杂乱无章非诗也。然所谓法者，行其所当行，止其所当止，起伏照应，承接转换，自神明变化于其中矣。若泥定此处应如何，彼处应如何，不以意运法，转以意从法，则死法矣。试看天地间流水云柱，月到风来，何处看得死法。"这句话大意是诗词要遵循一定的方法，但不要拘泥于方法，应根据具体情况而随机应变，这与兵法上的"运用之妙，存乎一心"有异曲同工之处。

一、起承转合法

　　范德机在《吟法玄微》云："以律诗论之，首句是起，二句是承，中二联则衬贴题目，如经义之大讲，七句则转，八句则合耳。"刘熙载在《艺概》云："起承转合四字，起者，起下也，连合亦起在内；合者，合上也，连起亦合在内，中间用承用转，皆兼顾起合也。"所谓的"起"是指诗的开头，引领主题；"承"是承前启后，承接上一联，同时为下联进行铺垫和蓄势；"转"可以理解为峰回路转，是在思路上进行转化，是"形转而意不转"，进一步深化主题，表现形式或为情境转换，或为事理转换，由此时、此地转换为彼时、彼地等；"合"是整合总结，古人要求"言虽止而意无穷"，画龙点睛，引人遐思，余韵悠长。通常律诗以首联为"起"，颔联为"承"，颈联为"转"，尾联为"合"。

　　司空曙的《喜外弟卢纶见宿》：

　　　　静夜四无邻，荒居旧业贫。（起）

雨中黄叶树，灯下白头人。（承）
以我独沉久，愧君相见频。（转）
平生自有分，况是蔡家亲。（合）

这首诗的首联为起句，描写静夜的荒野，四处没有邻居，诗人孤苦贫穷。颔联承接上一句，进一步描写寒雨中的黄叶，孤灯映衬着白发，把孤苦白发老翁的形象刻画出来。颈联转到诗人对表弟的来到表示欣喜，同时又因自己的落魄而深感愧疚。尾联为合句，表示诗友之间的交往频繁颇有情谊，何况咱们还是表亲。蔡家亲是典故，表示两家是表亲。"雨中黄叶树，灯下白头人"对仗工整，成为千古名句。王维有结构和意境类似的诗句，如其《秋夜独坐》中"雨中山果落，灯下草虫鸣"，该两句纯属描写景物，没有运用比兴，故其无论是影响力还是艺术表现手法均逊于司空曙。

李绅的《悯农二首》（其一）：

春种一粒粟，（起）
秋收万颗子。（承）
四海无闲田，（转）
农夫犹饿死。（合）

这是一首揭示社会不公平，同情劳苦大众的绝句。诗人道出农民即便再辛苦劳作，都有被饿死的现象。该主题和杜甫的"朱门酒肉臭，路有冻死骨"如出一辙。该绝句紧扣"悯农"这个主题。第一句为起句直接引题，春天只要播下一颗种子，秋天就可以收获很多粮食；第二句收获粮食为承接上一句；第三句为转句，强调普天之下没有荒废的田地，围绕"悯农"这个主题，这是对前两句的深化；第四句为合句，直接道出诗人所要揭示的不公平的社会现象。

王昌龄的《闺怨》：

闺中少妇不知愁，（起）
春日凝妆上翠楼。（承）
忽见陌头杨柳色，（转）
悔教夫婿觅封侯。（合）

这是描写少妇心理变化的闺怨诗。唐朝时除科举考试外，从军也是"觅封侯"的重要手段。开篇即点名少妇因年少无知,未曾有过相思离别的经历。第二句点明其梳妆打扮上"翠楼"的目的是赏春。第三句是本诗的"诗眼",是转句。古代有折柳赠别的传统,少妇看见"杨柳",离愁别恨涌上心头。用"忽见"来强调少妇的心理变化,为下句做了铺垫。合句道出少妇"悔恨"的心理,至于为什么悔恨?诗人不去触及,留给读者去思考,显得诗意隽永。

杜牧的《商山麻涧》:

云光岚彩四面合,柔柔垂柳十馀家。(起)
雉飞鹿过芳草远,牛巷鸡埘春日斜。(承)
秀眉老父对樽酒,蒨袖女儿簪野花。(转)
征车自念尘土计,惆怅溪边书细沙。(合)

这首诗首联为起句,描写山村的景象,山岚云气在山间弥漫,垂柳边有十多家农户。颔联为承句,接着描写野鸡飞奔,野鹿在远方的芳草地里撒欢,村里的牛、鸡沐浴在春天的斜阳里。颈联为转句,从景物的描写转到对人事的叙述。尾联为合句,抒发自己的感情。诗人深感舟车劳顿,总是不停奔波,心里惆怅不已,在小溪的细沙里信手涂鸦。

杜牧的《清明》:

清明时节雨纷纷,(起)
路上行人欲断魂。(承)
借问酒家何处有?(转)
牧童遥指杏花村。(合)

这是一首脍炙人口的绝句,其中的"借问酒家何处有,牧童遥指杏花村"是千古名句。该绝句的第一句为起句,交代时间、情景、环境。第二句为承句,描写路上的行人在淫雨霏霏的天气中心情郁闷、神情凄迷。第三句为转句,诗人笔锋一转,欲借酒解愁,询问当地人何处可以买到酒。第四句为合句,牧童指向杏花深处的方向。该句似乎轻描淡写,却是全诗的点睛之笔,意味深长。

郑板桥的《咏雪》:

一片两片三四片,(起)
五六七八九十片。(承)

千片万片无数片，（转）

飞入梅花都不见。（合）

这首诗语言非常质朴和口语化，第一句为起句，第二句承接上一句。第三句从十片八片一下子转到无数片，是个由量变到质变的过程。该诗第四句诗意方显，无数的雪花落入梅花丛中，傲雪梅花的形象凸显。乾隆皇帝有首模仿郑板桥的诗，名为《飞雪》："一片一片又一片，两片三片四五片。六片七片八九片，飞入芦花都不见。"乾隆皇帝是中国历史上写诗最多的诗人，一生写了四万多首诗。

二、起承继转合法

如果律诗的颈联没有思路上的转折，而是在承句的基础上继续发挥和延伸，那么颈联就是继句，而非转句。由于律诗只有四联，亦即转合句都放在尾联，这种方法叫起承继转合法。

韦应物的《赋得暮雨送李胄》：

楚江微雨里，（起）

建业暮钟时。（起）

漠漠帆来重，（承）

冥冥鸟去迟。（承）

海门深不见，（继）

浦树远含滋。（继）

相送情无限，（转）

沾襟比散丝。（合）

这首诗的首联为起句，描写楚江在茫茫的微雨中，建业城正在敲响黄昏的暮钟。接下来颔联为承句，描写江面上千帆齐发，帆影重重，黄昏时的鸟儿似乎不愿归巢。颈联没有思路上的转折，是继句，描写长江水流向远方，海门深远不见，岸边的树包含雨滴的滋润。尾联第一句为转句，表明送别朋友之情谊，可谓情深义重。尾联第二句是合句，泪水沾湿了衣服，像江面上的雨丝那样纷纷不停。散丝是指雨丝，这里比喻流泪。

李商隐的《泪》：

永巷长年怨绮罗，（起）
离情终日思风波。（起）
湘江竹上痕无限，（承）
岘首碑前洒几多。（承）
人去紫台秋入塞，（继）
兵残楚帐夜闻歌。（继）
朝来灞水桥边问，（转）
未抵青袍送玉珂。（合）

　　这首诗首联为起句，描写失宠的宫妃和在家担心出远门游子安危的母亲。颔联为承句，接着描写湘妃竹上的泪痕难以数清，在岘首碑前，老百姓不知洒下多少热泪。颈联在前面典故的基础上，继续描写昭君出塞和项羽四面楚歌的景象，故颈联为继句。尾联第一句为转折，思路从回忆中抽离，回到现实。诗人早上来到灞水桥边感叹不已。尾联第二句为合句，意思是前面叙述那么多催人泪下的典故，都比不上寒士相送达官贵人那么难堪不已、黯然神伤。这里的"青袍"指寒士，"玉珂"指达官贵人。

　　郑谷的《鹧鸪》：

暖戏烟芜锦翼齐，（起）
品流应得近山鸡。（起）
雨昏青草湖边过，（承）
花落黄陵庙里啼。（承）
游子乍闻征袖湿，（继）
佳人才唱翠眉低。（继）
相呼相应湘江阔，（合）
苦竹丛深日向西。（合）

　　这首诗通过描写鹧鸪的形貌和特性，以物言志，表达诗人思归心切的主题。首联为起句，描写鹧鸪在烟雾茫茫的平地里展翅嬉戏，猜想其品性应该和山鸡差不多。颔联为承句，在黄昏的烟雨中从青草茵茵的湖边飞过，花落时节又在黄陵庙里啼叫不已。颈联从对鹧鸪的描写中回到对人事的叙述。意思是在外的游子听到鹧鸪鸟的啼鸣，禁不住流下思乡的泪水，佳人唱起充满相思的《山鹧鸪》，翠眉不禁低垂下来。颈联虽在写人，但这联不论是写听到鹧鸪鸟的声音，还是写听到佳人的歌唱，都没有离开声音两字，是在"花落黄陵庙里啼"的基础上进一步抒发，故该联为继句。尾联为合句，意思为在宽阔的湘江上，鹧鸪鸟的声音此起彼伏，似乎是在相互呼应，太阳落山，已照在它们栖息的苦竹深处。言虽尽而意无穷，诗人托物言志，鹧鸪鸟在苦竹上筑巢栖息，从而引出踯躅独行的游子羁旅相思之愁。

李白的《谢公亭·盖谢朓范云之所游》：

谢公离别处，（起）
风景每生愁。（起）
客散青天月，（承）
山空碧水流。（承）
池花春映日，（继）
窗竹夜鸣秋。（继）
今古一相接，（合）
长歌怀旧游。（合）

这首诗首联是起句，意思是谢公送别友人的亭子至今还在，目睹景物不免生出愁思来。颔联为承句，当年送别的场景不复存在，依旧是亭上孤月高悬中天，山野空旷，碧水东流。颈联描写池中的花在春天的太阳下盛开，窗外的竹子在秋天里发出声响。这句继续描写外在的景物，为继句。尾联为合句，诗人在精神世界与古人产生共鸣，他对谢公亭的追思遐想，表现出诗人欲与古人神游的志趣情怀，与传统诗歌中的思古幽情大异其趣。

刘长卿的《登馀干古县城》：

孤城上与白云齐，（起）
万古荒凉楚水西。（起）
官舍已空秋草绿，（承）
女墙犹在夜乌啼。（承）
平江渺渺来人远，（继）
落日亭亭向客低。（继）
飞鸟不知陵谷变，（合）
朝来暮去弋阳溪。（合）

这首诗是吊古伤今之作。诗人描绘的是荒凉的古城，借物怀古，缅怀历史，引人感伤沉思。该诗首联为起句，意思是余干城似乎有白云那么高，古城临水而筑，现在变得非常荒凉，矗立在越国的西边。颔联为承句，描写古城的官舍早已湮没在秋天的荒草丛中，女墙虽在，但看不到兵勇在巡逻，只能在夜里听到乌鸦的叫声。颈联是继句，点出古城荒凉是因为政治腐败，老百姓流离失所，背井离乡，导致古城的破败。尾联收束全诗，借景托物。意思是溪边的鸟儿不知道古城沧海桑田，依旧在朝来暮去，飞来飞去。

还有一种是"四面出击"法，诗歌中没有起承转合，全部是并列式的画面组合，如杜甫的《绝句》："两个黄鹂鸣翠柳，一行白鹭上青天。窗含西岭千秋雪，门泊东吴万里船。"这种写作方法需要高超的文字驾驭能力，否则不容易出佳作。后世不少人模仿这首诗的写作方法，但鲜见佳作。

杨载在《诗法家数》中谈到起承转合时，认为作诗可以按照以下方法和步骤来：

（1）破题：或对景兴起或比起，或引事起或就题起。要突兀高远，如狂风卷浪，势欲滔天。然有赋起，有比起，有兴起，有主意在上一句，下则贴承一句，而后方发出其意者。

（2）颔联：或写意，或写景，或书事，用事引证。此联要接破题，要如骊龙之珠，抱而不脱。

（3）颈联：或写意、写景、书事、用事引证，与前联意相应相避。要变化，如疾雷破山，观者惊愕。

（4）结句：或就题结或开一步，或缴前联之意，或用事，必放一句作散场，如剡溪之棹，自去自回，言有尽而意无穷。

杨载列举的作诗方法有助于初学者理清作诗的思路和章法结构，但若按他的方法和步骤写诗又会显得过于机械。对于杨载等人的主张，王夫之持反对意见。他在《姜斋诗话》云："起承转合以论诗，用教幕客作应酬或可。其或可者，八句自为一首尾也。塾师乃以此作经义法。一片之内，四起四收，非蠹虫相衔成青竹蛇而何？"他又认为"所谓章法者，一章有一章之法。千章一法，则不必名章法矣。……起不必起，收不必收，乃使生气灵通，成章而达"。王夫之的观点是诗歌"成章而达"，不必理会起承转合之法，只要真情实意地表达思想感情即可。简言之，无规矩不成方圆，诗词完全不讲章法是行不通的，但过于拘泥章法则不可取。

第二节　诗词的立意

诗词的立意就是指诗词的中心思想。古人在这方面有颇多论述，如陆机云的"意司契而为匠"，意思是作诗赋文必须先立意，这好比工匠建筑房屋，必须先有图样一样。沈德潜《说诗晬语》云"以意胜而不以字胜"，强调立意的重要性。王夫之在《姜斋诗话》云："无论诗歌与长行文字，俱以意为主。意犹帅也。无帅之兵，谓之乌合。"意思是作诗赋文没有立意，犹如兵中无主帅，无帅之兵不过是一群乌合之众。刘熙载在《艺概》云："古人意在笔先，故得举止闲暇；后人意在笔后，故至手脚忙乱。"

立意的高下决定诗歌思想性的深刻与否。同一题材，由于诗人各自的生活阅历、个人修为、才情、价值观、世界观等不同，其所作出的诗歌的思想境界、艺术效果肯定不同。现以咏梅诗为例说明如下，如王冕的《梅花》：

三月东风吹雪消，湖南山色翠如浇。
一声羌管无人见，无数梅花落野桥。

该诗的意思是三月的春风吹来，冰雪渐渐消融。湖南面的山色非常青翠，如同被水洗过一般。听到羌管发出的歌声，但见不到人。只看见无数的梅花飘落在野桥上。王冕是元末著名的画家、诗人、篆刻家。他出身贫寒，性格孤傲，一生轻视功名，喜欢梅花，留下名画《墨梅图》。王冕的《梅花》纯属咏物诗，描写三月梅花纷纷飘落的景象。

柳宗元的《早梅》：

早梅发高树，迥映楚天碧。
朔吹飘夜香，繁霜滋晓白。
欲为万里赠，杳杳山水隔。
寒英坐销落，何用慰远客。

该诗的意思是早梅在高高的梅枝上绽放，映照着苍穹。夜里北风吹来花香，在浓霜中梅花变得更加洁白。想把梅花赠送给远方的友人，只可惜与友人隔了千山万水。梅花即将凋零败落，我拿什么去慰问远方的友人呢？与前诗相比，该诗超越了单纯的咏物,把梅花与友情相关联,梅花成为赠别的礼物,是友情的象征物,显然该诗在立意上比前诗高出一筹。

陆游的《卜算子·咏梅》:

驿外断桥边,寂寞开无主。已是黄昏独自愁,更著风和雨。
无意苦争春,一任群芳妒。零落成泥碾作尘,只有香如故。

该词意思是驿亭外的断桥边上,开满了绽放的梅花。梅花在黄昏的夕阳下,非常寂寞独自发愁,还要遭受雨打风吹的煎熬。梅花无意与百花争夺春光,任凭百花嫉妒而毫不在意。即便凋零在地上化为尘土,其芳香也要散发出来,与其在梅枝上并无二致。陆游曾经称赞梅花"雪虐风饕愈凛然,花中气节最高坚"。梅花既不与春花争奇斗艳,亦不与秋菊共享秋色,而是选择在冰天雪地里悄然绽放。这种孤芳自赏、凌寒而开的品性是春花所不具备的。梅花与世无争,即便如此亦遭百花的嫉妒。作者是抗金名将,遭遇到政治上的挫折,也颇感无奈。这里作者用梅花暗喻自己,表明自己不会与宵小之徒同流合污。该词把握和触摸到梅花的本质特征,该词中的梅花象征品性高洁和矢志不渝的精神。

毛泽东的《卜算子·咏梅》:

风雨送春归,飞雪迎春到。已是悬崖百丈冰,犹有花枝俏。
俏也不争春,只把春来报。待到山花烂漫时,她在丛中笑。

这首咏梅花的词没有描写梅花的外在特征与梅花的香气,也没有梅花的具体意象。"已是悬崖百丈冰,犹有花枝俏",描写梅花丝毫不畏惧寒霜冬雪,表现了梅花的铮铮傲骨。"俏也不争春"与陆游的"无意苦争春"如出一辙,描写了梅花不与百花争艳的特性。这首词的重点在"待到山花烂漫时,她在丛中笑",表达梅花在冬雪融尽,春暖花开时凋零。它用灿烂的笑容迎接百花的到来和盛开,身兼报春花的特性,向世界传递春天到来的信息。该词的格调是积极向上的,其在立意上"反其道而用之",不再沿袭传统诗词歌颂梅花孤芳自赏、品性高洁的一面,转而强调梅花雍容大度、坚韧峻拔的一面。该词和陆游的词各有千秋,在立意上比王冕和柳宗元的诗技更高一筹。

杜甫的《登岳阳楼》:

昔闻洞庭水,今上岳阳楼。

吴楚东南坼，乾坤日夜浮。
亲朋无一字，老病有孤舟。
戎马关山北，凭轩涕泗流。

该诗是杜甫的五律名篇，被称为盛唐五律第一。该诗的意思是我曾听说过洞庭湖水烟波浩渺，今日终于如愿以偿登上了岳阳楼，可以目睹洞庭湖的风光。湖水把吴楚两地分割开来，整个天地在湖水里日夜浮动。亲朋好友失去音信，年老多病的自己只有孤舟做伴。关山以北的地方烽烟没有停息，我站在栏杆前眺望，不禁老泪纵横。诗人登上岳阳楼，抚今追昔，抒发自己在政治生涯上频遇挫折、怀才不遇的情感，凸显其报国无门的一面。"戎马关山北，凭轩涕泗流"体现了诗人深重的家国情怀和忧国忧民的思想。

孟浩然的《临洞庭》：

八月湖水平，涵虚混太清。
气蒸云梦泽，波撼岳阳城。
欲济无舟楫，端居耻圣明。
坐观垂钓者，徒有羡鱼情。

这首诗托物言志，诗人委婉地表达了自己希望获得一官半职的愿望。该诗气象开阔，描写洞庭湖波澜壮阔的场面。"气蒸云梦泽，波撼岳阳城"和杜甫的"吴楚东南坼，乾坤日夜浮"同属千古名句。王士禛《然镫记闻》云："为诗须有章法、句法、字法。字法要炼，如'气蒸云梦泽，波撼岳阳楼'。'蒸'字、'撼'字，何等响，何等确，何等警拔也！"王士禛对孟浩然诗中的"蒸"和"撼"两字极为赞叹，非常欣赏。该诗颈联"欲济无舟楫，端居耻圣明"表明诗人自己想渡过洞庭湖却没有舟楫，暗喻自己想步入宦海，对自己的闲居生活引以为耻。"坐观垂钓者，徒有羡鱼情"表明自己羡慕仕途之人。前四句写洞庭湖波澜浩瀚的气势，为大手笔，后四句委婉表达自己求官的愿望，拉低了整首诗的格调。杜甫的诗表达忧国忧民的思想，而孟浩然的诗表达了自己想出仕的愿望，两诗立意高低立判。

第三节　诗词的取材

诗词的取材从理论上可以说无穷无尽，耳之所闻，目之所及，皆可成为诗词的材料。《历代诗词分类鉴赏》在题材上把诗词分为十二类，即叙事传奇、咏史怀古、军旅边塞、田园山水、感遇言志、相思爱情、友谊亲情、饮酒品茗、节令风俗、咏物花鸟、谈诗论艺、闺意宫词。题材不同，诗词的表现手法、抒情方式都会有所不同，常见的诗词题材有以下几种：

一、送别类

这是诗词中最常见的题材之一，主要是抒发伤感离恨、表达深情厚谊、劝勉、安慰或兼而有之等情感。离愁别恨是古代文人送别诗中永恒的主题，送别友人，古人常设酒饯别、折柳相赠或吟诗送别，如李白的《春夜洛城闻笛》："谁家玉笛暗飞声，散入春分满洛城。此夜曲中闻折柳，何人不起故园情。"该诗的"折柳"是指笛子吹奏的曲调名《折杨柳》，听到缠绵悱恻的曲子时，还有谁的心中不会涌起思念家乡的别离之情呢？《诗经·小雅·采薇》"昔我往矣，杨柳依依；今我来思，雨雪霏霏"，因"柳"与"留"谐音，古人送别友人时，常折柳相赠，故后来人们用折柳代指送别。王勃的《送杜少府之任蜀州》"海内存知己，天涯若比邻"，充满安慰之意。古人因交通不便，与友人离别后，不知时隔多久才能相逢，故常起伤感之心。为避免大家的伤感，送别之时，用激励之语的也不少见，如高适的《别董大》（其一）：

千里黄云白日曛，北风吹雁雪纷纷。
莫愁前路无知己，天下谁人不识君。

该首诗是诗人送别当时著名的琴师董庭兰之作。诗人送别友人之时，正处于政治上的失意之时，但他诗中透出的却是殷殷的慰藉之语。"莫愁前路无知己，天下谁人不识君"，无须担心前途茫茫没有知己，天底下还有谁不认识你呢？前两句虽说描写景象，但通过大雪纷飞来表达诗人心中的郁闷，第三句笔锋陡转，充满对友人的豪迈激励之语，满怀激情地鼓励友人踏上征程。

柳永的《雨霖铃》：

寒蝉凄切，对长亭晚，骤雨初歇。都门帐饮无绪，留恋处，兰舟催发。执手相看泪眼，竟无语凝噎。念去去，千里烟波，暮霭沉沉楚天阔。

多情自古伤离别，更那堪，冷落清秋节。今宵酒醒何处，杨柳岸，晓风残月。此去经年，应是良辰好景虚设。便纵有千种风情，更与何人说。

该词描写骤雨初歇、送别都门、设酒饯行、兰舟催发、执手告别等一系列的场景，以萧瑟凄凉的秋景衬托双方难以割舍的离情，通过对秋景氛围的渲染，寓情于景，情景交融，把离愁别恨写得千般不舍，万般无奈，非常感人。"多情自古伤离别，更那堪冷落清秋节。今宵酒醒何处，杨柳岸、晓风残月"，集中了"清秋、饮酒、杨柳岸、晓风、残月"等众多的离别意象，勾起那道不尽的愁思和离情。该词在北宋流传广泛，成为离别之作的千古名篇。

二、咏史类

这类题材多为诗人读史或者游览历史古迹时，触发情怀而作。通常以吟咏或评论历史故事为主，诗人借此以史咏怀，借古讽今，抒发个人观点、感慨或理想。一般先写景后叙事、评论或先叙事后评论，也有只叙事对比而不加评论的。代表作品有苏轼的《念奴娇·赤壁怀古》：

大江东去，浪淘尽，千古风流人物。故垒西边，人道是，三国周郎赤壁。乱石穿空，惊涛拍岸，卷起千堆雪。江山如画，一时多少豪杰。

遥想公瑾当年，小乔初嫁了，雄姿英发。羽扇纶巾，谈笑间，樯橹灰飞烟灭。故国神游，多情应笑我，早生华发。人生如梦，一樽还酹江月。

《念奴娇·赤壁怀古》是"词圣"苏轼的词作。此词通过对长江波澜壮阔景色的描绘，对古代战场的凭吊，对英雄人物的敬仰和追念，曲折地表达了作者功业未就、白发已生的无奈之情。"人生如梦"表现了作者旷达的人生观；"一樽还酹江月"，诗人借酒抒怀，以酒祭奠江月，这或多或少表现了诗人精神苦闷的一面，也是有志不能伸的委婉流露。全词借古抒怀，凌云健笔，气势磅礴，雄浑苍凉，境界开阔，给人以震魂荡魄的艺术感染力，被誉为"千古绝唱",是豪放派的代表作。

辛弃疾的《京口北固亭怀古》:

> 千古江山,英雄无觅孙仲谋处。舞榭歌台,风流总被雨打风吹去。斜阳草树,寻常巷陌,人道寄奴曾住。想当年,金戈铁马,气吞万里如虎。
>
> 元嘉草草,封狼居胥,赢得仓皇北顾。四十三年,望中犹记,烽火扬州路。可堪回首,佛狸祠下,一片神鸦社鼓。凭谁问:廉颇老矣,尚能饭否?

该词上片赞扬建立霸业的孙权和率军北伐的刘裕,表明自己希望像上述英雄一样金戈铁马、征战沙场,为国家建功立业。下片表明自己坚决主张抗金的立场和态度。该词接连用了好几个历史典故来表明自己的政治立场。该词中的孙仲谋是指孙权,作者非常敬仰孙权。孙权继承父兄基业,联合刘备,抗击势力强大的曹操,奠定三国吴国的基业,建都建康。寄奴是指南朝宋武帝刘裕,刘裕先祖随晋室南渡,世居京口。刘裕曾两度率军北伐,收复洛阳、长安等地。该词气势雄浑、大气磅礴、风格豪放,是怀古咏志的不朽词作。

三、山水田园类

这类诗以山水田园为审美对象,借以表现诗人对大自然的热爱和对田园生活的向往。中国自古是农业大国,田间地头劳作是农民的日常工作,诗人大多出身农家,对这类题材非常熟悉,留下的山水田园诗可谓汗牛充栋。东晋陶渊明是山水田园诗的开山鼻祖,他辞官归隐,创作了大量山水田园诗,对后世影响巨大。如陶渊明的《归园田居》:

> 种豆南山下,草盛豆苗稀。
> 晨兴理荒秽,带月荷锄归。
> 道狭草木长,夕露沾我衣。
> 衣沾不足惜,但使愿无违。

诗人用浅显的文字生动地描写农间劳动生活的具体情形,把劳动写得富有诗意,诗风清新典雅,饱含诗人对田园生活的热爱及对安逸恬淡归隐生活的心满意足。"带月荷锄归"把辛苦的劳作写得诗意醇厚,意境优美。"衣沾不足惜,但使愿无违"意思是衣服沾湿了何足道哉,只要不违背自己的意愿就可以,表现了诗人的豁达和不愿意做违背自己良知的事的赤子之心。

孟浩然的《过故人庄》:

> 故人具鸡黍,邀我至田家。
> 绿树村边合,青山郭外斜。
> 开轩面场圃,把酒话桑麻。
> 待到重阳日,还来就菊花。

该诗开篇即指明自己收到农村好友的邀请,到农庄与友人相聚。颔联描写田园风光,绿树环绕,苍翠青山横斜,向读者展现了一幅优美的山水画卷。颈联描写面对谷场菜圃的情景,与友人谈论农事。尾联表示作者重阳节时,还要来老朋友家做客赏菊。全诗用语平淡清新,质朴无华,但感情真挚,给人感觉亲切温馨,颇有"清水出芙蓉,天然去雕饰"的美学情趣。

四、边塞类

边塞诗又称出塞诗,是以边疆战争、将士生活、边塞自然风光为题材的诗。先秦时期就出现以战争为题材的诗,到唐朝时,边塞诗得以蓬勃发展。其原因是唐朝战事频发,唐政权重视武功,通过战功获得功名的机会增多,边塞诗也随之兴盛,形成新的诗歌流派。边塞诗是唐朝诗歌的重要组成部分,其大多气象雄浑,意境宏阔,基调昂扬,奔放慷慨。诗歌体裁既有绝句,也有歌行体。如隋炀帝杨广的《饮马长城窟行》:

> 肃肃秋风起,悠悠行万里。
> 万里何所行,横漠筑长城。
> 岂合小子智,先圣之所营。
> 树兹万世策,安此亿兆生。
> 讵敢惮焦思,高枕于上京。
> 北河见武节,千里卷戎旌。
> 山川互出没,原野穷超忽。
> 撞金止行阵,鸣鼓兴士卒。
> 千乘万旗动,饮马长城窟。
> 秋昏塞外云,雾暗关山月。

> 缘严驿马上，乘空烽火发。
> 借问长城侯，单于入朝谒。
> 浊气静天山，晨光照高阙。
> 释兵仍振旅，要荒事万举。
> 饮至告言旋，功归清庙前。

　　《饮马长城窟行》是隋炀帝所作的一篇汉乐府诗。相传古长城边有水窟，可供饮马，曲名由此而来。有人认为这首诗是隋炀帝在西巡张掖途中所作；也有人认为隋炀帝率军百万，于亲征辽东时所作。该诗描写隋炀帝自己视察长城时的情景，颂扬了先辈修筑长城的丰功伟绩。"岂合小子智，先圣之所营"，隋炀帝谦虚表明并不是我有多能干，而是先辈经营有方。"借问长城侯，单于入朝谒"，他听取长城守官的汇报，接受单于的觐见。"释兵仍振旅，要荒事万举"表明隋炀帝在政治上其实还是非常清醒的，只不过其被推翻后被后世认为是"穷兵黩武，荒淫无度"的暴君。此等评论亦是落入传统的"成王败寇"历史惯常评价窠臼，有失公允。试想：没有隋炀帝，何来京杭大运河？没有隋炀帝，何来科举制度？

　　该诗在当年风靡一时，广受欢迎，已成为千古名篇，后人评价此诗："通首气体强大，颇有魏武之风。""混一南北，炀帝之才，实高群下。""隋炀起敝，风骨凝然。隋炀从华得素，譬诸红艳丛中，清标自出。隋炀帝一洗颓风，力标本素。古道于此复存。"隋炀帝有四十多首诗被《全隋诗》收录，他在中国文学史上占有重要的一席之地，后世不少诗人的诗风受其影响。

　　王翰的《凉州词》：

> 葡萄美酒夜光杯，欲饮琵琶马上催。
> 醉卧沙场君莫笑，古来征战几人回。

　　该诗没有正面描写战争的血腥场面，开篇即写出战前饮酒的情形。"醉卧沙场君莫笑，古来征战几人回"，揭露自古战争少有兵士生还的事实，充分表明战争的残酷和血腥。诗人通过"古来征战几人回"这个诘问句，表明其反战的立场。《唐诗别裁集》说此诗"故作豪放之词，然悲感已极"。该诗总体格调属昂扬向上，但已没有盛唐时期那种"黄沙百战穿金甲，不破楼兰终不还"的豪气干云和视死如归的气概。

五、咏物类

咏物类诗词是以自然或社会事物为吟咏对象，通常象征、比拟是该类诗词常用的手法。咏物诗词要求形神兼备，诗词要有所指，借物抒怀，很少有单纯的、没有任何寄托的咏物。相对而言单纯的咏物诗，只求形神俱似而没有思想的深度，欣赏价值会降低。不过单纯的咏物诗也有佳作，如贺知章的《咏柳》："碧玉妆成一树高，万条垂下绿丝绦。不知细叶谁裁出，二月春风似剪刀。"其中"二月春风似剪刀"的比喻非常贴切，乃属神来之笔，令人叹为观止。中国的第一首咏物诗是屈原的《九章·橘颂》，该诗用拟人的手法塑造了橘树的美好形象，从多方面歌颂橘树，借以表达自己对理想的追求，开创了托物言志的传统。最具影响力的咏物诗莫过于王维的《红豆》："红豆生南国，春来发几枝。愿君多采撷，此物最相思。"王维笔下的红豆是相思的代称，人们通常把红豆视为相思或爱情的象征物。

岁寒三友，即松、竹、梅。因松、竹经冬不凋，梅凌寒而开，其品性历来为文人所喜爱，所以岁寒三友成为文人吟咏的对象，是咏物诗的代表。中国古代留下关于岁寒三友的诗作非常多。列举涉及竹子的诗句如下：

1. 庭下如积水空明，水中藻、荇交横，盖竹柏影也。（苏轼《记承天寺夜游》）
2. 竹径通幽处，禅房花木深。（常建《题破山寺后禅院》）
3. 衙斋卧听萧萧竹，疑是民间疾苦声。（郑燮《潍县署中画竹呈年伯包大丞括》）
4. 过江千尺浪，入竹万竿斜。（李峤《风》）
5. 野竹分青霭，飞泉挂碧峰。（李白《访戴天山道士不遇》）
6. 竹坞无尘水槛清，相思迢递隔重城。（李商隐《宿骆氏亭寄怀崔雍崔衮》）
7. 谁知竹西路，歌吹是扬州。（杜牧《题扬州禅智寺》）
8. 江娥啼竹素女愁，李凭中国弹箜篌。（李贺《李凭箜篌引》）
9. 斑竹枝，斑竹枝，泪痕点点寄相思。（刘禹锡《潇湘神·斑竹枝》）
10. 斑竹一枝千滴泪，红霞万朵百重衣。（毛泽东《七律·答友人》）

列举涉及松树的古诗句如下：

1. 高松出众木，伴我向天涯。客散初晴候，僧来不语时。（李商隐《高松》）
2. 终日吟天风，有时天籁止。问渠何旨意，恐落凡人耳。（顾况《千松岭》）
3. 松树千年朽，槿花一日歇。毕竟共虚空，何须夸岁月。（白居易《赠王山人》）
4. 客吟晚景孤樟，僧踏清阴彻上方。（狄焕《咏南岳径松》）
5. 何当凌云霄，直上数千尺。（李白《南轩松》）
6. 有松百尺大十围，生在涧底寒且卑。（白居易《涧底松》）
7. 何事斜阳里，栽松欲待阴。（耿湋《观邻老栽松》）
8. 高松出众木，伴我向天涯。（李商隐《高松》）
9. 地耸苍龙势抱云，天教青共众材分。（李山甫《松》）
10. 枝压细风过枕上，影笼残月到窗前。（曹唐《题子侄书院双松》）

列举涉及梅花的诗句如下：

1. 疏影横斜水清浅，暗香浮动月黄昏。（林逋《山园小梅·其一》）
2. 不经一番寒彻骨，怎得梅花扑鼻香。（黄蘗禅师《上堂开示颂》）
3. 江南无所有，聊赠一枝春。（陆凯《赠范晔诗》）
4. 梅须逊雪三分白，雪却输梅一段香。（卢梅坡《雪梅·其一》）
5. 黄鹤楼中吹玉笛，江城五月落梅花。（李白《与史郎中钦听黄鹤楼吹笛》）
6. 墙角数枝梅，凌寒独自开。（王安石《梅花》）
7. 江南几度梅花发，人在天涯鬓已斑。（刘著《鹧鸪天·雪照山城玉指寒》）
8. 零落成泥碾作尘，只有香如故。（陆游《卜算子·咏梅》）
9. 有梅无雪不精神，有雪无诗俗了人。（卢梅坡《雪梅·其二》）
10. 相思一夜梅花发，忽到窗前疑是君。（卢仝《有所思》）

六、爱情类

在文学史上，爱情是永恒的主题，古往今来不乏以爱情为题材的诗词。爱情诗词是作者价值观、喜怒哀乐的诉求及追求美好爱情愿望的体现，大多表现作者对幸福爱情的积极追求、对婚姻生活的憧憬及对爱情的坚贞不渝,历来深受大众的喜爱。如汉代乐府民歌《上邪》:"我欲与君相知,长命无绝衰。山无棱,江水为竭。冬雷震震,夏雨雪。天地合,乃敢与君绝。"该诗意思是除非巍巍群山消逝,滔滔江水枯竭,冬天打雷,夏天下雪,天地合而为一才敢与你断绝情意。该诗中的女子对天发誓,接连用几个不可能发生的事情来宣示自己对爱情的坚贞不渝,想象奇特,气势宏大,感人肺腑,成为爱情诗中最具震撼力的爱情宣言。

李之仪的《卜算子·我住长江头》:

我住长江头,君住长江尾。日日思君不见君,共饮长江水。
此水几时休,此恨何时已。只愿君心似我心,定不负相思意。

该词以长江水为抒情连接点,"此水几时休,此恨何时已"表明相思像悠悠长江水那样连绵不绝。"只愿君心似我心,定不负相思意",表明自己非常深爱对方,希望对方像自己深爱对方一样深爱自己。一句长江头一句长江尾,双方虽相隔千里难以见面,但共饮长江水,言辞浅显明白,但构思奇巧,运用重叠的句式来加强情感的咏叹,情意表达委婉含蓄,颇具民歌的风韵。

韦庄的《思帝乡·春日游》:

春日游,杏花吹满头。陌上谁家年少,足风流?
妾拟将身嫁与,一生休。纵被无情弃,不能羞。

该词描写一位天真烂漫的少女对美少男一见钟情,渴望拥有自己的爱情和幸福,大胆追求对方的故事。女追男,对今天的年轻人而言是稀松平常的事,但在封建礼教森严的社会制度下确实需要极大的勇气和信心。少女对美少男毫无了解,仅凭第一印象就说出想嫁给对方的告白,并表示即使最终自己被抛弃也绝不后悔。这种直抒胸臆的表白,热情奔放的态度,为爱情不惜代价的决心令人感动。

晏几道的《临江仙·梦后楼台高锁》:

梦后楼台高锁,酒醒帘幕低垂。去年春恨却来时。落花人独立,
微雨燕双飞。
记得小苹初见,两重心字罗衣。琵琶弦上说相思。当时明月在,

曾照彩云归。

该首词抒发作者对恋人小苹的念想之情。上片描写梦醒后看到人去楼空朱门紧锁，醉意消退后唯见帷帘低垂，不禁想起去年的种种伤春往事。"落花人独立，微雨燕双飞"工整对仗，是千古名句。作者用"燕子双飞"反衬"人独立"，暗喻与恋人伤别后的孤寂。下片叙述与小苹初次相见的情形，她身着绣着两重心字的罗衣，借着琵琶的声音诉说相思之情，这与白居易《琵琶行》"低眉信手续续弹，说尽心中无限事"有异曲同工之处。当年明月如今犹在，当年的高楼朱门犹在，只是小苹已不在眼前，颇令其惆怅伤感，不胜唏嘘。

其他的如饮酒类、品茗类、节令类、风俗类等题材，不再一一赘述。

第四节 诗词的炼字

炼字就是根据诗词内容和意境的需要，寻找最合适的字词来表情达意。古人历来非常重视锤炼诗词的字词，在这方面的论述颇多，如胡仔的《苕溪渔隐丛话》："诗句以一字为工，自然颖异不凡。如灵丹一粒，点石成金也。"沈德潜的《说诗晬语》："古人不废炼字法，然以意胜，而不以字胜，故能平字见奇，常字见险，陈字见新，朴字见色。"清代戏剧家李渔说："琢句炼字，虽贵新奇，亦须新而妥，奇而确。妥与确总不越一'理'字。"袁枚的《随园诗话》："诗得一字之师，如红炉点雪，乐不可言。"冒春荣的《葚原诗说》："用字宜雅不宜俗，宜稳不宜险，宜秀不宜笨。一字之工，未足庇其全首；一字之病，便足以累通篇，下笔时最当斟酌。"

诗词中的关键字词通常被称为"诗眼"。如贾岛的《题李凝幽居》中"僧敲月下门"，"敲"字就是全诗的"诗眼"。用"敲"字可以把敲门的清脆声音给烘托出来。"月""僧"和那种空山中传出的清脆声音组成一幅优美的画卷。又如，宋祁的《木兰花》："绿杨烟外晓寒轻，红杏枝头春意闹。""闹"字就是全词的"词眼"。"闹"本意是喧闹的意思，作者在这里用了通感的手法，一个"闹"字，便把枝头上的杏花、蜂飞、蝶舞、鸟鸣等春意盎然、生机勃勃的景象烘托出来。王国维在《人间词话》中对"红杏枝头春意闹"的"闹"字有这样一个评价："着一'闹'字，境界全出。"

在用字遣词方面反复推敲的最典型的例子莫过于王安石的《泊船瓜洲》："京口瓜洲一水间，钟山只隔数重山。春风又绿江南岸，明月何时照我还？"，其中"春风又绿江南岸"中的"绿"字经过反复考虑、比较才最终确定。之前作者用过"到、过、入、满"等字,作者仍不满意。"绿"本是形容词,在这里活用为动词,意思是"吹绿"。一个"绿"字,可以把春意盎然的意境表达出来,并且绿草茵茵容易引起思归的念想,能紧扣"明月何时照我还"的主旨。

孟浩然的《望洞庭湖赠张丞相》中"气蒸云梦泽,波撼岳阳城",该诗描写洞庭湖的波澜壮阔的景象。"蒸"在这里是指洞庭湖的水汽升腾。一个"蒸"字把水气冉冉升起的动态形象展现出来,八百里洞庭被水气弥漫;而"撼"字本意是摇动、震动的意思。洞庭湖的波涛似乎要撼动岳阳城,作者在这里运用拟人的手法,把洞庭汹涌浩瀚的场景表现出来。"蒸"和"撼"似有千钧之力,把宏阔的洞庭湖景象展现无遗,取得令人叹为观止的艺术效果。

杜甫诗云,"语不惊人死不休",道出老杜在用字遣词方面追求炉火纯青的诗艺。杜甫诗云,"新诗改罢自长吟",反映其治学严谨和精益求精的态度。杜甫的《登高》中"无边落木萧萧下,不尽长江滚滚来",意思是无边无际的树木萧萧地飘下落叶,一望无际的长江水汹涌奔腾而来。"萧萧"和"滚滚"都是叠音字,叠音字能加强语意和渲染气氛,更能烘托出长江水汹涌浩瀚的一面。作者在此处不用落叶而选择"落木"两字,亦属推陈出新之选,可谓不落俗套。"落木"化用南北朝庾信的"辞洞庭兮落木"的词句。"落木"在意象上比"落叶"更加浑厚、沉重,与长江水奔流直下的场景相映衬,显得更加和谐。

杜甫的《绝句二首》中"江碧鸟逾白,山青花欲燃",其中的"燃"字用得非常高明。"燃"字让人马上联想到红红火火的景象。青山在郁郁葱葱的青翠色的掩映下,红色的花朵显得更加鲜艳,更加火红。在微风吹拂下,花朵摇曳舞动,远看像火苗一样跃动不已。一个"燃"字把姹紫嫣红、百花竞秀的浩大场景给烘托出来,别具风采,令人叹服。

王维的《使至塞上》:"大漠孤烟直,长河落日圆。"该诗描写的是作者极目远眺,看到莽莽黄沙,青天边塞,孤烟升腾;黄河上的落日浑圆。该诗的"直"字表示在一望无际的大漠中,看到了孤烟,表明作者离边关非常近,因为孤烟指的是边关的烽烟。在那波光粼粼的河面上,落日浑圆,把落日在河面上下浮动的场面描绘出来,景象雄浑壮阔。"直"和"圆"字把"大漠、孤烟、长河、落日"组成的雄奇瑰丽的壮美画面勾勒出来,动人心魄。

古人非常注重动词和形容词的锤炼,因为诗词中的动词大多是由该两类词语充当。其他词语多加锤炼也可能收到熠熠生辉的效果。如毛泽东《西江月·秋收起义》中"匡庐一带不停留,要向潇湘直进",原稿是"修铜一带不停留,要向平浏直进"。①"修铜"是指江西省的修水县和铜鼓县,"平浏"是指湖南省的平江县和浏阳县。作者在这里用"匡庐"和"潇湘"来代指具体的地名,显得雅致和清新,意蕴厚重。

其他炼字比较出色的诗词兹举例如下:

1. 坐看苍苔色,欲上人衣来。(王维《书事》)

该诗的"上"字用得别致,运用拟人手法,苍苔色似乎要跑到衣服上。

2. 泉声咽危石,日色冷青松。(王维《过香积寺》)

该诗"咽"字使用拟人手法,"冷"字运用通感的修辞手法。

3. 近乡情更怯,不敢问来人。(宋之问《渡汉江》)

该诗"怯"字将作者的忧虑心理描写得十分到位,清代朱之荆在《增订唐诗摘钞》中云:"'怯'字写得真情出。"

4. 一道残阳铺水中,半江瑟瑟半江红。(白居易《暮江吟》)

该诗的"铺"字用得生动,大多数人描写残阳在水中的情形会使用"照"字。

5. 叶上初阳干宿雨,水面清圆,一一风荷举。(周邦彦《苏幕遮》)

该词句的"举"字,把微风拂面,荷叶亭亭玉立的形象给描绘出来。

6. 柳外轻雷池上雨,雨声滴碎荷声。(欧阳修《临江仙》)

该词"碎"字把雨声大过风吹荷叶发出的声响描绘出来。

---

① 载张应中著《怎样修改诗词》第90页,商务印书馆国际有限公司2020年版。

7. 数点雨声风约住。朦胧淡月云来去。（李冠《蝶恋花·春暮》）

该词"约"字用得好，把雨停风来的场景描绘出来。

8. 沙上并禽池上暝，云破月来花弄影。（张先《天仙子》）

该词的"破"和"弄"用得形象生动，月亮从云中出来，花儿在月光的映照下摇曳多姿。

第五节　诗词的修改

俗话说"文章不厌百回改"，好文章是修改出来的。诗词也一样，好诗词同样是修改出来的。诗词的主题、内容、结构、格律、字句和修辞等方面都需要一一斟酌，仔细推敲。自古以来，诗人、词人都十分重视诗词的修改，无一例外。欧阳修作好诗词后，将之贴在墙上，反复吟诵，反复修改。苏轼云"敢将诗律斗深严"，对诗词的修改十分重视。贾岛对诗词的修改近乎苛刻，每首诗都要经过长时间的推敲、琢磨，像是诗词界的"苦行僧"，其诗云："两句三年得，一吟双泪流。"卢延让诗云，"吟安一个字，捻断数茎须"，对诗词的修改追求尽善尽美。

一、诗词的病灶

刘勰《文心雕龙》中："操千曲而后晓声，观千剑而后识器。"李沂《秋星阁诗话》中："学诗有八字诀，曰多读多讲多作多改而已。"修改诗词的重要性不言而喻。修改诗词的入手之处，首先要发现诗词"病灶"之所在，方谈得上修改之。

（一）不切主题。填词赋诗要围绕题目而作，题、文合一是诗词的基本要求。如许浑的《凌歊台》：

宋祖凌高乐未回，三千歌舞宿层台。
湘潭云尽暮山出，巴蜀雪消春水来。
行殿有基荒茅合，寝园无主野棠开。
百年便作万年计，岩畔古碑空绿苔。

许浑是晚唐的著名诗人，后人有"许浑千首诗，杜甫一生愁"之语，对其评价颇高。从文学史的角度而言，该评价显然属溢美之词。该诗"三千歌舞宿层台"句描写凌歊台曾经的盛况；如今却是"行殿有基荒荠合，寝园无主野棠开"的凄凉之地。其中"湘潭云尽暮山出，巴蜀雪消春水来"描写自然现象，与凌歊台的盛衰无关。凌歊台在如今的安徽，与千里之外的"湘潭云""巴蜀雪"情景不相融。所以王夫之批评说："'湘潭云尽暮山出，巴蜀雪消春水来'，与许浑奚涉？皆乌合也。"

又如，李白的《赠任城卢主簿》：

> 海鸟知天风，窜身鲁门东。
> 临觞不能饮，矫翼思凌空。
> 钟鼓不为乐，烟霜谁与同。
> 归飞未忍去，流泪谢鸳鸿。

该诗是赠送他人的五律，但全诗没有体现与被赠予人之间的相识、友情、同僚等事宜，诗中涉及的事物与主题风马牛不相及。《诗义固说》评论李白这首诗为"诗不依题"。

（二）生造词语。由于诗词需要符合平仄、押韵的规则，不少人因此而生造词语。如关汉卿《窦娥冤》中有一首诗：

> 读尽缥缃万卷书，可怜贫杀马相如。
> 汉庭一日承恩召，不说当垆说子虚。

该诗用的是司马相如的典故，其中："读尽缥缃万卷书，可怜贫杀马相如"说的是司马相如读了这么多的书，依旧贫困不堪。司马相如是西汉时期著名的文学家，其代表作品为《子虚赋》。鲁迅在《汉文学史纲要》指出："武帝时文人，赋莫若司马相如，文莫若司马迁。"司马是复姓，不能简称为"马相如"，生造词语反而弄得不伦不类。"马"是仄声，"汉"也是仄声。修改为"汉相如"，则不会让人产生歧义。估计作者也是为避免一首诗重复使用"汉"字而不得已而为之，下一句的"汉庭"实际上可修改为"朝廷"。

（三）误用典故。诗词中使用典故，目的是表达作者的某种愿望或者目的。典故使用得当，可以使诗词言简意赅，辞近旨远，但若典故使用不当，则会贻笑大方。如高适的《送浑将军出塞》：

> 将军族贵兵且强，汉家已是浑邪王。
> 子孙相承在朝野，至今部曲燕支下。
> 控弦尽用阴山儿，登阵常骑大宛马。
> 银鞍玉勒绣蝥弧，每逐嫖姚破骨都。
> 李广从来先将士，卫青未肯学孙吴。
> 传有沙场千万骑，昨日边庭羽书至。
> 城头画角三四声，匣里宝刀昼夜鸣。
> 意气能甘万里去，辛勤判作一年行。
> 黄云白草无前后，朝建旌旄夕刁斗。
> 塞下应多侠少年，关西不见春杨柳。
> 从军借问所从谁，击剑酣歌当此时。
> 远别无轻绕朝策，平戎早寄仲宣诗。

该诗从多方面塑造浑将军的名将形象，但该诗中的"李广从来先将士，卫青未肯学孙吴"使用了李广和卫青两个典故。作者在此处误用卫青的典故，据史书记载，不肯学孙吴兵法的是霍去病，而非卫青。《汉书·霍去病》记载："去病为人少言不泄，有气敢往。上尝欲教之吴孙兵法，对曰：'顾方略何如耳，不至学古兵法。'"

（四）缺乏形象思维。形象思维即用具体事物的形象来表达抽象的思想感情，它是构筑诗词意象的主要方式。缺乏形象思维往往让诗词审美情趣缺失，如同嚼蜡，如邵雍的《言默吟》：

> 当默用言言是垢，当言任默默为尘。
> 当言当默都无任，尘垢何由得到身。

该诗的意思是应当沉默时言语都是污垢，应当说话时沉默即是灰尘。当说话当沉默时都应无拘束，又怎能让尘垢沾上自身呢？该诗说的是一堆道理，用诗的形式说出来却觉得很无趣。相反苏轼的哲理诗《题西林壁》："横看成岭侧成峰，远近高低各不同。不识庐山真面目，只缘身在此山中。"该诗的哲理融入对庐山的描绘，含蓄蕴藉，让人百读不厌。王安石的《梅花》："墙角数枝梅，凌寒独自开。遥知不是雪，为有暗香来。"该诗同样把哲理蕴含在对梅花的描绘中，由此可见诗词并不排斥抽象思维。

（五）情意浅直平露。诗词贵含蓄婉转，这是中国古典诗词一直崇尚的传统，一览无余被视为诗词大忌。温庭筠的《望江南》：

梳洗罢，独倚望江楼。过尽千帆皆不是，斜晖脉脉水悠悠。肠断白蘋洲。

该小令以江楼、千帆、斜阳、白苹洲为背景，塑造了一个盼夫归家的怨妇形象。李冰若的《栩庄漫记》对该小令的评价是："此词末句，真为画蛇添足。"该小令的"过尽千帆皆不是"已婉转表明该妇人在寻寻觅觅，没有看到想见的人；"独倚望江楼"已表明其形单影只，和上一句结合来看，表明这是怨妇盼夫早日归家的主题。"肠断白蘋洲"把怨妇的心理展现无遗，情意一览无余。又如杜牧的《赠别二首》："多情却似总无情，唯觉樽前笑不成。蜡烛有心还惜别，替人垂泪到天明。"张戒在《岁寒堂诗话》评价此诗："杜牧之云：'多情却似总无情……'意非不佳，然而词意浅露，略无馀蕴。元、白、张籍，其病正在此：只知道得人心中事，而不知道尽则又浅露也。"

（六）句式雷同。缺少不同句式的变化，会造成结构雷同，会使诗词显得呆板，了无生气。如王维的《敕借岐王九成宫避暑应教》：

帝子远辞丹凤阙，天书遥借翠微宫。
隔窗云雾生衣上，卷幔山泉入镜中。
林下水声喧语笑，岩间树色隐房栊。
仙家未必能胜此，何事吹笙向碧空。

该诗描写作者跟从岐王夜间事宴游玩的情景。该诗的"隔窗云雾""卷幔山泉""林下水声""岩间树色"等句式相同。

（七）忌白话文写诗填词。启功先生写过一首词《鹧鸪天八首·乘公共交通车》（其一）：

乘客纷纷一字排，巴头探脑费疑猜。东西南北车多少，不靠咱们这站台。坐不上，我活该，愿知究竟几时来。有人说得真精确，零点之前总会开。

启功先生是书法大家,其古典诗词的造诣也很高。他在诗词方面出版过专著、撰写过论文。启功先生对自己填写的上述"白话词"很满意,认为可以传世。从平仄的角度看,除下片"我活该"的"活"字出律外,其他都符合格律。"活"在《词林正韵》为仄声,而在新韵中为平声,该句的平仄格式为:仄平平。第二句"巴头探脑费疑猜"的"猜"字给人有凑韵的感觉,乘客排队等候上车,有什么好猜疑的呢?纯属浪费笔墨。实话实说,启功先生的该首词确实给人留下生动、幽默、诙谐的印象,但用"大白话"填词总是给人一种"打油词"的感觉,无法体现出词的独特韵味和美感来。简言之,在填词中加入几句"大白话",往往可以起到神来之笔的作用,如蒋捷的《一剪梅》中"红了樱桃,绿了芭蕉";李清照的《一剪梅》中"才下眉头,却上心头"。但全篇用"白话文"来填词应该慎行。

某军阀写了首诗:"远看泰山黑乎乎,上头细来下头粗。有朝一日倒过来,下头细来上头粗。"这是用白话文写的"打油诗",让人看后忍俊不禁。从根本上说,"打油诗""打油词"无非是博君一笑,用于调侃一下尚可,但不能登大雅之堂,因其不具备诗词的艺术感染力和审美情趣。

二、诗词的修改

话说苏东坡、苏小妹、黄庭坚三人一起闲聊。苏小妹说:"我有两句,请两位加字使之成为五言句,如何?"苏东坡和黄庭坚两人表示赞同。苏小妹随即开口说:"轻风细柳,淡月梅花。"苏东坡说:"加个'摇'和'映'字吧!"即为"轻风摇细柳,淡月映梅花"。苏小妹嫌这两个字不够传神。苏东坡又说:"那就改为'舞'和'隐'字吧!"即"轻风舞细柳,淡月隐梅花"。苏小妹仍嫌这两字不够传神。黄庭坚一看此情形,不敢应对,反而谦虚地向苏小妹请教。苏小妹随即吟诵:"轻风扶细柳,淡月失梅花。"苏东坡和黄庭坚听罢,拍手叫绝。一个"扶"字表明风与柳密不可分的关系;而"失"表明月下的朦胧美,这两个字把"轻风、细柳、淡月、梅花"写活了,可谓妙笔生辉。历史上,苏东坡没有妹妹,只有姐姐,而且其姐姐夭折,没有留下任何诗词。上述小故事是后世文人杜撰的,目的是说明文章修改的重要性而已。

诗词是言辞最为精炼的文学体裁,填词赋诗不易,修改出佳作更是难上加难。袁枚云:"改诗难于作诗。"谢榛在《四溟诗话》云:"大篇决流,短章敛芒,李杜得之。大篇约为短章,涵蓄有味;短章化为大篇,敷演露骨。"谢榛的意思是将篇幅长的诗词压缩为短篇的较为容易,反之较难。如柳宗元的《渔翁》:

> 渔翁夜傍西岩宿，晓汲清湘燃楚竹。
> 烟销日出不见人，欸乃一声山水绿。
> 回看天际下中流，岩上无心云相逐。

王世祯在《渔洋诗话》中认为："柳子厚'渔翁夜傍西岩宿'一首，如作绝句，以'欸乃一声山水绿'结之，便成高作，下二句真蛇足耳。"王世祯的观点还是非常有道理的，因为"回看天际下中流，岩上无心云相逐"纯属描写江水、白云等自然景观，上一句"山水绿"已提及自然景观，最后二句不过是细化而已。

钱起的《送李评事赴潭州使幕》：

> 湖南远去有馀情，蘋叶初齐白芷生。
> 谩说简书催物役，遥知心赏缓王程。
> 兴过山寺先云到，啸引江帆带月行。
> 幕下由来贵无事，伫闻谈笑静黎氓。

谢榛在《四溟诗话》将该诗约为五律：

> 自适宦游情，湖南有杜蘅。
> 简书催物役，心赏缓王程。
> 山寺披云入，江帆带月行。
> 应怀幕下策，谈笑静苍生。①

该诗修改后去掉冗字，显得词工意赅，清朗峻拔。

袁枚的《随园诗话》云："诗改一字，界判人天，非个中人不解。齐己的《早梅》云：'前村深雪里，昨夜几枝开。'郑谷曰：改'几'为'一'，方是早梅。齐乃下拜。"通常梅花凌寒而开，在百花之前而开放。作者在皑皑白雪的山村野外，若看见一枝梅花开放，便知其早于其他梅花而开放，这切合早梅的主题。"一枝开"便是该诗的点睛之笔，其状物典雅别致，抒情含蓄隽永。

某君诗作《登庐山》：

---

① 载自谢榛著《四溟诗话》卷四，人民文学出版社1998年版。

第八章 诗词的写作

> 匡庐溯旧游，九曲尽情收。
> 有鸟轮啼转，繁华半吐羞。
> 天池邀倩影，旌旆挽佳眸。
> 艳艳江洲火，茫茫翠海讴。

熊东遨先生点评：该诗散乱游离。篇中不同之处甚多，欲其成诗，除非脱胎换骨。头一句触到题目，算是打了个擦边球，次句收"九曲"便跑到庐山之外去了；加上后边还扯到"天地"，读后让人武夷、长白摸不着头脑。三、四句欠通顺，何谓"轮啼转""半吐羞"？如此生造语，恐无人领会得来。"旌旆挽佳眸""茫茫翠海讴"等句，也在通与不通之间。剩下一片"江洲火"，却又"艳艳"得令人不是滋味。诗无达诂，亦无定法，但首先要写通，通而写出个性，个性而后要有艺术趣味。为此，熊东遨修改如下：

> 信是情难断，匡庐续旧游。
> 鸟啼多惬意，花吐半含羞。
> 泻瀑天悬带，摇波地闪眸。
> 一声长笛起，星火动江洲。

该修改作品与初作相差十万八千里，八句全部修改过，可以视为熊先生的新作。

某君词作《唐朵令·致罗漠》：

> 明月下西丘，严霜上北楼。霎时风、横过心头。不怨人间风著雨，身挺立，赋瀛洲。
> 何事梦相求，依然逐浪舟。远尘嚣、书海悠游。虽是人微闲座客，名几许，也春秋。

熊东遨先生点评：该词声律不齐，差在意脉太散乱。"霎时风、横过心头"，"风"字下得勉强，让位于"云"始见意趣；"云"者，荫翳也，状心头惆怅叫准确，并非韩文公有过"云横秦岭"一说才想起用它。"风著雨"隔了，作"风雨疾"意始畅。歇拍两个三字句与前后文俱不搭界，是典型生凑。我看"身"也别"挺"了，"瀛洲"也别"赋"了，紧承着前面的"不怨"，来一个"居淡泊，赋春秋"不是好得很吗？过片二句，"何事梦相求"问得含混，作

193

"清梦欲何求"方为晓畅；"逐浪"也不好，容易使人产生随波逐流的错觉，作"戏浪"就自由潇洒了。"虽是"以下三句，改为"莫笑生涯闲处老，身自在，也风流"，于词家语庶几近之。熊东遨修改如下：

明月下西丘，严霜上北楼。霎时风、横过心头。不怨人间风雨疾，居淡泊，赋春秋。

清梦欲何求？依然戏浪舟。远尘嚣、书海悠游。莫笑生涯闲处老，身自在，也风流。

诗词修改，理论上应该越改越好，否则修改就会失去意义。但凡事都有例外，诗词修改后比不上初作的也不乏其例。苏轼在贬谪之前，有一次去拜谒王安石。恰逢王安石不在家，书童安排苏轼在书房等候。苏轼看到书桌上有两句诗："明月枝头叫，黄犬卧花心。"苏轼觉得这两句十分不妥，于是修改为："明月当空照，黄犬卧花荫。"后来苏轼被贬到合浦，发现当地有一种鸟叫明月鸟，有一种小虫叫黄犬，始知自己错改王安石的诗。当然，这种错改源于常识的不足，并不奇怪。

袁枚的《西河诗话》卷三记载：曹能始先生《得家信》诗："骤惊函半损，幸露语平安。"以为佳句。一客谓："'露'字不如'剩'之当，大抵'平安'注函外，损余曰'剩'；若内露，不必巧值此字矣。"人以为敬。余独谓不然。"剩"字与"半"字不相叫应，函不过半损，则剩者正多，不止"平安"二字。"幸露语平安"，正是偶然触露，所以羁旅之情，为之惊喜耳。若"不必巧值"，则又如何知其必不巧值耶？袁枚认为"幸露语平安"强于"幸剩语平安"，改作不如初作。

第六节　诗词的技法

在古典诗词中，不论是写景状物，还是抒情言志，古人都非常重视诗词技法的运用。如果从细分的角度看，诗词技法多达几十种，但主要、常用的技法有以下几种。

一、情景交融法

王国维的《人间词话》云："昔人论诗，有景语情语之别，不知一切景语皆情语也。"他的意思是诗词中描写的景物都是为主题服务的，都是作者表情达意的载体和手段，绝不是可有可无的点缀。作者借助景物提升审美的意趣，抒发诗意的情感。刘勰在《文心雕龙》云："写气图貌，即随物以宛转；属采附声，亦与心而徘徊。"其意思是描写景物时，既要形神兼备，更要与作者的情感相融洽。刘勰提出上述主张后，情景交融就成为诗歌创作的常规作法。

从《诗经》开始，人们已尝试借助此种方法。如其中的《关雎》："关关雎鸠，在河之洲。窈窕淑女，君子好逑。"写的是君子追求淑女的篇章。先写沙洲上雎鸠的鸣叫声，再表达君子追求淑女的意愿。这里的"君子"是贵族的代称，而非指道德高尚的男子。唐宋之后的诗人，使用情景交融的创作方法更加广泛和频繁，如苏轼的《念奴娇·赤壁怀古》：

大江东去，浪淘尽，千古风流人物。故垒西边，人道是，三国周郎赤壁。乱石穿空，惊涛拍岸，卷起千堆雪。江山如画，一时多少豪杰。

遥想公瑾当年，小乔初嫁了，雄姿英发。羽扇纶巾，谈笑间，樯橹灰飞烟灭。故国神游，多情应笑我，早生华发。人生如梦，一樽还酹江月。

该词借对周瑜的仰慕，用"故国神游，多情应笑我，早生华发"表达自己的伤感，映衬自己仕途上的不如意，但仍以"人生如梦，一樽还酹江月"表达自己的旷达和洒脱。该词上片写景，下片咏史，这是情景交融法的惯常作法。但也有上片写景，下片仍穿插写景的，如范仲淹的《渔家傲·秋思》："塞下秋来风景异，衡阳雁去无留意。四面边声连角起，千嶂里，长烟落日孤城闭。浊酒一杯家万里，燕然未勒归无计。羌管悠悠霜满地，人不寐，将军白发征夫泪。"上片写景，下片穿插写景，如下片的"羌管悠悠霜满地"，是延续上片"长烟落日孤城闭"。其中"燕然未勒"来自《封燕然山铭》这个典故，是指东汉大将窦宪大破漠北匈奴，在漠北燕然山刻石记功，歌颂大汉武功和威德，即所谓的"勒石燕然"。

杜甫的《春望》："国破山河在，城春草木深。感时花溅泪，恨别鸟惊心。烽火连三月，家书抵万金。白头搔更短，浑欲不胜簪。"该诗首联描写国家破碎，山河仍在，草木繁茂。其中"感时花溅泪，恨别鸟惊心"，花本无情物，何来溅泪？鸟本无恨，何来惊心？如前文所述，该联的"溅"和"惊"是使动用法。此联借景抒情，寓情于物，情景交融，把作者因国家破碎的那种伤感、沉痛、忧国忧民的情愫淋漓尽致地表现出来。

王昌龄的《闺怨》："闺中少妇不知愁，春日凝妆上翠楼。忽见陌头杨柳色，悔教夫婿觅封侯。"该诗描写不谙世事的少妇，精心打扮后登上翠楼，忽见陌头的杨柳树翻出新绿，勾起少妇的情思和幽怨，如今夫妇两地分离，后悔支持夫婿去追求功名利禄，自己落得个独守空房的下场。该诗是由外面的景色触发自身的情思，从而做到物我一体，情景交融。

二、直抒胸臆法

直抒胸臆法就是作者把想说的内心想法、感受或情感不借助任何修辞手法直接说出来。它不依托外物，是情感的直接宣泄，抒之而后快。如文天祥的《过零丁洋》的最后一联"人生自古谁无死，留取丹心照汗青"，表达了作者视死如归、以死明志的决心。杜甫的《兵车行》中"君不见青海头，自古白骨无人收"，表达其对战争给老百姓带来痛苦的不尽感慨。杨炯的《从军行》中"宁为百夫长，胜作一书生"，表达其投笔从戎、从军报国的思想。刘禹锡《秋词》中"自古逢秋悲寂寥，我言秋日胜春朝"，作者一反自古文人"悲秋"的传统做法，直接赞誉秋天的美好。李白的《梦游天姥吟留别》："安能摧眉折腰事权贵，使我不得开心颜！"直接表现作者蔑视权贵，不愿为五斗米折腰的傲气和崇尚自由的精神。

苏轼的《江城子·密州出猎》："老夫聊发少年狂，左牵黄，右擎苍，锦帽貂裘，千骑卷平冈。为报倾城随太守，亲射虎，看孙郎。酒酣胸胆尚开张。鬓微霜，又何妨！持节云中，何日遣冯唐？会挽雕弓如满月，西北望，射天狼。"作者直抒胸臆描写打猎浩浩荡荡的场面，并借助历史典故抒发自己的爱国情怀。

王昌龄的《从军行》："青海长云暗雪山，孤城遥望玉门关。黄沙百战穿金甲，不破楼兰终不还。"作者创作这首诗时，大唐处于兴盛时期，其对战争的态度较为积极，表达其愿意为大唐开疆拓土建功立业，直接表达出"不破楼兰终不还"的决心和壮志。同样是边塞诗，陈陶的《陇西行》："誓扫匈奴不顾身，五千貂锦丧胡尘。可怜无定河边骨，犹是春闺梦里人！"该诗第一句表达大唐前方战士"誓扫匈奴"而奋不顾身，但作者的主要笔墨是在写将士的"牺牲"，同样用直抒胸臆的笔法，但作者对战争的态度相对消极些。

三、托物言志法

清代陈廷焯在《白雨斋词话》中云："意在笔先，神余言外，写怨夫思妇之怀，寓孽子孤臣之感。凡交情之冷淡。身世之飘零，皆可于一草一木发之。而发之又必若隐若现，欲露不露，反复缠绵，终不许一语道破。"这是对托物言志手法的诠释。如于谦的《石灰吟》："千锤万凿出深山，烈火焚烧若等闲。粉身碎骨浑不怕，要留清白在人间。"表面看作者用直抒胸臆的方法吟咏"石灰"，实际上是采用象征手法，托物言志，用石灰比喻人的高风亮节。李商隐的《蝉》："本以高难饱，徒劳恨费声。五更疏欲断，一树碧无情。薄宦梗犹泛，故园芜已平。烦君最相警，我亦举家清。"古人认为蝉餐风饮露，是品格高洁却命运坎坷的象征。"本以高难饱"用"高"字表明蝉生活在高高的树枝上，但一语双关，喻指人的品行高洁。尾联"烦君最相警，我亦举家清"采用拟人手法，把咏物和象征手法相结合，表达作者仕途的坎坷和命运的凄苦。虞世南的《蝉》："垂緌饮清露，流响出疏桐。居高声自远，非是藉秋风。"在虞世南的笔下，蝉是品性高洁的象征，而没有命运坎坷之喻，倒有自信才华过人、高洁傲世之意。

苏轼的《定风波·早梅》：

> 好睡慵开莫厌迟。自怜冰脸不时宜。偶作小红桃杏色，闲雅，尚馀孤瘦雪霜姿。
> 休把闲心随物态，何事，酒生微晕沁瑶肌。诗老不知梅格在，吟咏，更看绿叶与青枝。

作者借梅花在寒冬中傲然挺立的特性，表达自己被贬后仍洁身自好，不愿意屈就和同流合污的态度。

明代的一位妓女，写过一首《咏骰子》：

> 一片寒彻骨，翻成面面心。
> 自从遭点污，抛掷到如今。

该诗表面上写的是骰子，实际上骰子是自己心像的投射，骰子可以被人肆意抛掷，妓女的命运如同骰子一样可以被人肆意玩弄。

四、对比谋篇法

对比谋篇法是指把对立的人、事、物、景等列举表述，从而突出诗词主旨，增强艺术表达效果。如张祜的《宫词二首》（其一）："故国三千里，深宫二十年。一声何满子，双泪落君前。"这里"故国"是故乡的意思，"河满子"为唐教坊曲名。家乡在三千里之外，在深宫已有二十年，以"去家之远"与"深宫之久"形成强烈对比，该诗以对比取胜而不以含蓄为要。与之相似表达的还有柳宗元的《别舍弟宗一》中"一身去国六千里，万死投荒十二年"，同样距离之远和时间之长形成对比。张继的《枫桥夜泊》："月落乌啼霜满天，江枫渔火对愁眠。姑苏城外寒山寺，夜半钟声到客船。""月落"和"霜"代表的是冷色；"江枫"和"渔火"代表的是暖色，两种色调形成对比。王昌龄的《送魏二》："醉别江楼橘柚香，江风引雨入舟凉。忆君遥在潇湘月，愁听清猿梦里长。"前两句实写眼前的景象；后两句是虚写，想象朋友夜泊潇湘的情景。该诗为实写与虚写形成对比。

李煜的《破阵子·四十年来家国》：

　　四十年来家国，三千里地山河。凤阁龙楼连霄汉，玉树琼枝作烟萝，几曾识干戈？
　　一旦归为臣虏，沈腰潘鬓消磨。最是仓皇辞庙日，教坊犹奏别离歌，垂泪对宫娥。

该词上片描写南唐建国已有四十年，国土幅员辽阔，宫殿雄伟，莺歌燕舞，饮酒作乐，忘记国家安危；下片写李后主做俘虏后，容颜憔悴，两鬓斑白，垂泪思念故国。上下两片描写的是李后主被俘前后，人生落差之大形成强烈的对比。

蒋捷的《虞美人·听雨》：

　　少年听雨歌楼上，红烛昏罗帐。壮年听雨客舟中，江阔云低、断雁叫西风。
　　而今听雨僧庐下，鬓已星星也。悲欢离合总无情，一任阶前、点滴到天明。

该词用"少年听雨""中年听雨""而今听雨"三个"听雨"为主线，用时间名词"少年""中年""而今"配合"上""中""下"三个方位名词，巧妙叙述作者一生中的三个主要"片段"，手法高超，字字珠玑，不同时期的人生际遇形成强烈对比。蒋捷本是不出名的词人，但其这首词却写出了一流的水准，堪称大手笔，为后人留下旷世名篇。

五、画龙点睛法

画龙点睛法是指文章在最关键之处点明文中主旨,使其生动传神。如杜牧的《过华清宫绝句》:"长安回望绣成堆,山顶千门次第开。一骑红尘妃子笑,无人知是荔枝来。"前三句都是在写景、写飞骑,最后一句乃是画龙点睛之笔,点破主旨。如李白的《行路难》:

> 金樽清酒斗十千,玉盘珍羞直万钱。
> 停杯投箸不能食,拔剑四顾心茫然。
> 欲渡黄河冰塞川,将登太行雪满山。
> 闲来垂钓碧溪上,忽复乘舟梦日边。
> 行路难!行路难!多歧路,今安在?
> 长风破浪会有时,直挂云帆济沧海。

该诗是写诗人喝酒时,心情烦闷,感慨自己仕途坎坷,用了"冰塞川""雪满山"等感情色彩强烈的词语。后来想起姜太公和伊尹从政的故事,重燃信心,最后两句点破主旨。

李煜的《虞美人》:

> 春花秋月何时了,往事知多少?小楼昨夜又东风,故国不堪回首月明中!
> 雕栏玉砌应犹在,只是朱颜改。问君能有几多愁?恰似一江春水向东流。

《虞美人》是李煜的代表作,也是他的绝命词。该词面世后,迅速在社会上流传,宋太宗闻之大怒,命人赐他毒酒,逼李煜自尽。该词最后两句自问自答,点破主旨,把愁思比喻为春江之水,永无尽头,这种比喻想象奇特,使全词气象阔大,意境全出,取得惊天地、泣鬼神的艺术效果,成为千古名句。

辛弃疾的《破阵子》:

> 醉里挑灯看剑,梦回吹角连营。八百里分麾下炙,五十弦翻塞外声,沙场秋点兵。
> 马作的卢飞快,弓如霹雳弦惊。了却君王天下事,赢得生前身后

名。可怜白发生!

该词借助梦境抒写作者一心想杀敌报国、建功立业的强烈愿望,大梦醒来却发现自己处于壮志难酬、白发悲从两鬓生的现实窘境。该词前面所有语句都是描写沙场的场面和自己的平生愿望,唯有最后一句"可怜白发生"点破主题。

六、画面组合法

画面组合法是作者把一堆的意象放在一起,构成一幅优美的画面。如马致远的《天净沙·秋思》:"枯藤老树昏鸦,小桥流水人家,古道西风瘦马。夕阳西下,断肠人在天涯。"

该曲前三句就构筑了"枯藤、老树、昏鸦、小桥、流水、人家、古道、西风、瘦马"九个意象,再加上夕阳西下背景的笼罩和衬托,寥寥几笔就把秋天凄凉的景象描绘出来。该曲被王国维认为是最佳小令,"寥寥数语,深得唐人绝句妙景"。

张志和的《渔歌子》:"西塞山前白鹭飞,桃花流水鳜鱼肥。青箬笠,绿蓑衣,斜风细雨不须归。"该词构筑了"山、白鹭、桃花、流水、鳜鱼、箬笠、蓑衣、斜风、细雨"等系列意象,描绘出渔夫在斜风细雨中捕鱼、乐不思归的形象。作者借这首词表达隐士远离庙堂、寄情山水的生活。柳宗元的《江雪》:"千山鸟飞绝,万径人踪灭。孤舟蓑笠翁,独钓寒江雪。"该绝句区区二十个字,实写"山、径、孤舟、蓑笠翁、江、雪"和虚写"鸟、人"等系列意象组合,把万籁俱寂、大雪茫茫的冬景和孤独、特立独行的渔翁形象烘托出来。

李白的《黄鹤楼送孟浩然之广陵》:"故人西辞黄鹤楼,烟花三月下扬州。孤帆远影碧空近,惟见长江天际流。"该绝句构筑了"友人、黄鹤楼、柳烟、繁花、孤帆、碧空、长江、扬州、远影"等意象,向人们展示诗人与友人惜别的场景:友人在黄鹤楼与作者辞别,在柳絮如烟、繁花似锦的阳春三月去扬州远游。孤船帆影渐渐消失在碧空尽头,只看见滚滚长江向天际奔流。李白与友人的惜别,充满依依不舍的深情厚谊,与王维的《渭城曲》那种充满关怀的体贴式惜别不同。李白的送别,把优美的景色贯注其中,多了份美感和诗意。

七、借古讽今法

借古讽今,顾名思义,即是借助历史故事来讥讽时弊。杜牧的《江南春》:"千里莺啼绿映红,水村山郭酒旗风。南朝四百八十寺,多少楼台烟雨中。"大意是:千里江南,到处莺歌燕舞,鸟啼花红。水村山麓的酒旗迎风招展,南朝遗留下来的许多寺庙，笼罩在这朦胧的烟雨中。这首诗表面是描写笼罩在烟雨中的美丽江南，实际上是借南朝的旧事讽刺唐朝统治者大兴佛教，置百姓穷困潦倒的生活于不顾。

林升的《题临安邸》："山外青山楼外楼，西湖歌舞几时休？暖风熏得游人醉，直把杭州作汴州。"该诗表面是写层峦叠嶂的群山、鳞次栉比的楼台、西湖边上到处莺歌燕舞、一片太平繁华的景象，实际上讽刺统治者偏安一隅，不思收复失地，纵情声色。

杜甫的《赠花卿》："锦城丝管日纷纷，半入江风半入云。此曲只应天上有，人间能得几回闻。"该诗表面上是赞美乐曲之美妙，人间难觅。实际上是讽刺花卿居功自傲，僭用天子音乐，这里的"天上"借指皇宫，作者用一语双关的手法予以劝诫和忠告。花卿是指唐朝将领花敬定，因平定叛乱有功，骄傲自满，目无朝廷，僭越礼制。

李商隐的《贾生》："宣室求贤访逐臣，贾生才调更无伦。可怜夜半虚前席，不问苍生问鬼神。"该诗借汉文帝在宣室半夜召见贾谊，询问玄怪鬼神之事，讽刺晚唐统治者不重视人才、荒于政事。同时暗喻作者自己怀才不遇、壮志难酬的境况。

八、乐景写哀法

古典诗歌中，有一种用乐景写哀景的手法，目的是利用乐景的优美和赏心悦目反衬、烘托哀景之凄苦、悲凉，扩大这种反差来增强艺术效果。王夫之在《姜斋诗话》说："以乐景写哀，以哀景写乐，一倍增其哀乐。"李白的《长相思》（其二）："日色欲尽花含烟，月明如素愁不眠。赵瑟初停凤凰柱，蜀琴欲奏鸳鸯弦。此曲有意无人传，愿随春风寄燕然。忆君迢迢隔青天。昔日横波目，今作流泪泉。不信妾断肠，归来看取明镜前。"该诗描写闺中少妇因思念远方的情郎而彻夜难眠，作者用"日暮、柳烟、繁花、明月、蜀琴"等意象描绘出春天的乐景来反衬少妇愁思不尽的悲情。

杜甫的《登岳阳楼》：

> 昔闻洞庭水，今上岳阳楼。
> 吴楚东南坼，乾坤日夜浮。
> 亲朋无一字，老病有孤舟。
> 戎马关山北，凭轩涕泗流。

该诗颔联描写洞庭湖气象万千、大气磅礴的场景；颈联描写作者个人凄凉落寞的无奈。作者用洞庭湖浩大的乐景来反衬个人孤寂的哀情。再看杜甫的另一首《登楼》："花近高楼伤客心，万方多难此登临。锦江春色来天地，玉垒浮云变古今。"暮春时节，作者登楼远眺，锦江两岸的春色似铺天盖地而来，繁花似锦，处处生机盎然，本来应表达喜悦的一面，作者反而见花伤心，其因一是远离家乡，二则是国家处于危难之中而忧愁，其身处于"万方多难"的困境中。作者同样用春天美好的乐景来反衬其伤心落泪。

贾至的《春思》："草色青青柳色黄，桃花历乱李花香。东风不为吹愁去，春日偏能惹恨长。"该诗前两句描写春天的勃勃生机，满目都是草长莺飞、桃红绿柳，花香扑鼻，一片生机盎然。后两句写春日的愁思无法排遣，苦闷之极。作者歌咏春天的美好来反衬绵绵愁思的哀情。

九、虚实结合法

虚实结合法是作者把现实的境况与设想的状态相对比，旨在增强艺术感染力的一种艺术手法。如王维的《九月九日忆山东兄弟》："独在异乡为异客，每逢佳节倍思亲。遥知兄弟登高处，遍插茱萸少一人。"前两句用"独""异"把作者的在异乡的孤独寂寞勾勒出来，作者在"异乡"是实写，而"登高"则是虚写，作者遥想家乡的兄弟们在重阳佳节佩戴茱萸登高时少了本人的参与，大家因不能团聚而留下不少遗憾。又如，陈陶的《陇西行》："誓扫匈奴不顾身，五千貂锦丧胡尘。可怜无定河边骨，犹是深闺梦里人。"前两句描写大唐将士奋勇杀敌，死伤甚多。这是实写，第三、四句作者笔锋陡然一转，指出这些死去的将士正是深闺中少妇日思夜想的情人，这是虚写，通过虚实对比，从而揭露出战争的残酷性。黄巢的《题菊花》：

飒飒西风满院栽，蕊寒香冷蝶难来。
他年我若为青帝，报与桃花一处开。

该诗采用比兴手法，托物言志，充满浪漫主义色彩。前两句指明季节和地点，菊花在秋风中绽放，但因深秋季节气候偏寒冷，菊花的幽香无法吸引蝴蝶前来。这和春花盛开，成千上万的蝴蝶、蜜蜂自动前来赏花的景象大为不同。同为花，一个门庭冷落，一个门前热闹非凡，形成鲜明对比，凸显一种不平等的现象。在作者眼中菊花已成为社会底层农民的象征。前两句是实写，后两句则是虚写，作者运用非凡的想象力，把自己设想为司春之神，决意把菊花放在春天里和桃花一并开放,一并享受明媚的春光。这首诗反映了作者朴素的平等思想和激愤、不满社会现实的复杂心情,同时也反映其称王称帝、主宰他人命运的思想。

苏轼的《江城子·乙卯正月二十日夜记梦》:

十年生死两茫茫,不思量,自难忘。千里孤坟,无处话凄凉。纵使相逢应不识,尘满面,鬓如霜。

夜来幽梦忽还乡,小轩窗,正梳妆。相顾无言,惟有泪千行。料得年年肠断处,明月夜,短松冈。

该词上片实写夫妻诀别已逾十年,但作者思念亡妻之情始终难以忘怀。下片用"夜来幽梦"设想亡妻。

刘熙载在《艺概·诗概》中云:"山之精神写不出,以烟霞写之;春之精神写不出,以草树写之。"如王维的《终南山》:"太乙近天都,连山接海隅。白云回望合,青霭入看无。分野中峰变,阴晴众壑殊。欲投人处宿,隔水问樵夫。"该诗的"白云回望合,青霭入看无",作者用"白云"的变化多端、"青霭"的迷蒙来描写终南山的精神。这是一种"众星拱月"的写作手法,意思是指作者通过描写月亮周围的星星来衬托、突出月亮的主体角色。

此外,还有远近相结合的写作手法,如李白的《望天门山》:"天门中断楚江开,碧水东流至此回。两岸青山相对出,孤帆一片日边来。"该诗先写远处"天门山""楚江"等景观,再写近处的"青山""孤帆"等景观,这种方法把远景和近景相结合,给读者留下深刻的印象。诗词创作技法较多,这里不再一一介绍。

第九章

诗词范例

李庆甲教授以元人方回编撰的《瀛奎律髓》原书为基础，汇集了冯舒、纪昀等十多人对唐宋律诗的评语，出版了《瀛奎律髓汇评》一书。下面"古今点评摘录"合计五十四首的评语全部出自该书。

一、律绝

（一）示例

武侯庙古柏

李商隐

蜀相阶前柏，龙蛇捧閟宫。

阴成外江畔，老向惠陵东。

大树思冯异，甘棠忆召公。

叶凋湘燕雨，枝拆海鹏风。

玉垒经纶远，金刀历数终。

谁将出师表，一为问昭融。

古今点评摘录：

（1）方回：五、六句善用事，"玉垒""金刀"之偶尤工。末句候考。

（2）纪昀："昭融"，用杜诗"契合动昭融"句，说着谓昭融，天也。然诗"昭明有融"，不如此解，应别有所出。风格老重，五、六句尤警切。惟"湘燕雨""海鹏风"事外添出，毫无取义，"昆体"之可厌在此等。

罗御伦试作（以下简称御伦试作）：

吊隋炀帝

烽烟离社稷，　　　（平平平仄仄）
南水贯京师。　　　（平仄仄平平）
辽左挥旗至，　　　（平仄平平仄）
西陲拓土迟。　　　（平平仄仄平）
开科收俊彦，　　　（平平平仄仄）
闲适赋笙诗。　　　（平仄仄平平）
破碎金瓯日，　　　（仄仄平平仄）
广陵风月吹。　　　（仄平平仄平）

解释：该五律为平水韵押支韵，首联、颔联和颈联对仗。第一句"烽烟离社稷"是指隋军灭掉陈朝，统一了全国，结束了自西晋以来中国近三百年分裂的局面。"烽烟"为战争的代名词。第二句"南水贯京师"指的是京杭大运河，该运河从杭州自南向北流入北京。"贯"字乃贯穿、贯通之意。第三句中的"辽左"为辽东的代称，唐朝时辽东地区即是高句丽地区，历史上隋炀帝曾经三次发兵讨伐高句丽。第五句中的"俊彦"为人才的代称。第六句中的"笙诗"是指《诗经·小雅》"鹿鸣之什"中的《南陔》，"白华之什"中的《白华》《华黍》《由庚》《崇丘》《由仪》等六篇的合称，这里泛指诗歌。第八句的"广陵"即是今天的扬州，隋炀帝在扬州被其叛乱的部将杀死。历史上隋炀帝完善科举制度，开凿大运河，西征吐谷浑，开疆拓土，平定南朝陈，其历史功绩客观存在，不容抹杀。单论隋炀帝开凿京杭大运河一事，已足以令其千古流芳，但因其政权被颠覆，受"成王败寇"传统思维窠臼的影响，历史学家对其评价偏负面的居多。

原诗颔联为"辽左旌旗至，西陲拓土迟"，但出句的"旌旗"为名词，和对句的"拓土"词性不同，故修改之。

（二）示例

登尉佗楼

许浑

刘项持兵鹿未穷，自乘黄屋岛夷中。
南来作尉任嚣力，北向称臣陆贾功。

箫鼓尚陈今世庙,旌旗犹镇昔时宫。
越人未必知虞舜,一奏薰弦万古风。

古今点评摘录:

(1) 方回：前四句能述尉佗心迹，良佳。五、六句不能无病，"今世""昔时"，犹所谓"耳闻明主提三尺，眼见愚民盗一抔"，"三尺""一抔"甚工，"耳闻""眼见"即拙矣。"今世""昔时"亦然。

(2) 纪昀：鹿未穷三字欠通。结句借讽当时之人，知有藩镇而不知有朝廷也。丁卯诗中难得有如此作意。

御伦试作：

咏曹操

青山含晚雨，　　（平平平仄仄）
铜雀复斜阳。　　（平仄仄平平）
不见美人舞，　　（仄仄仄平仄）
荒丘傍海棠。　　（平平仄仄平）
四言天下绝，　　（仄平平仄仄）
九鼎阁中藏。　　（仄仄仄平平）
饮马长江水，　　（仄仄平平仄）
可怜吟国殇。　　（仄平平仄平）

解释：该五律为平水韵押阳韵，首联和颈联对仗。第二句的"铜雀"是指铜雀台，在今天河北的邯郸市境内。杜牧亦有诗云："铜雀春深锁二乔。"人们常说《三国演义》中有"三绝"：智绝是指诸葛亮；义绝是指关羽；奸绝是指曹操。曹操是"挟天子以令诸侯"，打着天子的旗号讨伐周边的诸侯。第五句"四言天下绝"是作者认为曹操的四言诗歌水平天下第一，无人可与之相提并论。第六句"九鼎阁中藏"的"九鼎"指政权的代称。曹操位极人臣，权倾朝野，但没有篡夺汉朝皇权，把"九鼎"束之高阁。第八句提及的《国殇》是屈原的作品，这是一首追悼楚国阵亡士卒的挽诗。"饮马长江水，可怜吟国殇"是指刘备、孙权联军在赤壁大战中击败曹操，从而一举奠定曹、刘、吴三国分立的局面。

有人认为第三句"不见美人舞"仅有一个平声字，犯"孤平"，实际上，犯"孤平"现象针对的是偶数句，而非奇数句。原诗第一联为"青山铺锦绣，

206

铜雀复斜阳"。"锦绣"一词即可做形容词，如锦绣前程；又可做名词看待，当作名词看待时，一般泛指精美的丝织品。"锦绣"当名词看待时，和对句的"斜阳"同为名词，可视之为宽对。但"锦绣"一词又属于联绵词，对仗的词也应该为名词兼联绵词，"斜阳"不属于联绵词，故修改之。

（三）示例

度荆门望楚

陈子昂

遥遥去巫峡，望望下章台。
巴国山川尽，荆门烟雾开。
城分苍野外，树断白云隈。
今日狂歌客，谁知入楚来。

古今点评摘录：

（1）纪昀：连用四地名而不觉堆垛，得力在以"度"字"望"字分出次第，使境界有实有虚，有远有近，故虽排而不板。五、六句写足"望"字。以上六句写得山川形胜满眼，已伏"狂歌"之根。结二句借"狂歌"逗出"楚"字，用笔变化，再一挨叙正点，则通体板滞矣。

（2）冯舒：如此出题，如此贴题，后人高不到此。

（3）陆贻典：蒋西谷云：首句是"度荆门"，二句是望楚。然"遥遥"二字带有"望"字，"下"字回顾"度"字，古人法律之细如此。落句挽合"度"字有力。

御伦试作：

秦始皇赞

秦风征海内，　　（平平平仄仄）
列国没烽烟。　　（仄仄仄平平）
九鼎收宗庙，　　（仄仄平平仄）
逡巡南粤边。　　（平平平仄平）
筑城长万里，　　（仄平平仄仄）
定制袭千年。　　（仄仄仄平平）
功盖古今帝，　　（平仄仄平仄）

　　　　悠悠共水天。　　　（平平仄仄平）

　　解释：该五律为平水韵押先韵，首联和颈联对仗。第二句"列国"是指齐、楚、燕、韩、赵、魏六国。春秋时期诸侯混战，强国吞并弱国，到战国时期，仅剩下包括秦国在内的七个国家，号称"战国七雄"。第三句的"九鼎"，是指相传大禹把天下划分为九州，并下令工匠将每个州的名山大川镌刻于鼎上，每一个鼎象征一个州，他把九鼎集中安放在夏王城，象征国家统一。"九鼎收宗庙"是暗指秦王嬴政统一了中国。"逡巡南粤边"是指秦王派五十万大军平定南粤。第六句"定制袭千年"，是指秦王建立了中央集权制度，该制度在中华大地上沿袭两千余年。

　　原诗首联为"秦风征万里，列国没烽烟"，但因出句"万里"为数量词，而"烽烟"为名词，故将"万里"修改为"海内"。"海内、神州、赤县、九原、九牧、诸夏、华夏"等均为中国的别称。第四句原为"逡巡南海边"，修改第一句时，顺便将第四句的"南海"修改为"南粤"，避免一首诗出现两个"海"字。

　　（四）示例

望洞庭湖赠张丞相
孟浩然
八月湖水平，涵虚混太清。
气蒸云梦泽，波撼岳阳城。
欲济无舟楫，端居耻圣明。
坐观垂钓者，徒有羡鱼情。

古今点评摘录：
（1）纪昀："叠浪"二句似海诗，不似洞庭。工部"乾坤日夜浮"句，亦似海诗。赖"吴楚"清出洞庭耳，此工部律细于随州处。
（2）冯班：次联毕竟妙，与寻常壮语不同。皎然议之，亦近太刻，只是次联妙。
（3）陆贻典：只"涵虚混太清"一句，洞庭湖正面已完。三、四不得推借云梦、岳阳，以"气蒸""波动"四字形容之（该诗颔联有的版本为"波动岳阳城"）。

御伦试作：

咏汉武帝

江山迎旭日，　　（平平平仄仄）
华夏浥胡尘。　　（平仄仄平平）
大汉仍生息，　　（仄仄平平平）
驱师灭强邻。　　（平平仄平平）
单于西向遁，　　（平平平仄仄）
藩属北称臣。　　（平仄仄平平）
宏略拓边地，　　（平仄仄平仄）
昆仑竞秀春。　　（平平仄仄平）

解释：该五律为平水韵押真韵。首联、颈联和尾联对仗。"江山犹旭日，华夏浥胡尘"是指初汉时期，国家实力如旭日一般蒸蒸日上，重新实现了统一，但大汉王国时不时还要受到匈奴的侵扰。"驱师灭强邻"是指汉武帝派卫青、霍去病征伐匈奴，迫使漠北匈奴西迁，从此打通河西走廊。第八句"昆仑"本义是指昆仑山，但该词有多种意思，视其语境而定，这里是指"广大无垠"的意思。类似的用法不少，如汉扬雄《太玄·中》曰："昆仑旁薄，思之贞也。"清纪昀《阅微草堂笔记·如是我闻一》曰："元气昆仑，充满天地。"

（五）示例

登岳阳楼
杜甫

昔闻洞庭水，今上岳阳楼。
吴楚东南坼，乾坤日夜浮。
亲朋无一字，老病有孤舟。
戎马关山北，凭轩涕泗流。

古今点评摘录：

（1）方回：岳阳楼天下壮观，孟、杜二诗尽之矣。中两联，前言景，后言情，乃诗之一体也。

（2）冯舒：因登楼二望洞庭，乃云"昔闻洞庭水，今上岳阳楼"，是倒入法。三、四句"吴楚""乾坤",则目之所见,心之所思,已不在岳阳楼矣,故直接用"亲朋""老病"云云。落句五字收上七句,笔力千钧。

(3)查慎行:杜作前半首由近说远,阔大沉雄,千古绝唱。孟作亦在下风,无论后人矣。

御伦试作:

咏唐太宗

旌旆起风雷,　　(平仄仄平平)
烽烟覆大隋。　　(平平仄仄平)
尊称天可汗,　　(平平平仄平)
宾服各蛮夷。　　(平平仄平平)
玄武登皇位,　　(平仄平平仄)
初唐创盛时。　　(平平仄仄平)
朝宗自诸国,　　(平平仄平仄)
万世汗青垂。　　(仄仄仄平平)

解释:该五律为平水韵押支韵,首联、颔联、颈联对仗。第三句"天可汗"的"汗"为一字多音,但与"可"组成"可汗"时,念第二声,不是仄声,有违格律,但"天可汗"是固定词组,故此处不必过分拘泥平仄,属于特例。如同毛泽东《沁园春·雪》中的"一代天骄,成吉思汗","成吉思汗"作为固定词组出现,故也不必拘泥平仄。第四句的"各蛮夷"是指东夷、北狄、西戎、南蛮。"蛮夷"是对周边少数民族的蔑称。中华民族几经战乱,多民族相互融合,现代意义上的"蛮夷"已没有贬义,仅是个历史称呼而已。第五句"玄武登皇位"是指唐太宗是靠"玄武门之变"而登上皇位。第七句"朝宗"本义是指臣下朝见帝王的意思,这里泛指各国觐见唐太宗之意。"垂"字有多义性,这里取其"留传"之义。

原诗首联为"旌旆风雷烈,烽烟覆大隋",考虑到对仗的需要,修改为"旌旆起风雷,烽烟覆大隋"。本诗第三句、第八句出现"汗"字,但两个"汗"字读音不同、意思不同,无须修改。原诗颔联为"尊称天可汗,宾服四蛮夷",但对句的"四蛮夷"的"四"是数量词,考虑到对仗问题,故修改为"宾服各蛮夷"。第七句"朝宗自诸国"为本句自救的拗救方式。

（六）示例

登襄阳城
杜审言

旅客三秋至，层城四望开。
楚山横地出，汉水接天回。
冠盖非新里，章华即旧台。
习池风景异，归路满尘埃。

古今点评摘录：

（1）纪昀：子美登兖州城诗与此如一板印出。此种初出本佳，至今辗转相承，已成窠臼，但随处改换地名，即可题便天下，殊属便捷法门。学盛唐者，先须破此一关，方不入空腔滑调。

（2）冯班：审言诗不必如此论，此盖后世诗法耳。

（3）冯舒：言景言情，前人不如此，只是大历以后体，"江西"遂定诗法矣。

御伦试作：

咏乾隆帝

太虚诗问鼎，　（仄平平仄仄）
高品却无缘。　（平仄仄平平）
故土归华后，　（仄仄平平仄）
香妃醉帝前。　（平平仄仄平）
掣签彰大略，　（仄平平仄仄）
缅战扣心弦。　（仄仄仄平平）
六踏江南岸，　（仄仄平平仄）
春风杨柳烟。　（平平平仄平）

解释：该五律为平水韵押先韵，颔联和颈联对仗。在不考虑诗歌质量的前提下，"太虚诗问鼎"是指乾隆帝的诗歌数量全球问鼎。"太虚"是宇宙、天下的代称。乾隆帝一生作诗四万多首，诗歌总数量居全球第一。第二句"高品却无缘"意思指其没有创作出高品质的诗歌，但其诗歌数量之多，足见其才思敏

211

捷。原诗第四句"武功号十全"是指乾隆帝有"十全老人"之称，其在位期间曾十次动用武力。"掣签彰大略"是指乾隆帝制定"金瓶掣签"制度来确定西藏的转世灵童，把宗教"活佛"指定转世灵童的权力收归中央，此举非常高明。第六句"缅战扣心弦"是指乾隆帝发动对缅甸的战争其实是失败的，损失惨重，但缅甸国王畏惧大清国的实力，胜而主动求和，乾隆帝赢得面子上的"胜利"。"六踏江南岸，春风杨柳烟"是指乾隆皇帝六次踏足江南，"春风杨柳烟"直接化用唐代鱼玄机"折尽春风杨柳烟"的诗句。

原诗颔联为"故土新归庆，武功号十全"，考虑对仗问题，修改为"故土归华后，香妃醉帝前"。乾隆二十四年，乾隆帝完成了收复天山南北，统一新疆的大业，改变了明朝中期以来中原王朝在大西北地区划嘉峪关而治的尴尬局面，是继汉、唐、元等朝代统一新疆后的又一次大统一。

（七）示例

百花亭
白居易

朱槛在空虚，凉风八月初。
山形如岘首，江色似桐庐。
佛寺乘船入，人家枕水居。
高亭仍有月，今夜宿何如。

古今点评摘录：
（1）陆贻典：乐天诗于淡素之中有意义者为妙，太枯率者不足读，此首尚可。
（2）纪昀：清浅可读。

御伦试作：

赞霍去病

虏骑跃原野，　　（仄仄仄平平）
胡人入汉隅。　　（平平仄仄平）
雷霆围敌阵，　　（平平平仄仄）
呼啸锁单于。　　（平仄仄平平）
兵法无师晓，　　（平仄平平仄）

军功海内殊。　　　（平平仄仄平）
春风吹漠北，　　　（平平平仄仄）
丝路变通途。　　　（平仄仄平平）

解释：该五律为平水韵押虞韵，首联、颔联、颈联和尾联对仗。第二句"南侵入汉隅"的"隅"是指角落、靠边沿的地方的意思。颔联和颈联是指在河西之战中，霍去病生擒匈奴五王；在漠北战役中，霍去病大破匈奴，在狼居胥山举行了祭天封礼，在姑衍山（今蒙古国肯特山以北）举行了祭地禅礼。匈奴被霍去病多次击败后，漠南的匈奴被迫西迁。王庭一般是指少数民族建立的政权。战神霍去病多次击败匈奴，战功冠全军，彪炳千秋，使得华夏政权第一次占据河西走廊，丝绸之路自此得以开辟。霍去病二十四岁因病去世，但作为"战神"级别的英雄，其创下的战功纪录，是历代军人追求的至高目标。第五句"兵法无师晓"是指汉武帝曾劝霍去病学习兵法，被霍去病拒绝，他认为打仗只需要懂谋略，不必学兵法。《史记》记载天子尝欲教之孙吴兵法，霍对曰："顾方略何如耳，不至学古兵法。"

原诗首联为"战马跃匈奴，南侵入汉隅"，颔联为"雷霆奔万里，长啸锁单于"，均非对仗句，故首联修改为"虏骑跃原野，胡人入汉隅"；颔联修改为"雷霆围敌阵，呼啸锁单于"。第八句"丝路变通途"参照毛泽东的"天堑变通途"句式。

（八）示例

秋登宣城谢朓北楼
李白
江城如画里，山晚望晴空。
两水夹明镜，双桥落彩虹。
人烟寒橘柚，秋色老梧桐。
谁念北楼上，临风怀谢公。

古今点评摘录：
（1）纪昀：五、六句佳，人所共知。结在当时不妨，在后来则为窠臼，为浅率语。为太现成语。故论诗者，当论其世。
（2）何义门：中二联是秋霁新霁绝景。落句以谢朓惊人语自负耳。

(3) 冯舒：看第二联何尝分景与情，直作宣城，几不可辨。

御伦试作：

赞左宗棠

暗云浮瑞雪，	（仄平平仄仄）
故土别神州。	（仄仄仄平平）
朝野波澜起，	（平仄平平仄）
西征终不愁。	（平平平仄平）
诸华酬壮士，	（平平平仄仄）
清甲斩胡酋。	（平仄仄平平）
边邑左公柳，	（平仄仄平仄）
千秋功业讴。	（平平平仄平）

解释：该五律为平水韵押尤韵，首联和颈联对仗。清朝后期，由于受太平天国运动的打击，大清的实力受损严重。阿古柏趁机在新疆建立政权，导致新疆一度脱离清政府的版图。李鸿章等人主张放弃新疆，主张"海防"，而左宗棠主张"塞防"，力主收复新疆，双方各有支持者，最终朝廷决定采取"海塞兼营"。颈联"诸华酬壮士"的"诸华"为中华的别称；"清甲斩胡酋"中的"清甲"代指清军。第七句"边邑春风渡"，是指作为边邑地区的新疆重新回到祖国的怀抱。"千秋功业讴"是指左宗棠的伟大功绩值得中华儿女永远讴歌、赞颂。

原诗第三句为"海塞兼营论"，觉得对事情争论的描述过于详细，诗意不足，故修改为："朝野波澜起"。

（九）示例

送友人入蜀
李白

见说蚕丛路，崎岖不易行。
山从人面起，云傍马头生。
芳树笼秦栈，春流绕蜀城。
升沉应已定，不必问君平。

古今点评摘录：

（1）方回：太白此诗，虽陈、杜、沈、宋不能加。
（2）查慎行：前四句一气盘旋。
（3）纪昀：一片神骨，而锋芒不露。
御伦试作：

吊冉闵大帝

狼烟湮故国，　　（平平平仄仄）
胡族主中原。　　（平仄仄平平）
白骨横荒野，　　（仄仄平平仄）
屠华几灭根。　　（仄平平仄平）
复仇源政令，　　（仄平平仄仄）
惊惧走边藩。　　（平仄仄平平）
谤誉由天下，　　（仄仄平平仄）
遗民犹念恩。　　（平平平仄平）

　　解释：该五律为平水韵押元韵，首联和颈联对仗。首联"狼烟湮故国，胡族主中原"是指西晋八王之乱后，国力衰微，胡族趁机入侵中原，在北方地区建立十六个政权。"白骨横荒野，屠华几灭根"是指西晋初年，汉族有两千多万人，经过八王之乱和五胡乱华之后，汉族人口不足五百万人。其间北方大批名门望族"衣冠南渡"。冉闵是后赵石虎的养子，一生东征西讨，为后赵立下汗马功劳。石虎去世后，石虎儿子继承王位。冉闵因功高震主，后赵皇帝怕尾大不掉，多次派人谋害冉闵，但被冉闵反戈一击，直接杀掉后赵皇帝。尔后冉闵干脆恢复自己的汉人身份，自称"皇帝"，建立"闵魏政权"。冉闵在位期间颁布过"杀胡令"，号召汉人以毒攻毒，血债血偿，向胡人复仇。其血债血还的做法引发后世诸多争议，毁誉参半。第二句"胡族主中原"的"胡族"主要是指匈奴、鲜卑、羯、氐、羌，史称"五胡"。历史上的"五胡"现已经全部消失，如今已全部融入中华民族的血脉。诗句中"胡族"仅作为一个历史名词而存在，现中华大地早已没有"华夷"之分。
　　原诗首联为"狼烟昭国破，胡族主中原"，修改为"狼烟湮故国，胡族主中原"。颈联原为"戮夷源政令，惊狄散边藩"，修改为"复仇源政令，惊惧走边藩"，均是出于对仗考虑。"惊惧走边藩"为省略句，省略主语"胡人"。

（十）示例

途中遇晴

孟浩然

已失巴陵雨，犹逢蜀坂泥。

天开斜景遍，山出晚云低。

馀湿犹沾草，残流尚入溪。

今宵有明月，乡思远凄凄。

古今点评摘录：

（1）方回：三、四句壮浪，五六句细润，形容雨晴妙甚。

（2）纪昀：通体细润，以为"壮浪"，非也。

（3）许印芳：凡壳路诗，制题有"途中""道中"字，上文标出地名界限方清。此题尚欠分明，不可为式。

御伦试作：

咏岳飞

强虏入边关，	（平仄仄平平）
驱师破北蛮。	（平平仄仄平）
欲迎囚二帝，	（仄平平仄仄）
圣旨退兵颁。	（仄仄仄平平）
屈死和戎策，	（仄仄平平仄）
谩嗟锦绣山。	（仄平仄仄平）
西湖遗岳庙，	（平平平仄仄）
武圣悼瀛寰。	（仄仄仄平平）

解释：该五律为平水韵押删韵，颈联和尾联对仗。第一句"强虏入边关"是指女真族建立的金国大举入侵北宋。第二句"驱师破北蛮"是指岳飞接连收复多个城市。第三句"欲迎囚二帝"是指金兵攻破开封府，俘虏了宋徽宗和宋钦宗二位北宋国君，史称"靖康之耻"。岳飞意图率兵直捣黄龙府，迎回二位被囚的"国君"。第四句"圣旨退兵颁"是指宋高宗曾颁布十二道圣旨召回岳飞，准备退兵议和。"屈死和戎策"中的"和戎策"系指秦桧等人主张的"议和策

略"。"武圣悼瀛寰"为主宾置换句。岳飞被后人称为"武圣"。因岳飞在历史上有抗金之举，大清是金人后裔，故大清入关后，有意抬高关羽的地位来压低岳飞的历史地位，不停给关羽封号，直至把关羽封为"武圣"。

（十一）示例：

题元录事开元所居
刘长卿
幽居萝薜情，高卧纪纲行。
鸟散秋鹰下，人闲春草生。
冒风归野寺，收印出山城。
今日新安郡，因君水更清。

古今点评摘录：

（1）方回：第二句好，高卧而法自行，"行"字乃是有力字。
（2）纪昀：第四句好，三句不自然。

御伦试作：

咏康熙大帝

少年登宝座，　　（仄平平仄仄）
风雨振朝纲。　　（平仄仄平平）
勠力撤藩号，　　（仄仄仄平仄）
亲征举酒觞。　　（平平仄仄平）
朔方攻取策，　　（仄平平仄仄）
罗刹共分疆。　　（平仄仄平平）
禹甸旌旗猎，　　（仄仄平平仄）
蕃夷觐未央。　　（平平仄仄平）

解释：该律诗押平水韵阳韵，首联、颔联和颈联对仗。第一句"少年登宝座"是指康熙八岁登基，在位期间合计六十一年，是中国历史上在位时间最久的皇帝。第三句"勠力撤藩号"是指康熙强行撤藩，并出兵平定"三藩之乱"。第五句"朔方攻取策"的"朔方"即"北方"的意思。第六句"罗刹共分疆"中的"罗刹"是俄罗斯的别称。康熙击败沙俄后，与其签订《尼布楚条约》，划分两国疆界。第八句的"未央"是指未央宫，是大汉王朝的正宫，是国家和政治中心的象征，这里借指大清王朝。

原诗颔联为"一举撤藩号，亲征荡四方"，"一举"和"四方"均包含数量词，但对应的位置不同，不对仗，修改为"勠力撤藩号，亲征举酒觞"。第八句原为"宝岛旌旗猎"，第一句和第八句均出现"宝"字，为避免出现重字，故第七句修改为"禹甸旌旗猎"。"禹甸"为中国的别称。第八句"蕃夷觐未央"的"蕃夷"是历史上中原人对外国或异族的统称。宋·王谠《唐语林·补遗四》："每元朔朝会，禁军御杖宿於殿庭……文武缨佩，蕃夷酋长皆序列。"

（十二）示例

题潼关楼
崔颢

客行逢雨霁，歇马上津楼。
山势雄三辅，关门扼九州。
川从陕路去，河绕华阴流。
向晚登临处，风烟万里愁。

古今点评摘录：
（1）方回：中四句壮哉！老杜同调。
（2）纪昀：气体自壮，然壮而无味。近乎空腔。
御伦试作：

赞鬼谷子

茫茫觅云梦，	（平平仄平仄）
郁郁隐关山。	（仄仄仄平平）
高道逍遥论，	（平仄平平仄）
恭听弟子环。	（平平仄仄平）
玄微游列国，	（平平平仄仄）
桃李耀瀛寰。	（平仄仄平平）
谋略经书载，	（平仄平平仄）
流芳天地间。	（平平平仄平）

218

解释：该律诗押平水韵删韵，首联和颈联对仗。鬼谷子，姓王，名诩，别名禅，是战国时代传奇人物。他是谋略家、纵横家的鼻祖，兵法集大成者，诸子百家之纵横家的创始人。因其常年隐居在云梦山鬼谷，故自称鬼谷先生。鬼谷子，被后世尊为"谋圣"。第六句"桃李耀瀛寰"是指鬼谷子弟子诸如苏秦、张仪、庞涓、孙膑等，无不出将入相，左右列国存亡。第七句"谋略经书载"是指鬼谷子主要的思想被载入《鬼谷子》《本经阴符七术》等作品中，其著作被后世称为"智慧禁果，旷世奇书"。如果说孔子是中国历史上影响力最大的老师，那么鬼谷子可以说是中国历史上最成功的老师。

原诗首联为"茫茫云梦处，青翠隐关山"，修改为"茫茫觅云梦，郁郁隐关山"。第一句的"云梦"是指鬼谷子隐居的云梦山。颈联原为"出山游列国，桃李耀瀛寰"修改为"玄微游列国，桃李耀瀛寰"。"玄微"是指鬼谷子，其被后人尊称为玄微真人。

（十三）示例

登定王台
朱熹
寂寞番君后，光华帝子来。
千年馀故国，万事只空台。
日月东西见，湖山表里开。
从知爽鸠乐，莫作雍门哀。

古今点评摘录：

（1）纪昀：以大儒故有意推尊，论诗不当如此。诗法、道统，截然二事，不必援引，借以为重。

（2）冯班：文公笔端颇高，其诸诗在词句声调之间，浅狭不近古人。

（3）陆贻典：文公五言律全学老杜。如此诗，结句得杜之神。

御伦试作：

咏韩非子
郎君生贵胄，　　（平平平仄仄）
锦绣出胸襟。　　（仄仄仄平平）
刑上公卿论，　　（平仄平平仄）

儒门震悚深。　　（平平仄仄平）
著书惊列国，　　（仄平平仄仄）
变法撼王心。　　（仄仄仄平平）
狱死悲寰宇，　　（仄仄平平仄）
真知照古今。　　（平平仄仄平）

解释：该诗为平水韵押侵韵，首联和颈联对仗。"锦绣出胸襟"是指韩非子是法家思想的集大成者，集商鞅的"法"、申不害的"术"和慎到的"势"于一身，将辩证法、朴素唯物主义与法融为一体，为后世留下《韩非子》一书。韩非子学说一直是中国封建社会时期统治阶级治国的思想基础。第三句"刑上公卿论，儒门震悚深"是指韩非子主张"刑过不避大臣，赏善不遗匹夫"，主张清除贵族特权。而儒家则主张讲究"礼不下庶人，刑不上大夫"，维护贵族的特权。在这方面，韩非子的观点和儒家是对立的。"著书惊列国，变法撼王心"是指韩非子提出了"不期修古，不法常可"的观点，主张"世异则事异""事异则备变"等变法观点，深得秦王嬴政的赏识。第七句"狱死悲寰宇"是指韩非子在秦国受到李斯等人的迫害，冤死狱中，老百姓无不悲哀。

（十四）示例

梅
杜牧

轻盈照溪水，掩敛下瑶台。
妒雪聊相比，欺春不逐来。
偶同佳客见，似为冻醪开。
若在秦楼畔，堪为弄玉媒。

古今点评摘录：
(1) 方回：牧之诗才高，此小诗如不介意，五、六句淡而有味。
(2) 纪昀：四句不爽亮。
(3) 查慎行：五、六句不必黏题，自成佳句。

御伦试作：

咏梅

萧瑟三冬劲，	（平仄平平仄）
朔风尤物花。	（仄平平仄平）
暗香盈夜壑，	（仄平平仄仄）
淡月泻天涯。	（仄仄仄平平）
满上金樽酒，	（仄仄平平仄）
开轩梅树鸦。	（平平平仄平）
落英催雪尽，	（仄平平仄仄）
空院发春芽。	（平仄仄平平）

解释：该诗为平水韵押麻韵，颔联、颈联对仗。"萧瑟三冬劲"中的"三冬"是指孟冬、仲冬和季冬，实际上还是指冬天。"朔风尤物花"的"尤物"本义是指特别优秀的人或物，这里借指梅花，"朔风"是指北风。梅花在寒冬腊月中开放，显得与众不同。第六句的"落英"是指飘落在地的梅花，梅花纷纷飘落，意味着冬天将尽。"空院发春芽"是指院子里的梅枝上出现新芽，意味着春天即将来临。通常梅花是先开花后出芽长叶子，这点与绝大多数的花卉不同。

（十五）示例

送史泽之长沙
司空曙

谢朓怀西府，单车触火云。
野蕉依戍客，庙竹映湘君。
梦渚巴山断，长沙楚路分。
一杯从别后，风月不相闻。

古今点评摘录：
(1) 方回：两司空所言永嘉、长沙风土，各极新丽。所取二联，又皆下句胜。凡诗以下句胜上句为作家，先一句好而后一句弱，或不称，则败兴矣。
(2) 纪昀：结句似相忆而不似相送，病在"从"字。

御伦试作：

雨中漓江

丝雨吹风骤，　　（平仄平平仄）
青山潜水眠。　　（平平平仄平）
满舱归小舸，　　（仄平平仄仄）
墨鸟立船舷。　　（仄仄仄平平）
纤竹窥江浪，　　（平仄平平仄）
农夫奔柳烟。　　（平平平仄平）
丹青难画就，　　（平平平仄仄）
满目秀山川。　　（仄仄仄平平）

解释：该律诗为平水韵押先韵，首联、颔联和颈联对仗。"青山水底眠"是指青山倒映在水中。第四句"墨鸟"无疑是指黑色的鸟，站立在船头的鸟，大多是渔民驯养的鸬鹚。但"鸬鹚"两字均为平声，故用"墨鸟"代之。"纤竹窥江浪，农夫奔柳烟"是指江岸边上的竹子在风中摇曳多姿，向江边摇摆；而农夫在烟雨迷蒙的柳树下奔走回家。"丹青难画就"是指桂林山水之美，难以用丹青完全表现出来。

原诗首联为"丝雨吹风骤，青山水底眠"，修改为"丝雨吹风骤，青山潜水眠"。颔联原为"满鱼归小舸，墨鸟立船舷"，修改为"满舱归小舸，墨鸟立船舷"。首联描写的是大的景象，而颔联描写的是小场景。同样第五句写的是大的景象，第六句写的是小场景，这属于大小相结合的写作手法。

（十六）示例

闻寇至初去柳州
曾几

剥啄谁敲户，仓皇客抱衾。
只看人似蚁，共道贼如林。
两岸论千里，扁舟抵万金。
病夫桑下恋，万一有佳音。

古今点评摘录：

（1）方回：此篇虽未见忠愤之意，辽亡金炽，盗贼充斥，自中原破，至于岭表，非士大夫之罪乎？当任其咎者，读之而思可也。

（2）纪昀：二句趁韵，三、四句真而太俚，后半自好。

故友重逢

菡萏花初绽，	（仄仄平平仄）
湖堤尽落英。	（平平仄仄平）
初逢犹盛夏，	（平平平仄仄）
毕业正春耕。	（平仄仄平平）
惜别天涯散，	（仄仄平平仄）
重逢倒屣迎。	（平平仄仄平）
但为尘世客，	（仄平平仄仄）
无酒不言情。	（平仄仄平平）

解释：该五律为平水韵押庚韵，颔联和颈联对仗。第一句"菡萏花初绽"中的"菡萏"为荷花的别称。第二句的"落英"是指别的花朵纷纷飘落在地。第三、四句点明"初逢""毕业"的季节。第六句"重逢倒屣迎"的"倒屣"本义是指急于出迎，把鞋子穿倒，这里表示热情迎客。"但为尘世客，无酒不言情"表达虽说俗了点，但反映的却是社会现实。

（十七）示例

金陵
梅尧臣

恃险不能久，六朝今已亡。
山形象龙虎，宫地牧牛羊。
江上鸥无数，城中草自长。
临流邀月饮，莫挂一毫芒。

古今点评摘录：

（1）方回：龙盘虎踞本是熟事，以'宫地牧牛羊'为对，不觉杜撰之妙，犹老杜'赏应歌杕杜，归及荐樱桃'也。

(2) 纪昀：三、四好，结句粗率。
(3) 何义门：似梦得。后半笔意极洒脱，但觉得太没照应耳。
御伦试作：

听《罗刹海市》有感

波澜罗刹海，　　　（平平平仄仄）
震撼乐坛惊。　　　（仄仄仄平平）
西域秀才返，　　　（平仄仄平仄）
中原万众迎。　　　（平平仄仄平）
抱团遮黑幕，　　　（仄平平仄仄）
洒泪退征程。　　　（仄仄仄平平）
今曲响慷慨，　　　（平仄仄平仄）
凯旋环宇行。　　　（仄平平仄平）

解释：该五律为平水韵押庚韵，颔联和颈联对仗。颔联原为"西域奇才返，神州万众迎"。"奇才"是指在某方面具备特殊的才能，相对而言，"秀才"显得更加接地气。原诗第四句为"神州万众迎"，"西域"和"神州"为对仗词，"西"字为方位词，"神"字非方位词，修改为"中原"与之对仗。此处"中原"两字并非仅指"河南"周边地区，而是特指"中国"的别称。

（十八）示例

睦州四韵
杜牧

州在钓台边，溪山实可怜。
有家皆掩映，无处不潺湲。
好树鸣幽谷，晴楼入野烟。
残春杜陵客，中酒落花前。

古今点评摘录：
(1) 方回：轻快俊逸。
(2) 冯舒：平平八句，不使才气。中二联俱是春暮，故落句好。
(3) 纪昀：风致宜人，三、四已成套，然初出自佳。六句不自然。结得浅谈有情。

御伦试作：

赞徐树铮将军

春风江左月，　　（平平平仄仄）
牙帐马扬鞭。　　（平仄仄平平）
三造共和业，　　（平仄仄平仄）
初临西北边。　　（平平平仄平）
穹庐怀曲蘖，　　（平平平仄仄）
塞外复团圆。　　（仄仄仄平平）
赵宋千秋始，　　（仄仄平平仄）
开疆恐占先。　　（平平仄仄平）

解释：该五律为平水韵押先韵，颔联和颈联对仗。徐树铮将军是安徽人，是中国近代史上的政治、军事人物，北洋军阀皖系名将。徐树铮早年考中秀才，在辛亥革命、洪宪帝制、张勋复辟时辅佐段祺瑞"三造共和"。1919年徐树铮将军出兵外蒙古，迫使外蒙古当局撤销自治，回归中央政府的管辖之下。第一句的"江左"又名江东。长江在芜湖、南京间作西南至东北流向，隋、唐以前，为南北往来主要渡口所在。习惯上称自此以下的长江南岸地区为江东。第二句"牙帐马扬鞭"的"牙帐"是指将帅居住的营帐，这里借指"军旅"。第五句"穹庐怀曲蘖"的"曲蘖"是"酒"的代称。此句的"穹庐"是北方少数民族的泛称。尾联"赵宋千秋始，开疆恐占先"是指宋朝自赵匡胤开始倡导"重文轻武"的政策后，汉人主政的王朝在开疆拓土方面鲜有建树，徐树铮将军出兵外蒙算是率先垂范的千古壮举。

（十九）示例

送海客归旧岛
张籍

海上去应远，蛮家云岛孤。
竹船来桂浦，山市卖鱼须。
入国自献宝，逢人多赠珠。
却归春洞口，斩象祭天吴。

古今点评摘录：

（1）方回：唐以诗试进士，先以诗为行卷。如此等语，或本无其人，姑是题，以写殊异之景，故皆新怪可观，如送流人、寄边将之类，皆是也。

（2）纪昀：此应入'远外类'。无味，第五句不佳。

御伦试作：

罗店争夺战

激浪蓬篙吼，　　（仄仄平平仄）
将军烽火行。　　（平平平仄平）
丹心昭日月，　　（平平平仄仄）
壮士浴沙场。　　（仄仄仄平平）
血海汇罗店，　　（仄仄仄平仄）
孤城咏国殇。　　（平平仄仄平）
繁华黄浦岸，　　（平平平仄仄）
勿忘战时郎。　　（仄仄仄平平）

解释：该五律为平水韵押阳韵，首联、颔联和颈联对仗。罗店只是上海黄浦江边的一个小镇，地势平坦，从军事角度上来看它不是一个防御作战的好地方，但它是上海的交通要道，是通往宝山、上海市区、嘉定和松山等几条公路的交通枢纽。罗店的地理位置使得它成为兵家必争之地，简言之，罗店一旦有失，会对淞沪会战产生牵一发而动全身的后果。淞沪会战爆发后，罗卓英将军率领的第十八军担负起收复罗店的重任。由于日军武器装备占绝对优势，十八军合计伤亡一万二千多人，日军伤亡合计六千多人。罗店面积仅两平方公里，中日双方近两万人喋血于罗店，战场尸积如山，血流成河，整个城镇片瓦无存，仅剩焦土，其状惨不忍睹。罗店镇变成了一座不折不扣的"血肉磨坊"，"一寸山河一寸血"的说法由此产生。史学家公认罗店争夺战是淞沪会战中最惨烈的战斗。第三句"丹心昭日月"化用"一片丹心可昭日月"。"一片丹心可昭日月"这句成语来源于《韩非子·喻老》一文。

（二十）示例：

秦州
杜甫
传道东柯谷，深藏数十家。
对门藤盖瓦，映竹水穿沙。
瘦地翻宜粟，阳坡可种瓜。
船人近相报，但恐失桃花。

古今点评摘录：
（1）方回：'瘦地'句古今人未尝道。东南水田，籼粳皆欲肥，种粟惟欲地瘦，亦格物者之所宜知也，二十首取一。
（2）查慎行：五首炼句曲折，自老杜起可以类推。
（3）纪昀：不是如此解。二十首独取此首，不可解。

御伦试作：

咏荷

凉风掠水面，	（平平仄仄仄）
碧浪戏圆荷。	（仄仄仄平平）
开合跳珠玉，	（平仄仄平仄）
芙蓉映绿波。	（平平仄仄平）
酒杯荷叶制，	（仄平平仄仄）
醉友满船歌。	（仄仄仄平平）
落日飞鸥鹭，	（仄仄平平仄）
清香越岸坡。	（平平仄仄平）

解释：该律诗为平水韵押歌韵，首联、颈联和尾联对仗。第二句"碧浪戏圆荷"中的"圆荷"是指圆形的荷叶。如苏轼的《永遇乐·彭城夜宿燕子楼》"曲港跳鱼，圆荷泻露，寂寞无人见"。第三句"开合跳珠玉"是指荷叶在微风吹拂下，荷叶分合导致雨珠在荷叶上跳动不已。晋人木华《海赋》："惊浪雷奔，骇水进集。开合解会，瀼瀼湿湿。"第四句"芙蓉映绿波"的"芙蓉"是"荷花"的别称。第五句"酒杯荷叶制"是指古人有采荷叶做成酒杯的习俗。

（二十一）示例

山园小梅
林逋

众芳摇落独暄妍，占尽风情向小园。
疏影横斜水清浅，暗香浮动月黄昏。
霜禽欲下先偷眼，粉蝶如知合断魂。
幸有微吟可相狎，不须檀板共金樽。

古今点评摘录：

（1）冯舒："暄妍"二字不稳，次联真精妙。

（2）查慎行：再三玩味次联，终逊"雪后"一联。

（3）纪昀：冯云首句非梅，不知次句"占尽风情"四句亦不似梅。三、四及前一联皆名句，然全篇俱不称，前人已言之。五、六浅近，结亦滑调。

御伦试作：

咏郑成功

金陵旌旆悲歌吼，	（平平平仄平平仄）
余部东南缺月眠。	（平仄平平仄仄平）
筹措反清图再战，	（平仄仄平平仄仄）
荷夷台岛舞翩跹。	（仄平平仄仄平平）
惊涛巨浪千重雪，	（平平仄仄平平仄）
船舸狂风赤日边。	（平仄平平仄仄平）
酣战经年收故土，	（平仄平平平仄仄）
英名煊赫耀长天。	（平平平仄仄平平）

点评：该诗为平水韵押先韵，首联和颈联对仗。首联"金陵旌旆悲歌吼，余部东南缺月眠"是指郑成功攻打金陵失利后退守厦门、漳州一带，暂时休养生息。第四句"荷夷台岛舞翩跹"中的"荷夷"指的是荷兰殖民者。"荷夷"不是生造词，郑成功的《复台》诗云："开辟荆榛逐荷夷，十年始克复先基。"颈联"惊涛巨浪千重雪，船舸狂风赤日边"是指郑成功率部成功渡过海峡。

原诗首联为"金陵旌旆悲歌吼，暂退东南伴月眠"，修改为"金陵旌旆悲歌

228

吼，余部东南缺月眠"。颈联"惊涛巨浪千重雪，船舸狂风赤日边"，曾经修改为"惊涛巨浪千重雪，船舸狂风万里烟"，从对仗的角度更加合适，意象更显大气，但有合掌之嫌，故放弃。"赤日边"虽然没有包含数量词，但属于偏正词组，和"千里雪"同属偏正词组，仍可视之为宽对。

(二十二) 示例

射的山观梅

陆游

射的山前雨垫巾，篱边初见一枝新。
照溪尽洗骄春意，倚竹真成绝代人。
餐玉元知非火食，化衣应笑走京尘。
即今画史无名手，试把清诗当写真。

古今点评摘录：
(1) 查慎行：第四名句，难对。
(2) 纪昀：第四句好，六句"化衣"无着，结二句宋气亦重。

吊白起

杜邮何奈凄凄草，　　（仄平平仄平平仄）
碧水青山葬杀星。　　（仄仄平平仄仄平）
威震太虚惊列国，　　（平仄仄平平仄仄）
功成旷世震王庭。　　（平平仄仄仄平平）
失和将相变兵卒，　　（平平平仄仄平仄）
屈死英雄入汗青。　　（仄仄平平仄仄平）
坑卒长平由史议，　　（平仄平平平仄仄）
后人荒冢叹伶仃。　　（平平平仄仄平平）

解释：该诗为平水韵押青韵，颔联和颈联对仗。首联"杜邮何奈凄凄草"中的"杜邮"是秦国的地名，在如今咸阳城东郊。"碧水青山葬杀星"中的"杀星"是指秦国名将白起，其位列战国四大名将之首，一生参与大小战役达七十余次，歼灭敌人百万余人，一生从无败仗，有"杀星""人屠"之称。第七句"坑卒长平由史议"是指白起在长平大战中俘虏赵军四十多万人，后又派人将这些降卒全部坑杀。毛泽东曾点评过白起："论打歼灭战，千载之下，无人出其右。"第六句"屈死英雄入汗青"是指秦昭襄王责令白起攻打邯郸，白起称病迟迟不愿意领命，后秦昭襄王赐其自刎，但其因一生无败绩的战功而载入史册。原作第八句"谁言勋绩少风腥"中的"勋绩"本义是勋劳，功绩的意思，这里是指军功。曾修改为：千秋骁将叹伶仃。"坑卒长平后人贬"曾修改为"坑卒长平后人批"，该句更加通俗，但"批"字在平水韵中为可平可仄的字，具体看语境而定其平仄，很容易混淆，故修改之。

原诗尾联为"坑卒长平后人贬，千秋骁将叹伶仃"，修改为"坑卒长平由史议，后人荒冢叹伶仃"。白起入选过武庙，受后世祭祀。宋朝时赵匡胤认为白起杀人太多，故将其移出武庙，可见并非所有人都否定白起，修改为后的诗句显得更加公允。

（二十三）示例

晚春感事
陆游

少年骑马入咸阳，鹘似身轻蝶似狂；
蹴鞠场边万人看，秋千旗下一春忙。
风光流转浑如昨，志气低摧只自伤。
日永东斋淡无事，闭门扫地独焚香。

古今点评摘录：

（1）方回：律熟。犹不能忘情少年豪荡时耶？
（2）纪昀：惟其太熟，一笔泻出，所以全无顿挫停蓄之致。亦香山体，终嫌太易。

御伦试作：

长沙大捷

阴阴暮霭楚天暗，　　（平平仄仄平平仄）
浩浩湘江向北流。　　（仄仄平平仄仄平）
半壁江山陷倭寇，　　（仄仄平平仄平仄）
三湘秀水出奇谋。　　（平平仄仄仄平平）
长沙大捷瀛寰晓，　　（平平仄仄平平仄）

鬼子败逃连日愁。　　（仄仄仄平平仄平）
岳麓林深风怒吼，　　（仄仄平平平仄仄）
军民勠力保金瓯。　　（平平仄仄仄平平）

解释：该诗为平水韵押尤韵，颔联和颈联对仗。"半壁江山陷倭寇，三湘秀水出奇谋"是指1939年至1942年期间，中国半壁江山沦陷。日本侵略者三次发动对长沙的进攻，均被国军击退，我军取得长沙会战的胜利，歼灭日军十多万人。国军总指挥薛岳在长沙会战中提出"天炉战法"的策略应对日军，大获成功。"三湘秀水"是指湖南。颔联首句格式为：仄仄平平平仄仄，"半壁江山陷倭寇"的第六字"倭"字应仄而平，故第五字补个仄声字，即"六拗五救"，变体格式为：仄仄平平仄平仄，一般而言拗句在律诗中要尽量少用。第七句"岳麓林深风怒吼"的"岳麓"是指"岳麓山"，是指长沙大捷的国军指挥官薛岳曾在岳麓山设置临时指挥部。

（二十四）示例

黄河

罗隐

莫把阿胶向此倾，此中天意固难明。
解通银汉应须曲，才出昆仑便不清。
高祖誓功衣带小，仙人占斗客槎轻。
三千年后知谁在？何必劳君报太平！

古今点评摘录：
（1）方回：此以譬人心不可测也。
（2）纪昀：三、四语亦太激，然托于咏物，较胜质言。
（3）何义门：起处非人所能。三、四好讽刺。
御伦试作：

忆恩师

万山拥翠鳌山出，　　（仄平仄仄平平仄）
浩浩东江古邑流。　　（仄仄平平仄仄平）
惜别校园三十载，　　（仄仄平平平仄仄）

师恩犹在梦中留。　　（平平平仄仄平平）
载途荆棘阻前路，　　（仄平平仄仄平仄）
化雨师言解别愁。　　（仄仄平平仄仄平）
三尺教鞭指方向，　　（平仄仄平平仄仄）
满城桃李竞神州。　　（仄平平仄仄平平）

解释：该诗为平水韵押尤韵，颈联和尾联对仗。该诗是回忆作者高三班主任周国良老师谆谆教诲的抒怀之作。首联的"万山拥翠鳌山出"中的"鳌山"是指广东省龙川县的名山。"浩浩东江古邑流"是指东江流经龙川县城。龙川县是广东省最早设立县制的四个古邑之一。南越王赵佗曾在龙川县担任六年县令。龙川县是南越王的龙兴之地，素有"千年古邑"之称。第七句"三尺教鞭指方向"第六个字为应仄而平的拗字，故第五字补回个平声字，为本句自救。"满城桃李竞神州"是指其学生众多，其学生在中华大地上的各个行业中尽展风流，力争上游。

（二十五）示例

登金陵凤凰台
李白

凤凰台上凤凰游，凤去台空江自流。
吴宫花草埋幽径，晋代衣冠成古丘。
三山半落青天外，二水中分白鹭洲。
总为浮云能蔽日，长安不见使人愁。

古今点评摘录：
（1）陆贻典：起二句即崔颢黄鹤楼前四句意也，太白缩为二句，更觉雄伟。
（2）纪昀：太白不以七律见长，如此种俱非佳处。
（3）冯舒：何见第二句不是观望之景？
（4）冯班：登凤凰台便知此句之妙，今人但登清凉台，故多不然此联也。

御伦试作：

咏文天祥

天骄征伐惟雄起，　　（平平平仄平平仄）

南宋遭逢但覆亡。　　（平仄平平仄仄平）
囚客三杯吟正气，　　（平仄平平平仄仄）
军民十万赴沧浪。　　（平平仄仄仄平平）
招降封爵懦夫冀，　　（平平平仄平平仄）
就义如归仗节扬。　　（仄仄平平仄仄平）
浩气参天传万古，　　（仄仄平平平仄仄）
至今犹颂状元郎。　　（仄平平仄仄平平）

解释：该诗为平水韵押阳韵，首联、颔联和颈联对仗。第三句"囚客三杯吟正气"中的"正气"是指文天祥被元军俘虏后，至死不投降，并在狱中写下《正气歌》。南宋灭亡后，有超过十万的军民跳海殉国。第四句中"沧浪"本指青色的水的意思，这里代指大海。第六句"就义如归仗节扬"中的"仗节"本义是指大臣出使或大将出征，皇帝赐予符节，作为凭证及权力的象征，这里代指坚守节操。文天祥在科举考试中荣获第一名，成为当年科举考试的科举状元，故言"至今犹颂状元郎"。

原诗首联为"天骄纵马苍穹碧，南宋遭逢叹覆亡"，修改为"天骄征伐惟雄起，南宋遭逢但覆亡"。"惟"和"但"均为副词，"雄起"和"覆亡"均为动词。"雄起"并非四川方言，只是四川人常用该词语。《古微书》辑汉纬书《尚书帝命验》云："有人雄起，戴玉英，履赤矛。"这里的"雄起"就是"崛起"之义。

（二十六）示例

登楼

杜甫

花近高楼伤客心，万方多难此登临。
锦江春色来天地，玉垒浮云变古今。
北极朝廷终不改，西山寇盗莫相侵。
可怜后主还祠庙，日暮聊为《梁甫吟》。

古今点评摘录：

（1）方回：老杜七言律诗159首，当写以常玩，不可暂废。今于"登览"中选此为式。"锦江""玉垒"二联，景中寓情，后联却明说破，道理如此，岂徒模写江山而已哉。

(2) 冯舒：后六句皆出第二句生出。

(3) 纪昀：何等气象！何等寄托！如此种诗，如日月终古常见而光景常新。

御伦试作：

咏南越王

连旌锐士入南粤，　　（平平仄仄仄平仄）
百越诸曹附大秦。　　（仄仄平平仄仄平）
教化春风吹百越，　　（平仄平平平仄仄）
蛮夷修习礼仪新。　　（平平平仄仄平平）
相争楚汉中原鼎，　　（平平仄仄平平仄）
立国雄邦乱世尘。　　（仄仄平平仄仄平）
大汉皇恩多浩荡，　　（仄仄平平平仄仄）
攘除帝号北称臣。　　（平平仄仄仄平平）

解释：该诗为平水韵押真韵，首联和颈联对仗。第二句"百越诸曹附大秦"的"诸曹"是指各部落的意思。第三句"教化春风吹百越"是指南越王在位期间采取合辑百越的政策，传播中原文明。第八句"攘除帝号北称臣"是指南越王自愿撤销帝号，向汉朝称臣，避免生灵涂炭，为中华民族的统一做出了贡献。

原诗首联为"长旌霄汉岭南覆，南粤诸人入大秦"，修改为"连旌锐士入南粤，百越诸曹附大秦"。"连旌"是"连旗"的意思，众多的旗帜相连，形容秦军军威雄壮。南朝宋鲍照的《从临海王上荆初发新渚诗》："云舻掩江汜，千里被连旌。"隋人薛道衡《渡北河诗》："连旌映潋浦，叠鼓拂沙洲。"

(二十七) 示例

柳州峒氓

柳宗元

郡城南下接通津，异服殊音不可亲。
青箬裹盐归峒客，绿荷包饭趁虚人。
鹅毛御腊缝山罽，鸡骨占年拜水神。
愁向公庭问重译，欲投章甫作文身。

古今点评摘录：

234

(1) 冯舒：柳固工秀，然谓过于杜则不然。

(2) 何义门：后四句言历岁逾时，渐安夷俗，窃衣食以全性命。顾终之不召，亦将老为峒氓，岂复计其不可亲乎？哀怨不可读。

(3) 纪昀：全以鲜脆胜，三、四如画。

御伦试作：

山城观景

春催花卉翠微绽，（平平平仄仄平仄）
月满西楼雨满塘。（仄仄平平仄仄平）
喜鹊高飞归茂树，（仄仄平平平仄仄）
江船鸣笛泊堤旁。（平平平仄仄平平）
南山俯瞰全城秀，（平平仄仄平平仄）
轩馆徘徊半酒觞。（平仄平平仄仄平）
尘世愁思多执念，（平仄平平平仄仄）
一年更望一年强。（仄平仄仄仄平平）

解释：该律诗为平水韵押阳韵，颔联和颈联对仗。首联"春催花卉翠微绽"中的"翠微"泛指青山。颈联"南山俯瞰全城秀"中的"南山"是指重庆的南山，是观赏重庆景色的极佳处。第六句"轩馆徘徊半酒觞"的"轩馆"是指高敞精舍的意思；"酒觞"就是酒杯的意思。

(二十八) 示例

登柳州城楼寄漳汀封连四州

柳宗元

城上高楼接大荒，海天愁思正茫茫。
惊风乱飐芙蓉水，密雨斜侵薜荔墙。
岭树重遮千里目，江流曲似九回肠。
共来百越文身地，犹自音书滞一乡。

古今点评摘录：

(1) 陆贻典：子厚诗律细于昌黎，至于柳州诸咏，尤其神妙，宣城、参军之匹。

(2) 查慎行：起势极高。

御伦试作：

七十周年国庆阅兵有感

七旬华诞阅兵殊，　　（平平平仄仄平平）
政要八方赴帝都。　　（仄仄平平仄仄平）
方阵磅礴惊碧落，　　（平仄仄平平仄仄）
怒号铁甲撼中枢。　　（仄平仄仄仄平平）
百年御侮丹青录，　　（仄平仄仄平平仄）
八载驱倭血泪书。　　（平仄平平仄仄平）
号角复兴吹九域，　　（平仄仄平平仄仄）
旌旗招展迈征途。　　（平平平仄仄平平）

解释：该诗为通韵押乌韵，颈联和尾联对仗，通韵是指中华通韵。"古稀"是七十岁的代称。共和国虽是七十周年华诞，但七十年对共和国来说很年轻，而对人来说已是黄昏岁月，用"古稀"则有老气横秋的感觉，而用"七旬"取代。第三句的"方阵磅礴惊碧落"的"方阵"是指阅兵时出现的方阵队列。第四句的"怒号铁甲撼中枢"的"铁甲"是指阅兵队伍中的装甲车。第七句"号角复兴吹九域"的"九域"是中国的别称。

（二十九）示例

雪后书北台壁二首（其二）
苏轼

城头初日始翻鸦，陌上晴泥已没车。
冻合玉楼寒起粟，光摇银海眩生花。
遗蝗入地应千尺，宿麦连云有几家。
老病自嗟诗力退，空吟冰柱忆刘叉。

古今点评摘录：

(1) 方回：雪宜麦而辟蝗，蝗生子入地，雪深一尺，蝗子入地一丈。"玉楼"为肩，"银海"为眼，用道家语，然竟不知出道家何书。盖黄庭一种书相传有此说。

（2）冯班：自然雄健。三、四予意所不取，正以其"银""玉"影射可厌耳。试请知诗者论之。"玉楼""银海"正是病处。

（3）何义门："冻合"二句若赋雪便无余味，妙在是雪后耳。

御伦试作：

游潕阳河

潕阳河畔春风醉，　　（仄平平仄平平仄）

浦溆桃花堤岸开。　　（仄仄平平平仄平）

碧水蜿蜒向天际，　　（仄仄平平仄平仄）

青山列队候君来。　　（平平仄仄仄平平）

开屏孔雀斑斓舞，　　（平平仄仄平平仄）

垂钓渔夫抖擞还。　　（平仄平平仄仄平）

绝胜风光犹画里，　　（平仄平平平仄仄）

桂林山水似同侪。　　（仄平平仄仄平平）

解释：该诗为通韵押哀韵，首联和颈联对仗。潕阳河在贵州省镇远、施秉县境内，分为上潕阳和下潕阳两段。上潕阳开发有头峡、无路峡、老洞峡、观音峡，长约50公里，以"太公钓鱼石"为标志；下潕阳包括施秉县境内的诸葛峡及镇远县境内的龙王峡、西峡和东峡，全长50公里，以"孔雀开屏石"为标志。"浦溆"是指水边。"开屏孔雀斑斓舞，垂钓渔夫抖擞还"中的"开屏孔雀"和"垂钓渔夫"均指潕阳河中的景点，山中的巨石外形分别像孔雀开屏和渔夫垂钓。第三句"碧水蜿蜒向天际"，原来的格式为：仄仄平平平仄仄，本句第五字应平而仄，故在第六字补回一个平声字，为本句自救，格式变为：仄仄平平仄平仄。

（三十）示例

江上值水如海势聊短述

杜甫

为人性僻耽佳句，语不惊人死不休。

老去诗篇浑漫与，春来花鸟莫深愁。

新添水槛供垂钓，故着浮槎替入舟。

焉得思如陶谢手，令渠述作与同游。

古今点评摘录：

（1）方回：以"诗篇"对"花鸟"，此为变体。后来者又善于推广云。
（2）查慎行：此篇借题以寓作诗之法，观起结作法可见。
（3）纪昀：此诗究不称题。论者曲为之说，殊为附耳。
（4）何义门："水如海势"，惊人之景。乃止"短述""漫与"云耳。

御伦试作：

游荔波小七孔

卧龙潭上银梳挂，　　（仄平平仄平平仄）
玉女何家洗玉渊。　　（仄仄平平仄仄平）
潋滟幽波随落日，　　（仄仄平平平仄仄）
流连游客下寒川。　　（平平平仄仄平平）
千条白练银河泻，　　（平平仄仄平平仄）
万朵飞花天际喧。　　（仄仄平花天际平）
旖旎风光览不尽，　　（仄仄平平仄仄仄）
天工神斧撼人寰。　　（平平平仄仄平平）

解释：该诗为通韵押安韵，颔联和颈联对仗。小七孔景区位于贵州省黔南布依族苗族自治州荔波县西南部，它集洞、林、湖、瀑、石、水多种景观于一体，玲珑秀丽，令游客耳目常新，有"超级盆景"的美誉。景点主要有铜鼓桥、小七孔古桥、涵碧潭、拉雅瀑布、68级跌水瀑布、水上森林、天钟洞、鸳鸯湖、卧龙潭、卧龙河生态长廊漂游等。第一句"卧龙潭上银梳挂"的"卧龙潭"外沿呈弯弓形，水从外沿处流下来，从远处看像一把银梳。第二句"玉女何家洗玉渊"中的"玉渊"是指深潭。"留连游客下寒川"中的"寒川"是指冰凉的河水。颈联出句写的是瀑布，对句写的是浪花，不算合掌。

（三十一）示例

中秋松江新桥对月和柳令之作
苏舜钦

月晃长江上下同，画桥横绝冷光中。
云头艳艳开金饼，水面沈沈卧彩虹。
佛氏解为银色界，仙家多住玉华宫。

地雄景胜言不尽，但欲追随乘晓风。

古今点评摘录：

（1）方回：苏子美壮丽顿挫，有老杜遗味。然多哀怨之思。予少时初亦学此翁诗。惜乎子美早卒，使老寿，山谷当并立也。此篇千古绝唱，与吴江长桥、中秋月色成三绝。

（2）冯班：第三句俗笨，第五句丑俚，第七句俚。

（3）纪昀：洒落而格俗，以此名世，亦不可解之事。

御伦试作：

游韶关丹霞山

丹霞美景神州晓，	（平平仄仄平平仄）
前度罗郎三驾临。	（平仄平平平仄平）
丹柱风流窥月魄，	（平仄平平平仄仄）
嫦娥妩媚欲凡尘。	（平平仄仄仄平平）
锦江玉带穿群壑，	（仄平仄仄平平仄）
赤壁丹崖护少阴。	（仄仄平平仄仄平）
沥沥雨声丹岳外，	（仄仄仄平平仄仄）
千年古刹共氤氲。	（平平仄仄仄平平）

解释：该诗为通韵押恩韵，颔联和颈联对仗。丹霞山位于广东省韶关市仁化县境内，是广东省面积最大的风景区，是以丹霞地貌景观为主的世界自然遗产地。丹霞山是世界"丹霞地貌"命名地，以赤壁丹崖为特色。主要景点有阳元石、阴元石、锦江画廊等。颔联"丹柱风流窥月魄"的"丹柱"系指阳元石；"月魄"是月亮的别称。颈联"赤壁丹崖护少阴"的"少阴"是指少阴石，又称阴元石。"锦江玉带穿群壑"是指锦江像玉带一样在千山万壑中穿梭。"赤壁丹崖护少阴"的"护"运用拟人手法，是"保护、围护"的意思。第八句"千年古刹共氤氲"是指丹霞山上有几座历史超过千年的寺庙。阳元石和阴元石颇似男女的生殖器，是丹霞山标志性景点，是大自然对人类的馈赠。

原诗颔联为"丹柱擎天窥月魄，嫦娥妩媚欲凡尘"，修改为"丹柱风流窥月魄，嫦娥妩媚欲凡尘"。

（三十二）示例

鹧鸪
郑谷

暖戏烟芜锦翼齐，品流应得近山鸡。
雨昏青草湖边过，花落黄陵庙里啼。
游子乍闻征袖湿，佳人才唱翠眉低。
相呼相应湘江阔，苦竹丛深日向西。

古今点评摘录：

（1）查慎行：如此咏物，方是摹神。结处与三、四句意重。

（2）何义门："烟芜"二字敏妙，鹧鸪飞最高，今乃戏平芜之上，只为行不得也。"烟"与"雨昏""日西"亦节节贯注。

（3）方回：郑度官谷因此诗，俗遂称之曰郑鹧鸪。

御伦试作：

游华山

天庭巨斧削叠嶂，	（平平仄仄平平仄）
万仞千峰矗大秦。	（仄仄平平仄仄平）
鹞子翻身居险隘，	（仄仄平平平仄仄）
长空栈道附嶙峋。	（平平仄仄仄平平）
巍巍仙掌出苍昊，	（平平平仄平仄仄）
莽莽雄奇掩暮云。	（仄仄平平仄仄平）
踏破三山兼五岳，	（仄仄平平平仄仄）
华山奇险更无伦。	（仄平平仄仄平平）

解释：该诗为通韵押恩韵，首联、颔联和颈联对仗。华山，古称"西岳"，雅称"太华山"，为五岳之一，位于陕西省渭南市，在省会西安以东120公里处。南接秦岭山脉，北瞰黄渭，自古以来就有"奇险天下第一山"的说法。华山主要景点有凌空架设的长空栈道、三面临空的鹞子翻身以及在峭壁绝崖上凿出的千尺幢、百尺峡、老君犁沟、仙掌峰等。"鹞子翻身居险隘，长空栈道附嶙峋"中的"鹞子翻身""长空栈道"，"巍巍仙掌出苍昊"中的"仙掌"均指华

景区的地名，其中仙掌峰的风景尤为优美，其位列关中八景之首。

（三十三）示例

安定城楼

李商隐

迢递高城百尺楼，绿杨枝外尽汀洲。

贾生年少虚垂泪，王粲春来更远游。

永忆江湖归白发，欲回天地入扁舟。

不知腐鼠成滋味，猜意鹓雏竟未休。

古今点评摘录：

（1）查慎行：王半山最赏此五、六一联，细味之大有杜意。

（2）何义门：五、六言所以垂涕于远游者，岂为腐鼠而不能舍然哉？吾诚"永忆江湖"，欲归而优游白发，但俟回旋天地功成，却"入扁州"耳。

（3）纪昀：此入"消遣"亦无理。"江湖""扁舟"之兴俱自"汀洲"出，故次句非趁韵凑景。五、六千锤百炼，出以自然，杜亦不过如此。世但喜其浮艳雕镂之作，而义山之真面隐矣。结太露。"欲回天地入扁舟"，言欲投老江湖，自为世界，如收缩天地归于一舟。然即仙人敛日月于壶中，佛家缩山川于粟颖之意。注家谓欲待挽回世运，然后退休，非是。

御伦试作：

上高大捷

春花烂漫锦江碧，	（平平仄仄仄平仄）
日寇猖獗赣北寒。	（仄仄平平仄仄平）
三路合击添气焰，	（平仄平平平仄仄）
八方破阵阻倭藩。	（平平仄仄仄平平）
旌旗漫卷乾坤烈，	（平平仄仄平平仄）
锣鼓喧天捷报传。	（平仄平平仄仄平）
抗战征途逾半壁，	（仄仄平平平仄仄）
上高奏凯耀河山。	（仄平仄仄仄平平）

解释：该诗为新韵押寒韵，首联、颔联和颈联对仗。上高战役又称锦江会

战,是抗日战争中我方取得全面胜利的一场战役,被誉为"抗战以来最精彩的一战"。"三路合击添气焰,八方破阵阻倭藩"指1941年3月日军分三路向赣北的上高地区发起进攻,我方在罗卓英总司令的指挥下,彻底击败日军,迫使日军岩永少将自杀,歼灭日军一万五千多人。在此战之前,由于日军装备占尽优势,我方往往要用五倍的兵力才能击败日军。上高战役是在中日双方兵力几乎均等的情形下,我方利用地形及合理的战术击败敌人。第七句"抗战征途逾半壁"是指我国大半国土沦陷,抗日战火遍及半个中国。

(三十四) 示例

次韵刘景文见寄
苏轼

淮上东来双鲤鱼,巧将书信渡江湖。
细看落墨皆松瘦,想见掀髯正鹤孤。
烈士家风安用此,书生习气未能无。
莫因老骥思千里,醉后哀歌缺唾壶。

古今点评摘录:

(1) 方回:坡诗亦足敌景文。三、四劲健,五、六言景文家世壮烈而能诗,气象崔嵬,未易攀也。

(2) 冯舒:坡诗固景文。

(3) 纪昀:前半有致。后半极其沉着。五、六句是开合句法。"书生习气"乃指其慷慨悲歌,非谓其能诗也。

御伦试作:

咏白玉牌

苍穹湛湛八方盖,	(平平仄仄平平仄)
大地茫茫碧海喧。	(仄仄平平仄仄平)
日月精华圆镜铸,	(仄仄平平平仄仄)
今朝面世觅缘先。	(平平仄仄仄平平)
寒秋相遇拾奇趣,	(平平平仄平平仄)
曙雀升空挂九天。	(仄仄平平仄仄平)
熠熠流光祥瑞兆,	(仄仄平平平仄仄)

端详美玉举杯欢。　　　（平平仄仄仄平平）

解释：该诗为新韵押寒韵，首联和颈联对仗。这是首咏物诗，作者拥有的白玉四方牌中间出现黄色的圆镜，非常漂亮。因其为天然物，故称"日月精华圆镜铸"。第六句"曙雀升空挂九天"中的"曙雀"为太阳的别称。该句的意思是白玉中的圆镜又像太阳挂在高空之中。第七句"熠熠流光祥瑞兆"是指白玉牌上泛着金光，为祥瑞之象征。

（三十五）示例

下第
罗邺

谩把青春酒一杯，愁襟未信酒能开。
江边依旧空归去，帝里还如不到来。
门掩残阳鸣鸟雀，花飞何处好池台。
此时惆怅便堪老，何用人间岁月催。

古今点评摘录：
（1）方回：唐人下第情怀，有如此者。一名一第，役天下士，亦可怜矣。
（2）冯班：凡此等流滑声调，黄、陈欲以杰硬高之，高呼未也。
（3）纪昀：不免太尽，而尚不甚露尤人之意。
御伦试作：

游青城山

天府古来多胜景，　　（平仄仄平平仄仄）
清幽翠黛数青城。　　（平平仄仄仄平平）
几声袅袅九天碧，　　（仄平仄仄仄平仄）
百丈葱葱万仞峰。　　（仄仄平平仄仄平）
山院祖庭游客影，　　（平仄仄平平仄仄）
清风绿浪未央钟。　　（平平仄仄仄平平）
道人岂惧寒和雪，　　（仄平仄仄平平仄）
欲驾青鸾天界通。　　（仄仄平平平仄平）

243

解释：该诗为新韵押庚，颔联和颈联对仗。青城山位于四川省成都市都江堰市西南，被列入世界自然遗产名录。青城山分为前山和后山，群峰环绕起伏、林木葱茏幽翠，享有"青城天下幽"的美誉。全山林木青翠，四季常青，诸峰环峙，状若城郭，故名青城山。丹梯千级，曲径通幽，以清幽取胜。第五句"山院祖庭游客影"的"祖庭"是指青城山是道教张天师创教的地方，故被称为正一派的祖庭。第四代张天师迁居龙虎山，故后人又习惯把龙虎山称为正一派祖庭。第六句"随风绿浪未央钟"中的"未央"是"未尽、没完"的意思。"未央"还有另一层意思是前面提及的"未央宫"的意思，那是王权的象征。

（三十六）示例

大雪
陆游

大雪江南见未曾，今年方始是严凝。
巧穿帘罅如相觅，重压林梢欲不胜。
毡幄掷卢忘夜睡，金羁立马怯晨兴。
此生自笑功名晚，空想黄河彻底冰。

古今点评摘录：

（1）方回：中四句不用事，只虚模写，亦工。

（2）纪昀：后四句风骨棱嶒，意节悲壮，放翁所难。结得酣足。

（3）许印芳：此种是放翁真面目，其才力富健，为之殊不费力，何足为难？但因篇什太多，圆稳者居十之六七。虚谷此书，识量浅陋，又多选其圆稳之作，故晓岚以此为难耳。

御伦试作：

同学聚会

西湖微漾斜阳下，　　（平平平仄平平仄）

荏苒光阴卅载除。　　（仄仄平平仄仄平）

笑语满堂今聚首，　　（仄仄仄平平仄仄）

同窗吟唱尽情抒。　　（平平平仄仄平平）

苏堤晓月春莺啭，　　（平平仄仄平平仄）

书院垂杨学子逐。　　（平仄平平仄仄平）

244

云鬓微霜追往事，　　（平仄平平平仄仄）
青山不老赴征途。　　（平平仄仄仄平平）

解释：该诗为新韵押姑韵，颈联和尾联对仗。写的是同学毕业三十年聚会欢庆的情景。第二句"荏苒光阴卅载除"是指同学离开学校迄今已逾三十年。第六句"书院垂杨学子逐"是指课余时间学子们在垂杨下追逐玩耍。"云鬓微霜追往事"是指当年的青葱少年，现已出现些许白发，大家都沉浸在对美好往事的回忆中。

原诗颔联对句为"同窗吟唱意踌躇"，平仄出律，修改为"同窗吟唱尽情抒"。尾联出句为"初染秋霜追往事"，修改为"云鬓微霜追往事"。"云鬓"一词本意是指妇女浓黑的头发，这里泛指头发。

（三十七）示例

九日齐山登高

杜牧

江涵秋影雁初飞，与客携壶上翠微。
尘世难逢开口笑，菊花须插满头归。
但将酩酊酬佳节，不用登临恨落晖。
古往今来只如此，牛山何必独沾衣？

古今点评摘录：

（1）方回：此以"尘世"对"菊花"，开合抑扬，殊无斧凿痕迹，又变体之俊者。后人得其法，则诗如禅家散圣矣。

（2）冯舒：牧之大才，对偶收拾不住，何变之有！

（3）纪昀：前四句自好，后四句却似乐天。"不用""何必"，字与意并复，尤为碍格。

御伦试作：

咏戚继光

东海扬波旭日升，　　（平仄平平仄仄平）
渔民遭掠未安宁。　　（平平平仄仄平平）
朝廷初讨乏良策，　　（平平平仄平平仄）
倭寇出击似转蓬。　　（平仄平平仄仄平）

北上将军驱悍虏，　　（平仄平平平仄仄）
面东浙闽去倭踪。　　（仄平仄仄仄平平）
封爵岂是平生愿，　　（平平仄仄平平仄）
惟见心安四海平。　　（平仄平平仄仄平）

解释：该诗为新韵押庚韵，颔联和颈联对仗。戚继光为明朝抗倭名将，是杰出的军事家、书法家、诗人、民族英雄。戚继光在东南沿海抗击倭寇十余年，扫平了多年为虐沿海的倭患，确保了沿海人民的生命财产安全；后又在北方抗击蒙古部族内犯十余年，保卫了北部疆域的安全。第四句"倭寇出击似转蓬"，是指倭寇的战术类似游击战术。"转蓬"本义是指蓬草飘浮不定，这里比喻行踪不定。尾联"封爵岂是平生愿，惟见心安四海平"是戚继光内心的写照。戚继光的《韬钤深处》诗云："封侯非我意，但愿海波平。"

（三十八）示例

汉江临眺
王维

楚塞三湘接，荆门九派通。
江流天地外，山色有无中。
郡邑浮前浦，波澜动远空。
襄阳好风日，留醉与山翁。

古今点评摘录：
（1）方回：右丞此诗，中两联皆言景，而前联尤壮，足敌孟、杜岳阳之作。
（2）冯舒：澄之使清矣，壮字不足以尽之。
（3）查慎行：第一、第三句中两用"江"字，不但此也，"三江""九派""前浦""波澜"，诗中说水太多，终是诗病。
（4）纪昀：三、四句好，五、六句撑不起，六句少味，复衍三句故也。

御伦试作：

聚会抒怀

韶华灼灼昙花似，　　（平平仄仄平平仄）
弱冠青丝已染霜。　　（仄仄平平仄仄平）

相聚轩堂追往事，　（平仄平平平仄仄）
抒怀天下道沧桑。　（仄平平仄仄平平）
杜鹃烂漫风情美，　（仄平仄仄平平仄）
滨海涟漪翰墨香。　（平仄平平仄仄平）
半世尘缘壮心在，　（仄仄平平仄平仄）
扬鞭风雨不徜徉。　（平平平仄仄平平）

解释：该七律为平水韵押阳韵，颔联和颈联对仗。这也是一首同学相聚的抒怀之作。颈联"杜鹃烂漫风情美"指的是深圳大学有一座小山名叫杜鹃山，是情侣常去的地方。"滨海涟漪翰墨香"的"滨海"是指深大濒临海边，经常有学子去海边晨跑、晨读。尾联的"半世尘缘壮心在"中的"心"为平声字出律，第五字补回个仄声"壮"字，为本句自救。

（三十九）示例

宫中行乐词（其八）

李白

水绿南薰殿，花红北阙楼。
莺歌闻太液，凤吹绕瀛洲。
素女鸣珠佩，天人弄彩球。
今朝风日好，宜入未央游。

古今点评摘录：

（1）冯舒：天然富贵。

（2）冯班：亦似晚唐。

（3）何义门：未央，正皇后所居，归之于正，且并讽之视朝于前殿也，却仍以"游"字结，不脱行乐，得主文谲谏之妙。

（4）纪昀：此首亦艳而清。五首秾丽之中别余神韵，觉后来宫词诸作，无非剪彩为花。

御伦试作：

垂　钓

堤岸风扶柳，　（平仄平平仄）

垂纶深水渠。　（平平平仄平）
鱼漂惊碧浪，　（平平平仄仄）
应是上钩鱼。　（仄仄仄平平）

解释：该绝句为平水韵押鱼韵。因传统有"弱柳扶风"之说，故第一句为"堤岸风扶柳"。第二句的"垂纶"是垂钓的意思。

（四十）示例

驾幸河东
王昌龄
晋水千庐合，汾桥万国从。
开唐天业盛，入沛圣恩浓。
下辇回三象，题碑任六龙。
睿明悬日月，千岁此时逢。

古今点评摘录：

（1）冯班：非独昌龄律诗一人少律诗也。于时律体虽成，未必人人为之，故摩诘七言不以失粘为忌，老杜亦有不粘平仄者。

（2）纪昀：自是当时应制体，而语乏警策，非少伯佳处。

御伦试作：

月夜归农
戴月归田者，　（仄仄平平仄）
银辉铺水村。　（平平平仄平）
板桥闻犬吠，　（仄平平仄仄）
漾影伴灯昏。　（仄仄仄平平）

解释：该绝句为平水韵押元韵。第二句的"银辉"是指月光。第四句"漾影伴灯昏"的"漾影"是指摇晃的影子。在昏暗的灯光下，人的影子显得很长，不停摇晃。

（四十一）示例

灵隐寺
骆宾王

鹫岭郁岧峣，龙宫锁寂寥。
楼观沧海日，门对浙江潮。
桂子月中落，天香云外飘。
扪萝登塔远，刳木取泉遥。
霜薄花更发，冰轻叶未凋。
夙龄尚遐异，搜对涤烦嚣。
待入天台路，看余渡石桥。

古今点评摘录：

（1）冯班：次联真妙！四句"听"不如"对"，试登韬光庵门楼，便知此联之妙。

（2）纪昀：纯是初体，而风格遒上，非复陈、隋堆垛之词。

（3）许印芳：诗止七韵，联数用偶不用奇。初体未纯，有用奇者，此诗亦然。骆宾王，字观光，义乌人，官临海丞，弃官去，后与徐敬业举兵讨武后，兵败，不知所终。

御伦试作：

牡　丹

绽放琼枝蕊，　（仄仄平平仄）
清香满洛城。　（平平仄仄平）
群芳皆辅弼，　（平平平仄仄）
轩冕莫相争。　（平仄仄平平）

解释：该绝句为平水韵押庚韵。"洛城"是洛阳的旧称，洛阳为中国的牡丹之乡。"群芳皆辅弼"的"辅弼"是辅佐的意思。牡丹素有"花中之王""国色天香"的美称，故说"轩冕莫相争"。其中"轩冕"是指国君的意思。

（四十二）示例

重经昭陵

杜　甫

草昧英雄起，讴歌历数归。
风尘三尺剑，社稷一戎衣。
翼亮贞文德，丕承戬武威。
圣图天广大，宗祀日光辉。
陵寝盘空曲，熊罴守翠微。
再窥松柏路，还见五云飞。

古今点评摘录：

（1）纪昀："翼亮"四句终不精彩，结出"重过"。

（2）查慎行：分四段看。首四句得天下之故，五、六句守天下之道，七、八句传天下之远，末四句方说昭陵，而以"重过"作结。

（3）许印芳：此诗简严典硕，通体精彩，纪批示亦是苛论。

御伦试作：

梅　花

瑞雪枝昂首，　（仄仄平平仄）
寒英吐馥芬。　（平平仄仄平）
催春来信使，　（平平平仄仄）
大地盼东君。　（仄仄仄平平）

解释：该绝句为平水韵押文韵。正常情形下，大雪覆盖在枝头上，树枝难免会低垂。第一句正常情况下应为"瑞雪枝垂首"。但这样的描写与梅花的气质不符。树梢上的雪少，树梢较小，在冬天仍然傲然挺立，故仍说"瑞雪枝昂首"。"寒英"是指梅花。"东君"是指司春之神。

（四十三）示例

九月见梅花
梅尧臣

江南风土暖，九月见梅花。
远客思边草，孤根暗碛沙。
何曾逢寄驿，空自听吹笳。
今日樽前胜，其如秋鬓华。

古今点评摘录：

（1）方回：圣俞诗不见着力之迹，而风韵自然不同。
（2）冯班："不着题，"寄驿""吹笳"，陈言也。如是唐人，虚谷不知如何排击？正以都官，遂不论而。
（3）纪昀：中四句不知所云，"寄驿"二字不妥。

御伦试作：

兰 花

幽兰生遍野，（平平平仄仄）
亘古入庭芳。（仄仄仄平平）
院落增春色，（仄仄平平仄）
纤风送暗香。（平平仄仄平）

解释：该绝句为平水韵押阳韵。兰花在野外非常多，人们种植兰花的历史非常悠久，故第二句为"亘古入庭芳"。第四句的"纤风"是指微风。

（四十四）示例

雪后黄楼寄负山居士
陈师道

林庐烟不起，城郭岁将穷。
云日明松雪，溪山进晚风。
人行图画里，鸟度醉吟中。
不尽山阴兴，天留忆戴公。

古今点评摘录：

（1）方回："明"字、"进"字皆诗眼也。

（2）冯班：忆戴事何如絮因风也？即吟榻上何以用此？

（3）纪昀："明"字果好，"进"字未工。五、六句浅率，不类后山，结亦太熟。

御伦试作：

紫竹林

幽篁披绛紫，　（平平平仄仄）

青霭入禅房。　（平仄仄平平）

山寺围游客，　（平仄平平仄）

虚心向道场。　（平平仄仄平）

解释：该绝句为平水韵押阳韵。紫竹林位于浙江省舟山市普陀山东南部的梅檀岭下的一个景点。因山中岩石呈紫红色，剖视可见柏树叶、竹叶状花纹，后人在此栽有紫竹，故称紫竹石。民间认为普陀山是观音菩萨的道场。第一句的"幽篁"是指幽深的竹林。第三句"紫盖"本义是指紫色车盖，帝王仪仗之一。整片紫竹林远看像紫盖似的。最后一句选择"扶疏菩萨场"还是"虚心向道场"？见仁见智。前句是单纯的描写景物，后一句可以把竹子空心的特点表现出来，另"虚心"可表示诚心，一语双关，表明虔诚求佛问道之意，故选择后者。

（四十五）示例

登定王台

朱熹

寂寞番君后，光华帝子来。

千年余故国，万事只空台。

日月东西见，湖山表里开。

从知爽鸠乐，莫作雍门哀。

古今点评摘录：

（1）方回：朱文公诗迫近后山，此诗尾句，虽后山亦即如此。乾道二年丁亥，文

公访南轩于长沙所赋。用事命意，定格下字，悉如律令，杂老杜、后山集中可也。

（2）查慎行：第三句轩豁呈露。

（3）冯班：陈与杜如何并称？

御伦试作：

日出

红日出云海，　　（平仄仄平仄）
江山万里光。　　（平平仄仄平）
风吹千顷浪，　　（平平平仄仄）
飞鸟着金妆。　　（平仄仄平平）

解释：该绝句为平水韵押阳韵。原诗第二句"江山万里亮"，但"亮"字为仄音，与"妆"不在同一韵部，故修改为"江山万里光"。原诗第三句为"风吹林海浪"，为避免出现两个"海"字，故修改之。

（四十六）示例

渡江

陈与义

江南非不好，楚客自生哀。
摇辑天平渡，迎人树欲来。
雨余吴岫立，日照海门开。
虽异中原险，方隅亦壮哉。

古今点评摘录：

（1）冯舒：第四句是好句，然亦何必是'江'，'立'字欠自然。到落句应结出'楚客生哀'意，第七句硬驳。

（2）冯班：至结尾不见'生哀'意，何也？

（3）陆贻典：中四句用意绝妙，所见者东南半壁，不堪回首望中原矣。末

句反言之而愈不胜其哀也。

御伦试作：

虎啸

虎啸响沟壑，　　（仄仄仄平平）
飞禽离树巅。　　（平平平仄平）
惊慌皆百兽，　　（平平平仄仄）
四散遁山川。　　（仄仄仄平平）

解释：该绝句为平水韵押先韵。原诗前二句为"虎啸深山里，飞禽落树巅"。第二句"飞禽"的意思为会飞的鸟类，泛指鸟类。"飞禽落树巅"的本意与第一句在逻辑上关联度不大，飞禽听到虎啸后，飞离树枝方是正常的反应。第三句为倒装句。

（四十七）示例

夷陵岁暮书事呈元珍表臣
欧阳修

萧条鸡犬乱山中，时节峥嵘忽已穷。
游女髻鬟风俗古，野巫歌舞岁年丰。
平时都邑今为陋，敌国江山昔最雄。
荆楚先贤多胜迹，不辞携酒问邻翁。

古今点评摘录：
(1) 陆贻典：笔意平顺，出刘、柳之下。
(2) 查慎行：第三联俯仰有情，不作迁谪语，颇足自豪。
(3) 纪昀：五、六沉着。
(4) 许印芳：六句是逆挽法，篇中"岁"字、"时"字、"山"字皆复。

御伦试作：

红枫

猿声何处啸群山，（平平平仄仄平平）
白帝瞿塘叠嶂间。（仄仄平平仄仄平）

千里红枫遮碧翠，（平仄平平平仄仄）
满天烈焰映瀛寰。（仄平仄仄仄平平）

解释：该七绝为平水韵押删韵。"白帝瞿塘叠嶂间"表明这是长江两岸的红枫。"千里红枫遮叠翠"是指红枫把其他绿树遮住了，才有"满天烈焰映瀛寰"之说。

（四十八）示例

正初奉酬歙州刺史邢群
杜　牧

翠岩千尺倚溪斜，曾得严光作钓家。
越嶂远分丁字水，腊梅迟见二年花。
明时刀尺君须用，幽处田园我有涯。
一壑风烟阳美里，解龟休去路非赊。

古今点评摘录：
（1）方回：前四句言各州之景，后四句言情，皆佳句也。
（2）纪昀：亦是草率应酬，不见小杜本领。"生也有涯"虽出庄子，然去"生"字，不妥。

御伦试作：

长　江

沱沱河上源流起，（平平平仄平平仄）
湛湛千支迁汇川。（仄仄平平仄仄平）
不尽狂风掀巨浪，（仄仄平平平仄仄）
向东无奈入云天。（仄平平仄仄平平）

解释：该绝句为平水韵押先韵。长江的源头为沱沱河，沱沱河位于青海省格尔木市，为长江源的西源。"湛湛"本意是指水深的样子，厚重的样子或露水浓重的样子。

255

（四十九）示例

无题
李商隐

昨夜星辰昨夜风，画楼西畔桂堂东。
身无彩凤双飞翼，心有灵犀一点通。
隔座送钩春酒暖，分曹射覆蜡灯红。
嗟余听鼓应官去，走马兰台类转蓬。

古今点评摘录：

（1）冯舒：妙在首两句，此联衬贴流丽圆美，"西昆"诸公一世所效，义山高远不在此。

（2）冯班：起二句妙。

（3）纪昀：观此首末二句实是妓席之作，不得以寓意曲解义山。"风怀"诗注家皆以寓言君臣为说，殊多穿凿。

御伦试作：

渔家女

风吹细浪岸边开，　　（平平仄仄仄平平）
小舸斜晖满载回。　　（仄仄平平仄仄平）
犬吠竹林莺百啭，　　（仄仄仄平平仄仄）
柴门虚掩妹归来。　　（平平平仄仄平平）

解释：该绝句为平水韵押灰韵。"犬吠竹林莺百啭"这是描写渔家女回家途中所遇到的情景。"柴门虚掩妹归来"的"妹"就是指渔家女。

（五十）示例

中秋口号
秦　观

云山檐楹接低空，公宴初开气郁葱。
照海旌幢秋色里，激天鼓吹月明中。
香槽旋滴珠千颗，歌扇惊围玉一丛。

二十四桥人望处，台星正在广寒宫。

古今点评摘录：

（1）方回：生日诗、致语诗，皆不可易为，以其徇情应俗而多谀也，所以予于生日诗皆不选。少游作此诗，是夜无月，遂改尾句云："自是我翁多盛德，却迥秋色作春阴。"或嘲谓晴雨翻覆手，姑存此以备话柄。三、四亦响亮。

（2）冯舒：生日诗之极则也。

（3）纪昀：此随俗应酬之诗，不宜入选，结鄙甚，然此种诗体裁如是。

御伦试作：

湟川三峡

草长三月绕清潭，　　（仄平平仄仄平平）
飞瀑如帘溅翠岚。　　（平仄平平仄仄平）
游客荡舟风带雨，　　（平仄仄平平仄仄）
桃花浦溆戏鱼酣。　　（平平仄仄仄平平）

解释：该绝句为平水韵押覃韵。湟川三峡位于广东省清远市连州境内，是珠江流域北江水系的主要支流。"桃花浦溆戏鱼酣"是指掉落到水中的桃花似乎和鱼儿在不停地嬉戏。浦溆是指水边的意思。

（五十一）示例

立　春
杜甫

春日春盘细生菜，忽忆两京梅发时。
盘出高门行白玉，菜传纤手送青丝。
巫峡寒江那对眼，杜陵远客不胜悲。
此身未知归定处，呼儿觅纸一题诗。

古今点评摘录：

（1）方回：老杜如此赋诗，可谓自我作古也。第一句自为题目，曰"春日春盘细生菜"。第二句"忽忆"已顿挫矣。三、四应盘、应菜，加以"白玉""青丝"之想，亦所谓"忽忆"者也。巫峡江、杜陵客不见此物，又只如此大片缴去，自有无穷之味。晚唐之弊既不敢望此，"江西"之弊又或有太粗疏而失邯郸之步，亦足以发文章与时高下之叹也。

（2）冯舒：律诗本贵乎整，老杜晚年以古文法为律，下笔如有神，为不可及矣。然须读破万卷，人与文俱老，乃能作此雅笔。浅学效颦学步，吾见其踬也。"江西"不学沈、宋，直从杜入，细笔处太少，所以不入杜诗堂奥也。

（3）许印芳：首联皆拗调，而上下句不粘。中四句皆平调，而上下联不粘，又与首联尾联皆不粘。尾联上句古调下句平调，合之为拗调。首尾拗而中间平，其不相粘处皆用变体，在七律中另是一格。

御伦试作：

重庆夜景

满山灯火苍穹照，　（仄平平仄平平仄）
船笛江流两岸花。　（平仄平平仄仄平）
烟雨沙汀窥夜景，　（平仄平平仄仄仄）
凭栏犹见树栖鸦。　（平平平仄仄平平）

解释：该绝句为平水韵押麻韵。重庆市三面临江，一面靠山，倚山筑城，建筑层叠耸起，道路盘旋而上，城市风貌独特，由此形成美丽的夜景。第三句"烟雨沙汀窥夜景"中的"窥"，通常是贬义词，如果用"观"或"瞻"字，感觉都没有"窥"字好。"凭栏犹见树栖鸦"是指在山城灯火的映衬下，夜晚可以看见树上的乌鸦。

（五十二）示例

酬崔八早梅有赠兼示之作
李商隐

知访寒梅过野塘，久留金勒为回肠。
谢郎衣袖初翻雪，荀令熏炉更换香。
何处拂胸资蝶粉，几时涂额藉蜂黄。
维摩一室虽多病，亦要天花作道场。

古今点评摘录：

（1）方回："蝶粉"以言梅花之片，"蜂黄"言梅花之须，似乎借梅花咏妇人之胸、之额矣。起句平淡，却好。

（2）纪昀：意在"何处""几时"四字，言白与黄皆天然姿色，非由涂饰而。所解谬甚。三、四俗极。

（3）何义门：五、六句极透"早"字，"拂胸""涂额"夹写"有赠"，第三句"崔八"，尾联恰有三层。

御伦试作：

端午节有感

汨罗江畔诗人绝，　　（仄平平仄平平仄）
魂化星辰照夜空。　　（平仄平平仄仄平）
遥望长河千舸竞，　　（平仄平平平仄仄）
人生何处不争雄。　　（平平平仄仄平平）

解释：该绝句为平水韵押东韵。第一句"汨罗江畔诗人绝"中的"诗人"指的是屈原。屈原是中国历史上第一位伟大的爱国诗人，也是中国浪漫主义文学的奠基人，被誉为"中华诗祖""辞赋之祖"。他是"楚辞"的创立者，被后人尊称为"诗魂"，其主要作品有《离骚》《九歌》《九章》《天问》等。公元前278年，秦将白起率大军攻破楚国都城郢。屈原闻讯后，悲愤不已，怀石自沉于汨罗江。屈原自杀后，楚国百姓纷纷到江边凭吊屈原，他们把煮熟的米饭团扔进江里，希望鱼儿吃掉饭团，不要伤害屈原的尸体。此后每年五月五日，楚国老百姓不约而同地到汨罗江投放米饭团。久而久之，投放米饭团的行为逐渐演变为端午节。以后每年端午节，全国老百姓习惯地到江边投放粽子和在江河上赛龙舟，以此来纪念这位伟大的诗人。原诗第三句为"风雨长河千舸渡"，后将"渡"字修改"竞"字，因"竞"字和第四句关联度高。

（五十三）示例

登鹊山
陈师道

小试登山脚，今年不用扶。
微微交济泺，历历数青徐。
朴俗犹虞力，安流尚禹谟。
终年聊一快，吾病失医卢。

古今点评摘录：

（1）冯舒：第三句接不得，第五句'朴俗'二字板。

（2）查慎行：后山诗朴老孤峭，在'江西派'中自当首出。然谓其学杜则可，谓其学杜而与之俱化，窃恐未安。

（3）陆贻典：五六句承上二句。

御伦试作：

参访寺庙有感

长风衰柳归南雁，　　（平平平仄平平仄）
吹落霜花菡萏池。　　（平仄平平仄仄平）
立雪僧伽驱欲浪，　　（仄仄平平平仄仄）
劫波未尽觅菩提。　　（仄平仄仄仄平平）

解释：该绝句为平水韵押支韵。第二句原诗为"吹尽残红菡萏池"，但为避免重字，将"吹尽"修改为"吹落"。为和上句的"归南雁"和下句"立雪"等体现季节因素的字眼相协调，故将"残红"修改为"霜花"。第二句"菡萏"是"荷花"的别称，第三句"僧伽"是"僧人"的意思，第四句"菩提"一词是梵文的音译，是"觉悟、智慧、顿悟实相"的意思。

（五十四）示例

登襄阳城
杜审言

旅客三秋至，层城四望开。
楚山横地出，汉水接天回。
冠盖非新里，章华即旧台。
习池风景异，归路满尘埃。

古今点评摘录：

（1）冯班：审言诗不必如此论，此盖后世诗法耳。破题未有'襄阳'。次联紧接。

（2）冯舒：言惊言情，前人不如此，只是大历以后体，'江西'遂刊定诗法矣。

（3）纪昀：子美登兖州城诗与此如一板印出。此种初出本佳，至今日辗转相承，已成窠臼，但随处更改地名，即可题遍天下，殊属便捷法门。学盛唐者，须先破此一关，方不入空腔滑调。

御伦试作：

桃花

暮春零落三冬绽，　　（仄平平仄平平仄）
一岁桃枝两度花。　　（仄仄平平仄仄平）
天涯征程兴几许？　　（平仄平平平仄仄）
云舒云卷又朝霞。　　（平平平仄仄平平）

解释：该绝句为平水韵押麻韵。作者在冬日里倏然发现桃树又长出花蕾，含苞欲放。这棵桃树居然在一年内两度开花，让作者欣喜不已，特写七绝抒怀。首句的"三冬"是"冬天"的别称。

二、词

（一）罗御伦初作（以下简称御伦初作）：

蝶恋花·槟榔女郎

　　阿里山高秋意浓，林木参天，雾霭笼花丛。帘雨潇潇天九重。缤纷满地惊花农。
　　绮丽玉人呈艳容。春色无边，悄语与君同。曼妙临风娇无穷，槟榔卖尽喜归鸿。

点评：词牌没注明新韵或者通韵的，均按《词林正韵》押韵。
《蝶恋花》为唐教坊曲，又名《鹊踏枝》《凤栖梧》《黄金缕》等。《蝶恋花》为双调六十字，上下片各四仄韵。《蝶恋花》多为抒写缠绵悱恻之情的居多。初作尝试用平声韵来填写，但这种尝试不应该提倡，现改用仄声韵重填该词牌。因把平声韵改为仄声韵，故改动的字眼较多。
槟榔西施是我国台湾特有的职业，由一群穿着性感的少女在路边招揽客户并贩卖槟榔。《蝶恋花》一般认为以冯延巳《蝶恋花·六曲阑干偎碧树》为正体。本词牌的原作、改作均参照苏轼的《蝶恋花·花褪残红青杏小》格式。
罗御伦改作（以下简称御伦改作）：

诗词格律写作举要 >>>

蝶恋花·槟榔女郎

阿里山高流晚翠。	平仄平平平仄仄
林木参天,	平仄平平
雾霭笼芳蕾。	仄仄平平仄
帘雨潇潇惊旖旎。	平仄平平平仄仄
乱红飞落风烟地。	仄平平仄平平仄
出水芙蓉呈俏丽。	仄仄平平平仄仄
春色无边,	平仄平平
笑语牵衣袂。	仄仄平平仄
曼妙临风娇妩媚。	仄仄平平平仄仄
槟榔卖尽斜晖坠。	平平仄仄平平仄

附苏轼的《蝶恋花·花褪残红青杏小》：

花褪残红青杏小。燕子飞时，绿水人家绕。枝上柳绵吹又少。天涯何处无芳草。

墙里秋千墙外道。墙外行人，墙里佳人笑。笑渐不闻声渐悄。多情却被无情恼。

(二) 御伦初作：

定风波·民国风云

军阀相争祸乱呈，高歌北伐响寰瀛。逐鹿中原尘垢靖，堪幸！云蒸霞蔚日初晴。

倭寇挥师忽入境，谁哽？流离百姓似飘萍。万众齐心协力行，如今！铿锵抗战凯歌鸣。

点评：《定风波》为唐教坊曲名，双调六十二字，上片三平韵，错叶两仄韵，下片两平韵，错叶两仄韵。该词下片第一句"倭寇挥师忽入境"第五字应平而仄，"忽"字修改为"侵"字。下片第四句"万众齐心协力行"的"协"字为应平而仄，"协"字修改为"烽"字，"力"字修改为"火"字，"行"字修改为"迎"字。本词牌参照苏轼的《定风波·莫听穿林打叶声》格式。

262

御伦改作：

定风波·民国风云
军阀相争祸乱呈，　　　　平仄平平仄仄平（平韵）
高歌北伐响寰瀛。　　　　平平仄仄仄平平（平韵）
逐鹿中原尘垢靖，　　　　仄仄平平平仄仄（仄韵）
堪幸！　　　　　　　　　平仄（仄韵）
云蒸霞蔚日初晴。　　　　平平平仄仄平平（平韵）
倭寇挥师侵入境，　　　　平仄平平平仄仄（仄韵）
谁哽？　　　　　　　　　平仄（仄韵）
流离百姓似飘萍。　　　　平平仄仄仄平平（平韵）
万众齐心烽火迎，　　　　仄仄平平平仄平（仄韵）
如令！　　　　　　　　　平仄（仄韵）
铿锵抗战凯歌鸣。　　　　平平仄仄仄平平（平韵）

附苏轼的《定风波·莫听穿林打叶声》：

　　莫听穿林打叶声，何妨吟啸且徐行。竹杖芒鞋轻胜马，谁怕？一蓑烟雨任平生。
　　料峭春风吹酒醒，微冷，山头斜照却相迎。回首向来萧瑟处，归去，也无风雨也无晴。

（三）御伦初作：

沁园春·壶口瀑布
　　滚滚洪流，怒吼惊涛，千里飞奔。骤然壶口注，悬崖千丈，龙槽百里，金浪狂喷。帘挂烟云，九天锁雾，长啸雷霆憾月昏。晴空仨，望长虹贯日，白鹭逡巡。
　　凌空巨浪无垠。叹天下风华怎赛君。忆诗仙挥墨，咏黄河水，空前绝后，雄视凡尘。抗日狼烟，九州御寇，处处青山葬烈魂。今人恨，日倭据钓岛，慨叹乾坤。

点评：《沁园春》又名《寿星明》，双调一百一十四字，前片四平韵，后片五平韵。该词的下片"日倭据钓岛"的"据"在平水韵中为仄声字，在《词林正韵》中为一字多音，即是平声字又是仄声字，很容易混淆，为避免争议，曾修改为"日倭占钓岛"。"慨叹乾坤"曾修改为"感慨金樽"。壶口瀑布位于陕西省延安市宜川县壶口镇，是我国第二大瀑布。壶口瀑布在河床中冲刷出一条宽30多米的深槽，故有"十里龙槽"之称。该词上片有"悬崖千丈，龙槽百里"，因考虑与"悬崖千丈"的词语对应关系，故没有使用"龙槽十里"之说。《沁园春》词牌共有七种格式，本词牌参照苏轼的《沁园春·孤馆灯青》格式。

《沁园春》有固定的对仗，即上片第四五六七句，下片第三四五六句，且为扇面对，上片第四句第一字和下片第三句第一字为领字，为上一下四句法，领字不参与对仗。本词的扇面对为"壶口万丈，龙槽百里"及"悬崖流瀑，金浪狂喷"；下片的扇面对为"诗仙挥墨，后人惊叹"及" 咏黄河水，赞大文豪"。

御伦改作：

沁园春·壶口瀑布

滚滚洪流，	仄仄平平
怒吼惊涛，	仄仄平平
千里飞奔。	平仄平平
望壶口万丈，	仄平平仄仄
悬崖流瀑，	平平平仄
龙槽百里，	平平仄仄
金浪狂喷。	平仄平平
帘挂烟云，	平仄平平
九天锁雾，	仄平仄仄
长啸雷霆撼月昏。	平平平平仄仄平
晴空伫，	平平仄
望长虹贯日，	仄平平仄仄
白鹭逡巡。	仄仄平平
凌空巨浪无垠，	平平仄仄平平
叹天下风华怎赛君？	仄平仄平平仄平
忆诗仙挥墨，	仄平平仄仄
咏黄河水，	仄平平仄
后人惊叹，	仄平平仄
赞大文豪。	仄仄平平

抗日狼烟，	仄仄平平
九州御寇，	仄平仄仄
处处青山忠烈坟。	仄仄平平平仄平
千尺浪，	平仄仄
至今犹梦里，	仄平平仄仄
萦绕牵魂。	平仄平平

附苏轼的《沁园春·孤馆灯青》：

孤馆灯青，野店鸡号，旅枕梦残。渐月华收练，晨霜耿耿；云山摛锦，朝露漙漙。世路无穷，劳生有限，似此区区长鲜欢。微吟罢，凭征鞍无语，往事千端。

当时共客长安，似二陆初来俱少年。有笔头千字，胸中万卷；致君尧舜，此事何难？用舍由时，行藏在我，袖手何妨闲处看。身长健，但优游卒岁，且斗尊前。

（四）御伦初作：

念奴娇·黄帝陵

沮河残照，吼西风，高峻翠微料峭。黄帝蛮荒征六合，战地狼烟环绕。数战阪泉，扬扬赫赫，涿鹿蚩尤逃。败亡中冀，九隅诸部听诏。

天下共主旌旗，扬风万里，文字舟车造。律吕岐黄兼历法，铸鼎分疆里表。尽却鸿蒙，文明肇立，雄峙寰瀛早。人文初祖，泱泱华夏皆晓。

点评：《念奴娇》又名《百字令》《酹江月》《大江东去》等，双调一百字，上下片各四仄韵。黄帝陵在陕西省延安市黄陵县境内，沮河自西向东绕黄帝陵而过。传说蚩尤和黄帝在涿鹿决战后失败逃亡，在中冀被杀。上片第六句"数战阪泉"，"阪泉"为地名，"阪"为仄声出律，"阪泉"在中原范围内，故修改为"数战中原"。上片第八句"涿鹿蚩尤逃"的"逃"，和其他韵脚不在同一韵部，属于出韵，故修改为"涿鹿蚩尤号"。下片第五句"铸鼎分疆里表"中的"里"为仄声，属于出律，修改为"铸鼎分疆宗庙"。本词牌参照苏轼《念奴娇·凭高眺远》格式，该词牌第二句有"见长空万里，云无留迹"和"见长空、万里云无留迹"两个版本。

御伦改作：

念奴娇·黄帝陵
沮河东去，　　　　　仄平平仄
吼西风，　　　　　　仄平平
高峻翠微残照。　　　平仄仄平平仄
黄帝蛮荒征六合，　　平仄平平平仄仄
战地狼烟环绕。　　　仄仄平平平仄
数战中原，　　　　　仄仄平平
扬扬赫赫，　　　　　平平仄仄
涿鹿蚩尤号。　　　　平仄平平仄
败亡中冀，　　　　　仄平平仄
九隅诸部听诏。　　　仄平平仄平仄
天下共主旌旗，　　　平仄仄仄平平
扬风万里，　　　　　平平仄仄
文字舟车造。　　　　平仄平平仄
律吕岐黄兼历法，　　仄仄平平平仄仄
铸鼎分疆宗庙。　　　仄仄平平平仄
尽却鸿蒙，　　　　　仄仄平平
文明肇立，　　　　　平平仄仄
雄峙寰瀛早。　　　　平仄平平仄
人文初祖，　　　　　平平平仄
泱泱华夏皆晓。　　　平平平仄平仄

附苏轼《念奴娇·凭高眺远》：

凭高眺远，见长空万里，云无留迹。桂魄飞来光射处，冷浸一天秋碧。玉宇琼楼，乘鸾来去，人在清凉国。江山如画，望中烟树历历。

我醉拍手狂歌，举杯邀月，对影成三客。起舞徘徊风露下，今夕不知何夕。便欲乘风，翻然归去，何用骑鹏翼。水晶宫里，一声吹断横笛。

（五）御伦初作：

浪淘沙·稻城亚丁
遍地耀金光，十月西康。牛羊草甸聚河江。白玉冰川悬日月，海子泱泱。
望圣地焚香，诚意昭彰。神山千里护稻乡。净土桃源遗碧宇，四季盛装。

点评：《浪淘沙》为唐教坊曲，开始为七言绝句体，五代后流行长短句双调小令，上下片合计五十四字，上下片各四平韵。后不少人喜欢填仄韵《浪淘沙》。四川省西部、西藏部分地区，新中国成立前归西康省管辖。藏民把高山湖泊称为"海子"。"神山千里护稻乡"的"稻"字出律，修改为"神山千里雪茫茫"。"诚意昭彰"修改为"虔敬昭彰"。"四季盛装"的"盛"为多音字，故修改为"霓裳"。本词牌参照南唐李煜的《浪淘沙·帘外雨潺潺》格式。

御伦改作：

浪淘沙·稻城亚丁
遍地耀金光，　　　　仄仄仄平平
十月西康。　　　　　仄仄平平
牛羊草甸聚河江。　　平平仄仄仄平平
白玉冰川悬日月，　　仄仄平平平仄仄
海子泱泱。　　　　　仄仄平平
望圣地焚香，　　　　仄仄仄平平
虔敬昭彰，　　　　　平仄平平
神山千里雪茫茫。　　平平平仄仄平平
净土桃源遗碧宇，　　仄仄平平平仄仄
四季霓裳。　　　　　仄仄平平

附李煜的《浪淘沙·帘外雨潺潺》

帘外雨潺潺，春意阑珊。罗衾不耐五更寒。梦里不知身是客，一晌贪欢。
独自莫凭栏，无限江山，别时容易见时难。流水落花春去也，天上人间。

(六) 御伦初作：

青玉案·都江堰
岷江滚滚拍残岸，太守妙笔古堰。惠泽天府水潋滟。宝瓶鱼嘴，助民浇灌，驻足离堆看。
锦城自始无干旱，砥柱中流绘画卷。浩渺碧波飞沙堰，泄沙排水，配享庙匾，功绩千秋赞。

点评：汉张蘅的《四愁诗》中云："美人赠我锦绣段，何以报之青玉案。"故后人取《青玉案》为调名。《青玉案》双调六十七字，上下片各五仄韵。都江堰工程分为鱼嘴、飞沙堰和宝瓶口三部分。李冰父子当年率众在离堆开凿宝瓶口，引岷江水灌溉川西平原，离堆现已开辟为公园。"太守妙笔古堰""惠泽天府水潋滟""砥柱中流绘画卷"三句存在出律之处，应予以修改。"锦城自始无干旱"的"锦城"为成都的别称。"驻足离堆看"中的"离堆"即是离堆公园。本词牌参照贺铸的《青玉案·凌波不过横塘路》格式。

御伦改作：

青玉案·都江堰	
岷江急浪飞残岸，	平平仄仄平平仄
太守莅、修河堰。	仄仄仄　平平仄
惠泽川渝千古赞。	仄仄平平平仄仄
宝瓶鱼嘴，	仄平平仄
助民浇灌，	仄平平仄
驻足离堆看。	仄仄平平仄
锦城自始无干旱，	仄平仄仄平平仄
天府丰饶震河汉。	平仄平仄平平仄
浩渺碧波闲鹭恋，	仄仄仄平平仄仄
立祠以祀，	仄平仄仄
二王庙殿，	仄平仄仄
治水勋无限。	仄仄平平仄

附贺铸的《青玉案·凌波不过横塘路》：

　　凌波不过横塘路，但目送、芳尘去。锦瑟华年谁与度？月台花榭，琐窗朱户，只有春知处。
　　碧云冉冉蘅皋暮，彩笔新题断肠句。试问闲愁都几许？一川烟草，满城风絮，梅子黄时雨。

（七）御伦初作：

满庭芳·九寨沟
　　王母梳妆，妖娆三界，难料宝镜玉碎。人间洒落，九寨里徘徊。沟深茂林百里，逐一嵌、海子荟萃。千百岁，随风雪舞，仙境翡翠佩。
　　娇媚！游客醉，喷雪飞瀑，轰响林翠。五色斑斓泪，湖底齐汇。鸣啭浅滩欲喂，牛羊聚，村寨獒吠。瑶池地，堪怜寰宇，何处胜斯水。

点评：《满庭芳》又名《满庭霜》《锁阳台》等，双调九十五字，前片四平韵，后片五平韵。通常以晏几道《满庭芳·南苑吹花》为正体。仄韵《满庭芳》很少人填，如明代的刘焘填过仄韵《满庭芳·风急霜浓》。初作为仄韵《满庭芳》，现按平韵重填该词牌，相对改动较多。本词牌参照秦观《满庭芳·春游》格式。

御伦改作：

满庭芳·九寨沟

王母梳妆，	平仄平平
妖娆失手，	平平仄仄
玉镜跌落凡尘。	仄仄仄仄平平
人间有幸，	平平平仄
宝物坠昆仑。	仄仄仄平平
深壑茂林百里，	平仄仄平仄仄
星光耀、海子成群。	平平仄　仄仄平平
千秋岁，	平平仄
春花冬雪，	平平平仄
仙境驻高原。	平仄仄平平

269

销魂！	平平
游客醉，	平仄仄
走珠飞瀑，	仄平平仄
轰响无痕。	平仄平平
七彩斑斓色，	仄仄平平仄
湖底相存。	平仄平平
鸟啭浅滩寻觅，	仄仄仄平仄仄
西风啸、落叶缤纷。	平平仄　仄仄平平
瑶池境，	平平仄
堪怜寰宇，	平平平仄
何处胜斯君？	平仄仄平平

附秦观《满庭芳·春游》：

　　晓色云开，春随人意，骤雨才过还晴。古台芳榭，飞燕蹴红英。舞困榆钱自落，秋千外、绿水桥平。东风里，朱门映柳，低按小秦筝。

　　多情，行乐处，珠钿翠盖，玉辔红缨。渐酒空金榷，花困蓬瀛。豆蔻梢头旧恨，十年梦、屈指堪惊。凭阑久，疏烟淡日，寂寞下芜城。

(八) 御伦初作：

苏幕遮·庐山
　　眺遥峰，飞瀑吼，青黛衔天，河汉垂星斗。九重屏风匡岳陡。虹日霜雪，犹忆美庐柳。
　　沐烟霞，涧泉奏，词圣诗仙，千古遗篇首。抗日宣言民抖擞，五老峰奇，白鹿晚独宿。

点评：《苏幕遮》最初是西域舞曲，后成为词牌名，双调六十二字，上下片各四仄韵。庐山又名匡庐，位于江西省九江市，现已被联合国教科文组织列入世界文化遗产名录，蒋介石曾在庐山发表《抗日宣言》，"诗仙"李白和"词圣"苏轼都给庐山写过脍炙人口的诗词，如李白的《望庐山瀑布》和苏轼的《题西林壁》。上片第五句"九重屏风匡岳陡"中的"重"为多音字，"重"和"九"连在一起应为平声，此处应仄而平，属于出律。此外，"犹忆美庐柳"

"白鹿晚独宿"亦存在出律问题。本词牌参照范仲淹《苏幕遮·怀旧》格式，上片第一二句要求对仗，本词对仗为"白云飞，帘瀑吼"。

御伦改作：

苏幕遮·庐山

白云飞，	仄平平
帘瀑吼。	平仄仄
青黛衔天，	平仄平平
河汉垂星斗。	平仄平平仄
形似屏风匡岳陡。	平仄平平平仄仄
旖旎风光，	仄仄平平
犹忆庐山柳。	平仄平平仄
沐烟霞，	仄平平
春涧奏。	平仄仄
词圣诗仙，	平仄平平
千古遗篇首。	平仄平平仄
抗日宣言民抖擞，	仄仄平平平仄仄
二战凯旋，	仄仄仄平
万众歌和酒。	平仄平平仄

附范仲淹《苏幕遮·怀旧》：

碧云天，黄叶地。秋色连波，波上寒烟翠。山映斜阳天接水。芳草无情，更在斜阳外。

黯乡魂，追旅思。夜夜除非，好梦留人睡。明月楼高休独倚，酒入愁肠，化作相思泪。

（九）御伦初作：

念奴娇·黄山

霭空红日，看丛林，万壑茂松磨砺。竞秀诸峰天宇碧，形似屏风石壁。峰比莲花，天都竦桀，迎客松前立。留影欢庆，主峰风雨瑰丽。

鬼斧石怪凌空，珠玑飞瀑，移步多景致。云海翻波烟袅袅，天下名山仰视。绝胜无双，银装素裹，冬雪添名迹。林泉疏月，千秋长锁寥寂。

271

点评：《念奴娇》又名《百字令》《酹江月》《大江东去》等，双调一百字，上下片各四仄韵。上片第九句"留影欢庆"，下片"移步多景致""天下名山仰视"等句有出律之处。黄山位于安徽省黄山市，素以奇松、怪石、云海、温泉、冬雪"五绝"著称于世，拥有"天下第一奇山"之称。"五岳归来不看山，黄山归来不看岳"是对黄山最好的写照。本词牌参照苏轼《念奴娇·凭高眺远》格式，上片第六七句要求对仗，本词对仗为"峰若莲花，松如伞盖"。

御伦改作：

念奴娇·黄山

卷云万里，	仄平仄仄
看层峦万壑，	仄平平仄仄
茂松煊赫。	仄平平仄
竞秀诸峰天宇碧，	仄仄平平平仄仄
形似屏风崖壁。	平仄平平平仄
峰若莲花，	平仄平平
松如伞盖，	平平仄仄
迎客松幽侧。	平仄平平仄
游人踪影，	平平平仄
满山奇景寻觅。	仄平平仄平仄
挥汗如雨山间，	平仄平仄平平
欢欣掠影，	平平仄仄
步步蓬莱画。	仄仄平平仄
眺望云涛烟袅袅，	仄仄平平平仄仄
天下名山旁立。	平仄平平仄仄
绝胜无双，	仄仄平平
银装素裹，	平平仄仄
冬雪添名迹。	平仄平平仄
林泉疏月，	平平平仄
千秋长锁寥寂。	平平平仄平仄

附苏轼的《念奴娇·凭高眺远》：

凭高眺远，见长空万里，云无留迹。桂魄飞来光射处，冷浸一天秋碧。玉宇琼楼，乘鸾来去，人在清凉国。江山如画，望中烟树历历。

我醉拍手狂歌，举杯邀月，对影成三客。起舞徘徊风露下，今夕不知何夕。便欲乘风，翻然归去，何用骑鹏翼。水晶宫里，一声吹断横笛。

（十）御伦初作：

水调歌头·泰山
浮岚绕东岳，突兀刺云霄。阑珊暝色，赤轮乍起百鸟翱。金带黄河夕照。树挂隆冬绒毯，凋敝落英飘。俯瞰潺潺水，秦柏汉松高。

十八盘，揽苍翠，路迢迢。燔柴祭祀，封禅金奏妙箫韶。自此岱宗摘冠。暮雨残碑辨字，沥沥乐逍遥。绝顶齐天宇，溅玉似山涛。

点评：《水调歌头》双调合计九十五字，上下片各四平韵。泰山，又名岱山、岱宗、岱岳、东岳、泰岳，为五岳之一，位于山东省的泰安市，泰山被古人视为"直通帝座"的天堂，成为百姓崇拜、帝王告祭的神山，有"泰山安，四海皆安"的说法。泰山已被联合国教科文组织列入世界自然和文化双遗产名录。上片第四句"赤轮乍起百鸟翱"出律，修改为"赤轮初起鸟离巢"。"溅玉似山涛"为倒装句，修改为"烦恼却云霄"，该句为省略句，省略介词"于"。本词牌参照毛滂《水调歌头·九金增宋重》格式。

御伦改作：

水调歌头·泰山
雾霭锁东岳，　　　　仄仄仄平仄
突兀出云涛。　　　　仄仄仄平平
阑珊暝色，　　　　　平平平仄
赤轮初起鸟离巢。　　仄平平仄仄平平
金带黄河夕照，　　　平仄平平仄仄
树挂隆冬绒毯，　　　仄仄平平平仄
凋敝落英飘。　　　　平仄仄平平
俯瞰潺潺水，　　　　仄仄平平仄
秦柏汉松高。　　　　平仄仄平平

十八盘，	仄仄平
览苍翠，	仄平仄
路迢迢。	仄平平
帝王祭祀，	仄平仄仄
封禅金奏妙箫韶。	平仄平仄仄平平
自此岱宗瞩目，	仄仄仄平仄仄
暮雨残碑辨字，	仄仄平平仄仄
沥沥乐逍遥。	仄仄仄平平
绝顶齐天宇，	仄仄平天仄
烦恼却云霄。	平仄仄平平

附毛滂《水调歌头·九金增宋重》：

九金增宋重，八玉变秦馀。千年清浸，洗净河洛出图书。一段升平光景，不但五星循轨，万点共连珠。垂衣本神圣，补衮妙工夫。

朝元去，锵环佩，冷云衢。芝房雅奏，仪凤矫首听笙竽。天近黄麾仗晓，春早红鸾扇暖，迟日上金铺。万岁南山色，不老对唐虞。

（十一）御伦初作：

一剪梅·桂林
碧水鸬鹚浪打舷。漠漠云烟，八桂凭栏，万峰簇簇拱苍玄。山冠尘寰，水胜中原。

月涌山摇水近天。莽莽林间，洞府流连。空山丹桂暗香殷。极目云端，寂寞阑珊。

点评：《一剪梅》为双调小令，上下片各三平韵，合计六十字。桂林地处广西壮族自治区东北部，其境内的山水风光举世闻名，千百年来享有"桂林山水甲天下"的美誉。"八桂凭栏"中的"八桂"是指桂林市，亦可泛指广西。"空山丹桂暗香殷"中的"殷"和其他韵脚不在同一韵部，修改为"空山丹桂暗香环"。本词牌参照李清照《一剪梅·红藕香残玉簟秋》格式。

御伦改作：

一剪梅·桂林

碧水鸩鹚浪打舷。	仄仄平平仄仄平
漠漠云烟，	仄仄平平
八桂凭栏。	仄仄平平
万峰簇簇拱苍玄，	仄平仄仄仄平平
山冠尘寰，	平仄平平
水胜中原。	仄仄平平
月涌山摇水近天。	仄仄平平仄仄平
莽莽林间，	仄仄平平
洞府流连。	仄仄平平
空山丹桂暗香环，	平平平仄仄平平
远眺河川，	仄仄平平
怡悦心端。	平仄平平

附李清照《一剪梅·红藕香残玉簟秋》：

红藕香残玉簟秋。轻解罗裳，独上兰舟。云中谁寄锦书来，雁字回时，月满西楼。

花自飘零水自流。一种相思，两处闲愁。此情无计可消除，才下眉头，却上心头。

（十二）御伦初作：

水龙吟·张家界

危峰峡谷余晖，碧溪蓑草垂柳舞。画廊百里，纵横弱水，乱红夜雨。天子山巅，铺天云瀑，惊飞群鹭。秀水金鞭涌，四溪汇聚。驻足立，吟歌赋。

莽莽黄石迟暮，五指峰，西风凋树。玉渊湛碧，磅礴飞瀑，峰林几许？览胜武陵，形凌五岳，山河吞吐。首山交错论，黄山伯仲，酒酣荆楚。

点评：《水龙吟》又名《龙吟曲》，双调一百零二字，上下片各四仄韵。《水龙吟》的格式高达二十五种，不过历来文人多以苏轼、辛弃疾两家为准。张

诗词格律写作举要 >>>

家界市是湖南省辖地级市，原名大庸市，位于湖南西北部，澧水中上游，属武陵山区腹地，现已被联合国教科文组织列入世界自然遗产名录。金鞭溪是张家界国家森林公园最早开发的景区之一，它发源于张家界的土地垭，由南向北，蜿蜒曲折，随山转移，迂回穿行在峰峦山谷之间，最后在水绕四门与龙尾溪、鸳鸯溪、矿洞溪汇聚，故"奇峰三千、秀水八百"。金鞭溪把张家界的山水发挥到了淋漓尽致，有着"千年长旱不断流，万年连雨水碧青"这样的美誉。初作上片"碧溪蓑草垂柳舞"，下片"莽莽黄石迟暮""五指峰"等句有出律之处。本词牌参照秦观《水龙吟·小楼连苑横空》格式。

御伦改作：

水龙吟·张家界
险峰峡谷余晖，　　　　　仄平仄仄平平
碧溪衰草垂杨舞。　　　　仄平平仄平平仄
画廊百里，　　　　　　　仄平仄仄
纵横弱水，　　　　　　　仄平仄仄
乱红夜雨。　　　　　　　仄平仄仄
天子山巅，　　　　　　　平仄平平
铺天流雾，　　　　　　　平平平仄
惊飞群鹭。　　　　　　　平平平仄
秀水金鞭涌，　　　　　　仄仄平平仄
四溪汇聚，　　　　　　　仄平仄仄
驻足立、吟歌赋。　　　　仄仄仄　平平仄
莽莽黛峰迟暮，　　　　　仄仄仄平仄
武陵源、西风凋树。　　　仄平平　平平仄仄
玉渊湛碧，　　　　　　　仄平仄仄
跳珠飞瀑，　　　　　　　仄平平仄
峰林几许？　　　　　　　平平仄仄
览胜巍峨，　　　　　　　仄仄平平
形凌五岳，　　　　　　　平平仄仄
名扬寰宇。　　　　　　　平平平仄
首山谁？感慨黄山匹敌，　仄平平　仄仄平平仄仄
傲然荆楚。　　　　　　　仄平平仄

附秦观《水龙吟·小楼连苑横空》：

小楼连苑横空，下窥绣毂雕鞍骤。朱帘半卷，单衣初试，清明时候。破暖轻风，弄晴微雨，欲无还有。卖花声过尽，斜是院落，红成阵、飞鸳甃。

玉佩丁东别后，怅佳期、参差难又。名缰利锁，天还知道，和天也瘦。花下重门，柳边深巷，不堪回首。念多情，但有当时皓月，向人依旧。

（十三）御伦初作：

齐天乐·三清山
骤风乍起潇潇雨，疏柳淡烟山路。染黛层峦，微芳漫径。响水无眠东去。千峰虎踞，万壑鸟鸣梢。断云飞渡。突兀堆石，壮观石蟒向天怒。

峰丛峻拔处处。望道观荟萃，福地飘雾。峭壁悬流，云岚渺渺。神女峰前踯步。沉沉日暮，敢谓小黄山，若干倾附，锦绣山河，叹英雄无数。

点评：《齐天乐》又名《台城路》《如此江山》，双调一百零二字，上下片各六仄韵。三清山位于江西省上饶市，因玉京、玉虚、玉华三峰宛如道教玉清、上清、太清三清尊神列坐山巅而得名。上片"突兀堆石"和下片的"叹英雄无数"出律。本词牌参照周邦彦《齐天乐·绿芜凋尽台城路》格式，古代很多词人喜欢在《齐天乐》上片第七句和下片第八句使用对仗句式。。

御伦改作：
齐天乐·三清山
骤风乍起潇潇雨，　　　仄平仄仄平平仄
疏柳淡烟寒路。　　　　平仄仄平平仄
青黛层峦，　　　　　　平仄平平
微芳侵径，　　　　　　平平平仄
响水无眠东去。　　　　仄仄平平平仄
千峰虎踞。　　　　　　平平仄仄

277

诗词格律写作举要 >>>

万壑鸟鸣梢，	仄仄仄平平
断云飞渡。	仄平平仄
突兀奇峰，	仄仄平平
出山石蟒向天怒。	仄平仄仄仄平仄
峰丛峻拔处处，	平平仄仄仄仄
望黄旗彩带，	仄平平仄仄
道观飘雾。	仄平平仄
峭壁悬流，	仄仄平平
云岚渺渺，	平平仄仄
神女峰前飘絮，	平仄平平平仄
沉思夜幕。	平平仄仄
谓权贵张扬，	仄平仄平平
俊才倾附。	仄平平仄
莫若逍遥，	仄仄平平
引英雄仰慕。	仄平平仄仄

附周邦彦《齐天乐·绿芜凋尽台城路》：

绿芜凋尽台城路，殊乡又逢秋晚。暮雨生寒，鸣蛩劝织，深阁时闻裁剪。云窗静掩。叹重拂罗裀，顿疏花簟。尚有㶉囊，露萤清夜照书卷。

荆江留滞最久，故人相望处，离思何限。渭水西风，长安乱叶，空忆诗情宛转，凭高眺远。正玉液新篘，蟹螯初荐。醉倒山翁，但愁斜照敛。

（十四）御伦初作：

八声甘州·雁荡山

胜迹东南莽莽苍山，芦苇绕烟岚。野径花香郁，雁湖眺望，远海天蓝。鸥鹭蓝天剪水，垂钓树荫酣。折瀑泻天籁，长啸灵岩。

大小龙湫崖坠，正凌空雪碎，水汜春衫。解襟拥天地，俯仰影青潭。待他年，重游故地，愿金樽，不负好儿男，已忘返，贪欢山水，遥寄书函。

点评：《八声甘州》为唐代塞上名曲，双调合计九十七字，上下片各四平韵，因其有八韵，故称"八声"。雁荡山位于浙江省温州市内，以山水奇秀闻名，素有"海上名山、寰中绝胜"之誉，号称中国"东南第一山"，主要景点有三折瀑、灵岩、大龙湫、雁湖等。本词牌"解襟拥天地""已忘返"两句出律，应修改。"长啸灵岩""大小龙湫飞瀑""折瀑泻天籁"等句中的"灵岩""大小龙湫""折瀑"均为景点名称。本词牌参照柳永《八声甘州·对潇潇暮雨洒江天》格式。

御伦改作：

八声甘州·雁荡山
胜迹东南莽莽苍山，　　　仄仄平平仄仄平平
芦苇满烟岚。　　　　　　平仄仄平平
野径花香郁，　　　　　　仄仄平平仄
雁湖眺望，　　　　　　　仄平仄仄
远海天蓝。　　　　　　　仄仄平平
白鹭碧波剪水，　　　　　仄仄仄平仄仄
垂钓树荫酣。　　　　　　平仄仄平平
折瀑泻天籁，　　　　　　仄仄仄平仄
长啸灵岩。　　　　　　　平仄平平
大小龙湫飞瀑，　　　　　仄仄平平平仄
正凌空雪碎，　　　　　　仄平平仄仄
水浥春衫。　　　　　　　仄仄平平
解襟怀天地，　　　　　　仄平平平仄
俯仰影青潭。　　　　　　仄仄仄平平
待他年、重游故地，　　　仄平平　平平仄仄
愿万花、开遍美江南。　　仄仄平　平仄仄平平
流芳境、忘情山水，　　　平平仄　仄平仄仄
携伴高谈。　　　　　　　平仄平平

附柳永《八声甘州·对潇潇暮雨洒江天》：

对潇潇暮雨洒江天，一番洗清秋。渐霜风凄紧，关河冷落，残照

当楼。是处红衰翠减,苒苒物华休。惟有长江水,无语东流。

不忍登高临远,望故乡渺邈,归思难收。叹年来踪迹,何事苦淹留?想佳人、妆楼颙望,误几回、天际识归舟。争知我,倚栏杆处,正恁凝愁!

(十五)御伦初作:

雨霖铃·武夷山
　　飞云断雁,暮秋萧瑟,锦斾招展。曲溪抱山轻奏,烟笼淡荡,丹枫红遍。碧水丹山岩岫,黛颜名山美。胜景处,峰耸天游,俯瞰悬岩曲相伴。
　　岩茶馥郁扶风暗,武夷宫,几度湮芜苑。闽夷古汉遗迹,惊碧宇,物华稀罕。九曲清流,几度春秋几度萦绕。更哪堪,碧水湍湍,梦里花飞溅。

点评:《雨霖铃》为唐教坊曲,双调合计一百零三字,上下片各五仄韵。武夷山位于福建省武夷山市南郊,属典型的丹霞地貌,现已被联合国教科文组织列入世界自然和文化双遗产名录,其主要景点有九曲溪、武夷宫、古汉城遗迹和天游峰等。本词牌下片"几度春秋几度萦绕""更那堪"存在出律之处。本词牌参照柳永《雨霖铃·寒蝉凄切》格式。

御伦改作:

雨霖铃·武夷山
飞云断雁,　　　　　　平平仄仄
暮秋萧瑟,　　　　　　仄平平仄
锦斾招展。　　　　　　仄仄平仄
环溪抱山轻奏,　　　　平平仄平平仄
烟笼淡荡,　　　　　　平平仄仄
丹枫红遍。　　　　　　平平平仄
碧水丹山岩岫,　　　　仄仄平平平仄
黛颜名山美。　　　　　仄平平平仄
胜景处、峰耸天游,　　仄仄仄　平仄平平
俯瞰悬岩曲相伴。　　　仄仄平平仄平仄

280

岩茶馥郁疏风暗，	平平仄仄平平仄
武夷宫几度湮芜苑。	仄平平仄仄平平仄
闽夷古汉遗迹，	平平仄仄平仄
惊碧宇，	平仄仄
物华稀罕。	仄平平仄
九曲溪流，	仄仄平平
寒水盈盈，	平仄平平
若干环转。	仄平平仄
驻足立、欣喜湍湍，	仄仄仄　平仄平平
梦里常飞溅。	仄仄平平仄

附柳永《雨霖铃·寒蝉凄切》：

　　寒蝉凄切，对长亭晚，骤雨初歇。都门帐饮无绪，留恋处，兰舟催发。执手相看泪眼，竟无语凝噎。念去去，千里烟波，暮霭沉沉楚天阔。

　　多情自古伤离别，更那堪冷落清秋节。今宵酒醒何处？杨柳岸，晓风残月。此去经年，应是良辰，好景虚设。便纵有、千种风情，更与何人说！

（十六）御伦初作：

　　贺新郎·龙虎山
　　山陡如棋布，坐东南、山溪汩汩，风轻杨舞。高耸千峰云霄入，野径花香缕缕。百鸟啭、与风私语。创教立宗衔九派，谓何人？遥望天师府。传百代，道门祖。
　　游人簇簇千人赴，看悬棺，竹篙击水，半空烟雨。霭雾迷蒙客旅。怕忘却、来回归路。山水丈量凭脚步，尽情欢、豪气冲天宇。携月魄，醉情侣。

点评：《贺新郎》又名《金缕曲》《乳飞燕》等。双调合计一百十六字，上下片各六仄韵。上片第十句"传百代"，天师创教传位至现在，不过六十四代而已，故修改为"正一教，道陵祖。"张道陵是道教正一教的祖师。"怕忘却、来回归路"显得过于俗气，应修改之。本词牌参照叶梦得《贺新郎·睡起流莺语》格式。

御伦改作：

  贺新郎·龙虎山
  山岳如棋布。　　　　平仄平平仄
  坐东南、山溪汩汩，　仄平平　平平仄仄
  风轻杨舞。　　　　　平平平仄
  高耸千峰云霄入，　　平仄平平平仄仄
  野径花香缕缕。　　　仄仄平平仄仄
  百鸟啼、与凤共语。　仄仄仄　仄平仄仄
  创教立宗衔九派，　　仄仄仄平平仄仄
  谓何人？仰望天师府。仄平平　仄仄平平仄
  正一教，　　　　　　平仄仄
  道陵祖。　　　　　　仄平仄

  游人簇簇丹山赴。　　平平仄仄平平仄
  水淙淙、竹船似箭。　仄平平　仄平仄仄
  半空飞雨。　　　　　仄平平仄
  山路歌声抬头望，　　平仄平平平平仄
  山半悬棺目睹。　　　平仄平平仄仄
  似人世、沉浮几许？　仄平仄　平平仄仄
  山水丈量凭脚步，　　平仄仄平平仄仄
  尽情欢、豪气冲天宇。仄平平　平仄平平仄
  日月伴，　　　　　　仄仄仄
  映前路。　　　　　　仄平仄

附叶梦得《贺新郎·睡起流莺语》：

  睡起流莺语。掩青苔、房栊向晚，乱红无数。吹尽残花无人见，惟有垂杨自舞。渐暖霭、初回轻暑。宝扇重寻明月影，暗尘侵、尚有乘鸾女。惊旧恨，遽如许。

  江南梦断横江渚。浪黏天、葡萄涨绿，半空烟雨。无限楼前沧波意，谁采萍花寄取。但怅望、兰舟容与。万里云帆何时到，送孤鸿、目断千山阻。谁为我，唱金缕。

（十七）御伦初作：

  御街行·武当山
  暮秋落木风萧萧，绿渐褪，层峦高。拱揖太岳共朝宗，天柱峻拔妖娆，斜阳金殿，玄冥赫赫，遍览千峰遥。
  南岩绝壁烟缭绕。景致秀，鸦栖梢。悬崖道殿共相依，山涧雨帘咆哮。黄冠圣地，漫天荡雾，疑似蓬莱涛。

点评：《御街行》又名《孤雁儿》，为双调合计七十八字，上下片各四仄韵。初作标新立异，把本该填仄韵的词牌用平韵填，现改按仄韵重新填词。"黄冠远眺"中的"黄冠"指的是道人。本词牌参照范仲淹《御街行·纷纷堕叶飘香砌》格式。

御伦改作：

御街行·武当山	
深秋落木潇潇雨。	平平仄仄平平仄
绿渐褪、风飘絮。	仄仄仄　平平仄
诸峰环峙共朝宗，	平平平仄仄平平
天柱峰高雄踞。	平仄平平平仄
斜阳金殿，	平平平仄
气凌霄汉，	仄平平仄
流翠千峰暮。	平仄平平仄
南岩绝壁云和雾。	平平仄仄平平仄
景致秀、鸦栖树。	仄仄仄　平平仄
悬崖宫殿共相依，	平平平仄仄平平
真武修真场所。	平仄平平平仄
黄冠远眺，	平平仄仄
拂尘飘逸，	仄平平仄
疑似云涛渡。	平仄平平仄

附范仲淹《御街行·纷纷堕叶飘香砌》：

纷纷坠叶飘香砌。夜寂静,寒声碎。真珠帘卷玉楼空,天淡银河垂地。年年今夜,月华如练,长是人千里。

愁肠已断无由醉,酒未到,先成泪。残灯明灭枕头欹,谙尽孤眠滋味。都来此事,眉间心上,无计相回避。

(十八) 御伦初作:

永遇乐·峨眉山
突起平畴,三峨雄峙,绝壁刀刻。吐艳山花,草丰树茂,秀甲西南域。半山凝翠,半山皑雪,古木蔽空遮日。崎岖路、烟笼古庙,萝峰磬音十里。

川江东去,清潭捞月,彻骨冰凉几许。雨霁朝阳,金光万丈,普照千山壁。登临金顶,云涛滚滚,秋月半轮吹笛。周遭眺、一山四季,风景迥异。

点评:《永遇乐》为双调合计一百零四字,上下片各四仄韵。峨眉山为中国佛教四大名山之一,位于四川峨眉市西南。《峨眉郡志》云:"云鬟凝翠,鬓黛遥妆,真如蟒首蛾眉,细而长,美而艳也,故名峨眉山。"相传为普贤菩萨应化的道场,佛教认为普贤菩萨象征着理德、行德。上片"萝峰磬音十里""彻骨冰凉几许"和下片"风景迥异"出韵。《永遇乐》有七种格式,本词牌参照苏轼《永遇乐·明月如霜》格式。

御伦改作:

永遇乐·峨眉山
突起平畴,　　　　　仄仄平平
三峨雄峙,　　　　　平平平仄
绝壁刀刻。　　　　　仄仄平仄
吐艳山花,　　　　　仄仄平平
草丰树茂,　　　　　平平仄仄
秀甲西南域。　　　　仄仄平平仄
半山凝翠,　　　　　仄平平仄
半山皑雪,　　　　　仄平平仄

树盖蔽空遮日。	仄仄仄平平仄
崎岖路、千年古庙，	平平仄　平平仄仄
萝峰古楠犹忆。	平平仄平平仄
川江东去，	平平平仄
俯身捞月，	仄平平仄
彻骨冰凉衣湿。	仄仄平平平仄
雨霁朝阳，	仄仄平平
金光万丈，	平平仄仄
普照千山壁。	仄仄平平仄
登临金顶，	平平平仄
云涛滚滚，	平平仄仄
秋月半轮吹笛。	平仄仄平平仄
周遭眺、一山四季，	平平仄　仄平仄仄
风光变易。	平平仄仄

附苏轼《永遇乐·明月如霜》：

　　明月如霜，好风如水，清景无限。曲港跳鱼，圆荷泻露，寂寞无人见。紞如三鼓，铿然一叶，黯黯梦云惊断。夜茫茫，重寻无处，觉来小园行遍。

　　天涯倦客，山中归路，望断故园心眼。燕子楼空，佳人何在，空锁楼中燕。古今如梦，何曾梦觉，但有旧欢新怨。异时对，黄楼夜景，为余浩叹。

(十九) 御伦初作：

　　桂枝香·梵净山
　　青山郁郁，雾霭漫楚天，地连湘蜀。雄冠黔山叠嶂，黛峰如簇，蘑菇石怪摩天宇，破残云、寥廓山谷。珙桐芳吐，巍巍古刹，游人如簇。
　　乍然雨花风急促，万壑半迷蒙，金顶沾漉。漠漠流岚奔涌，绛霄盈目。书崖万卷斜阳里，阅者谁？游人无数。山巅筑殿，梵宫两立，謦音遗曲。

点评：《桂枝香》又名《疏帘淡月》，双调合计一百零一字，上下片各五仄韵。梵净山位于我国贵州铜仁市，为武陵山脉主峰，主要景点有蘑菇石、万卷书崖、红云金顶等。上片"黛峰如簇""游人如簇"等出现重复字眼。"阅者谁？"的"者"应平而仄。"书崖万卷斜阳里""蘑菇石怪摩天宇"中的"书崖万卷""蘑菇石"等皆为梵净山景区的景点。本词牌参照王安石《桂枝香·金陵怀古》格式。

御伦改作：

桂枝香·梵净山	
青山郁郁。	平平仄仄
雾霭漫楚天，	仄仄仄平平
地连湘蜀。	仄平平仄
雄冠黔山叠嶂，	平仄平平仄仄
黛峰如簇。	仄平平仄
蘑菇石怪摩天宇，	平平仄仄平平仄
破残云、廓清山谷。	仄平平　仄平平仄
珙桐芳吐，	仄平平仄
巍巍古刹，	平平仄仄
众人祈福。	仄平平仄
乍然雨、狂风急促。	仄平仄　平平仄仄
万壑半迷蒙，	仄仄仄平平
金顶沾漉。	平仄平仄
漠漠流岚奔涌，	仄仄平平平仄
绛霄盈目。	仄平平仄
书崖万卷斜阳里，	平平仄仄平平仄
阅游人、无不酣足。	仄平平　平仄平仄
山巅筑殿，	平平仄仄
梵宫矗立，	仄平仄仄
世人惊服。	仄平平仄

附王安石《桂枝香·金陵怀古》：

登临送目。正故国晚秋，天气初肃。千里澄江似练，翠峰如簇。归帆去棹残阳里，背西风、酒旗斜矗。彩舟云淡，星河鹭起，画图难足。

念往昔、繁华竞逐。叹门外楼头，悲恨相续。千古凭高对此，谩嗟荣辱。六朝旧事随流水，但寒烟芳草凝绿。至今商女，时时犹唱，后庭遗曲。

(二十) 御伦初作：

满江红·华山

金浪黄河，东流去，五峰兀立。侵霄汉，傲然西岳，九州雄视。八百秦川崖万仞，长空栈道惊天地，万山膜拜险峻无论。从来是。

山形胜，凌空起。峦莽莽，崔嵬势。俯瞰西峰隘，陡阶迎日。鹞子翻身人鼎沸，寒鸦唱晚冲天际。芳草仍在岂见秦宫？沧桑替。

点评：《满江红》为双调合计九十三字，上片四仄韵，下片五仄韵，一般多用入声韵填该词牌，宋姜夔改用平声填写该词，故《满江红》有平、仄两体。该词适合抒发豪壮情感和表现恢宏大气。华山，古称"西岳"，雅称"太华山"，为五岳之一，位于陕西省渭南市，南接秦岭山脉，北瞰黄渭，自古以来就有"奇险天下第一山"的说法，其主要景点有华山五峰、长空栈道、鹞子翻身等。上片"五峰兀立"和下片的"陡阶迎日"出韵。"长空栈道惊天地""鹞子翻身人鼎沸"等句中的"长空栈道""鹞子翻身"均为景点名称。本词牌共有14种格式，初作参照柳永《满江红·暮雨初收》格式，上片第五六句，下片第七八句对仗。本词上片对仗为"关中瞭望，九州雄视"，下片对仗为"游客着寒逢断雨，寒鸦唱晚冲天际"。

御伦改作：

满江红·华山

旁绕黄河，　　　　　　　平仄平平
余晖下、五峰相比。　　　平平仄　平平平仄
侵霄汉、傲然西岳，　　　平平仄　仄平平仄
九州雄视。　　　　　　　仄平平仄
八百秦川崖万仞，　　　　仄仄平平平仄仄

长空栈道惊天地。	平平仄仄平平仄
万山服、惊险峻无论，	仄平仄　平仄仄平平
层峦翠。	平平仄
山形胜，	平平仄
凌空起。	平平仄
林莽莽，	平仄仄
崔嵬势。	平平仄
俯瞰西峰隘，	仄仄平平仄
陡阶芳卉。	仄平平仄
游客着寒逢断雨，	平仄平平平仄仄
寒鸦唱晚冲天际。	平平仄仄平平仄
衰草在、何者见秦宫？	平仄仄　平仄仄平平
沧桑替。	平平仄

附柳永《满江红·暮雨初收》：

　　暮雨初收，长川静、征帆夜落。临岛屿、蓼烟疏淡，苇风萧索。几许渔人飞短艇，尽载灯火归村落。遣行客、当此念回程，伤漂泊。

　　桐江好，烟漠漠。波似染，山如削。绕严陵滩畔，鹭飞鱼跃。游宦区区成底事，平生况有云泉约。归去来、一曲仲宣吟，从军乐。

（二十一）御伦初作：

沁园春·天柱峰

　　寥阔江淮，菡萏凋零，归棹浅滩。叹巍峨天柱，群山鹤立，云霄刺破，映照前川。览胜崖岩，青衣尽褪，绁色峥嵘沟壑宽。翠松盖，入云高峭壁。

　　白鹭喧天。徘徊裸岫峰巅，翠遮径旁淋漓苦攀，看云舒云卷，顿失倦意，流霞灿烂，溪水涓涓。崖刻丹书，清风出袖，多少流连笔墨端。人生愿，借天三百岁，尽兴河山。

点评：《沁园春》又名《寿星明》等，双调一百十四字，前片四平韵，后片五平韵。天柱山位于安徽省安庆市，因秀美的自然景观，名列安徽省三大名山之一（黄山、九华山、天柱山），其中天柱峰为其最高峰。该词的下片"顿失倦意"中的"失"字在新韵中为平声，在《词林正韵》中为仄声，修改为"冰消倦意"。本词牌参照苏轼的《沁园春·孤馆灯青》格式，上片第四五六七句，下片第三四五六句对仗，且要求扇面对。上片对仗为"巍峨天柱，苍茫碧汉"及"远瞻群黛，映照前川"，下片对仗为"云舒云卷，花开花落"及"流霞灿烂，溪水涓涓"。

御伦改作：

沁园春·天柱峰

寥廓江淮，	平仄平平
菡萏凋零，	仄仄平平
归棹浅滩。	平仄仄平
叹巍峨天柱，	仄平平平仄
远瞻群黛，	仄平仄仄
苍茫碧汉，	平平仄仄
映照前川。	仄仄平平
览胜崖岩，	仄仄平平
青衣尽褪，	平平仄仄
绌色峥嵘沟壑宽。	平仄平平平仄平
翠松盖，	仄平仄
入云高峭壁，	仄平平平仄
白鹭喧天。	仄仄平平
徘徊裸岫峰巅，	平平仄仄平平
翠遮径喜淋漓苦攀。	仄平仄仄平平仄平
看云舒云卷，	仄平平平仄
流霞灿烂，	平平仄仄
花开花落，	平平平仄
溪水涓涓。	平仄平平
崖刻丹书，	平仄平平
清风出袖，	平平仄仄
多少流连笔墨端。	平仄平平仄仄平
人生愿，	平平仄
借天千百岁，	仄平平仄仄

289

尽兴河山。　　　　　　　仄仄平平

苏轼的《沁园春·孤馆灯青》：

　　孤馆灯青，野店鸡号，旅枕梦残。渐月华收练，晨霜耿耿；云山摛锦，朝露漙漙。世路无穷，劳生有限，似此区区长鲜欢。微吟罢，凭征鞍无语，往事千端。
　　当时共客长安，似二陆初来俱少年。有笔头千字，胸中万卷；致君尧舜，此事何难？用舍由时，行藏在我，袖手何妨闲处看。身长健，但优游卒岁，且斗尊前。

(二十二) 御伦初作：

　　永遇乐·崂山
　　傍海悬崖，春鸥煎水，拍岸烟渺。矗立群峦，诗篇崖刻，澄碧崇山表。崂山千仞，无边景致，季夏絮飞芳草。紫烟萦，晨钟暮鼓，金声玉鸣缭绕。
　　水天共色，海映叠嶂，幽幽峰林斜照。溢彩秋光，巨峰崂顶，岩岫风吹老。半山休憩，清泉净脸，洗尽万般烦恼。待冬日，红白竞秀，玲珑妖娆。

点评：《永遇乐》为双调合计一百零四字，上下片各四仄韵。崂山位于山东省青岛市崂山区境内，为我国沿海名山之一，主峰名为崂顶。下片的"玲珑妖娆"的"娆"与其他韵字虽属于同一韵部，但其为平声韵，其他的为仄韵。本词牌参照苏轼《永遇乐·明月如霜》格式。
　　御伦改作：

　　永遇乐·崂山
　　傍海悬崖，　　　　　仄仄平平
　　春鸥剪水，　　　　　平平仄仄
　　拍岸烟渺。　　　　　仄仄平仄
　　点点帆船，　　　　　仄仄平平
　　遗篇崖刻，　　　　　平平平仄

澄碧崇山表。	平仄平平仄
山高千仞，	平平平仄
无边景致，	平平仄仄
季夏絮飞芳草。	仄仄仄平平仄
紫烟萦、晨钟暮鼓，	仄平平　平平仄仄
金声玉鸣缭绕。	平平仄平平仄
水天共色，	仄平仄仄
海映叠嶂，	仄仄仄仄
幽幽峰林斜照。	平平平平平仄
溢彩流光，	仄仄平平
叠峰崂顶，	仄平平仄
岩岫风吹老。	平仄平平仄
半山休憩，	仄平平仄
清泉净脸，	平平仄仄
洗尽万般烦恼。	仄仄仄平平仄
待冬日、红白竞秀，	仄平仄　平仄仄仄
寒梅窈窕。	平平仄仄

本词牌参照苏轼《永遇乐·明月如霜》：

　　明月如霜，好风如水，清景无限。曲港跳鱼，圆荷泻露，寂寞无人见。紞如三鼓，铿然一叶，黯黯梦云惊断。夜茫茫、重寻无处，觉来小园行遍。

　　天涯倦客，山中归路，望断故园心眼。燕子楼空，佳人何在，空锁楼中燕。古今如梦，何曾梦觉，但有旧欢新怨。异时对、黄楼夜景，为余浩叹。

(二十三) 御伦初作：

　　江城子·九华山
　　西风吹尽夜长江，岸花香，鸟翱翔。九子峰高、残叶落雕窗。袅袅紫烟林莽莽，游客众，点香忙。
　　幽幽寺院黛山藏，梵音长，雾徜徉。纵目天台、喧闹看长廊。青霭连天湖荡漾，雨拂面，更清凉。

点评：《江城子》又名《江神子》《水晶帘》，文人韦庄最早依调创作，开始为单调，后发展为双调，合计七十字，上下片各五平韵。九华山又名九子山，为中国佛教四大名山之一，位于安徽省池州市青阳县境内，因山峰奇秀，峰峦异状，远望好像并肩站立的九个兄弟，因而又称"九子山"。天台峰为其主峰。传说因唐朝李白《望九华赠青阳韦仲堪》中"昔在九江上，遥望九华峰"而更名为"九华山"。相传该山为地藏菩萨应化的道场，佛教认为地藏菩萨是"大孝"的象征。下片第六句"雨拂面"为仄仄仄。本词牌参照苏轼《江城子·江景》格式，其下片第六句"人不见"为平仄仄，故修改为"风拂面"。

御伦改作：

江城子·九华山
西风吹尽夜长江，　　　　平平平仄仄平平
岸花香，　　　　　　　　仄平平
鸟翱翔。　　　　　　　　仄平平
九子峰高、残叶落雕窗。　仄仄平平　平仄仄平平
袅袅紫烟林莽莽，　　　　仄仄仄平平仄仄
游客众，　　　　　　　　平仄仄
点香忙。　　　　　　　　仄平平
幽幽寺院黛山藏，　　　　平平仄仄仄平平
梵音长，　　　　　　　　仄平平
雾徜徉。　　　　　　　　仄平平
纵目天台、喧闹看长廊。　平仄平平　平仄仄平平
青霭连天湖荡漾，　　　　平仄平平平仄仄
风拂面，　　　　　　　　平仄仄
更清凉。　　　　　　　　仄平平

附苏轼《江城子·江景》：

凤凰山下雨初晴，水风清，晚霞明。一朵芙蕖、开过尚盈盈。何处飞来双白鹭，如有意，慕娉婷。

忽闻江上弄哀筝，苦含情，遣谁听！烟敛云收、依约是湘灵。欲

待曲终寻问取，人不见，数峰青。

（二十四）御伦初作：

鹊桥仙·普陀山
碧波东海，滔滔千里，孤岛翠微逶迤。海天共色片帆来，叹骇浪、长空尽洗。
簇拥游客，沿山环绕，泛紫竹林迢递。流霞明灭绕琼楼，余晖映、普陀古寺。

点评：《鹊桥仙》的取名来源于牛郎织女的故事。双调合计五十六字，上下片各两仄韵。普陀山位于浙江杭州湾东南部海域，景区包括普陀山、洛迦山、朱家尖等，相传该山为观音菩萨应化的道场。下片首句"簇拥游客"的"拥"字出律。本词牌参照欧阳修《鹊桥仙·月波清霁》格式，上片和下片前二句对仗。本词上片对仗为"劈波东海，冲天白鹭"，下片为"游人如鲫，竹林似染"。

御伦改作：

鹊桥仙·普陀山	
劈波东海，	仄平平仄
冲天白鹭，	平平仄仄
孤岛翠微逶迤。	平仄仄平平仄
海天共色片帆来，	仄平平仄仄平平
叹骇浪、长空尽洗。	仄仄仄　平平仄仄
游人如鲫，	仄平平仄
竹林似染，	仄平平仄
泛紫竹林迢递。	仄仄仄平平仄
流霞明灭绕琼楼，	平平平仄仄平平
余晖映、观音古寺。	平平仄　平平仄仄

附欧阳修《鹊桥仙·月波清霁》：

月波清霁，烟容明淡，灵汉旧期还至。鹊迎桥路接天津，映夹岸、星榆点缀。

293

云屏未卷,仙鸡催晓,肠断去年情味。多应天意不教长,恁恐把、欢娱容易。

(二十五)御伦初作:

声声慢·五台山
云横塞北,万木葱茏,蓝天白鹭长啸。虎踞五峰环伺,中台疏傲。巅峦似台浴日,凝翠烟,碧连苍昊。陡峭径,叶飘零,鸟啭蝶飞萦绕。
袅袅炉烟寺庙。香客众,登临北台祈祷。满目风光,盛夏纳凉皆晓。南台绿肥红瘦,俏西台,月朗空照。人簇簇,上东台,云海浩渺。

点评:《声声慢》有平、仄两体,但历来文人填写仄韵的居多。该词牌为双调,合计九十七字,上下片各五仄韵。五台山位于山西省忻州市五台县境内东北部,周围屹立着东、西、南、北、中五个山峰,高出云表,山顶无林木,如垒土之台,称作五台。五台山相传是文殊菩萨的道场。下片"南台绿肥红瘦"出律,修改为"人生愁丝百结"。本词牌参照高观国的《声声慢·壶天不夜》格式,上片前二句要求对仗。本词上片的对仗为"山横塞北,霭蔽河东"。

御伦改作:

声声慢·五台山
山横塞北,	平平仄仄
霭蔽河东,	仄仄平平
清风白鹭长啸。	平平仄仄平仄
虎踞五峦环伺,	仄仄仄平平仄
巍峨疏傲。	平平平仄
巅峦若平川阔,	平平仄平平仄
凝翠烟、碧连苍昊。	仄仄平　仄平平仄
陡峭径,	仄仄仄
叶飘零,	仄平平
鸟啭蝶飞萦绕。	仄仄仄平平仄
袅袅紫烟寺庙。	仄仄仄平仄仄
香客众、登临道场祈祷。	平仄仄　平平仄平平仄
半世红尘,	仄仄平平

294

苦乐不均皆晓。　　　　　仄仄仄平平仄
人生愁丝百结，　　　　　平平平平仄仄
杜康陪、难解烦恼。　　　仄平平　平仄平仄
惟慧剑，　　　　　　　　平仄仄
断乱麻、万事皆了。　　　仄仄平　仄仄平仄

附高观国的《声声慢·壶天不夜》：

壶天不夜，宝炷生香，光风荡摇金碧。月滟冰痕，花外峭寒无力。歌传翠帘尽卷，误惊回、瑶台仙迹。禁漏促，拚千金一刻，未酬佳夕。

卷地香尘不断，最得意、输他五陵狂客。楚柳吴梅，无限眼边春色。鲛绡暗中寄与，待重寻、行云消息。乍醉醒，怕南楼、吹断晓笛。

(二十六) 御伦初作：

踏莎行·衡山
　　湘水湍湍，楚天寥阔。祝融夕照银光雪。梅花朵朵报春来，衡山大庙游人沸。
　　忠烈祠前，寒鸦晓月。长衡会战烽烟烈。国人长忆缅英雄，江云杳渺奇峰兀。

点评：《踏莎行》为双调小令，合计五十八字，上下片各三仄韵。衡山又名南岳、寿岳、南山，为中国"五岳"之一，位于中国湖南省中部偏东南部，绵亘于衡阳、湘潭两盆地间，衡山主要山峰有回雁峰、祝融峰、紫盖峰、岳麓山等，其祝融峰为其最高峰。"祝融夕照银光雪"的"祝融"指的是祝融峰。"衡山大庙游人沸"的"沸"为仄声，被归入《词林正韵》的第三部和第十八部，为避免争议，修改"半山古庙烟岚没"。本词牌参照晏殊《踏莎行·细草愁烟》格式，上片及下片前二句要求对仗。本词上片的对仗为"湘水湍湍，楚天寥阔"；下片的对仗为"报效神州，长眠忠烈"。

御伦改作：

踏莎行·衡山
　　湘水湍湍，　　　　　平仄平平

楚天寥廓。	仄平平仄
祝融夕照银光雪。	仄平仄仄平平仄
梅花朵朵报春来，	平平仄仄仄平平
半山古庙烟岚没。	仄平仄仄平平仄
报效神州，	平仄平平
长眠忠烈。	平平平仄
艰辛抗战烽烟烈。	平平仄仄平平仄
国人长亿缅英雄，	仄平平仄仄平平
江云杳渺奇峰兀。	平平仄仄平平仄

附晏殊《踏莎行·细草愁烟》：

  细草愁烟，幽花怯露。凭阑总是销魂处。日高深院静无人，时时海燕双飞去。
  带缓罗衣，香残蕙炷。天长不禁迢迢路。垂杨只解惹春风，何曾系得行人住。

（二十七）御伦初作：

  千秋岁·恒山
  危崖欲坠，万仞千峰峙。奇景致，悬空寺。半崖危仡立，展翅凌云势。微雨过，层峦绿意微香细。
  地险山雄视，塞北名山谓。万壑霭，天峰翠。百花争吐艳，游罢身心累。金樽尽，窗帘弯月人酣睡。

点评：《千秋岁》为双调合计七十一字，上下片各五仄韵。恒山（北岳恒山），亦名"太恒山"，古称玄武山，位于山西省大同市浑源县境内，其主要景点为悬空寺、天峰岭等。上片"展翅凌云势"、"层峦绿意微香细"等有出律问题。本词牌参照秦观《千秋岁·水边沙外》格式。

御伦改作：

  千秋岁·恒山
  叠峦瀑坠。   仄平仄仄

万仞千峰峙。	仄仄平平仄
奇景致，	平仄仄
悬空寺。	平平仄
半崖危伫立，	仄平平仄仄
鹰隼凌云势。	平仄平平仄
微雨过，	平仄仄
众峰新绿微香细。	仄平平仄平平仄
地险山雄视。	仄仄平平仄
塞北名山谓。	仄仄平平仄
万壑霭，	仄仄仄
天峰翠。	平平仄
群芳争吐艳，	平平平仄仄
游罢歌声碎。	平仄平平仄
金樽尽，	平平仄
窗帘弯月人酣睡。	平平平仄平平仄

附秦观《千秋岁·水边沙外》：

水边沙外。城郭春寒退。花影乱，莺声碎。飘零疏酒盏，离别宽衣带。人不见，碧云暮合空相对。

忆昔西池会。鹓鹭同飞盖。携手处，今谁在。日边清梦断，镜里朱颜改。春去也，飞红万点愁如海。

(二十八) 御伦初作：

洞仙歌·嵩山

耸天叠嶂，嶄然屏风似。太室山高御碑峙。峻极天、妖娆晴雪山巅，云彩落，山半傍崖休憩。

嵩阳书院暮，灿烂人文，理学传播展旗帜。七十二峰峦、迥异风光，少林寺、名扬中外。野径处、丹书刻碑林，桂月影婆娑，朔风声脆。

点评：《洞仙歌》为双调合计八十三字，上下片各三仄韵，有的全阙增一、二衬字。上片"峻极天、妖娆晴雪山巅"中的"极"和"娆"字出律;下片"理学传播展旗帜"中的"播"字出律。本词牌参照苏轼《洞仙歌·冰肌玉骨》格式。苏轼《洞仙歌·冰肌玉骨》下片最后两句有"但屈指西风几时来?又不道流年,暗中偷换"和"但屈指、西风几时来?又不道、流年暗中偷换"两个版本。

御伦改作:

  洞仙歌·嵩山
  耸天叠嶂,   仄平仄仄
  崭然屏风似。   仄平平平仄
  太室山高御碑峙。 仄仄平平仄平仄
  碧苍穹、飘落白雪山巅, 仄平平 平仄仄仄平平
  云霞隐,   平平仄
  山半傍崖休憩。   平仄仄平平仄
  嵩阳书院暮,   平平平仄仄
  灿烂人文,   仄仄平平
  儒学传承展旗帜。 平平平平仄平仄
  七十二峰峦、旖旎风光, 仄仄仄平平 仄仄平平
  少林寺、名扬中外。 仄平仄 平平平仄
  小径旁、丹书刻碑林, 仄仄平 平平仄平平
  见月影婆娑,   仄仄仄平平
  谛听声脆。   仄平平仄

附苏轼《洞仙歌·冰肌玉骨》:

  冰肌玉骨,自清凉无汗。水殿风来暗香满。绣帘开、一点明月窥人,人未寝,欹枕钗横鬓乱。

  起来携素手,庭户无声,时见疏星渡河汉。试问夜如何?夜已三更,金波淡、玉绳低转。但屈指、西风几时来,又不道流年,暗中偷换。

(二十九) 御伦初作:

醉花阴·周庄
旭日鸟啼洲渚绿。鸿影金波逐。横竖两桥连,游客销魂,拍照皆从俗。
院前院后廊桥续。摇橹穿堂屋。古镇四边波,宅院沧桑,点水家家竹。

点评:《醉花阴》为小令双调,合计五十二字,上下片各三仄韵。周庄古镇位于苏州城东南,昆山、吴江、上海三地交界处,周庄古镇四面环水,主要景点有富安桥、双桥、沈厅等。下片"摇橹穿堂屋"的"摇"出律,最后一句"点水家家竹"有夸大之嫌,修改为"点水门前竹"。本词牌参照李清照的《醉花阴·薄雾浓云愁永昼》格式。

御伦改作:

醉花阴·周庄
旭日鸟啼洲渚绿,　　　　仄仄仄平平仄仄
鸿影金波逐。　　　　　　平仄平平仄
横竖两桥连,　　　　　　平仄仄平平
两岸相通,　　　　　　　仄仄平平
留影皆从俗。　　　　　　平仄平平仄
院前院后廊桥续,　　　　仄平仄仄平平仄
划橹穿堂屋。　　　　　　仄仄平平仄
古镇四边波,　　　　　　仄仄仄平平
宅院沧桑,　　　　　　　仄仄平平
点水门前竹。　　　　　　仄仄平平仄

附李清照的《醉花阴·薄雾浓云愁永昼》:

薄雾浓云愁永昼,瑞脑销金兽。佳节又重阳,玉枕纱厨,半夜凉初透。
东篱把酒黄昏后,有暗香盈袖。莫道不销魂,帘卷西风,人比黄花瘦。

299

(三十)御伦初作:

临江仙·西湖
骤雨黑云烟柳燕,轻舸急浪归航。西楼箫鼓却铿锵。苏堤游客散,撑伞意彷徨。
数度荡舟白鹭影,今朝恰遇风狂。雷峰塔下翠荷香。悠悠往事忆,寂寞睹汪洋。

点评:《临江仙》为双调小令,合计五十八字,上下片各三平韵。西湖,位于浙江省杭州市西湖区,主要景点有苏堤、雷峰塔、白堤、断桥等。"悠悠往事忆"的"往"应平而仄,修改为"悠悠思往昔"。本词牌参照苏轼《临江仙·夜饮东坡醒复醉》格式,上下两片尾二句对仗。本词上片对仗为"飞花随浩荡,撑伞意彷徨";下片对仗为"悠悠思往昔,寂寞睹汪洋"。

御伦改作:

临江仙·西湖
乍雨乌云惊柳燕,　　　　仄仄平平平仄仄
轻舸急浪归航。　　　　　平仄仄仄平平
画楼箫鼓却铿锵。　　　　仄平平仄仄平平
飞花随浩荡,　　　　　　平平平仄仄
撑伞意彷徨。　　　　　　仄仄仄平平
数度荡舟鸥鹭影,　　　　仄仄仄平平仄仄
今朝恰遇风狂。　　　　　平平仄仄平平
雷峰塔下翠荷香。　　　　平平仄仄仄平平
悠悠思往昔,　　　　　　平平平仄仄
寂寞睹汪洋。　　　　　　仄仄仄平平

附苏轼《临江仙·夜饮东坡醒复醉》:

夜饮东坡醒复醉,归来仿佛三更。家童鼻息已雷鸣。敲门都不应,倚杖听江声。
长恨此身非我有,何时忘却营营。夜阑风静縠纹平。小舟从此逝,江海寄余生。

（三十一）御伦初作：

渔家傲·苏州园林
月落姑苏园荟萃，楼台亭阁凭窗睇。垂柳拂廊沧浪汇，铅华洗，假山喷水芙蓉蕾。

小径风来摇赤卉。高楼阅尽奇山水，园外喧哗园内媚，归无意，人生长愿园林憩。

点评：《渔家傲》为北宋时期流行歌曲，双调合计六十二字，上下片各五仄韵。苏州园林位于江苏省苏州市，苏州古典园林溯源于春秋，发展于晋唐，繁荣于两宋，全盛于明清，苏州素有"园林之城"的美誉。"垂柳拂廊沧浪汇"的"浪"字为多音字，但"沧浪"组合，"浪"字为平声。本句修改为"垂柳长廊徒水汇"，其中"徒水"为白水、洁净的水的意思。本词牌参照范仲淹《渔家傲·秋思》格式。

御伦改作：

渔家傲·苏州园林
月落姑苏园荟萃，　　　　仄仄平平平仄仄
楼台亭阁凭窗睇。　　　　平平平仄平平仄
垂柳长廊徒水汇，　　　　平仄平平平仄仄
铅华洗，　　　　　　　　平平仄
假山喷雪芙蓉蕾。　　　　仄平平仄平平仄
小径风来摇赤卉，　　　　仄仄平平平仄仄
高楼阅尽奇山水。　　　　平平仄仄平平仄
园外喧哗园内媚，　　　　平仄平平平仄仄
归无意，　　　　　　　　平平仄
人生长愿园林憩。　　　　平平平仄平平仄

附范仲淹《渔家傲·秋思》：

塞下秋来风景异，衡阳雁去无留意。四面边声连角起，千嶂里，

301

长烟落日孤城闭。

浊酒一杯家万里，燕然未勒归无计。羌管悠悠霜满地，人不寐，将军白发征夫泪。

(三十二) 御伦初作：

少年游·宏村
杏花初绽，江南丝雨，溪水入池塘。风情徽派，飞檐翘角，青瓦马头墙。
古宅卷帘村湖月，烟柳伴荷香。水满池边鸥鱼戏，余晖下，照西厢。

点评：《少年游》为双调小令，合计五十字，上片三平韵，下片两平韵。柳永填写的《少年游》为五十字，通常被认为是正格。苏轼填写的《少年游》为五十一字，是别格，上下片各两平韵。宏村位于中国安徽省南部的黄山脚下，是一座有着大量明清时期历史建筑的古村落。村中还构建了完善的水系和颇具特色的"牛"形布局，是徽州民居的典型代表。上片"飞檐翘角"的"翘"字在新韵中为仄声，在《词林正韵》中为平声，修改为"飞檐展角"。这首小令没有可平可仄之处，须严格按谱填词。本词牌参照苏轼《少年游·润州作代人寄远》格式。

御伦改作：

少年游·宏村

杏花初绽，	仄平平仄
江南丝雨，	平平平仄
溪水入池塘。	平仄仄平平
风情徽派，	平平平仄
飞檐展角，	平平仄仄
青瓦马头墙。	平仄仄平平
古宅卷帘南湖月，	仄仄仄平平平仄
烟柳伴荷香。	平仄仄平平
水满池边鸥鱼戏，	仄仄平平平平仄
余晖下，	平平仄
照西厢。	仄平平

附苏轼《少年游·润州作代人寄远》：

去年相送，余杭门外，飞雪似杨花。今年春尽，杨花似雪，犹不见还家。

对酒卷帘邀明月，风露透窗纱。恰似姮娥怜双燕，分明照、画梁斜。

（三十三）御伦初作：

鹧鸪天·婺源
油菜梯田灿灿黄，粉墙黛瓦列其旁。金波荡漾蓝天碧，溪水徜徉曲径芳。
寻胜景，踏青忙。荒唐似我把花尝，灵秀村落流金彩，古朴民居举酒觞。

点评：《鹧鸪天》又名《思佳客》，双调合计五十五字，上下片各三平韵。上片第三、四句多作对偶句。婺源县位于江西省上饶市境内，春季漫山遍野的油菜花田与保存完好的徽派建筑群是婺源旅游的招牌。"灵秀村落流金彩"的"秀"字出律，修改为"鸟栖村落流金彩"。本词牌参照晏几道《鹧鸪天·彩袖殷勤捧玉钟》格式。

御伦改作：

鹧鸪天·婺源	
油菜梯田灿灿黄。	平仄平平仄仄平
粉墙黛瓦列其旁。	仄平仄仄仄平平
金波荡漾蓝天碧，	平平仄仄平平仄
溪水徜徉曲径芳。	平仄平平仄仄平
寻胜景，	平仄仄
踏青忙。	仄平平
荒唐似我把花尝。	平平仄仄仄平平
鸟栖村落流金彩，	仄平平仄平平仄
犬吠民居举酒觞。	仄仄平平仄仄平

303

附晏几道《鹧鸪天·彩袖殷勤捧玉钟》：

彩袖殷勤捧玉钟。当年拚却醉颜红。舞低杨柳楼心月，歌尽桃花扇底风。

从别后，忆相逢。几回魂梦与君同。今宵剩把银釭照，犹恐相逢是梦中。

（三十四）御伦初作：

解佩令·月牙泉
金沙环绕，清泉水溅，月牙形、沙漠精灵现。芦苇相随，碧波边、风沙相战。百千年、清泉浸浸。
朝来沙进，昏来沙退，靠风吹、水沙无怨。千古登临，觅奇景、英雄惊叹。漠中泉、九冬沙暖。

点评：《解佩令》为双调合计六十六字，上下片各五仄韵，该词牌有五种格式。月牙泉位于甘肃省敦煌市西南5公里鸣沙山北麓，月牙泉内生长有眼子草和轮藻植物，南岸有茂密的芦苇，四周被流沙环抱，虽遇强风而泉不为沙所掩盖。因"泉映月而无尘""亘古沙不填泉，泉不枯竭"而成为奇观。上片"月牙形、沙漠精灵现"采用八字句，晏几道《解佩令》第三句为"掩深宫、团扇无绪"为七字句，故修改为"月牙泉、沙漠呈现"。"漠中泉、九冬沙暖"中的"九冬"是指冬天，冬天共有九十日，故称为"九冬"。本词牌参照晏几道《解佩令·玉阶秋感》格式。

御伦改作：

解佩令·月牙泉
黄沙环绕，	平平平仄
沙窝水聚。	平平仄仄
月牙泉、沙漠呈现。	仄平平　平仄平仄
芦苇相随，	平仄平平
碧波边、风沙相战。	仄平平　平平平仄
百千年、清泉浸浸。	仄平平　平平仄仄

>>> 第九章 诗词范例

朝来沙进，	平平平仄
昏来沙退，	平平平仄
倚风吹、水沙无怨。	仄平平　仄平平仄
千古登临，	平仄平平
觅奇景、英雄惊叹。	仄平仄　平平平仄
漠中泉、九冬沙暖。	仄平平　仄平平仄

附晏几道《解佩令·玉阶秋感》：

　　玉阶秋感，年华暗去。掩深宫、团扇无绪。记得当时，自翦下、机中轻素。点丹青、画成秦女。
　　凉襟犹在，朱弦未改，忍霜纨、飘零何处。自古悲凉，是情事、轻如云雨。倚么弦、恨长难诉。

(三十五) 御伦初作：

　　卜算子·火焰山
　　烈焰映云霄，山地丹红染。飞鸟迢迢影迹空，炎炎如天堑。
　　沟谷纵横来，赭麓炎氛减。自古长风不送春，盛夏长年掩。

点评：《卜算子》为双调合计四十四字，上下片各两仄韵，亦有酌增衬字，化五字句为六字句的。新疆火焰山是吐鲁番最著名的景点。其位于吐鲁番盆地的北缘，赤褐色的山体在烈日照射下，砂岩灼灼闪光，炽热的气流翻滚上升，就像烈焰熊熊，火舌撩天，故又名火焰山。上片的"炎炎如天堑"的第二个"炎"应仄而平，修改为"山脉如天堑"。本词牌参照苏轼《卜算子·黄州定慧院寓居作》格式。

御伦改作：

　　卜算子·火焰山

赤浪欲灼天，	仄仄仄仄平
大地丹红染。	仄仄平平仄
飞鸟迢迢影迹空，	平仄平平仄仄平
山脉如天堑。	平仄平平仄

305

沟谷纵横来，　　　　　　平仄仄平平
赭麓炎氛减。　　　　　　仄仄平平仄
自古长风不送春，　　　　仄仄平平仄仄平
寸草从何觅？　　　　　　仄仄平平仄

附苏轼《卜算子·黄州定慧院寓居作》：

缺月挂疏桐，漏断人初静。谁见幽人独往来，缥缈孤鸿影。
惊起却回头，有恨无人省。拣尽寒枝不肯栖，寂寞沙洲冷。

（三十六）御伦初作：

暗香·魔鬼城
　　鬼城戈壁，满目黄赭土，剩余残迹。昔日城楼，丹塌成灰貌难觅。风似雕刀乱舞，昼夜削，土林奇石。若古堡，形肖雄狮，犹万马奔逸。
　　萧瑟，晚寂寂。列队舰出港，壮观威赫。夕昏落日，岩土披霞挽胡笛。留恋风光渐远，颇感慨，韶光犹惜。似流水，回首望，垄槽阡陌。

点评：《暗香》为姜夔自度曲，此曲双调合计九十七字，上片无仄韵，下片七仄韵，宜押入声字。魔鬼城又称乌尔禾风城，位于新疆维吾尔自治区准噶尔盆地，这里是典型的雅丹地貌区域，是在干旱、大风环境下形成的一种风蚀地貌类型。初作格律没有什么问题，文字上略做修改。修改后的"车影披霞竖吹笛"是驾驶着车在沙漠中奔驰，车的影子和吹笛子的人沐浴在霞光中。本词牌参照姜夔《暗香·旧时月色》格式。

御伦改作：

暗香·魔鬼城
风城戈壁。　　　　　　平平平仄
满目黄赭土，　　　　　仄仄平仄仄
剩余残迹。　　　　　　仄平平仄
昔日城楼，　　　　　　仄仄平平
丹塌成灰貌难觅。　　　平仄平平仄平仄

风似银刀乱舞，	平仄平平仄仄
昼夜削、土林奇石。	仄仄仄　仄平平仄
但惟见、形肖雄狮，	仄平仄　平仄平平
若万马奔逸。	仄仄仄平仄
萧瑟。	平仄
午间寂。	仄平仄
似舸竟出湾，	仄仄仄仄平
壮观威赫。	仄平平仄
夕昏落日。	仄平仄仄
车影披霞竖吹笛。	平仄平平仄平仄
留恋风光渐远，	平仄平平仄仄
颇感慨、韶光怜惜。	平仄仄　平平平仄
似流水、回首望，	仄平仄　平仄仄
怅然若失。	仄平仄仄

附姜夔《暗香·旧时月色》：

旧时月色。算几番照我，梅边吹笛。唤起玉人，不管清寒与攀摘。何逊而今渐老，都忘却、春风词笔。但怪得、竹外疏花，香冷入瑶席。

江国。正寂寂。叹寄与路遥，夜雪初积。翠尊易泣。红萼无言耿相忆。长记曾携手处，千树压、西湖寒碧。又片片、吹尽也，几时见得。

(三十七) 御伦初作：

蓦山溪·沙漠
黄沙漫漫，热浪蒸苍昊。月朗照银丘，远人烟、长风狂啸。驼铃声响，商队没沙尘，无寸草。飞雁杳，落日云缥缈。

绿洲遥望，矗立胡杨俏。苍木越千年，泛金光、风来窈窕。无垠瀚海，傲骨笑风沙，归程早，南粤晓，犹忆沙丘貌。

点评：《蓦山溪》又名《上阳春》，双调合计八十二字，上片六仄韵，下片四仄韵。上片四仄韵，下片三仄韵的被列为别格，别格下片第七、八句不押韵。

初作下片第七、八句押韵，因本词牌参照程垓《蓦山溪·老来风味》格式，属于别格，故修改之。初作"归程早"、"飞雁杳"等句虽押韵，但因平仄符合格律，且词不存在"挤韵"之说，可不修改。"精灵瀚海"中的"瀚海"有两层意思，一是指北方的大湖，二是指沙漠。明代以后，该词的含义稍有变化，专指戈壁沙漠。

御伦改作：

蓦山溪·沙漠	
黄沙漫漫，	平平仄仄
热浪蒸苍昊。	仄仄平平仄
月朗照银丘，	仄仄仄平平
远人烟、长风狂啸。	仄平平　平平平仄
驼铃声响，	平平平仄
商队没沙尘，	平仄仄平平
沙竞舞，	平仄仄
飞雁杳，	平仄仄
落日云缥缈。	仄仄平平仄
绿洲遥望，	仄平平仄
矗立胡杨俏。	仄仄平平仄
苍木越千年，	仄仄仄平平
泛金光、风来窈窕。	仄平平　平平仄仄
精灵瀚海，	平平仄仄
傲骨笑沙陲，	仄仄仄平平
归程早，	平平仄
望云涛，	仄平平
犹忆沙丘貌。	平仄平平仄

附程垓《蓦山溪·老来风味》：

　　老来风味，是事都无可。只爱小书舟，剩围着、琅玕几个。呼风约月，随分乐生涯，不羡富，不忧贫，不怕乌蟾堕。

　　三杯径醉，转觉乾坤大。醉后百篇诗，尽从他、龙吟鹤和。升沈万事，还与本来天，青云上，白云间，一任安排我。

(三十八) 御伦初作：

唐多令·霍山
沟壑纵横流。万山竞秀秋。酒瓮岩，千载悠悠。颠似船头缠雾霭，谁伴我，觅乡愁。
昔日泛江舟，故人能记不？复登临，俯瞰田畴。别样稻禾晴日碧，莫道是，又丰收？

点评：《唐多令》又名《南楼令》，双调合计六十字，上下片各四平韵。霍山风景区位于广东省龙川县内中部，是广东七大名山之一，以险峻的丹崖赤壁和奇岩秀石著称。上片"颠似船头缠雾霭"是指船头峰，因其有固定的名称，不用比喻，直接修改为"却见船峰缠雾霭"。本词牌参照刘过的《唐多令·芦叶满汀洲》格式，上下前二句对仗。本词上片对仗为"沟壑纵横流，万山竞秀秋"；下片对仗为"昔日泛东江，故人唱晚舟"。

御伦改作：

唐多令·霍山	
沟壑纵横流，	平仄仄平平
万山竞秀秋。	仄平仄仄平
酒瓮岩、千载悠悠。	仄仄平　平仄平平
却见船峰缠雾霭，	仄仄平平平仄仄
谁伴我，	平仄仄
觅乡愁？	仄平平
昔日泛东江，	仄仄仄平平
故人唱晚舟。	仄平平仄平
复登临、俯瞰田畴。	仄平平　仄仄平平
别样稻禾晴日碧，	仄仄仄平平仄仄
莫道是，	仄仄仄
又丰收？	仄平平

附刘过的《唐多令·芦叶满汀洲》：

芦叶满汀洲，寒沙带浅流。二十年、重过南楼。柳下系船犹未稳，能几日，又中秋。

黄鹤断矶头，故人今在否？旧江山、浑是新愁。欲买桂花同载酒，终不似，少年游。

（三十九）御伦初作：

风入松·万绿湖
百溪千水汇成湖，青翠满崎岖。浪涛万里何方觅，万绿湖、帆影行舻。山涧绿荫遮日，莺啼春晓清渠。
连绵峰岭桂花殊，边岸见渔夫。楼前碧水高台坐，忆前尘、思忖荒芜。惆怅百般入酒，无非名利征途。

点评：《风入松》源自古琴曲，为双调合计七十六字，上下片各四平韵。万绿湖风景区位于广东省东源县境内，是华南地区最大的人工湖，常年水温接近恒温。下片"惆怅百般入酒，无非名利征途"的"入"和"无"字出律，修改为"今叹瑕瑜人世，莫非名利征途？"本词牌参照吴文英《风入松·画船帘密不藏香》格式，该格式平仄非常严格，无一字可平可仄，该词牌上下片尾二句对仗。本词上片对仗为"山涧绿荫遮日，鸟啼春晓流渠"；下片对仗"今叹瑕瑜人世，莫非名利征途"。

御伦改作：

风入松·万绿湖
百溪千水汇成湖。　　　　仄平平仄仄平平
青翠满崎岖。　　　　　　平仄仄平平
浪涛万里何方觅？　　　　仄平仄仄平平仄
万绿湖、帆影行舻。　　　仄仄平　平仄平平
山涧绿荫遮日，　　　　　平仄仄平仄
鸟啼春晓流渠。　　　　　仄平平仄平平
连绵峰岭桂花殊。　　　　平平平仄仄平平
边岸见渔夫。　　　　　　平仄仄平平

楼前花径高台坐，	平平平仄平平仄
忆前尘、思忖荒芜。	仄平平　平仄平平
今叹瑕瑜人世，	平仄平平平仄
莫非名利征途？	仄平平仄平平

附吴文英《风入松·邻舟妙香》：

画船帘密不藏香。飞作楚云狂。傍怀半卷金炉烬，怕暖销、春日朝阳。清馥晴熏残醉，断烟无限思量。

凭阑心事隔垂杨。楼燕销幽妆。梅花偏恼多情月，慰溪桥、流水昏黄。哀曲霜鸿凄断，梦魂寒蝶幽扬。

（四十）御伦初作：

破阵子·平遥古城
　　黛瓦飞檐城邑，沧桑易帜琼楼。商号连营通赤县，昔日繁华如水流，女墙衰草幽。
　　三晋银庄盛况，声名远播环球。烟雨龟城寻旧貌，唯见游人此处留，夕阳斜古丘。

点评：《破阵子》为唐教坊曲，是截取大型舞曲《秦王破阵乐》的一段而成，双调合计六十二字，上下片各三平韵。平遥古城位于山西省晋中市平遥县，始建于周朝，扩建于明朝，距今已有两千多年的历史，较为完好地保留着明清时期县城的基本风貌，是中国汉民族地区现存最为完整的古城。其主要景点有女儿墙、平遥古县衙、日升昌票号、金井市楼等。平遥古城外形像乌龟，故其有"龟城"之称。初作格律方面没什么问题。"三晋银庄盛况"所提及的"银庄"是指明清时期的票号，当时非常兴盛，修改为"三晋银庄旧况"，表明那是曾经山西的辉煌。"三晋"指的是山西。本词牌参照晏殊《破阵子·海上蟠桃易熟》格式，上下片前二句六字句对仗，三四句七字句对仗。本词上片对仗为"黛瓦飞檐古邑，城墙衙署琼楼"及"商号连营兴百业，昔日繁华赛九州"；下片对仗为" 三晋银庄旧况，平遥街巷新颜"及"烟雨龟城寻旧貌，金井市楼立晚秋"。

御伦改作：

破阵子·平遥古城
黛瓦飞檐古邑，　　　　　　仄仄平平仄仄
城墙衙署琼楼。　　　　　　平平仄仄平平
商号连营兴百业，　　　　　平仄平平平仄仄
昔日繁华赛九州。　　　　　仄仄平平仄仄平
女墙衰草幽。　　　　　　　仄平平仄平
三晋银庄旧况，　　　　　　仄仄平平仄仄
平遥街巷新颜。　　　　　　平平仄仄平平
烟雨龟城寻旧貌，　　　　　平仄平平平仄仄
金井市楼立晚秋。　　　　　平仄仄平仄仄平
夕阳斜古丘。　　　　　　　仄平平仄平

附晏殊《破阵子·海上蟠桃易熟》：

海上蟠桃易熟，人间好月长圆。惟有擘钗分钿侣，离别常多会面难。此情须问天。

蜡烛到明垂泪，熏炉尽日生烟。一点凄凉愁绝意，谩道秦筝有剩弦。何曾为细传。

（四十一）御伦初作：

水调歌头·丽江
晴雪照春冷，暮色出烟云。门前庭院流水，村妇捣衣晨。曲巷溪流淌过，游客春风拂面，木屋每相邻。弯月挂檐角，晚宿倍清新。

古木府，驻足看，漫氤氲。铃声远去，古道茶马旧时尘。商路崎岖前世，互市荆棘洒泪，自古苦熬闻。往事随风逝，古迹念今人。

点评：《水调歌头》双调合计九十五字，上下片各四平韵。丽江市位于云贵高原与青藏高原的连接部位，最高点为玉龙雪山主峰。丽江是著名的旅游城市，拥有世界文化遗产丽江古城、世界自然遗产三江并流、世界记忆遗产纳西族东巴古籍文献三大世界遗产。主要有丽江古城、玉龙雪山、束河古镇等知名旅游

景点。下片"互市荆棘洒泪"有夸张之嫌,修改为"互市艰辛汗水"。"互市"是指中原王朝与周边国家的贸易通称。"古迹念今人"为主宾置换句。本词牌参照毛滂《水调歌头·九金增宋重》格式,下片六七句对仗。本词下片对仗为"商路崎岖前世,互市艰辛汗水"。

御伦改作:

水调歌头·丽江
晴雪照春冷, 　　　　平仄仄平仄
暮色出烟云。 　　　　仄仄仄平平
门前庭院, 　　　　　平平平仄
流水村妇捣衣晨。 　　平仄平仄仄平平
曲巷细流淌过, 　　　仄仄仄平仄
游客东风拂面, 　　　平仄平平仄
木屋每相邻。 　　　　仄仄仄平平
弯月挂檐角, 　　　　平仄仄平仄
晚宿倍清新。 　　　　仄仄仄平平
古木府, 　　　　　　仄仄仄
驻足看, 　　　　　　仄仄仄
浸氤氲。 　　　　　　仄平平
铃声渐去, 　　　　　平平仄仄
古道茶马旧时尘。 　　仄仄平仄仄平平
商路崎岖前世, 　　　平仄平平仄
互市艰辛汗水, 　　　仄仄平平仄仄
自古苦熬闻。 　　　　仄仄仄平平
往事随风逝, 　　　　仄仄平平仄
古迹念今人。 　　　　仄仄仄平平

毛滂《水调歌头·九金增宋重》

　　九金增宋重,八玉变秦馀。千年清浸,洗净河洛出图书。一段升平光景,不但五星循轨,万点共连珠。垂衣本神圣,补衮妙工夫。
　　朝元去,锵环佩,泠云衢。芝房雅奏,仪凤矫首听笙竽。天近黄麾仗晓,春早红鸾扇暖,迟日上金铺。万岁南山色,不老对唐虞。

313

(四十二）御伦初作：

　　天仙子·凤凰古镇
　　眉柳惜春风与舞，吊脚楼前凤凰旅。半城楼旧半城新，旧情叙，听箫鼓，三五知交同漫步。
　　江上放灯星几许，名士故居游客聚。潇湘夜雨忆边城，野径树，花飞絮，雨息蝴蝶檐角驻。

点评：《天仙子》为唐教坊曲，双调合计六十八字，亦有单调《天仙子》。凤凰古城位于湖南省湘西土家族苗族自治州，主要景点有沈从文故居、熊希龄故居、虹桥等。第九句"潇湘夜雨忆边城"，这里的"边城"既指"凤凰"这个边陲小镇，又暗指小说《边城》，一语双关。《边城》是沈从文的代表作。上片"吊脚楼前凤凰旅"出律，"凰"字应仄而平，修改为"吊脚伶仃民屋举"。本词牌参照张先《天仙子·醉笑相逢能几度》格式。

御伦改作：

　　天仙子·凤凰古镇
　　垂柳惜春风共舞。　　　　平仄仄平平仄仄
　　吊脚伶仃民屋举。　　　　仄仄平平平仄仄
　　半城楼旧半城新，　　　　仄平平仄仄平平
　　旧情叙。　　　　　　　　仄平仄
　　听箫鼓。　　　　　　　　平平仄
　　三五知交同漫步。　　　　平仄平平平仄仄
　　江上放灯星几许？　　　　平仄仄平平仄仄
　　名士故居游客聚。　　　　平仄仄平平仄仄
　　潇湘夜雨忆边城，　　　　平平仄仄仄平平
　　野径树。　　　　　　　　仄仄仄
　　花飞絮。　　　　　　　　平平仄
　　雨息蝴蝶檐角驻。　　　　仄仄平仄平仄仄

附张先《天仙子·醉笑相逢能几度》：

醉笑相逢能几度。为报江头春且住。主人今日是行人，红袖舞。清歌女。凭仗东风教点取。

三月柳枝柔似缕。落絮尽飞还恋树。有情宁不忆西园，莺解语。花无数。应讶使君何处去。

(四十三) 御伦初作：

离亭燕·佗城
江水滔滔西去。高耸黛山寒夜。叶茂林高飞孤鹭，碧落斜阳如画。暗柳乱鸦栖，满目稻香青野。
城邑巡游潇洒。古迹断垣虽寡。南越武王兴旺地，往昔钩沉闲话。万里越邦宽，归汉版图华夏。

点评：《离亭燕》又名《离亭宴》，双调合计七十二字，上下片各四仄韵，另有双调七十七字。佗城位于广东省龙川县境内，南越王曾在龙川担任首任县令。佗城镇是南越王赵佗的兴王发迹之地，主要景点有秦时古城基、越王井、赵佗故居、越王庙等遗迹。上片第一句"江水滔滔西去"出韵，修改为"江水滔滔如泻"。"碧落斜阳如画"中的"斜阳"不如"落日"境界高阔，修改为"落日佗城如画"。本词牌参照张升《离亭燕·一带江山如画》格式。

御伦改作：

离亭燕·佗城

江水滔滔如泻，	平仄平平平仄
巍巍黛山寒夜。	平平仄平平仄
叶茂密林飞鸥鹭，	仄仄仄平平平仄
落日佗城如画。	仄仄平平平仄
暮柳乱鸦栖，	仄仄仄平平
满目稻香青野。	仄仄仄平平仄
城邑巡游潇洒，	平仄平平平仄
古迹断垣虽寡。	仄仄仄平平仄
南越武王兴旺地，	平仄仄平平仄仄
往昔钩沉闲话。	仄仄平平平仄
万里越邦宽，	仄仄仄平平

归汉版图华夏。　　　　　平仄仄平平仄

附张升《离亭燕·一带江山如画》：

　　一带江山如画，风物向秋潇洒。水浸碧天何处断？霁色冷光相射。蓼屿荻花洲，掩映竹篱茅舍。
　　云际客帆高挂，烟外酒旗低亚。多少六朝兴废事，尽入渔樵闲话。怅望倚层楼，红日无言西下。

（四十四）御伦初作：

　　小重山·海棠花
　　风柳疏帘晓梦春。海棠花绽放、吐芳芬。凝情驻足透香熏。终有日、花落尽纷纷。
　　早日折花闻。只恐春欲去、绝香尘。蹉跎半世负东君。今朝省、花月伴黄昏。

点评：《小重山》又名《小重山令》，双调合计五十八字，上下片各四平韵。下片"只恐春欲去、绝香尘"中的"恐"字出律，修改为"惟愁春欲去、绝香尘"。"早日折花闻"与"今朝省"缺乏明确的关联性，故修改为"早客折花闻"。"早客"是指别人，看到别人"折花闻"，方有作者"今朝省"。本词牌参照薛昭蕴《小重山·春到长门春草青》格式。

御伦改作：

　　小重山·海棠花
　　风柳疏帘晓梦春，　　平仄平平仄仄平
　　海棠花绽放，　　　　仄平平仄仄
　　吐芳芬，　　　　　　仄平平
　　凝情驻足透香熏。　　平平仄仄仄平平
　　有朝日，　　　　　　仄平仄
　　花落尽纷纷。　　　　平仄仄平平
　　早客折花闻，　　　　仄仄仄平平
　　惟愁春欲去，　　　　平平平仄仄

绝香尘。	仄平平
蹉跎半世叹余晖，	平平仄仄仄平平
今朝省，	平平仄
花月伴黄昏。	平仄仄平平

附薛昭蕴《小重山·春到长门春草青》：

春到长门春草青，玉阶华露滴，月胧明，东风吹断紫箫声。宫漏促，帘外晓啼莺。

愁极梦难成，红妆流宿泪，不胜情。手挼裙带绕阶行，思君切，罗幌暗尘生。

（四十五）御伦初作：

兰陵王·张自忠将军
　　墨云密，荫蔽关东昼日。河堤上，清浪排空，日寇长驱夺东北。芦沟炮火袭，危急！京华丧失，存奢望，倭阵斡旋，讥谤群疑却难白。
　　临沂斩倭敌。激战退援师，军旅威赫。台庄功绩全民悉。风啸卷旌旆，暗尘弥漫，挥师南下鄂北役，告捷立勋绩。
　　谁立？更萧瑟。绝勇壮山河，随枣沉寂。英雄洒血青山泣。壮烈励英杰，凯歌华域。亿及前事，几感慨，夜倦客。

点评：《兰陵王》为三叠，合计一百三十字，第一片七仄韵，第二片五仄韵，第三片五仄韵，宜用入声韵。张自忠将军先后参与临沂保卫战、徐州会战、武汉会战、随枣会战等。"随枣寥寂，英雄洒血青山泣"是指张自忠将军在随枣战役中与日军战斗中，不幸牺牲。张自忠将军牺牲后，被国民政府追授为陆军上将。新中国成立后，追认张自忠将军为革命烈士。本词牌参照周邦彦《兰陵王·柳阴直》格式，第二片二三句、五六句；第三片三四句、六七句对仗。本词对仗为"战退援师，威震倭胆""迎风旌旆，漫天暗尘""气壮山河，寥寂随枣""英雄辈出，凯歌遍及"。

御伦改作：

兰陵王·悼张自忠将军
墨云密， 仄平仄
荫蔽关东昼日。 平仄平平仄仄
河堤上， 平平仄
清浪排空， 平仄平平
倭寇长驱夺东北。 平仄平平仄平仄
芦沟炮火袭， 平平仄仄仄
唯恐京华丧失。 平仄平平仄仄
存奢望， 平平仄
倭阵斡旋， 平仄仄平
毁谤群疑却难白。 仄仄平平仄平仄
临沂斩顽敌， 平平仄平仄
又战退援师， 仄仄仄平平
威震倭胆。 平仄平仄
台庄功绩全民悉。 平平平仄平平仄
见迎风旌旆， 仄平平平仄
漫天暗尘， 仄平仄平
挥师南下鄂北役， 平平平仄仄仄仄
告捷立勋绩。 仄仄仄平仄
谁立？ 平仄
更萧瑟。 仄平仄
赞气壮山河， 仄仄仄平平
寥寂随枣， 平仄平仄
英雄洒血青山泣。 平平仄仄平平仄
看英雄辈出， 仄平平仄仄
凯歌遍及。 仄平仄
回首往事， 平仄仄仄
几许叹， 仄仄仄
月夜客。 仄仄仄

附周邦彦《兰陵王·柳》：

柳阴直，烟里丝丝弄碧。隋堤上、曾见几番，拂水飘绵送行色。登临望故国，谁识京华倦客？长亭路，年去岁来，应折柔条过千尺。

闲寻旧踪迹，又酒趁哀弦，灯照离席。梨花榆火催寒食。愁一箭风快，半篙波暖，回头迢递便数驿，望人在天北。

凄恻，恨堆积！渐别浦萦回，津堠岑寂，斜阳冉冉春无极。念月榭携手，露桥闻笛。沉思前事，似梦里，泪暗滴。

（四十六）御伦初作：

解花语·春桃

琼枝滴露，漉漉霓裳，香沁河边草。绽红娟妙。风中舞，桃萼吐芳远郊。灼灼春晓。枝未绿争先红了。蜂蝶戏，伴客赏花，花径无人扫。

枝不抽芽独俏，望桃林丹彩，相待含笑。娇娆苍昊。花深处，烂漫锁烟缥缈。芳菲窈窕。湖水碧，轻舟挥棹。花瓣飞，衣袖沾香，满舸风长啸。

点评：《解花语》为双调一百字，上片六仄韵，下片七仄韵。《钦定词谱》以秦观《解花语·窗涵月影》为正格，而《词律》以周密《解花语·晴丝罥蝶》为正格。上片"灼灼春晓"出律，修改为"斑斓春晓"。本词牌参照秦观《解花语·窗涵月影》格式，上片第一二句对仗。本词上片对仗为"琼枝滴露，大地勃发"。

御伦改作：

解花语·春桃

琼枝滴露，	平平仄仄
大地勃发，	仄仄平平
香沁河边草。	平仄平平仄
绽红娟妙。	仄平平仄
风中舞、桃萼吐芳林表。	平平仄　平仄仄平平仄
斑斓春晓。	平平平仄

319

枝未绿、争先红了。	平仄仄　平平平仄
蜂蝶戏、伴客春游，	平仄仄　仄仄平平
花径无人扫。	平仄平平仄
枝不抽芽独俏。	平仄平平仄仄
望桃林丹彩，	仄平平平仄
相待含笑。	平仄平仄
娇娆苍昊。	平平平仄
花深处、烂漫锁烟缥缈。	平平仄　仄仄仄平平仄
芳菲窈窕。	平平仄仄
湖水碧、小舟挥棹。	平仄仄　仄平平仄
花瓣飞、衣袖沾香，	平仄平　平仄平平
满舸风长啸。	仄仄平平仄

附秦观《解花语·窗涵月影》：

　　窗涵月影，瓦冷霜华，深院重门悄。画楼雪杪。谁家笛、弄彻梅花新调。寒灯凝照。见锦帐、双鸾翔绕。当此时、倚几沈吟，好景都成恼。

　　曾过云山烟岛。对绣襦甲帐，亲逢一笑。人间年少。多情子、惟恨相逢不早。如今见了。却又惹、许多愁抱。算此情、除是青禽，为我殷勤报。

（四十七）御伦初作：

祝英台近·夏荷
　　彩云偎，波微皱，圆盾叶清瘦。枝梗花开，娇态暗香透。碧湖庭院推窗，白红无数，翠娥醉、清风吹袖。

　　岸垂柳，沙鸥嬉戏余晖，黛山含灵秀。挥棹孤舟，携伴二三友。尽览菡萏风流，开合珠走，白玉碎、凝情良久。

点评：《祝英台近》又名《月底修箫谱》，为唐宋以来的民间流行歌曲，双调合计七十七字，上片三仄韵，下片四仄韵，该调婉转凄抑，正体较少使用仄声韵。下片"开合珠走"中的"合"字出律，修改为"卷舒珠走"。本词牌参照程垓《祝英台近·坠红轻》格式。

御伦改作：

祝英台近·夏荷
彩云偎，　　　　　　　仄平平
碧波皱，　　　　　　　仄平仄
圆盾叶清瘦。　　　　　平仄仄平仄
枝梗花开，　　　　　　平仄平平
娇态暗香透。　　　　　平仄仄平仄
碧湖庭院推窗，　　　　仄平平仄平平
白红无数，　　　　　　仄平平仄
翠娥醉、清风吹袖。　　仄平仄　平平平仄
岸垂柳。　　　　　　　仄平仄
沙鸥嬉戏余晖，　　　　平平平仄平平
远山含灵秀。　　　　　仄平平仄仄
挥棹孤舟，　　　　　　平仄平平
携伴二三友。　　　　　平仄平仄仄
尽览菡萏风流，　　　　仄仄仄仄平平
卷舒珠走，　　　　　　仄平平仄
白玉碎、凝情良久。　　仄仄仄　平平平仄

附程垓《祝英台近·坠红轻》：

坠红轻，浓绿润，深院又春晚。睡起厌厌，无语小妆懒。可堪三月风光，五更魂梦，又都被、杜鹃催攒。

怎消遣。人道愁与春归，春归愁未断。闲倚银屏，羞怕泪痕满。断肠沉水重熏，瑶琴闲理，奈依旧、夜寒人远。

（四十八）御伦初作：

行香子·秋桂
万里秋风，丛桂飘香。上金妆、月影徜徉。三秋风物，欲躲其芳。恐桂宫物，下尘世，竟逞强。

愁肠百结，千般无奈，料今古、难避神伤。如今邂逅，酒入愁肠。似星辰转，霓虹舞，步踉跄。

点评：《行香子》为双调合计六十六字，上片四平韵，下片三平韵。上下片最后一结一字领三言二句。上片"竞逞强"的"逞"字出律，修改为"竞芬芳"。本词牌参照晁补之《行香子·前岁栽桃》格式，上片首二句对仗。本词的对仗为"霄汉残阳，秋桂万山"，"碧汉"是天空的别称。

御伦改作：

行香子·秋桂

霄汉残阳，	平仄平平
秋桂万山。	平仄仄平
披金妆、风雨徜徉。	平平平　平仄平平
凡尘风物，	平平平仄
欲避其狂。	仄仄平平
恐桂宫物，	仄仄平仄
落尘世，	仄平仄
竞芬芳。	仄平平
千般无奈，	平平平仄
愁思百结，	平平仄仄
料古今、难避神伤。	仄仄平　平仄平平
三秋邂逅，	平平仄仄
酒入愁肠。	仄仄平平
似星辰转，	仄平平仄
神仙舞，	平平仄
步踉跄。	仄平平

附晁补之《行香子·前岁栽桃》：

前岁栽桃，今岁成蹊。更黄鹂、久住相知。微行清露，细履斜晖。对林中侣，闲中我，醉中谁。

何妨到老，常闲常醉，任功名、生事俱非。衰颜难强，拙语多迟。但酒同行，月同坐，影同嬉。

(四十九) 御伦初作：

雪梅香·冬梅
　　雪飞舞，沉沉宝盖裹琼枝。念三冬凛冽，江山万里同兹。梅萼冰霜沁香远，草衰残木白云偎。凭栏望，簇簇寒梅，怒放余晖。
　　徘徊，忆前事，半世蹉跎，感慨悲摧。冰封山川，骤然雨雪相随。北陆玲珑动寒服，旧笛清韵满山吹。歌声断，倦客愁思，付与醽醁。

点评：《雪梅香》为双调合计九十四字，上片四平韵，下片五平韵，上片第三句为上一、下四句法。上片"念三冬凛冽"的"凛"字出律，修改为"念天寒玄序"。"玄序"为冬天的别称。下片"北陆玲珑动寒服"中的"玲珑"为梅花的别称；"寒服"是把覆盖在梅枝上的雪比喻为其衣服；"北陆"亦为冬天的代称。本词牌参照柳永《雪梅香·景萧索》格式，上片第五六句对仗。本词上片对仗为"梅萼冰霜沁香远，朔方残木白云偎"，"朔方"即是"北方"的意思。

御伦改作：

雪梅香·冬梅
雪飞舞，　　　　　　　仄平仄
沉沉华盖覆琼枝。　　　平平平仄仄平平
念天寒玄序，　　　　　仄平平平仄
江山万里同兹。　　　　平平仄仄平平
梅萼冰霜沁香远，　　　平仄平平仄平仄
朔方残木白云偎。　　　仄平平仄仄平平
凭栏望，　　　　　　　平平仄
簇簇寒梅，　　　　　　仄仄平平
怒放余晖。　　　　　　仄仄平平
徘徊。　　　　　　　　平平
忆前事，　　　　　　　仄平仄
半世蹉跎，　　　　　　仄仄平平
感慨悲摧。　　　　　　仄仄平平
冰封山川，　　　　　　仄平平平

323

骤然雨雪相随。	仄平仄仄平平
北陆玲珑动寒服,	仄仄平平仄平平
旧筎清韵满山吹。	仄平平仄仄平平
歌声断、倦客愁思,	平平仄　仄仄平平
付与醲醅。	仄仄平平

附柳永《雪梅香·景萧索》：

　　景萧索，危楼独立面晴空。动悲秋情绪，当时宋玉应同。渔市孤烟袅寒碧，水村残叶舞愁红。楚天阔，浪浸斜阳，千里溶溶。

　　临风。想佳丽，别后愁颜，镇敛眉峰。可惜当年，顿乖雨迹云踪。雅态妍姿正欢洽，落花流水忽西东。无惨恨、相思意，尽分付征鸿。

（五十）御伦初作：

　　踏莎行·聚会
　　雁阵南飞，红英难觅。秋阑北陆寒风瑟，岭南未觉九春遥，匆匆行色单衣客。
　　相聚轩堂，畅谈社稷。万觞未尽光阴疾，离愁别恨入金樽，关山郁郁长空碧。

　　点评：《踏莎行》为双调，上下两片各三仄韵，合计五十八字，上下片前二句押韵。上片第五句修改为"冬风不解单衣客"。下片第三句修改为"半酣不喜光阴疾"；第五句修改为"如烟云散长空碧"。上片对仗句为"雁阵南飞，红英难觅"；下片对仗为"相聚轩堂，畅谈社稷。"本词牌参照晏殊《踏莎行·细草愁烟》格式。

　　御伦改作：

踏莎行·聚会	
雁阵南飞，	仄仄平平
红英难觅。	平平平仄
秋阑北陆寒风瑟，	平平仄仄平平仄
岭南未觉九春遥，	仄平仄仄仄平平
冬风不解单衣客。	平平仄仄平平仄

相聚轩堂，	平仄平平
畅谈社稷。	仄平仄仄
半酣不喜光阴疾，	仄平仄仄平平仄
离愁别恨入金樽，	仄平仄仄仄平平
如烟云散长空碧。	平平平仄平平仄

附晏殊《踏莎行·细草愁烟》：

  细草愁烟，幽花怯露，凭栏总是销魂处。日高深院静无人，时时海燕双飞去。

  带缓罗衣，香残蕙炷，天长不禁迢迢路。垂杨只解惹春风，何曾系得行人住。

（五十一）御伦初作：

  渔家傲·春秋战国
  落日长河东流去，水天无缝星河渡。乐坏礼崩风伴雨。烽烟处，画角声声催行伍。
  争霸诸侯兴几许？商鞅新政猛如虎，兵出函关天下取。梅酒煮，秦宫湮灭都成土。

点评：《渔家傲》为双调，上下两片各五仄韵，合计六十二字。上片第一句修改为"落日长河东流去"，修改为"落日黄河东流去"。"黄河"的表述比"长河"更加明确、具体。下片第二句"商鞅新政猛如虎"，修改为"商鞅新政军如虎"，修改后与下句更具逻辑性；第五句修改为"阿房湮灭化尘土"，"阿房"即阿房宫。"阿房湮灭化尘土"参照张养浩的"宫阙万间都做了土"的句式。本词牌参照晏殊《渔家傲·画鼓声中昏又晓》格式。

御伦改作：

渔家傲·春秋战国	
落日黄河东流去，	仄仄平平平平仄
水天无缝星河渡。	仄平平仄平河仄
乐坏礼崩风伴雨。	仄仄仄平平仄仄

325

烽烟处，	平平仄
画角声声催行伍。	仄仄平平平平仄
争霸诸侯兴几许？	平仄平平平仄仄
商鞅新政军如虎，	平平平仄平平仄
兵出函关天下取。	平仄平平平仄仄
梅酒煮，	平仄仄
阿房湮灭化尘土。	平平平仄仄平仄

附晏殊《渔家傲·画鼓声中昏又晓》：

画鼓声中昏又晓。时光只解催人老。求得浅欢风日好。齐揭调。神仙一曲渔家傲。
绿水悠悠天杳杳。浮生岂得长年少。莫惜醉来开口笑。须信道。人间万事何时了。

（五十二）御伦初作：

蝶恋花·三苏祠
万里岷江奔雪练。青翠眉山，烟笼苏家苑。官宦一门三冠冕，三苏妙笔千年赞。
青史三曹能作伴。八斗才高，两户均分半。竹木古祠孤雁断，何人到此无惊羡？

点评：《蝶恋花》为双调，上下片各四仄韵，合计六十字。下片第四句"竹木古祠孤雁断"，用了"孤雁"两字，整首词的基调显得孤单、寂寞，与游客众多的三苏祠氛围明显不符，故修改为"竹木古祠行雁断"。第五句修改为"何人到访无惊羡"。本词牌参照冯延巳《蝶恋花·六曲阑干偎碧树》格式。

御伦改作：

蝶恋花·三苏祠

万里岷江奔雪练。	仄仄平平平仄仄
青翠眉山，	平仄平平
烟笼苏家苑。	平仄平平仄

官宦一门三冠冕，	平仄仄平平仄仄
三苏妙笔千年赞。	平平仄仄平平仄
青史三曹能作伴。	平仄平平平仄仄
八斗才高，	仄仄平平
两户均分半。	仄仄平平仄
竹木古祠行雁断，	仄仄仄平平仄仄
何人到访无惊美？	平平仄仄平平仄

附冯延巳《蝶恋花·六曲阑干偎碧树》：

  六曲阑干偎碧树。杨柳风轻，展尽黄金缕。谁把钿筝移玉柱。穿帘海燕又飞去。
  满眼游丝兼落絮。红杏开时，一霎清明雨。浓睡觉来莺乱语，惊残好梦无寻处。

（五十三）御伦初作：

  苏幕遮·越王勾践
  碧山遥，荷扇举。交战姑苏，战鼓穿林莽。越甲残军呜咽睹。勾践吴宫，绝艳西施许。
  暑寒侵，霜雪苦。廿载翻身，一跃春秋主。鸟尽弓藏君且悟。成业抽身，山海寻归路。

点评：《苏幕遮》为双调，上下片各四仄韵，合计六十二字，上片前二句对仗。上片第五句修改为"越旅残兵鸣咽雨"；下片第六句修改为"成业遁踪"。上片对仗句为"碧山遥，荷扇举"。本词牌参照范仲淹《苏幕遮·碧云天》格式。

御伦改作：

  苏幕遮·越王勾践

碧山遥，	仄平平
荷扇举。	平仄仄
交战姑苏，	平仄平平

327

战鼓穿林莽。	仄仄平平仄
越旅残兵呜咽雨。	仄仄平平平仄仄
勾践吴宫，	平仄平平
绝艳西施许。	仄仄平平仄
暑寒侵，	仄平平
霜雪苦。	平仄仄
廿载翻身，	仄仄平平
一跃春秋主。	仄仄平平仄
鸟尽弓藏君且悟。	仄仄平平平仄仄
成业遁踪，	平仄仄平
山海寻归路。	平仄平平仄

附范仲淹《苏幕遮·碧云天》：

碧云天，黄叶地。秋色连波，波上寒烟翠。山映斜阳天接水。芳草无情，更在斜阳外。

黯乡魂，追旅思。夜夜除非，好梦留人睡。明月楼高休独倚。酒入愁肠，化作相思泪。

(五十四) 御伦初作：

千秋岁·司马懿
长风乍起，花絮飞千里。鼓声切，军情异。汉家无仰仗，随处诸侯帜。三司马，同朝大魏群臣倚。

四世多方掣，无奈权臣识。仲达虑，联盟计。悲祁山梦断，落尽英雄泪。烽烟灭，落花春去新朝置。

点评：《千秋岁》为双调，上下片各五仄韵，合计七十一字。司马懿，字仲达，为三国时期著名的政治家、军事家，为大魏的四朝元老，与其子司马师、司马昭同在大魏为官。上片第四句修改为"江山易"；第四、五句修改为"倾杯无限恨，朝暮刘皇醉"。下片第六、七句为"悲祁山梦断，落尽英雄泪"是指诸葛亮六出祁山，铩羽而归。但不是每个人都了解上述这段历史，故第七句修改为"诸葛青衫泪"，明确该句的主语为诸葛亮。本词牌参照秦观《千秋岁·柳边沙外》格式。

御伦改作：

  千秋岁·司马懿
  长风乍起，　　　　　　平平仄仄
  花絮飞千里。　　　　　平仄平平仄
  鼓声切，　　　　　　　仄平仄
  江山易。　　　　　　　平平仄
  倾杯无限恨，　　　　　平平平仄仄
  朝暮刘皇醉。　　　　　平仄平平仄
  三司马，　　　　　　　平平仄
  同朝大魏群臣倚。　　　平平仄仄平平仄
  四世多方掣，　　　　　仄仄平平仄
  无奈权臣识。　　　　　平仄平平仄
  仲达虑，　　　　　　　仄仄仄
  联盟计。　　　　　　　平平仄
  悲祁山梦断，　　　　　仄平平仄仄
  诸葛青衫泪。　　　　　平仄平平仄
  烽烟灭，　　　　　　　平平仄
  落花春去新朝置。　　　仄平平仄平平仄

附秦观《千秋岁·柳边沙外》：

  水边沙外，城郭春寒退。花影乱，莺声碎。飘零疏酒盏，离别宽衣带。人不见，碧云暮合空相对。

  忆昔西池会，鹓鹭同飞盖。携手处，今谁在。日边清梦断，镜里朱颜改。春去也，飞红万点愁如海。

附录

声律启蒙

元代祝明撰写，清朝车万育整理的元景刊本《声律启蒙》是古代初学诗歌者普遍使用的启蒙读物，它对我们学习对仗非常有帮助，兹作为附录。

卷一

一东

云对雨，雪对风。晚照对晴空。来鸿对去燕，宿鸟对鸣虫。三尺剑，六钧弓。岭北对江东。人间清暑殿，天上广寒宫。两岸晓烟杨柳绿，一园春雨杏花红。两鬓风霜，途次早行之客；一蓑烟雨，溪边晚钓之翁。

沿对革，异对同。白叟对黄童。江风对海雾，牧子对渔翁。颜巷陋，阮途穷。冀北对辽东。池中濯足水，门外打头风。梁帝讲经同泰寺，汉皇置酒未央宫。尘虑萦心，懒抚七弦绿绮；霜华满鬓，羞看百炼青铜。

贫对富，塞对通。野叟对溪童。鬓皤对眉绿，齿皓对唇红。天浩浩，日融融。佩剑对弯弓。半溪流水绿，千树落花红。野渡燕穿杨柳雨，芳池鱼戏芰荷风。女子眉纤，额下现一弯新月；男儿气壮，胸中吐万丈长虹。

二冬

春对夏，秋对冬。暮鼓对晨钟。观山对玩水，绿竹对苍松。冯妇虎，叶公龙。舞蝶对鸣蛩。衔泥双紫燕，课蜜几黄蜂。春日园中莺恰恰，秋天塞外雁雍雍。秦岭云横，迢递八千远路；巫山雨洗，嵯峨十二危峰。

明对暗，淡对浓。上智对中庸。镜奁对衣笥，野杵对村舂。花灼烁，草蒙茸。九夏对三冬。台高名戏马，斋小号蟠龙。手擘蟹螯从毕卓，身披鹤氅自王恭。五老峰高，秀插云霄如玉笔；三姑石大，响传风雨若金镛。

仁对义，让对恭。禹舜对羲农。雪花对云叶，芍药对芙蓉。陈后主，汉中宗。绣虎对雕龙。柳塘风淡淡，花圃月浓浓。春日正宜朝看蝶，秋风那更夜闻蛩。战士邀功，必借干戈成勇武；逸民适志，须凭诗酒养疏慵。

三江

楼对阁，户对窗。巨海对长江。蓉裳对蕙帐，玉磬对银釭。青布幔，碧油幢。宝剑对金缸。忠心安社稷，利口覆家邦。世祖中兴延马武，桀王失道杀龙逄。秋雨潇潇，漫烂黄花都满径；春风袅袅，扶疏绿竹正盈窗。

旌对旆，盖对幢。故国对他邦。千山对万水，九泽对三江。山岌岌，水淙淙。鼓振对钟撞。清风生酒舍，皓月照书窗。阵上倒戈辛纣战，道旁系剑子婴降。夏日池塘，出没浴波鸥对对；春风帘幕，往来营垒燕双双。

铢对锊，只对双。华岳对湘江。朝车对禁鼓，宿火对塞缸。青琐闼，碧纱窗。汉社对周邦。笙箫鸣细细，钟鼓响摐摐。主簿栖鸾名有览，治中展骥姓惟庞。苏武牧羊，雪屡餐于北海；庄周活鲋，水必决于西江。

四支

茶对酒，赋对诗。燕子对莺儿。栽花对种竹，落絮对游丝。四目颉，一足夔。鸲鹆对鹭鸶。半池红菡萏，一架白荼蘼。几阵秋风能应候，一犁春雨甚知时。智伯恩深，国士吞变形之炭；羊公德大，邑人竖堕泪之碑。

行对止，速对迟。舞剑对围棋。花笺对草字，竹简对毛锥。汾水鼎，岘山碑。虎豹对熊罴。花开红锦绣，水漾碧琉璃。去妇因探邻舍枣，出妻为种后园葵。笛韵和谐，仙管恰从云里降；橹声咿轧，渔舟正向雪中移。

戈对甲，鼓对旗。紫燕对黄鹂。梅酸对李苦，青眼对白眉。三弄笛，一围棋。雨打对风吹。海棠春睡早，杨柳昼眠迟。张骏曾为槐树赋，杜陵不作海棠诗。晋士特奇，可比一斑之豹；唐儒博识，堪为五总之龟。

五微

来对往，密对稀。燕舞对莺飞。风清对月朗，露重对烟微。霜菊瘦，雨梅肥。客路对渔矶。晚霞舒锦绣，朝露缀珠玑。夏暑客思欹石枕，秋寒妇念寄边衣。春水才深，青草岸边渔父去；夕阳半落，绿莎原上牧童归。

宽对猛，是对非。服美对乘肥。珊瑚对玳瑁，锦绣对珠玑。桃灼灼，柳依依。绿暗对红稀。窗前莺并语，帘外燕双飞。汉致太平三尺剑，周臻大定一戎衣。吟成赏月之诗，只愁月堕；斟满送春之酒，惟憾春归。

声对色，饱对饥。虎节对龙旗。杨花对桂叶，白简对朱衣。龙也吪，燕于飞。荡荡对巍巍。春暄资日气，秋冷借霜威。出使振威冯奉世，治民异等尹翁归。燕我弟兄，载咏棣棠铧铧；命伊将帅，为歌杨柳依依。

六鱼

无对有，实对虚。作赋对观书。绿窗对朱户，宝马对香车。伯乐马，浩然驴。弋雁对求鱼。分金齐鲍叔，奉璧蔺相如。掷地金声孙绰赋，回文锦字窦滔书。未遇殷宗，胥靡困傅岩之筑；既逢周后，太公舍渭水之渔。

终对始，疾对徐。短褐对华裾。六朝对三国，天禄对石渠。千字策，八行书。有若对相如。花残无戏蝶，藻密有潜鱼。落叶舞风高复下，小荷浮水卷还舒。爱见人长，共服宣尼休假盖；恐彰己吝，谁知阮裕竟焚车。

麟对凤，鳖对鱼。内史对中书。犁锄对耒耜，畎浍对郊墟。犀角带，象牙梳。驷马对安车。青衣能报赦，黄耳解传书。庭畔有人持短剑，门前无客曳长裾。波浪拍船，骇舟人之水宿；峰峦绕舍，乐隐者之山居。

七虞

金对玉，宝对珠。玉兔对金乌。孤舟对短棹，一雁对双凫。横醉眼，捻吟须。李白对杨朱。秋霜多过雁，夜月有啼乌。日暖园林花易赏，雪寒村舍酒难沽。人处岭南，善探巨象口中齿；客居江右，偶夺骊龙颔下珠。

贤对圣，智对愚。傅粉对施朱。名缰对利锁，挈榼对提壶。鸠哺子，燕调雏。石嶂对郇厨。烟轻笼岸柳，风急撼庭梧。鹳眼一方端石砚，龙涎三炷博山炉。曲沼鱼多，可使渔人结网；平田兔少，漫劳耕者守株。

秦对赵，越对吴。钓客对耕夫。箕裘对杖履，杞梓对桑榆。天欲晓，日将晡。狡兔对妖狐。读书甘刺股，煮粥惜焚须。韩信武能平四海，左思文足赋三都。嘉遁幽人，适志竹篱茅舍；胜游公子，玩情柳陌花衢。

八齐
岩对岫，涧对溪。远岸对危堤。鹤长对凫短，水雁对山鸡。星拱北，月流西。汉露对汤霓。桃林牛已放，虞坂马长嘶。叔侄去官闻广受，弟兄让国有夷齐。三月春浓，芍药丛中蝴蝶舞；五更天晓，海棠枝上子规啼。

云对雨，水对泥。白璧对玄圭。献瓜对投李，禁鼓对征鼙。徐稚榻，鲁班梯。凤鷟对鸾栖。有官清似水，无客醉如泥。截发惟闻陶侃母，断机只有乐羊妻。秋望佳人，目送楼头千里雁；早行远客，梦惊枕上五更鸡。

熊对虎，象对犀。霹雳对虹霓。杜鹃对孔雀，桂岭对梅溪。萧史凤，宋宗鸡。远近对高低。水寒鱼不跃，林茂鸟频栖。杨柳和烟彭泽县，桃花流水武陵溪。公子追欢，闲骤玉骢游绮陌；佳人倦绣，闷欹珊枕掩香闺。

九佳
河对海，汉对淮。赤岸对朱崖。鹭飞对鱼跃，宝钿对金钗。鱼圉圉，鸟喈喈。草履对芒鞋。古贤崇笃厚，时辈喜诙谐。孟训文公谈性善，颜师孔子问心斋。缓抚琴弦，像流莺而并语；斜排筝柱，类过雁之相挨。

丰对俭，等对差。布袄对荆钗。雁行对鱼阵，榆塞对兰崖。挑荠女，采莲娃。菊径对苔阶。诗成六义备，乐奏八音谐。造律吏哀秦法酷，知音人说郑声哇。天欲飞霜，塞上有鸿行已过；云将作雨，庭前多蚁阵先排。

城对市，巷对街。破屋对空阶。桃枝对桂叶，砌蚓对墙蜗。梅可望，橘堪怀。季路对高柴。花藏沽酒市，竹映读书斋。马首不容孤竹扣，车轮终就洛阳埋。朝宰锦衣，贵束乌犀之带；宫人宝髻，宜簪白燕之钗。

十灰

增对损,闭对开。碧草对苍苔。书签对笔架,两曜对三台。周召虎,宋桓魋。阆苑对蓬莱。熏风生殿阁,皓月照楼台。却马汉文思罢献,吞蝗唐太冀移灾。照耀八荒,赫赫丽天秋日;震惊百里,轰轰出地春雷。

沙对水,火对灰。雨雪对风雷。书淫对传癖,水浒对岩隈。歌旧曲,酿新醅。舞馆对歌台。春棠经雨放,秋菊傲霜开。作酒固难忘曲蘖,调羹必要用盐梅。月满庾楼,据胡床而可玩;花开唐苑,轰羯鼓以奚催。

休对咎,福对灾。象箸对犀杯。宫花对御柳,峻阁对高台。花蓓蕾,草根荄。剔藓对剜苔。雨前庭蚁闹,霜后阵鸿哀。元亮南窗今日傲,孙弘东阁几时开。平展青茵,野外茸茸软草;高张翠幄,庭前郁郁凉槐。

十一真

邪对正,假对真。獬豸对麒麟。韩卢对苏雁,陆橘对庄椿。韩五鬼,李三人。北魏对西秦。蝉鸣哀暮夏,莺啭怨残春。野烧焰腾红烁烁,溪流波皱碧粼粼。行无踪,居无庐,颂成酒德;动有时,藏有节,论著钱神。

哀对乐,富对贫。好友对嘉宾。弹冠对结绶,白日对青春。金翡翠,玉麒麟。虎爪对龙麟。柳塘生细浪,花径起香尘。闲爱登山穿谢屐,醉思漉酒脱陶巾。雪冷霜严,倚槛松筠同傲岁;日迟风暖,满园花柳各争春。

香对火,炭对薪。日观对天津。禅心对道眼,野妇对宫嫔。仁无敌,德有邻。万石对千钧。滔滔三峡水,冉冉一溪冰。充国功名当画阁,子张言行贵书绅。笃志诗书,思入圣贤绝域;忘情官爵,羞沾名利纤尘。

十二文

家对国,武对文。四辅对三军。九经对三史,菊馥对兰芬。歌北鄙,咏南薰。迩听对遥闻。召公周太保,李广汉将军。闻化蜀民皆草偃,争权晋土已瓜分。巫峡夜深,猿啸苦哀巴地月;衡峰秋早,雁飞高贴楚天云。

欹对正,见对闻。偃武对修文。羊车对鹤驾,朝旭对晚曛。花有艳,竹成文。马燧对羊欣。山中梁宰相,树下汉将军。施帐解围嘉道韫,当垆沽酒叹文君。好景有期,北岭几枝梅似雪;丰年先兆,西郊千顷稼如云。

尧对舜,夏对殷。蔡惠对刘蕡。山明对水秀,五典对三坟。唐李杜,晋机云。事父对忠君。雨晴鸠唤妇,霜冷雁呼群。酒量洪深周仆射,诗才俊逸鲍参军。鸟翼长随,凤兮洵众禽长;狐威不假,虎也真百兽尊。

十三元

幽对显,寂对喧。柳岸对桃源。莺朋对燕友,早暮对寒暄。鱼跃沼,鹤乘轩。醉胆对吟魂。轻尘生范甑,积雪拥袁门。缕缕轻烟芳草渡,丝丝微雨杏花村。诣阙王通,献太平十二策;出关老子,著道德五千言。

儿对女,子对孙。药圃对花村。高楼对邃阁,赤豹对玄猿。妃子骑,夫人轩。旷野对平原。鲍巴能鼓瑟,伯氏善吹埙。馥馥早梅思驿使,萋萋芳草怨王孙。秋夕月明,苏子黄冈游赤壁;春朝花发,石家金谷启芳园。

歌对舞,德对恩。犬马对鸡豚。龙池对凤沼,雨骤对云屯。刘向阁,李膺门。唳鹤对啼猿。柳摇春白昼,梅弄月黄昏。岁冷松筠皆有节,春喧桃李本无言。噪晚齐蝉,岁岁秋来泣恨;啼宵蜀鸟,年年春去伤魂。

十四寒

多对少,易对难。虎踞对龙蟠。龙舟对凤辇,白鹤对青鸾。风淅淅,露漙漙。绣鞯对雕鞍。鱼游荷叶沼,鹭立蓼花滩。有酒阮貂奚用解,无鱼冯铗必须弹。丁固梦松,柯叶忽然生腹上;文郎画竹,枝梢倏尔长毫端。

寒对暑,湿对干。鲁隐对齐桓。寒毡对暖席,夜饮对晨餐。叔子带,仲由冠。郏鄏对邯郸。嘉禾忧夏旱,衰柳耐秋寒。杨柳绿遮元亮宅,杏花红映仲尼坛。江水流长,环绕似青罗带;海蟾轮满,澄明如白玉盘。

横对竖,窄对宽。黑子对弹丸。朱帘对画栋,彩槛对雕栏。春既老,夜将阑。百辟对千官。怀仁称足足,抱义美般般。好马君王曾市骨,食猪处士仅思肝。世仰双仙,元礼舟中携郭泰;人称连璧,夏侯车上并潘安。

十五删

兴对废，附对攀。露草对霜菅，歌廉对借寇，习孔对希颜。山垒垒，水潺潺。奉璧对探环。礼由公旦作，诗本仲尼删。驴困客方经灞水，鸡鸣人已出函关。几夜霜飞，已有苍鸿辞北塞；数朝雾暗，岂无玄豹隐南山。

犹对尚，侈对悭。雾髻对烟鬟。莺啼对鹊噪，独鹤对双鹇。黄牛峡，金马山。结草对衔环。昆山惟玉集，合浦有珠还。阮籍旧能为眼白，老莱新爱着衣斑。栖迟避世人，草衣木食；窈窕倾城女，云鬓花颜。

姚对宋，柳对颜。赏善对惩奸。愁中对梦里，巧慧对痴顽。孔北海，谢东山。使越对征蛮。淫声闻濮上，离曲听阳关。骁将袍披仁贵白，小儿衣着老莱斑。茅舍无人，难却尘埃生榻上；竹亭有客，尚留风月在窗间。

卷二

一先

晴对雨，地对天。天地对山川。山川对草木，赤壁对青田。郏鄏鼎，武城弦。木笔对苔钱。金城三月柳，玉井九秋莲。何处春朝风景好，谁家秋夜月华圆。珠缀花梢，千点蔷薇香露；练横树杪，几丝杨柳残烟。

前对后，后对先。众丑对孤妍。莺簧对蝶板，虎穴对龙渊。击石磬，观韦编。鼠目对鸢肩。春园花柳地，秋沼芰荷天。白羽频挥闲客坐，乌纱半坠醉翁眠。野店几家，羊角风摇沽酒斾；长川一带，鸭头波泛卖鱼船。

离对坎，震对乾。一日对千年，尧天对舜日，蜀水对秦川。苏武节，郑虔毡。涧壑对林泉。挥戈能退日，持管莫窥天。寒食芳辰花烂漫，中秋佳节月婵娟。梦里荣华，飘忽枕边之客；壶中日月，安闲市上之仙。

二萧

恭对慢，吝对骄。水远对山遥。松轩对竹槛，雪赋对风谣。乘五马，贯双雕。烛灭对香消。明蟾常彻夜，骤雨不终朝。楼阁天凉风飒飒，关河地隔雨潇潇。几点鹭鸶，日暮常飞红蓼岸；一双鸂鶒，春朝频泛绿杨桥。

开对落，暗对昭。赵瑟对虞韶。轺车对驿骑，锦绣对琼瑶。羞攘臂，懒折腰。范甑对颜瓢。寒天鸳帐酒，夜月凤台箫。舞女腰肢杨柳软，佳人颜貌海棠娇。豪客寻春，南陌草青香阵阵；闲人避暑，东堂蕉绿影摇摇。

班对马，董对晁。夏昼对春宵。雷声对电影，麦穗对禾苗。八千路，廿四桥。总角对垂髫。露桃匀嫩脸，风柳舞纤腰。贾谊赋成伤鹏鸟，周公诗就托鸱鸮。幽寺寻僧，逸兴岂知俄尔尽；长亭送客，离魂不觉黯然消。

三肴
风对雅，象对爻。巨蟒对长蛟。天文对地理，蟋蟀对螵蛸。龙夭矫，虎咆哮。北学对东胶。筑台须垒土，成屋必诛茅。潘岳不忘秋兴赋，边韶常被昼眠嘲。抚养群黎，已见国家隆治；滋生万物，方知天地泰交。

蛇对虺，蜃对蛟。麟薮对鹊巢。风声对月色，麦穗对桑苞。何妥难，子云嘲。楚甸对商郊。五音惟耳听，万虑在心包。葛被汤征因仇饷，楚遭齐伐责包茅。高矣若天，洵是圣人大道；淡而如水，实为君子神交。

牛对马，犬对猫。旨酒对嘉肴。桃红对柳绿，竹叶对松梢，藜杖叟，布衣樵。北野对东郊。白驹形皎皎，黄鸟语交交。花圃春残无客到，柴门夜永有僧敲。墙畔佳人，飘扬竞把秋千舞；楼前公子，笑语争将蹴鞠抛。

四豪
琴对瑟，剑对刀。地迥对天高。峨冠对博带，紫绶对绯袍。煎异茗，酌香醪。虎兕对猿猱。武夫工骑射，野妇务蚕缫。秋雨一川淇澳竹，春风两岸武陵桃。螺髻青浓，楼外晚山千仞；鸭头绿腻，溪中春水半篙。

刑对赏，贬对褒。破斧对征袍。梧桐对橘柚，枳棘对蓬蒿。雷焕剑，吕虔刀。橄榄对葡萄。一椽书舍小，百尺酒楼高。李白能诗时秉笔，刘伶爱酒每铺糟。礼别尊卑，拱北众星常灿灿；势分高下，朝东万水自滔滔。

瓜对果，李对桃。犬子对羊羔。春分对夏至，谷水对山涛。双凤翼，九牛毛。主逸对臣劳。水流无限阔，山耸有馀高。雨打村童新牧笠，尘生边将旧征袍。俊士居官，荣引鹓鸿之序；忠臣报国，誓殚犬马之劳。

五歌
山对水，海对河。雪竹对烟萝。新欢对旧恨，痛饮对高歌。琴再抚，剑重磨。媚柳对枯荷。荷盘从雨洗，柳线任风搓。饮酒岂知欹醉帽，观棋不觉烂樵柯。山寺清幽，直踞千寻云岭；江楼宏敞，遥临万顷烟波。

繁对简，少对多。里咏对途歌。宦情对旅况，银鹿对铜驼。刺史鸭，将军鹅。玉律对金科。古堤垂觯柳，曲沼长新荷。命驾吕因思叔夜，引车蔺为避廉颇。千尺水帘，今古无人能手卷；一轮月镜，乾坤何匠用功磨。

霜对露，浪对波。径菊对池荷。酒阑对歌罢，日暖对风和。梁父咏，楚狂歌。放鹤对观鹅。史才推永叔，刀笔仰萧何。种橘犹嫌千树少，寄梅谁信一枝多。林下风生，黄发村童推牧笠；江头日出，皓眉溪叟晒渔蓑。

六麻
松对柏，缕对麻。蚁阵对蜂衙。赪鳞对白鹭，冻雀对昏鸦。白堕酒，碧沉茶。品笛对吹笳。秋凉梧堕叶，春暖杏开花。雨长苔痕侵壁砌，月移梅影上窗纱。飒飒秋风，度城头之筚篥；迟迟晚照，动江上之琵琶。

优对劣，凸对凹。翠竹对黄花。松杉对杞梓，菽麦对桑麻。山不断，水无涯。煮酒对烹茶。鱼游池面水，鹭立岸头沙。百亩风翻陶令秫，一畦雨熟邵平瓜。闲捧竹根，饮李白一壶之酒；偶擎桐叶，啜卢仝七碗之茶。

吴对楚，蜀对巴。落日对流霞。酒钱对诗债，柏叶对松花。驰驿骑，泛仙槎。碧玉对丹砂。设桥偏送笋，开道竟还瓜。楚国大夫沉汨水，洛阳才子谪长沙。书篦琴囊，乃士流活计；药炉茶鼎，实闲客生涯。

七阳
高对下，短对长。柳影对花香。词人对赋客，五帝对三王。深院落，小池塘。晚眺对晨妆。绛霄唐帝殿，绿野晋公堂。寒集谢庄衣上雪，秋添潘岳鬓边霜。人浴兰汤，事不忘于端午；客斟菊酒，兴常记于重阳。

尧对舜，禹对汤。晋宋对隋唐。奇花对异卉，夏日对秋霜。八叉手，九回肠。地久对天长。一堤杨柳绿，三径菊花黄。闻鼓塞兵方战斗，听钟宫女正梳妆。春饮方归，纱帽半淹邻舍酒；早朝初退，衮衣微惹御炉香。

荀对孟，老对庄。弹柳对垂杨。仙宫对梵宇，小阁对长廊。风月窟，水云乡。蟋蟀对螳螂。暖烟香霭霭，寒烛影煌煌。伍子欲酬渔父剑，韩生尝窃贾公香。三月韶光，常忆花明柳媚；一年好景，难忘橘绿橙黄。

八庚

深对浅，重对轻。有影对无声。蜂腰对蝶翅，宿醉对馀酲。天北缺，日东生。独卧对同行。寒冰三尺厚，秋月十分明。万卷书客容闲客览，一樽酒待故人倾。心侈唐玄，厌看霓裳之曲；意骄陈主，饱闻玉树之赓。

虚对实，送对迎。后甲对先庚。鼓琴对舍瑟，搏虎对骑鲸。金匼匝，玉玎珰。玉宁对金茎。花间双粉蝶，柳内几黄莺。贫里每甘藜藿味，醉中厌听管弦声。肠断秋闺，凉吹已侵重被冷；梦惊晓枕，残蟾犹照半窗明。

渔对猎，钓对耕。玉振对金声。雉城对雁塞，柳衮对葵倾。吹玉笛，弄银笙。阮杖对桓筝。墨呼松处士，纸号楮先生。露浥好花潘岳县，风搓细柳亚夫营。抚动琴弦，遽觉座中风雨至；哦成诗句，应知窗外鬼神惊。

九青

红对紫，白对青。渔火对禅灯。唐诗对汉史，释典对仙经。龟曳尾，鹤梳翎。月榭对风亭。一轮秋夜月，几点晓天星。晋士只知山简醉，楚人谁识屈原醒。绣倦佳人，慵把鸳鸯文作枕；吮毫画者，思将孔雀写为屏。

行对坐，醉对醒。佩紫对纡青。棋枰对笔架，雨雪对雷霆。狂蛱蝶，小蜻蜓。水岸对沙汀。天台孙绰赋，剑阁孟阳铭。传信子卿千里雁，照书车胤一囊萤。冉冉白云，夜半高遮千里月；澄澄碧水，宵中寒映一天星。

书对史，传对经。鹦鹉对鹡鸰。黄茅对白荻，绿草对青蘋。风绕铎，雨淋铃。水阁对山亭。渚莲千朵白，岸柳两行青。汉代宫中生秀柞，尧时阶畔长祥蓂。一枰决胜，棋子分黑白；半幅通灵，画色间丹青。

十蒸

新对旧，降对升。白犬对苍鹰。葛巾对藜杖。涧水对池冰。张兔网，挂鱼罾。燕雀对鹏鹍。炉中煎药火，窗下读书灯。织锦逐梭成舞凤，画屏误笔作飞蝇。宴客刘公，座上满斟三雅爵；迎仙汉帝，宫中高插九光灯。

儒对士，佛对僧。面友对心朋。春残对夏老，夜寝对晨兴。千里马，九霄鹏。霞蔚对云蒸。寒堆阴岭雪，春泮水池冰。亚父愤生撞玉斗，周公誓死作金縢。将军元晖，莫怪人讥为饿虎；侍中卢昶，难逃世号作饥鹰。

规对矩，墨对绳。独步时同登。吟哦对讽咏，访友对寻僧。风绕屋，水襄陵。紫鹄对苍鹰。鸟寒惊夜月，鱼暖上春冰。扬子口中飞白凤，何郎鼻上集青蝇。巨鲤跃池，翻几重之密藻；颠猿饮涧，挂百尺之垂藤。

十一尤

荣对辱，喜对忧。夜宴对春游。燕关对楚水，蜀犬对吴牛。茶敌睡，酒消愁。青眼对白头。马迁修史记，孔子作春秋。适兴子猷常泛棹，思归王粲强登楼。窗下佳人，妆罢重将金插鬓；筵前舞妓，曲终还要锦缠头。

唇对齿，角对头。策马对骑牛。毫尖对笔底，绮阁对雕楼。杨柳岸，荻芦洲。语燕对啼鸠。客乘金络马，人泛木兰舟。绿野耕夫春举耜，碧池渔父晚垂钩。波浪千层，喜见蛟龙得水；云霄万里，惊看雕鹗横秋。

庵对寺，殿对楼。酒艇对渔舟。金龙对彩凤，獬豸对童牛。王郎帽，苏子裘。四季对三秋。峰峦扶地秀，江汉接天流。一湾绿水渔村小，万里青山佛寺幽。龙马呈河，羲皇阐微而画卦；神龟出洛，禹王取法以陈畴。

十二侵

眉对目，口对心。锦瑟对瑶琴。晓耕对寒钓，晚笛对秋砧。松郁郁，竹森森。闵损对曾参。秦王亲击缶，虞帝自挥琴。三献卞和尝泣玉，四知杨震固辞金。寂寂秋朝，庭叶因霜摧嫩色；沉沉春夜，砌花随月转清阴。

前对后，古对今。野兽对山禽。犍牛对牝马，水浅对山深。曾点瑟，戴逵琴。璞玉对浑金。艳红花弄色，浓绿柳敷阴。不雨汤王方剪发，有风楚子正披襟。书生惜壮岁韶华，寸阴尺璧；游子爱良宵光景，一刻千金。

丝对竹，剑对琴。素志对丹心。千愁对一醉，虎啸对龙吟。子罕玉，不疑金。往古对来今。天寒邹吹律，岁旱傅为霖。渠说子规为帝魄，侬知孔雀是家禽。屈子沉江，处处舟中争系粽；牛郎渡渚，家家台上竞穿针。

十三覃

千对百，两对三。地北对天南。佛堂对仙洞，道院对禅庵。山泼黛，水浮蓝。雪岭对云潭。凤飞方翙翙，虎视已眈眈。窗下书生时讽咏，筵前酒客日耽酣。白草满郊，秋日牧征人之马；绿桑盈亩，春时供农妇之蚕。

将对欲，可对堪。德被对恩覃。权衡对尺度，雪寺对云庵。安邑枣，洞庭柑。不愧对无惭。魏徵能直谏，王衍善清谈。紫梨摘去从山北，丹荔传来自海南。攘鸡非君子所为，但当月一；养狙是山公之智，止用朝三。

中对外，北对南。贝母对宜男。移山对浚井，谏苦对言甘。千取百，二为三。魏尚对周堪。海门翻夕浪，山市拥晴岚。新缔直投公子纻，旧交犹脱馆人骖。文达淹通，已咏冰兮寒过水；永和博雅，可知青者胜于蓝。

十四盐

悲对乐，爱对嫌。玉兔对银蟾。醉侯对诗史，眼底对眉尖。风飘飘，雨绵绵。李苦对瓜甜。画堂施锦帐，酒市舞青帘。横槊赋诗传孟德，引壶酌酒尚陶潜。两曜迭明，日东生而月西出；五行式序，水下润而火上炎。

如对似，减对添。绣幕对朱帘。探珠对献玉，鹭立对鱼潜。玉屑饭，水晶盐。手剑对腰镰。燕巢依邃阁，蛛网挂虚檐。夺槊至三唐敬德，奕棋第一晋王恬。南浦客归，湛湛春波千顷净；西楼人悄，弯弯夜月一钩纤。

逢对遇，仰对瞻。市井对闾阎。投簪对结绶，握发对掀髯。张绣幕，卷珠帘。石碏对江淹。宵征方肃肃，夜饮已厌厌。心褊小人长戚戚，礼多君子屡谦谦。美刺殊文，备三百五篇诗咏；吉凶异画，变六十四卦爻占。

341

十五咸

清对浊，苦对咸。一启对三缄。烟蓑对雨笠，月榜对风帆。莺睍睆，燕呢喃。柳杞对松杉。情深悲素扇，泪痛湿青衫。汉室既能分四姓，周朝何用叛三监。破的而探牛心，豪矜王济；竖竿以挂犊鼻，贫笑阮咸。

能对否，圣对贤。卫瓘对浑瑊。雀罗对鱼网，翠巘对苍崖。红罗帐，白布衫。笔格对书函。蕊香蜂竞采，泥软燕争衔。凶孽誓清闻祖逖，王家能乂有巫咸。溪叟新居，渔舍清幽临水岸；山僧久隐，梵宫寂寞倚云岩。

冠对带，帽对衫。议鲠对言谗。行舟对御马，俗弊对民岩。鼠且硕，兔多毚。史册对书缄。塞城闻奏角，江浦认归帆。河水一源形弥弥，泰山万仞势岩岩。郑为武公，赋缁衣而美德；周因巷伯，歌贝锦以伤谗。

参考文献

[1] 曹雪芹. 红楼梦 [M]. 北京：人民文学出版社，1982.

[2] 车万育. 声律启蒙 [M]. 徐哲兮，校注. 长沙：岳麓书社，2012.

[3] 陈如江. 古诗指瑕 [M]. 上海：上海书店出版社，1998.

[4] 陈如江. 中国古典诗法举要 [M]. 北京：人民文学出版社，2016.

[5] 崔鲲. 诗词写作实用教程 [M]. 北京：中国商业出版社，2020.

[6] 狄兆俊. 填词指要 [M]. 北京：百花洲文艺出版社，1990.

[7] 方回. 瀛奎律髓汇评 [M]. 李庆甲，集评校点. 上海：上海古籍出版社，2020.

[8] 冯振. 诗词作法举隅 [M]. 北京：中央文献出版社，2005.

[9] 高昌. 我爱写诗词 [M]. 广州：广东人民出版社，2021.

[10] 顾佛影. 填词百法 [M]. 北京：文化艺术出版社，2018.

[11] 郭茂倩. 乐府诗集 [M]. 北京：北京联合出版公司，2017.

[12] 弘丰. 唐诗宋词元曲 [M]. 北京：民主与建设出版社，2020.

[13] 胡可先. 作诗漫话 [M]. 杭州：浙江古籍出版社，2008.

[14] 黄天骥. 诗词创作发凡 [M]. 广州：广东人民出版社，2003.

[15] 金中. 诗词创作原理 [M]. 西安：陕西师范大学出版总社有限公司，2013.

[16] 刘勰. 文心雕龙 [M]. 北京：光明日报出版社，2014.

[17] 龙榆生. 词学十讲 [M]. 南京：江苏人民出版社，2019.

[18] 龙榆生. 唐宋词格律 [M]. 上海：上海古籍出版社，2010.

[19] 龙榆生. 填词与选调 [M]. 北京：生活·读书·新知三联书店，2021.

[20] 纳兰性德. 纳兰词全解 [M]. 北京：中国华侨出版社，2013.

[21] 欧阳修，释慧洪. 六一诗话 [M]. 北京：凤凰出版社，2009.

[22] 屈原，宋玉. 楚辞评注 [M]. 汤漳平，评注. 上海：上海三联书

店，2014.

[23] 社科院外国文学研究所.外国理论家作家论形象思维［M］.北京：中国社会出版社，1979.

[24] 沈雄.古今词话［M］.上海：上海古籍出版社，2009.

[25] 施向东.诗词格律初阶［M］.天津：天津大学出版社，2001.

[26] 舒梦兰.白香词谱［M］.上海：上海古籍出版社，2001.

[27] 司空图.二十四诗品［M］.北京：崇文书局，2018.

[28] 陶然.填词丛谈［M］.杭州：浙江古籍出版社，2008.

[29] 王国维.人间词话［M］.喀什：喀什维吾尔文出版社，2002.

[30] 王骥德.曲律北京：科学出版社，2020.

[31] 王力.汉语诗律学［M］.北京：中华书局，2015.

[32] 王力.诗词格律［M］.北京：中华书局，2014.

[33] 王锳.古典诗词特殊句法举隅［M］.北京：语文出版社，2014.

[34] 王永义.格律诗写作技巧［M］.青岛：青岛出版社，1995.

[35] 伍蠡甫.西方文论选［M］.上海：上海译文出版社，1979.

[36] 萧少卿.古代登高诗词三百首［M］.北京：中国国际广播出版社，2014.

[37] 谢桃坊.诗词格律教程［M］.成都：四川文艺出版社，2017.

[38] 谢榛.四溟诗话［M］.北京：人民文学出版社，1998.

[39] 熊东遨.诗词医案拾例［M］.郑州：河南文艺出版社，2007.

[40] 徐晋如.大学诗词写作教程［M］.杭州：浙江古籍出版社，2015.

[41] 徐晋如.诗词入门［M］.北京：中华书局，2021.

[42] 言思.诗经全编全赏［M］.北京：中国华侨出版社，2013.

[43] 杨慎.词品［M］.上海：上海古籍出版社，2009.

[44] 易闻晓.中国古代诗法纲要［M］.济南：齐鲁书社，2005.

[45] 袁枚.随园诗话［M］.北京：人民文学出版社，1982.

[46] 张其俊.诗歌创作与品赏百法［M］.北京：中国青年出版社，1996.

[47] 张应中.怎么写古诗词［M］.北京：商务印书馆国际有限公司，2020.

[48] 张应中.怎样修改诗词［M］.北京：商务印书馆国际有限公司，2018.

[49] 赵仲才.诗词写作概论［M］.上海：上海古籍出版社，2002.

[50] 中共中央文献研究室.毛泽东诗词集［M］.北京：中央文献出版

社,1996.

[51] 钟嵘. 诗品译注 [M]. 北京:中华书局,2017.

[52] 朱承平. 诗词格律教程 [M]. 北京:民主与建设出版社,2018.

[53] 朱庸斋. 分春馆词话 [M]. 广州:广东人民出版社,1989.